Ahrenshooper Spinnenweg

Tilman Thiemig

AHRENSHOOPER SPINNENWEG

HINSTORFF

Für Hans-Ulrich Weiß

VORAB. »Ahrenshooper Spinnenweg« erzählt eine fiktive Geschichte, die an jene im »Ahrenshooper Narrenspiel« geschilderten Ereignisse anknüpft. Auch wenn das Romangeschehen die Leserschaft abermals zu zahlreichen existierenden Schauplätzen führt, sind die dort anzutreffenden zeitgenössischen Personen jedoch Gestalten meiner Fantasie und mögliche Ähnlichkeiten somit lediglich dem Zufall geschuldet. Zur besseren Orientierung habe ich im Anhang eine Übersicht dieses handelnden Personals beigefügt. Überdies finden sich eine Reihe von oft weniger bekannten Namen aus Kunst und Literatur, die meines Erachtens einer Erinnerung würdig sind. Die Kapitelüberschriften verweisen zudem auf diverse Familien, Gattungen und Arten aus der Ordnung der Webspinnen.

1. Mangora acalypha

OSTSEE-ZEITUNG 14.05.2018

Tödlicher Motorradunfall auf dem Darß
Bei einem schweren Verkehrsunfall auf der L21 zwischen Wieck und Prerow ist in den frühen Morgenstunden des vergangenen Samstags ein Motorradfahrer tödlich verunglückt.

Wieck/Prerow. Der 57-jährige Fahrer des schweren Krades war auf dem Weg von einer privaten Feier in Born zu seinem Wohnsitz in Zingst. Zwischen Wieck und Prerow muss er in der sogenannten »Ellenbogenkurve« die Kontrolle über seine Maschine verloren haben.

Eisheilige fordern Opfer
Nachdem das Motorrad mit der Leitplanke kollidiert war, wurde es durch die Luft geschleudert und infolge des Zusammenpralls mit mehreren Bäumen in zwei Teile gerissen. Der Fahrer prallte ebenfalls gegen einen größeren Baum und erlitt schwerste tödliche Verletzungen. Er starb direkt am Unfallort.

Fahrlehrer aus Zingst
Warum der erfahrene Motorsportler, der in Zingst eine eigene Fahrschule betrieb, von der Fahrbahn abkam, ist bis-

lang ungeklärt. Allerdings herrschte in den frühen Morgenstunden auf diesem Abschnitt der L21 Straßenglätte aufgrund leichter Glatteisbildung. An den Bergungsarbeiten waren die Feuerwehren aus Wieck und Prerow sowie mehrere Rettungsfahrzeuge eingebunden. Nach ersten Angaben der Polizei war kein anderes Fahrzeug am Unfall beteiligt. Zeugenaussagen zufolge soll der Fahrlehrer während der besuchten Feier in Born keinen Alkohol getrunken haben.

Olaf Hoppe

2. Eresus moravicus

»Olaf? Olaf Hegerdorp?« Robert Aaron Zimmermann hatte länger nachdenken müssen, bis ihm der Nachname eingefallen war. Der Vorname war ihm jedoch sofort präsent. War wie ein Blitz durchs Gehirn geschossen. Hatte wie ein solcher eingeschlagen. Als er den alten Mann am Vormittag gesehen hatte. Erkannt. Olaf. Beim Wassertreten in der Therme von Bad Warmbrunn. Das heute jedoch anders hieß. Und in der Republik Polen lag. Statt im Niederschlesien seiner Kinderjahre.

Die Zimmermann beim Anblick des Alten auf einmal wieder zum Greifen nahe erschienen. Wie ein Zitronenfalter auf blassvioletter Skabiosenblüte. Seine Kinderjahre in Ahrenshoop. Zwischen Fischland und Darß, Urwald und Bodden, Ostsee und Hafenträumen. Geplatzten Träumen. Seifenblasenträumen. Die ihm schließlich die Tränen in die Augenwinkel getupft hatten. Getupft? Eher gepiekst. Gestochen. Mit spitzen Fingern, deren Nägel gefeilt. Gepfeilt. Treffsicher.

Der böseste Pfeil für ihn war Olaf gewesen. Olaf Hegerdorp. Sicherlich, auch der kleine Robert hatte 1933 mitbekommen, dass nun eine andere Zeit angebrochen war. Zu Hause in Berlin ebenso wie in den Orten der Sommerfrische. Hatte wahrgenommen, dass die Ahrenshooper Dorfstraße auf einmal Adolf-Hitler-Straße hieß. Mit kleiner Wut die Strandburgen betrachtet. Die Hakenkreuze aus Muscheln gesehen. Die Fahnen, Wimpel. In Schwarz-Weiß-Rot. Sich über die Schriftzüge geärgert: ›Trutzburg‹. ›Deutschland erwache‹. ›Heil!‹. ›Juda verrecke!‹. Mit den Blütenköpfchen disteliger Dünenblümchen in den schönen weißen Sand geschrieben.

Denn sein Vater hatte ihn beizeiten zur Seite genommen. Versucht, seinem Sohn zu erklären, was das alles zu bedeuten habe. Für Deutschland. Die Welt. Und vor allem für die Familie Zimmermann. Allerdings hatte sich Robert Aaron lieber an Großmama Ruth gehalten. Ihren Worten vertraut, wonach nichts so heiß gegessen würde, wie es gekocht sei.

Diese Hoffnung hatte für einige Zeit angehalten. Ihn getröstet. Beruhigt. Getragen. Bis zu jenem Sommertag 1935. Dem Tag des Ahrenshooper Kinderfestes. Dem Tag, an dem Olaf sein wahres Gesicht gezeigt hatte. Und ihn fallengelassen.

Die beiden Jungen waren sich zuerst drei Jahre zuvor im Atelier von Onkel Alfred begegnet. Der Kunstprofessor und Landschaftsmaler Alfred Partikel lud gerne die Freunde seiner Kinder ein, um ihnen die Welt der Farben, Formen und Fantasien nahezubringen. Olaf war Klassenkamerad und Verehrer Barbaras, der ältesten Tochter des Künstlers. Jahrgang 1922. Sowie mit Adrian befreundet. Der im August 1923 geboren worden war. Robert hingegen himmelte Nesthäkchen Cornelia an. Seine Nele. Beide hatten 1927 das Licht der Welt erblickt.

Aufgrund des Altersunterschieds kam natürlich keine wirkliche Freundschaft zwischen ihm und dem Sohn eines

Fischers aus Althagen in Frage. Dafür war Olaf sein Held. Sein Idol. So wollte er damals auch werden! Spätestens, seitdem ihm Olaf aus der Bredouille geholfen hatte, als ihn die Fretwurstjungs einmal durchs Brennnesselfeld treiben wollten. Nackig! Da war er einfach nur dazwischen gegangen. Hatte dem Ältesten der Brüder eine Ohrfeige verpasst. Die Köpfe der anderen beiden zusammenkrachen lassen. Um dann den Arm um Roberts schmale Schultern zu legen, dessen Kleidungsstücke aufzuheben und gemeinsam mit ihm den Schauplatz der Schlacht zu verlassen. Was war er dankbar gewesen! Stolz auch. Stolz darauf, so einen starken Freund zu haben.

Das war im Juli 1933 gewesen. Nur ein knappes Jahr später dann der Verrat. Am Tag des Kinderfestes. Er hatte Nele abgeholt. War mit ihr die Dorfstraße entlang geschlendert. In glühender Hitze. In glühender Vorfreude auf das, was sie, ihn erwartete. Er wollte unbedingt beim Tonnenabschlagen gewinnen. Für Nele. Das hatte er sich fest vorgenommen. Da hatte er Olaf gesehen. Im feschen Ornat des Deutschen Jungvolkes. Umgeben von einigen älteren Jungs. Noch älteren. Jene bereits im martialischen Braun der HJ. Zuerst hatte er ihm freundlich zugewunken. Zögerlich zwar. Verlegen auch. Aber noch nichts Böses ahnend. War mit Cornelia nähergekommen. Hatte sogar kurz überlegt, ob er den Großen zuliebe den Arm zum Hitlergruß erheben sollte.

Olaf war ihm zuvorgekommen. »Na, wo wollen wir denn hin? Doch nicht etwa zum Kinderfest? Das schlag dir am besten gleich aus dem Kopf, du Judenbengel. Das würde dem Führer überhaupt nicht gefallen, wenn da so ein kleiner, schmutziger Itzig mitmachen würde. Zieh Leine; Juda verrecke!«

Roberts gestammeltes »Aber Olaf …« war im Gelächter der Kameraden in Durchfallbraun untergegangen. Ein, zwei von ihnen hatten sogar nach ihm gespuckt. Allerdings Nele getroffen. Die sich angewidert umdrehte. Und nach Hause lief. Er jedoch hatte rotgesehen. Sich klein gemacht. Den Kopf auf die Brust gepresst. Wie ein Widder. Und war wie ein solcher auf seinen gefallenen Helden zugestürmt. Mit einem lauten »Er sol kackn mit Blit un mit Eiter.« auf den Lippen. Das sagte sein Vater immer, wenn er ein Foto von Hitler in der Zeitung sah.

Eine solche Reaktion hatte Olaf nicht erwartet. Sich eben noch im Beifall der Hitlerjungen sonnend, war er daher wenige Sekunden später vom »Judenbengel« umgerannt worden und rückwärts über den Zaun vom Vorgarten Dr. Ziels gestürzt. Dort zwischen Lupinen und Rittersporn liegen geblieben. Zuerst fluchend. Dann jammernd. Schließlich weinend. Da es ein Jägerzaun gewesen war. Dessen Zacken Olaf beide Oberschenkel aufgeschlitzt hatten. Eine folgenschwere Verletzung …

Davon hatte Robert aber erst später erfahren. Viel später. Nachdem ihm aufgrund der allgemeinen Überraschung und Bestürzung der jungen Herren der Herrenrasse die Flucht geglückt war, hatte er sich noch am gleichen Tag seinem Vater anvertraut. Der umgehend die Abreise der Familie Zimmermann in die Wege geleitet hatte. Zunächst die aus

Ahrenshoop. Gute zwei Monate später dann auch jene aus Deutschland. Die Robert auf Umwegen letztlich nach Kanada führte und ihn zum Bob werden ließ. Dort war er Adrian wiederbegegnet, der ihm berichtete, dass Olaf noch Jahre später mit zwei langen, senkrecht verlaufenden, rotwulstigen Narben an beiden Schenkeln gezeichnet war. Die ihn an Ausrufezeichen erinnerten. Mit den beiden Kniekehlen als Punkten.

Zwei Ausrufezeichen. Mit den Kniekehlen als Punkten. Genau sie hatte Robert Aaron Zimmermann heute am Vormittag gesehen. An, auf den Beinen eines alten, sehr alten Mannes, der vor ihm durch das Wasser der Kurtherme geschritten war. Genauer gesagt, geschlurft. In kurzer, altmodischer Badehose. Sich dabei mühsam am Geländer des Beckens festhaltend. Langsam vortastend. Sicherlich, Falten und sonstige Chiffren des Alters bildeten nun einen etwas unruhigeren Hintergrund als die ansonsten makellose, stets gebräunte Haut des jungen Olaf Hegerdorps. Doch Zimmermann war Adrians Schilderung der Narben so gegenwärtig, dass er den müden Greis genauer betrachtete, ihn überholte, die Augen anschaute, den Mund, die kühne Nase. Ja, diese, ungeachtet aller Flecken, geplatzten Äderchen und wildwuchernder Härchen immer noch kühne Nase war es gewesen, die ihm Gewissheit gegeben hatte.

Allerdings gönnte er sich noch einige Stunden des Privatstudiums seines Objektes der Erinnerung, bis er den ersten Schritt zur Kontaktaufnahme wagte. Zum Mittagessen im Restaurant Caspar war der Alte von einem Ehepaar geleitet worden, das Zimmermann auf etwa Mitte bis Ende sechzig schätzte. Wahrscheinlich Sohn und Schwiegertochter. Beziehungsweise umgekehrt. Mit ihnen zu sprechen, verspürte er jedoch wenig Lust. Daher wartete er geduldig ab, bis die Drei ihr Mahl beendet und bezahlt hatten, und anschließend den Kurpark ansteuerten, wo der mutmaßliche Hegerdorp einschließlich seines Rollators von seinen Verwandten auf einer schattigen Bank unter Rhododendren geparkt wurde, bevor das Paar Richtung historischer Altstadt verschwand.

Zimmermann steuerte die Nachbarbank an, die erfreulicherweise frei war. Setzte seine Betrachtungen fort. Hätte gerne eine Zigarette geraucht. Um sich zu konzentrieren. Die zweiten, dritten Sätze zu formulieren. Sowie sein Ziel dieses Unterfangens. Was wollte er eigentlich von Olaf Hegerdorp? Sich entschuldigen sicherlich nicht. Doch wollte er selbst eine Entschuldigung hören? Nach weit über 80 Jahren? Ja. Genau das wollte er. Eine Entschuldigung! Wenigstens von ihm. Seinem intimsten Nazi. Der für ihn einst ein großer Bruder, starker Freund, fast so etwas wie ein Vorbild gewesen war. Wenigstens er sollte sich bei ihm entschuldigen. Persönlich! Dann hatte er es gewagt.

»Olaf? Olaf Hegerdorp?« Keine Regung. Es schien, als sei der alte Knabe eingeschlafen. Obgleich seine Augen offen waren. Die wenigen Wimpern flirrten unstet im lauen Sommerlüftchen. Ein weiterer Versuch. »Erinnerst du, erinnern Sie sich? Ich bin es, Robert Zimmermann, Robert Aaron Zimmermann. Weißt du noch, wissen Sie noch, damals in Ahrenshoop, bei Onkel Alfred? Zusammen mit Barbara, Adrian, Nele. Und dann das Kinderfest. 1935 war es. Unser, nun ja, Streit. Weißt du noch? Deine Narben …«

Eine erste Reaktion durchfuhr den Angesprochenen. Er wandte Zimmermann den Kopf zu. Mühsam. So als ob es eine ungemeine Anstrengung für ihn wäre, ihm Aufmerksamkeit zu widmen. Der Erinnerung zu begegnen. Sich womöglich der Vergangenheit zu stellen. So zumindest deutete Zimmermann die Bewegung. Dann jedoch traf ihn der Blick des Alten. Wässerig blau. In gallegelben Augäpfeln. Und dennoch zutiefst verachtend. Zutiefst böse. Ein Fluchblick. Ein Verfluchen. Ein Verwünschen. Das Zimmermann all das wünschte, dem er und seine Familie dank der Weitsicht seines Vaters gerade noch entkommen waren. Alle bis auf Großmama Ruth …

Dann schnellte die rechte Hand vor. Umklammerte Zimmermanns Handgelenk. Eine Pranke. Noch immer voller Kraft. Voller Hass. Der zudrückte. Wie ein Schraubstock. Schmerzte. Da entdeckte Zimmermann den Ring. Einfaches Silber. Matt. Anstelle eines Steins ein Vogel. Ein Adler. Mit ausgebreiteten Schwingen. Darunter ein Kreuz. Schwarz. Eisern.

»Hallo, Sie da, was machen Sie da? Lassen Sie sofort meinen Vater los! Aber plötzlich!« Die vermeintlichen Kinder, Schwiegerkinder kehrten zurück. Eilten zur Bank. Schrien auf Zimmermann ein. »Das ist ja eine Unverschämtheit. Sie sollten sich was schämen, einen armen alten Mann zu belästigen. Sie sind doch selber nicht viel jünger. Verschwinden Sie! Auf der Stelle. Sonst rufen wir die Polizei! Komm, Günter, alles ist gut. Wir sind wieder da.«

»Schon gut, schon gut. Beruhigen Sie sich. Eine Verwechslung. Weiter nichts. Eine harmlose Verwechslung. Das kann ja in unserem Alter mal vorkommen, nicht wahr.« Auf weitere Ausführungen verzichtete Zimmermann lieber. Verabschiedete sich. Lächelnd. Grußlos. Nur dem alten Mann zischte er ein »Auf Wiedersehen« zu. Er war sich sicher, dass es dessen Ohren erreicht hatte. Und dass diese Ohren Olaf Hegerdorp gehörten.

Dann beeilte er sich, den Kurpark zu verlassen. Seine Musketiere warteten sicher schon auf ihn.

3. Rhodera hypogea

D'Artagnan und die Musketiere. Diese Bezeichnung für das Altmännerquartett um Robert Aaron Zimmermann stammte von Richard Sonntag, der dem hochbetagten Anwalt aus Kanada nun seit über einem Jahr zur Seite stand. Eigentlich hatte Zimmermann den angegrauten Taxiunternehmer lediglich für die Dauer seiner Mission in Ahrenshoop als Chauffeur engagiert. Doch inzwischen war er zum vertrauten Gefährten geworden, der ihm nicht nur bei den turbulenten Ereignissen und tragischen Verwicklungen rund um die komplexe wie komplizierte Testamentsangelegenheit treue Dienste geleistet hatte, die Zimmermann vor gut 14 Monaten nach Deutschland geführt hatte. Er war ihm zum Freund geworden. Ans Herz gewachsen.

Das galt auch für Johannes Clauert und Bernhard Gutzeit. Der etwas wunderliche Pfarrer aus Wismar und der kauzige Bestatter a. D. aus Prerow waren Zimmermann im vergangenen Herbst »zugelaufen«, wie es Sonntag gerne schmunzelnd zu formulieren pflegte. Beide Herren weit über 80 und dennoch immer noch ein Stückchen jünger als Zimmermann, der die Gesellschaft dieser neuen Vertrauten überaus schätzte. Zumal er in jenen kalten wie beängstigenden Novemberwochen die tiefe Einsamkeit der beiden Männer gespürt, erkannt hatte. Der verwitwete Clauert lebte in seinem recht chaotisch anmutenden Haus inmitten von abertausenden Büchern, Gemälden, Mineralien, Präparaten und anderen Objekten seiner Sammelleidenschaft wie Hieronymus im Gehäuse. Weniger wohlwollende Zeitgenossen wie zum Beispiel die Mitarbeiter offizieller Behörden bezeichneten ihn zumeist als verwahrlosten Sonderling.

Gutzeit hingegen war von seinem Sohn, dem Juniorchef des gleichnamigen Bestattungshauses, diskret wie entschlossen aufs Altenteil abgeschoben worden. Aufs Abstellgleis in Form eines klitzekleinen Zimmers in einem Heim, das sich euphemistisch als Seniorenresidenz titulierte.

Angesichts dieser Situationen hatte sich Zimmermann entschlossen, den beiden Käuzen ein neues Nest zu bieten. Und zwar in der Pension Kuhfuß in Born, wo er selbst seit seiner Ankunft an der Ostsee logierte, sich mitunter gar zu Hause fühlte. Lore Bradhering, seine Wirtin, hatte zunächst schlucken müssen. Die Perspektive, dass ihr liebevoll eingerichtetes und geführtes Haus nun zum »Männerwohnheim und Obdachlosenasyl« würde, erschien ihr etwas suspekt, zumal Johannes Clauert ein starker Kettenraucher war. Allerdings hatte sie Gefallen an Herrn Gutzeit gefunden. Nicht so viel wie an Robert Zimmermann, das nicht. Doch immerhin reichte ihre Sympathie für den rüstigen Bestatter, um sich breitschlagen zu lassen und einzuwilligen.

Johannes Clauert hatte ebenfalls etwas zögerlich reagiert. So ganz und vollständig mochte er sich nicht von seiner Wismarer Wissenstrutzburg trennen. Zudem wusste er um Lore Bradherings Aversion gegenüber dem Rauchen an sich, seiner Sucht im speziellen. Dennoch war er in den letzten

Monaten häufiger Gast im Kuhfuß gewesen und fühlte sich dort zunehmend wohl.

Bernhard Gutzeit hingegen war sofort Feuer und Flamme gewesen. Hatte Zimmermann umarmt und stand schon am nächsten Morgen mit Sack und Pack vor der Pensionstür. Wobei sein Besitz außer zwei bescheidenen Koffern nur noch aus einigen Kisten und Kartons bestand, die seine »Kunstwerke« beherbergten; die Früchte seiner Leidenschaft und künstlerischen Passion: Bernhard Gutzeit schnitzte Särge. Im Streichholzschachtelformat. Und das äußerst artifiziell. Mit Schnörkeln und Arabesken, Mustern und erhabenen Motiven auf der Oberseite. Das Holz dafür erhielt er von den Roloffs, deren Prerower Tischlerei für ihre schönen Darßer Türen bekannt war. Mit denen Gutzeits »Erdmöbel« wiederum eine gewisse Ähnlichkeit aufwiesen. Als Zimmermann die Arbeiten zuerst gesehen hatte, war ihm jedoch eher Queequeg eingefallen, der »gute Wilde« aus Hermann Melvilles ›Moby Dick‹.

Aber Bernhard Gutzeit schuf seine kleinen Särge nicht für die eigene letzte Reise. Nein, in ihnen barg er seine bösen Wünsche und schlechten Gedanken, die er insbesondere gegenüber seinem Sohn Bernd hegte. »Da drin sind die gut aufgehoben. Trocken und sicher. Und ich komm nicht auf dumme Ideen.« So hatte er es Zimmermann erklärt, dem diese kluge und weise Kompensationstechnik beeindruckte.

Als Zimmermann ihn und die anderen Freunde nun vorm Hotel Pod Różami sitzend erblickte, hatte er auch wieder ein kleines Holzstück in Arbeit, dem er sich mit großem Geschick und kleinem Messerchen widmete. Clauert und Sonntag studierten hingegen die Speisekarte des Rosengartens.

»Was gibt es denn Feines? Haben sie hier Bigos?« Zimmermann klopfte schlapp auf die rotweiß karierte Tischdecke und nahm Platz. Das polnische Leibgericht hatte es ihm angetan und war seine Standardbestellung bei den diversen Besuchen der verschiedenen Gasthäuser und Restaurants auf ihren Streifzügen durch Polen geworden. Er würde es auch jetzt bestellen. Obgleich er nur wenig Appetit verspürte.

»Schau selbst, mein guter Zimmermann.« Johannes Clauert reichte ihm die Karte. Im Dunstkreis der Herren um Zimmermann galt es als ungeschriebenes Gesetz, sich zu duzen, jedoch mit Nachnamen anzusprechen. »Lies, wenn du es verstehst. Prüfe, wenn es gefällig ist«, fügte der Hirte im Ruhestand hinzu. Geheimnisvoll, doch augenzwinkernd. Lies, wenn du es verstehst. Prüfe, wenn es gefällig ist – dieser mysteriöse Sinnspruch aus der Heiligen-Geist-Kirche in Wismar hatte eine wichtige Rolle bei jenem mörderischen Rätsel gespielt, das es für Zimmermann und sein Team im letzten Jahr zu lösen gegolten hatte.

Doch das war Vergangenheit. Ebenso wie der Täter. Die letzten Monate waren voller Frieden und Freude gewesen. Sogar eine Hochzeit war gefeiert worden, der Partikel-Hof, das neue Museum am Ahrenshooper Schifferberg, nahm mehr und mehr Gestalt an und die Exkursionen der Musketiere hatten überwiegend touristischen Charakter, auch wenn es sich ihr D'Artagnan selbst bei der aktuellen Tour nicht verkneifen konnte, einen Abstecher nach Kraków zu machen. Die vage Hoffnung, dort irgendwo irgendeine weitere Spur von Antoni Libuda, Maler und Mörder, Fremdarbeiter und Fälscher aus Zielonki zu finden, ließ ihn immer noch nicht ganz los.

Der Vorschlag, das einstige Hirschberg und speziell den Stadtteil Bad Warmbrunn – heute Jelenia Góra und Cieplice Śląskie-Zdrój – zu besuchen, war von Richard Sonntag gekommen. Als Referenz gegenüber Hans-Emil Oberländer, einem weiteren Maler der zweiten Ahrenshooper Künstlergeneration und Ehemann von Doris Oberländer, die unter anderem die Ahrenshooper Kirche ausgestaltet hatte. Oberländer, kurz zuvor noch im Alter von 59 Jahren zum Kriegsdienst eingezogen, war Ende Dezember 1944 in einem schlesischen Lazarett in Warmbrunn verstorben und Sonntag empfand es angemessen, ihm durch ihren Besuch die Ehre zu erweisen.

Zimmermann hatte die Anregung begrüßt, zumal er auch mit dem Riesengebirge Kindheitserinnerungen verband. Schneekoppe und Mädelsteine. Märchenbauden und Rübezahl, der launische Berggeist, vor dem es ihm damals arg gegraust hatte. Dass ihm hier in Gestalt von Olaf Hegerdorp ein ganz anderes Gespenst aus der Vergangenheit begegnen würde, hatte er wahrlich nicht gedacht.

Er war sich noch unschlüssig, ob er seinen Freunden von seinen Beobachtungen erzählen sollte. Kurz überlegte er,

Clauert um eine Sobieski zu bitten, die jener in Polen bevorzugt rauchte. Verwarf dies aber und griff stattdessen zum jüngsten Werk Gutzeits, das jener gerade vollendet und auf den Tisch gelegt hatte. Nachdenklich betrachtete er die filigrane Schnitzerei, strich über die Oberfläche, die eine Windmühle schmückte. Nickte Respekt.

»Das soll die aus Ahrenshoop sein. Die hat ja der Oberländer auch gemalt, wie Sonntag erzählte.« Gutzeit sonnte sich in der vermeintlichen Anerkennung, die Zimmermanns Blick für ihn ausdrückte. »Wie eine Tür«, bemerkte dieser. »Nur ohne Klinke«, fiel Clauert ein. »Die letzte Tür braucht keine Klinke. Und kein Schlüsselloch. Da möchte keiner durchlinsen.« Seine tiefsinnigen Ausführungen wurden von Zimmermanns Smartphone unterbrochen.

Zimmermann fand es überraschend schnell, meldete sich knapp und angespannt. Lauschte. Verfinsterte seine Miene. Antwortete kurz angebunden. »Ja.« – – – »Gut, beziehungsweise nicht gut.« – – – »Verstanden. Ja. Wir werden es versuchen.« – – – »Doch, sicher. Und wenn es nur wegen der guten Lore ist.« – – – »Ja, tschüss. Bis bald.« Dann kappte er die Verbindung. Steckte das Gerät in die Innentasche seines Leinenjacketts. Sah noch faltenreicher aus als jenes edle Gewand. Wandte sich schließlich an die Ritter seiner Tafelrunde. »Das war Hakala-Holappa. Hans von Wustrow ist tot.«

4. Agelena labyrinthica

Wilhelm Hakala-Holappa wurde vom Flieder geweckt. Dessen Schwersüßduft durch das offene Flügelfenster seines Arbeitszimmers schwebte. Hereingeweht vom Mondenschein. Er musste eingenickt sein. Eingeschlafen. Mit dem Hörer seines greisenalten Telefons in der Hand. Ein ehrwürdiger Apparat: Bakelit, Ringelschnur und das ehrliche Klingeln aus vergangenen Klangkosmen: Firma Hesselbach. Der Kommissar. Stahlnetz. Das Fenster zum Hof.

Der Psychologe und Profiler mit finnischem Vater und Mama aus der Schweiz liebte sein Delifon, schleppte es seit Jahrzehnten von Wohnung zu Wohnung, Land zu Land, Stadt zu Stadt. Wobei sein gegenwärtiger Wohnsitz Born am Darß eher als Ortschaft zu bezeichnen war. Zu später oder früher Stunde durchaus auch als Dorf. Wilhelm lauschte durch die Schemen der Bäume und Büsche des Gartens in die Nacht. Kein Mensch war zu hören. Kein menschlicher Laut. Keine Musik. Kein Auto. Lediglich ein paar schlaflose Rinder vom nahen Gut zählten muhend Schäfchen. Und Wotan, der hochsensible Rauhaardackel der gegenwärtigen Feriengäste in der benachbarten Alten Gärtnerei, ließ sich knurrbellend von Lisbeth ärgern, dem fuchsroten Kater, der inzwischen zum Hausstand von Hakala-Holappa und seinem Mann Matti gehörte.

In erinnerndem Erwachen hob er den Telefonhörer, schaute in die kleinen Öffnungen der Ohrmuschel wie in einen Spiegel und nahm den Verwunderungsfaden wieder auf, der ihn nach dem Gespräch mit Zimmermann wohl in den Schlaf gesponnen hatte. Warum nur war der Freund so kurz angebunden gewesen? Warum hatte der ansonsten zumeist freundliche, konziliante, höfliche alte Mann so unwirsch auf die Nachricht vom Tod Hans von Wustrows reagiert?

Sicherlich, das Verhältnis zwischen Zimmermann und von Wustrow war ein besonderes. Vor allem fühlte sich der Anwalt aus Halifax bis heute verantwortlich für dessen Taten. Außerdem war er von ihm persönlich angegriffen und lebensbedrohlich verletzt worden. Und Hakala-Holappas nicht nur berufsbedingtes Interesse für das »Mini-Monster vom Darß«, wie jenen einst die BILD-Zeitung beschlagzeilt hatte, teilte er auch nur sehr bedingt.

Trotzdem hatte er insgeheim etwas mehr Interesse erwartet. Neugierige Fragen, das ein oder andere Nachfassen, Nachhaken. Gut, der Tod Hans von Wustrows war mit an Sicherheit grenzender Wahrscheinlichkeit kein Geheimnis. Er war einfach an den Folgen seiner starken Unterkühlung und der anschließenden Lungenentzündung gestorben, die er sich im vergangenen November bei seiner Flucht in die Ostsee zugezogen hatte. Seiner Flucht, die für Hakala-Holappa schon damals deutliche Anzeichen eines Selbstmordversuches aufgewiesen hatte. Eines Versuchs, dessen Vollendung ihm nun jetzt schlussendlich geglückt war.

Was von Wustrow in den ersten Tagen nach seiner Errettung energisch geleugnet hatte und stattdessen von Meerjungfrauen fantasierte, die ihn zum Tanze in den Wellen baten und zu sonstigen Verheißungen einluden. Doch die Phase seiner Redseligkeit war von kurzer Dauer gewesen. Bedauerlicherweise. Wenige Tage und Gespräche später zog er sich wieder in seine bekannte Sprachlosigkeit, sein Schneckenhaus des Schweigens zurück. Allerdings war er nicht gänzlich sprachlos geblieben, sondern hatte in den folgenden Monaten zwischen Klinik, JVA und geschlossener Abteilung, zwischen Prozessunfähigkeit, Prozessbeginn und wiederholter Prozessunterbrechung neue, eigene Formen des Ausdrucks entwickelt, weiterentwickelt.

Denn als ob er nun das Erbe seines Vaters Antoni Libuda angetreten habe, widmete sich Hans von Wustrow in seinem letzten Lebensabschnitt der Kunst. Geradezu besessen. Anfänglich mit den Fingern und alltäglich verfügbaren Flüssigkeiten wie Kaffee, Kirschsaft oder Ketchup begann er auf den unterschiedlichen Untergründen wie Servietten, Zeitungen, Handtüchern oder Bettlaken seine wundersamen Bilderwelten zu zaubern. Wobei es überwiegend Vögel waren, denen er so neues Leben schenkte. Später, nachdem von verschiedenen Gutachtern versichert wurde, dass inzwischen keine Gefahr mehr von ihm ausgehen würde – weder für andere, noch für sich – setzte er seine Arbeiten mit regulären Materialien fort. Dabei wurde er insbesondere von Dr. Johanna Riese unterstützt und gefördert, die von Wustrows Werke überaus schätzte und ihnen beachtliches künstlerisches Niveau bescheinigte.

Die ansonsten eher reservierte und rational handelnde Kunstwissenschaftlerin ließ sich in ihrer Begeisterung sogar soweit hinreißen, Hans von Wustrow als ersten Stipendiaten für den Partikel-Hof vorzuschlagen. Was jedoch von den anderen Mitgliedern des Stiftungsvorstands abgelehnt wurde. Kategorisch. Allein schon aus Gründen der Pietät. Aber auch, weil ein anderer Kandidat, ebenfalls ein Künstler des Art brut, mehr Zustimmung fand. Dieser Bastian, den wiederum die Keramikerin Ann-Kathrin Seegers unter ihre Fittiche genommen hatte, beeindruckte zusätzlich durch sein freundliches Wesen und seine liebenswürdige Ausstrahlung; ungeachtet dass er ebenfalls offenkundig psychisch verstört war und auf eine traurige Lebensgeschichte zurückblicken musste. Ein Tor auch er, allerdings ein reiner.

Diese ablehnende Haltung des restlichen Vorstands gegen Rieses Vorschlag beeinträchtigte das zuvor über Monate hinweg nahezu harmonische Betriebsklima im Team des neuen Museums negativ wie nachhaltig. Daran konnte auch der doch eigentlich glückliche Umstand nichts ändern, dass Hans von Wustrow kurze Zeit vor seinem Tod tatsächlich eine Art Testament verfasst hatte, in dem er dem Partikel-Hof das Œuvre seines Vaters vermachte. Hakala-Holappa war darüber nicht nur hoch erfreut, sondern der kleine, zerknitterte und bekleckste Zettel, den ihm von Wustrow vor gut zwei Wochen bei einem seiner Besuche in die Hand gedrückt hatte, erfüllte ihn auch mit ein wenig Stolz. War doch das zwar kryptisch anmutende, in der Aussage dennoch unzweifelhafte Textlein an ihn adressiert:

Für Wilhelm. Den Till.
Der verlorene Sohn. Trug durch die Wüste.

Seinen Schatz. Das Bild des Vaters. Seine Bildnisse.
Die er nun reicht. Aus der Finsternis.
Den Söhnen und Töchtern. Jenes anderen Vaters.
Den er zurückließ.
Unter Stechpalmenkron.

Für ihn ein eindeutiges Vermächtnis. Nur der Till irritierte etwas. War es ein Schreibfehler und sollte es eigentlich Tell heißen? Oder wusste von Wustrow mehr, noch mehr über den Mann aus Müggenburg, der im Herbst nicht nur die Halbinsel in Angst und Schrecken versetzt hatte?

Seine entsprechenden Fragen waren auf jeden Fall unbeantwortet geblieben. Würden es bleiben. Fakt war indes, dass ihnen nun das Werk Antoni Libudas zur Verfügung stand, um es der Öffentlichkeit vorzustellen.

Die Anregung Johanna Rieses, dies möglichst zeitnah zur großen Eröffnung zu wagen, war jedoch auf ebenso wenig Gegenliebe bei ihren Mitstreitern und Mitstreiterinnen gestoßen wie ihr Engagement für Libudas Sohn. Vor allem die Mitstreiterinnen hatten sich als unnachgiebige Bedenkenträgerinnen erwiesen. Selbst Dörte Wahnschaffe, die ja Libudas Bilder vor gut einem Jahr überhaupt erst in der einstigen Büdnerei von Gerhard Marcks in Niehagen entdeckt hatte, zeigte sich nun erstaunlich abweisend, verwies auf den avisierten Besuch der Kanzlerin, die zu erwartende Medienpräsenz sowie eine mögliche negative Publicity.

Dieser zweite Affront gegenüber der designierten künstlerischen Leiterin des Partikel-Hofes hatte die Stimmung weiter getrübt, das Klima noch stärker abkühlen lassen. Von atmosphärischen Störungen zu sprechen, wäre eine Untertreibung gewesen. Erstaunlich nur, dass die Vorbereitungen für den bald anstehenden großen Tag trotzdem nahezu reibungslos abliefen. Hakala-Holappa befürchtete, dass dieser Riss im Fundament zwischenzeitlich entstandener Freundschaften weiter mäandern würde.

Er horchte auf. Hinaus. Zwischen die Blütenzweige von Apfelbaum und Felsenbirne. Tatsächlich, eine Nachtigall: »Huit. Tick. Huit. Tick. Düh – düh – düh – düh. Huit. Tick …« Ein verzaubernder Gesang zwitscherte durch das maienhafte Dunkel. Die passende Begleitung für ein, zwei Glas zur Nachtruhe. Er machte sich auf den Weg in die Küche. Fand den passenden Wein. Einen weißen. Einen Vernaccia. Öffnete ihn. Kehrte zurück. Der Zaubervogel war aber leider schon wieder verstummt.

Stattdessen setzten sich finstere Gedankenmahre auf die Fensterbank. Ließen ihre Fledermausflügel hängen. Wilhelm tat es ihnen gleich. Sein Tag war wirklich anstrengend gewesen. Erst die Nachricht vom Tod Hans von Wustrows mit allen dazugehörigen Gedankenkonsequenzen. Wenig später hatte er dann eine vertrauliche wie rätselhafte SMS von Kempowski erhalten, dem Syndikus der Stiftung sowie Zimmermanns juristischem Adjutanten: ›Brauche Rat. Komme morgen vorbei. Was für ein beschissenes Erbe!!! Kempowski‹. Wilhelm war es nach wie vor vollkommen unklar, wieso ein Anwalt und Notar ihn als Psychologen um Rat bei einer Erbschaftsangelegenheit ersuchen sollte.

Anschließend ein langes wie aufreibendes Telefonat mit Lore Bradhering, die als Patenkind Wilhelmine von Wustrows zwar nicht blutsverwandt, dennoch in gewisser Weise die naheste; einzige Angehörige des Verstorbenen war. Und die sich dieser Verantwortung auch stellte, sich schließlich nach quälend langem Abwägen dazu durchrang, dass es im Sinne ihrer Tante Wilhelm sei, wenn ihr »verlorener Sohn« nach seinem Tod zu ihr zurückkehren würde und neben ihr seine letzte Ruhe finden könnte. Eine mutige Entscheidung, wie Hakala-Holappa fand. Nach all dem, was geschehen war. Sicherlich würde es einiges Gerede geben. Nicht nur in der Nachbarschaft. Da war er sich sicher. Doch Lore Bradherings Entschluss stand fest – Hans von Wustrow sollte auf dem Borner Friedhof bestattet werden.

5. Hogna truculenta

Abermals stand Robert Aaron Zimmermann nun auf dem Borner Friedhof am Familiengrab derer von Wustrow. Doch die Trauerfeier für Hans von Wustrow bot keinerlei Nährboden für aufkeimende Déjà-vu-Momente. War in nahezu allen Punkten das extreme Gegenteil der Beisetzung seiner Mutter, der Zimmermann vor etwas mehr als einem Jahr beigewohnt hatte.

Das begann schon damit, dass Pastor Seeberg, im Rücken gestärkt durch seinen Kirchenvorstand und sogar seinem Bischof, die Nutzung der Fischerkirche und auch der kleinen Kapelle verweigert hatte. Selbst ein weltlicher Trauerredner war nicht aufzufinden gewesen, so dass sich letztlich Johannes Clauert und Hakala-Holappa die traurige Aufgabe teilten, Worte des Abschieds zu formulieren. Immerhin hatte man Dottore Lappe, den gewichtigen Gerichtsmediziner mit der Leidenschaft für die italienische Oper gewinnen können, die musikalische Begleitung zu übernehmen. Ihm war es zu verdanken gewesen, dass zumindest bis zu einem gewissen Grade eine würdevolle Stimmung aufgekommen war. Händels ›Largo‹. Puccinis ›Nessun dorma‹. Und natürlich das unvermeidbare ›Ave Maria‹, das Lore Bradhering mit brüchiger Stimme mitgesungen hatte. Ebenso Bernhard Gutzeit. Mehr laut als schön; er wollte jedoch vorrangig seinen Sohn Bernd ärgern. Der, zum wiederum nicht geringen Ärger des Seniors, von Lore den Auftrag erhalten hatte, Hans von Wustrows letzte Reise zu betreuen. Sie hatte sich in diesem Punkt auf keinerlei Diskussion eingelassen. »Das machen wir schon immer so und Punktum. Sieh du lieber zu, dass du in deiner Bude mal Klarschiff machst. Seitdem du die entzückenden Kunstwerke von Tante Wilhelm weggeräumt und durch deine grässlichen Särge ersetzt hast, setze ich keinen Fuß mehr in diese Altmännergruft.«

Die wenigen anderen Trauergäste verzichteten darauf, in Dottore Lappes Gesang einzustimmen. Außer Zimmermann und seinen Musketieren, Hakala-Holappa und dem schmetternden Doktor standen nur noch Johanna Riese und Kempowski im lockeren Halbkreis um das Grab herum. Im sehr lockeren, lichten. Die anderen Ahrenshooper hatten sich entschuldigen lassen, Geschäftigkeiten vorgeschoben und auf die immer näherkommenden Eröffnungsfeierlichkeiten verwiesen. Dafür waren umso mehr Zaungäste erschienen, allen voran diverse Pressevertreter, ein paar Radiojournalisten sowie das Team eines privaten Fernsehsenders. Die sich aber in respektvollem Abstand hielten. Noch. Außerdem schlenderten auffällig viele Einheimische aus Born und den angrenzenden Ortschaften den Kirchweg entlang. Und das, obwohl es inzwischen zu nieseln angefangen hatte.

Zimmermann fröstelte. Von Richard Sonntags Schirm, den jener fürsorglich über den kahlen Schädel seines Chefs und Freundes hielt, tröpfelte es. In schöner Regelmäßigkeit. Stete Tropfen. Die erstaunlicherweise stets jene schmale Lücke zwischen Mantelkragen und seinem faltigen Hals fanden. Und das obwohl er mehrfach seinen Standort ein wenig verändert hatte, ein zwei Schritte nach links, dann wieder nach rechts. Und nach vorn. Sonderbar.

Ebenso sonderbar wie die Tatsache, dass ihn der Tod Hans von Wustrows noch immer nicht berührte. In keinster Weise. Er spürte nichts. Keine Betroffenheit. Keine Genugtuung. Nicht einmal Beruhigung. Das war ihm schon während des Telefonats mit Hakala-Holappa aufgefallen. Diese Unberührtheit. Sicherlich hatte er dennoch umgehend nach dem Gespräch zum Aufbruch geblasen und bereits am nächsten Morgen war die Viererbande aus Bad Warmbrunn abgereist und am späten Abend in Born eingetroffen. Wie gewohnt sicher und souverän von Richard Sonntag chauffiert.

Auch wenn Zimmermann diese vorzeitige Heimkehr seinen Gefährten gegenüber vorrangig mit der Sorge um Lore Bradhering begründet hatte, war ihm im tiefsten Inneren gewahr, dass auch dies nur vorgetäuscht war. Er wollte einzig und allein zurück auf den Darß, die Halbinsel, um Olaf Hegerdorp nachzuspüren. Obgleich er noch nicht recht wusste, wie er das bewerkstelligen, wo er anfangen sollte.

Er wusste nur, dass er es musste. Allein schon, weil ihm Hegerdorp seit ihrem vermeintlichen Wiedersehen jede Nacht in seinen Träumen begegnete. Die alles andere als schöne Träume waren.

»Träumst du, Zimmermann? Es ist vorbei. Wir wollen gehen. Besser gesagt, wir sollen.« Richard Sontag ließ den

Freund für einen kurzen Moment richtig im Regen stehen. Ging zwei, drei Meter voraus. Mitsamt Schirm. Zimmermann erwachte in der Gegenwart. Tatsächlich! Die triste Zeremonie war überstanden. Lore verzichtete zudem darauf, am offenen Grab die Kondolenzen der handverlesenen Teilnehmer entgegenzunehmen. Die sich nun, eines solchen obligaten dramaturgischen Fixpunktes beraubt, etwas unsicher umschauten und ohne rechte Ordnung Richtung gähnender Grube stolperten. Dort wählten nahezu alle die kleine Schaufel und ließen Bröckchen bereits durchnässter Erde auf den Sarg niedertrommeln. Nein, für Hans von Wustrow sollte es keine roten Rosen regnen. Lediglich Bernhard Gutzeit machte eine Ausnahme und holte ein kleines Stück Holz aus der ausgebeulten Tasche seines schwarzen Anzuges. Eines seiner kleinen Kunstwerke, auf dessen Oberseite er einen kleinen Korb herausgeschnitzt hatte, wie Zimmermann später von Kempowski erfahren sollte. Gutzeit Junior missbilligte auch diese Geste seines alten Herren mit hochgezogen Augenbrauen.

Die allgemeine Unsicherheit, Verlegenheit setzte sich anschließend fort. Denn die ungastliche Pensionswirtin hatte überdies beschlossen und energisch verkündet, dass es keinen Leichenschmaus geben würde. »Keinen Kaffee und keinen Streuselkuchen. Kein Süppchen. Und erst recht keinen Doppelkümmel. Weder bei Petersson noch im Walfischhaus. Noch sonstwo. Und bei mir schon gar nicht. Das hat er nicht verdient!«

Ach ja, die »schöne Laich« in Peterssons Hof-Café, damals nach Tante Wilhelms Trauerfeier! Zimmermann dachte gerne an das gesellige Beisammensein zurück. An seine Plaudereien mit den Damen. Den alten, sehr alten. Den Scherzen. Doch Omi Marzahn war ja nun auch nicht mehr. Aber – Zimmermann war urplötzlich hellwach – wie hieß denn ihre Freundin noch mal, die sich ins Gespräch eingemischt hatte und noch recht genau über die Zeiten während des Zweiten Weltkriegs erzählen konnte? Irgendetwas Richtung Ingeborg, Hildburga, Brunhilde, oder so. Eben ein seinerzeit typischer Name für ein Mädel, das im BDM gewesen war. Und womöglich ein Auge auf so einen schmucken, ansehnlichen Hitlerjungen wie Olaf geworfen hatte. Zimmermann war sich mehr als sicher, dass der heranwachsende Hegerdorp dem damaligen Ideal eines kernigen deutschen Jungen perfekt entsprochen haben musste. Blond, groß, drahtig, durchtrainiert. In summa stattlich. Abgesehen natürlich von den beiden Ausrufezeichen auf den Innenseiten seiner Oberschenkel. Die er ihm zu verdanken hatte, ihm, dem kleinen Judenbengel.

Ja, diese nette ältere Dame war ein Ansatzpunkt. Wenn ihm bloß der Name einfallen würde. Vielleicht könnte ihm Lore auf die Sprünge helfen, womöglich einen Kontakt vermitteln? Ohne dass er zu viel von seinen Gründen für sein Interesse preisgeben müsste. Er scheute sich immer noch, selbst seinen Vertrauten und Freunden gegenüber von der unheilvollen Begegnung mit den Schatten der Vergangenheit zu erzählen. Vielleicht fürchtete er, seine Souveränität einzubüßen, seine durch weise Gelassenheit gekennzeichnete Position gegenüber der Geschichte, der deutschen ebenso wie jener seines Volkes, dem er spätestens seit dem Beschluss der »Nürnberger Rassengesetze« im September 1935 wohl doch anzugehören schien. Daher mied er seit ihrer Rückkehr auch längere Gespräche mit Kempowski ebenso wie mit Hakala-Holappa. Sowie eigentlich auch mit Lore Bradhering.

Nun hielt er dennoch suchend nach ihr Ausschau. Die Herrin des Kuhfußes hatte sich aber inzwischen bei Bernhard Gutzeit untergehakt und wandelte mit ihm über die Weiten des Friedhofes. Sicherlich wollte sie ihm, dem Experten für Sepulkralkultur, die Gräber ihrer eigentlichen Familie zeigen. Und womöglich sogar noch etwas länger mit ihrem neuen Favoriten zusammen sein. Was Zimmermann prinzipiell durchaus recht war und zupasskam.

Daher beschloss er, sich noch etwas in Geduld zu üben. Außerdem war ihm kalt. So beeilte er sich, Richard Sonntag einzuholen. Den einzigen Menschen, den er momentan um sich haben konnte. Weil Sonntag grundsätzlich keine Fragen stellte. Wenigstens keine persönlichen. Zudem stand ihm der Sinn nach wärmender Sitzheizung und einer kleinen Spritztour, an deren Zielpunkt ein heißer Grog wartete. Oder wenigstens ein Tee. Mit Rum.

Er entdeckte Sonntag in einer der vorderen Gräberreihen nahe des Eingangs. Dort war er vor einem noch recht frischen Grab stehengeblieben und unterhielt sich mit einem rundlichen, mittelalten Herrn in grüner Montur. Mutmaßlich der Friedhofsgärtner.

Zimmermanns Vermutung bestätigte sich, als er näherkam. Der Mann in Grün schimpfte wie ein Rohrspatz, wies aufgebracht und wiederholt auf ein merkwürdiges Gebilde, das mitten zwischen Kränzen, bereits angewelkten Blumensträußen und Gebinden lag. Beziehungsweise thronte. Denn es war anscheinend hochkant in das Erdreich gesteckt worden. Auffällig erschien ihm besonders, dass der nicht genauer zu erkennende Gegenstand mit rotweißem Trassierband umwickelt, verknotet war, das in mehreren Enden fast froh im Nieselwind flatterte.

»So ein Schiet! So eine Schande! Dabei ist der Wolfgang noch keine Woche unter der Erde. Seitdem finde ich jeden Morgen wieder so einen perversen Mist hier auf seinem Grab. Wenn ich den erwische, Richard, das kannste mir glauben, der kriegt so eine Abreibung von mir, dass er das in Zukunft sein lässt, diese Drecksau. Da kannste einen drauf lassen.«

Richard Sonntag nickte zustimmend. Fasste nach. »Da hast du recht, Conny, das sieht wirklich nicht schön aus. Aber um was für einen »perversen Mist« handelt es sich denn da genau?« Zimmermann hingegen hörte nur mit halbem Ohr zu.

»Na, um tote Viecher, Richard. Mal ein plattgefahrener Igel. Mal ein Flügel von 'ner Möwe. Mal 'ne gemangelte Kreuzotter. Solchen Krams eben. Eine vertrocknete Ratte war auch schon dabei. Und ein Kopf von einem Hirschkalb. Halb verwest. Mit Maden drin. Echt eklig. Allein die Augen. Obwohl ich ja ansonsten einiges abkann, so rein aus Berufsgründen. Aber dieser Wahnsinnige … Das geht überhaupt nicht. Schon gar nicht auf meinem Friedhof. Und alles in dieses Flatterband eingewickelt. Richtig fest verschnürt. Kreuz und quer verwurschtelt. Wie so eine olle Mumie. Der ist doch krank. Total krank. So einer gehört weggesperrt.«

»Sicherlich ein bedauerlicher Vorfall, ein schändlicher Frevel. Leider müssen wir jetzt weiter …« Zimmermann räusperte sich. Hoffte, dass Sonntag sein Signal verstanden hätte. Der jedoch war neugierig geworden. »Und was meinst du, was in diesem … nun ja, … Paket ist? Willst du's nicht mal aufmachen?«

»Warum machst du das nicht selbst? Ich habe langsam die Schnauze voll von diesem Schiet. Hier!« Conny warf Sonntag zwei Arbeitshandschuhe zu. Eine große Gartenschere folgte. Gereicht. Sonntag ließ sich nicht zweimal bitten und bugsierte das mysteriöse Gebilde zunächst auf den Weg und machte sich sogleich ans Werk. Leise fluchend, da die Verschnürung wirklich sehr sorgfältig ausgeführt worden war. Sonntag fuhrwerkte wie ein Chirurg bei einer Notoperation, bis er endlich eine Öffnung eingeschnitten hatte. Aus der sogleich Fliegen ans düstere Tageslicht krabbelten. Frisch geschlüpft. Sich flugs die Flügelchen putzend, um in die Welt zu entfleuchen. Zimmermann schluckte ersten Ekel herunter.

Sonntag war jedoch jetzt in Rage gekommen. Zerrte. Schnippelte. Riss am Bandsalat. Und förderte schließlich einen Lauf hervor. Einen Hinterlauf. Rötlichgraue Haare. An denen diffuse angetrocknete Flüssigkeiten klebten. Sämig. Vermutlich Gedärm. Sowie eingesprenkelter Schottersplitter. Fast stolz hielt er das Stück Aas in die Höhe. Wedelte damit herum. »Na, wen haben wir denn da? Erkennst du ihn wieder, Zimmermann?«

»Ja, ich schätze, das …« Er bemühte sich, flach zu atmen. Wollte dem Freund nicht das fragwürdige Vergnügen verderben. Schluckte abermals. Säuerlichkeit hinunter.

»… gehört zu diesem Goldschakal, der uns im letzten Herbst schon einmal begegnet ist. Da zwischen Prerow und Wieck. Kurz hinter der Kurve. Du hast ja …«

»Zwischen Prerow und Wieck?« Conny fiel ihm ins Wort. »Komisch, dort ist auch der Wolfgang gestorben. Also der hier …« Er wies auf das frische Grab vor ihnen. »Am 12. Mai erst. Ist mit seinem Motorrad ins Schlingern geraten. Glatteis. In eben dieser beschissenen Ellenbogenkurve. Und dann über die Planke. Mitten innen Wald. Obwohl der die Strecke eigentlich in- und auswendig kannte. Außerdem war er ja auch noch Fahrlehrer. Jetzt isser trotzdem tot. Merkwürdige Geschichte. Zwischen Prerow und Wieck. Ob das irgendwie zusammenhängt?«

6. Parafroneta pilosa

»Also diese Kurve zwischen Wieck und Prerow hat es wirklich in sich. Diese Ellenbogenkurve. Ist schon einiges passiert. Böse Unfälle. Aber dass es den Wolfgang Tiedje da erwischt? Wirklich merkwürdig. Hab das nur am Rande mitbekommen. Wir waren ja unterwegs. Doch, das finde ich mehr als merkwürdig. Kam doch aus der Gegend der Bursche, aus Pruchten, glaube ich. Feiner Bengel war das. Ganz feiner Bengel. Hat früher sogar Rennen gefahren. Speedway und so. Dass so einer sich von ein bisschen Glatteis aus der Bahn werfen lässt? Unglaublich. Das ist so, als wenn sich ein Frisör beim Rasieren das Ohr abschneidet und daran verblutet. Guck mal, gleich sind wir da.«

Richard Sonntag sprudelte wie ein Wasserfall. Derweilen der Regen mit nahezu gleicher Intensität gegen die Frontscheibe prasselte. Zimmermann war es gleich. Er war nur froh, dem Friedhof entkommen zu sein. Den Freunden, ihren unausgesprochenen Fragen, traurigen Frageblicken. Er hatte sich knapp rundum entschuldigt: »Wisst ihr, mir geht es nicht so gut. Das Wetter, der Regen, das Alter …« Und hatte sich dann mit seinem Fahrerfreund durch die Phalanx der Medienvertreter geschlagen. Widerwärtig. Wie nach so einem großen Prozess. Wie die Schmeißfliegen hatten sie die Trauergäste bedrängt. Auf sie eingeschrien. Fragend, bellend, fotografierend. Kempowskis Verweise auf Datenschutz und das Recht am eigenen Bild waren höhnisch weggeknipst worden. Ja, wie die Schmeißfliegen. Und ekliger als jene, die im mürben Hinterlauf des Goldschakals ihre Kinderstube gefunden hatten.

Nun waren sie auf dem Weg zur Prerower Teeschale. Doch zuvor musste Richard Sonntag natürlich noch die Unfallstelle genau in Augenschein nehmen, wo sich dieser unglückselige Fahrlehrer mit seinem Motorrad zu Tode gefahren hatte. Was Zimmermann eigentlich recht gleichgültig war. Doch dem Freunde zuliebe tat er so, als ob er zuhörte. Interessiert sogar. Besser zuhören als selbst reden zu müssen.

»Ach du grüne Neune, was ist das denn? Zimmermann, siehst du das? Nicht zu glauben!« Sonntag steuerte seinen Wagen, einen größeren mit Stern, behutsam durch die nun auch noch regennassschmierige Kurve und hielt wenige Meter weiter etwas schräg in einer kleinen Nothaltebucht. »Hast du das gesehen? Das muss ich mir aus der Nähe anschauen! Kommst du mit?« »Eher ungern. Nein, danke für die sicher vielversprechende Einladung. Aber, du hast ja gehört, was ich den anderen gesagt habe: Der Regen, das Alter …« Zimmermann zog das trockene und gemütlich warme Fahrzeuginnere irgendwelchen verwegenen Manövern inmitten des mehr als regen Verkehrs vor. Beobachtete im Rückspiegel, wie sich der Wütende in eine grellorange Warnweste zwängte und mit nervösen Gesten die Straße überquerte. Bald jedoch hatten Innenwärme und Außennass die Scheiben in Milchglas verwandelt. Das monotone Blinkblank des aktivierten Alarmlichtes tat ein Übriges. Er drusselte leicht ein.

Wurde jedoch wenig später jäh geweckt. Aufgeschreckt. Von aufgerissener Fahrertür. Sowie aufgedrehter Fahrerstimme: »So eine Schweinerei! Da war dieser Irre vom Friedhof auch zugange. Hat sich am Kreuz vergangen, das die Familie für Wolfgang aufgestellt hat. Seine Yvonne und Svenja, seine Tochter. Da hängen jetzt Schädel dran; wenigstens blanke, ohne Fell, Fleisch und anderen Schmadderkrams. Einen Rehbock habe ich erkannt. Einen Dachs, glaube ich, auch. Und noch ein paar kleinere. Von Vögeln. Mäusen. Unglaublich! Ich habe ein paar Fotos gemacht. Wir wollen ja sowieso nach Prerow. Da werde ich gleich einmal in der Wache vorbeischauen und denen Bescheid sagen. Das geht doch nicht, sowas! Sag doch mal was, Zimmermann. Was ist denn bloß los mit dir, dass dir auf einmal alles, verzeih mir, dass ich direkt werde, aber auch wirklich alles irgendwie am Arsch vorbeigeht?«

Er hatte es befürchtet. Kommen sehen, dass irgendwann auch Richard Sonntag seine Zurückhaltung ablegen würde. Um zum Bohrer zu werden, der seinen Nerv traf.

»Verzeih mir, mein Bester. Ich weiß ja, dass ich die letzten Tage komisch bin. Eine Zumutung für euch. Doch …« Zimmermann machte eine Pause. Suchte nach Worten. Sowie jenem Knopf am Armaturenbrett, mit dem man den gebetsmühlengleichen Klingklang der Warnblinkanlage abstellen konnte. Sonntag half ihm. Erlöste ihn. Und die nun eintretende Ruhe löste endlich auch Zimmermanns Knoten. Er offenbarte sich.

»Ich bin jemanden begegnet. Während unseres Besuches in Cieplice Śląskie-Zdrój, dem alten Bad Warmbrunn. Im

Kurpark. Eigentlich schon etwas früher, in der Therme. Jemanden, der Macht über mich hat. Und das seit mehr als 80 Jahren. Eine Macht, von der ich gar nicht mehr wusste, dass sie existent ist. Die ich verdrängen wollte, als Kind schon, als junger Mann sowieso. Mit Vehemenz. Vergessen. Und die ich schließlich auch vergessen habe. Hatte. Verdrängt. Irgendwo in der Tiefe meiner Seele. Doch dann, in diesem schönen, lauschigen Park an jenem herrlichen Maientag, da hat ein Blick nur ausgereicht, um sie zu neuem Leben zu erwecken. Hervorzuholen. Und nun sitzt dieser Knabe wie ein Alb auf meiner Brust und die Gedanken an ihn spinnen all mein anderes Denken ein. Wie die Gespinste von diesem Falter, die Zweige, Äste, ganze Bäume befallen, überfallen …«

»Du meinst diesen Eichenprozessionsspinner. Ich kenne das nur von meinen Sorgen um mein kleines Unternehmen; Rechnungen, jede Menge Abgaben und dann natürlich das Finanzamt. Ja, das kann einen schon ersticken. Doch, wer ist denn dieser Bursche, der so eine Macht über dich hat? Wenn es ein richtiger Mensch aus Fleisch und Blut ist, muss er, sorry, auch schon ein paar Jährchen auf dem Buckel haben.«

»Die hat er, unbestreitbar. Ist sogar noch etwas älter als ich. Jahrgang 1922. Uralt. Hinfällig. Ein richtiger Tattergreis. Selbst ich könnte ihn wahrscheinlich mit einer kräftigen Ohrfeige zu Boden strecken.« Die vage Andeutung eines Lächelns huschte über Zimmermanns Lippen. Ein kurzer Anflug nur.

»Und doch ist er für mich das ... ja, das Gesicht des Hakenkreuzes. Nicht Hitler, noch Goebbels, auch nicht Himmler, Heydrich, Göring und wie sie alle hießen. Ebenso wenig die Millionen Erfüllungsgehilfen, Mitläufer und Ich-hab-von-nichts-gewusst-Chargen. Nein, für mich hat der Faschismus deutscher Machart einen einzigen Namen, eine Seele, ein Gesicht. Dem ich noch ein einziges Mal begegnen möchte. Dabei weiß ich eigentlich gar nichts über ihn, seinen weiteren Werdegang im sogenannten Dritten Reich. Außer, dass er 1935 ein glühender Nazi war. Der mir wehgetan hat. Sehr weh. Unfassbar tief.«

»Dann lass uns den alten Knaben finden, mein Freund. OK, du hast ihn in Warmbrunn wiedergesehen. Wo er aber wahrscheinlich nicht wohnt, sondern nur im Urlaub war, zur Kur oder als Tagesausflügler. Das müsste man recherchieren. Allerdings sollte man das Pferd vielleicht besser von hinten aufzäumen. Wo kommt er denn her, dein böser Dämon?«

»Vielen Dank für dein Angebot. Ja, du hast recht, ich, wir sollten die Geschichte von hinten aufrollen. Und – von hier aus. Denn Olaf, Olaf Hegerdorp kommt aus dieser Gegend. Genauer gesagt aus Althagen. Wo heute aber keine Menschen mehr dieses Namens leben. Das habe ich schon überprüft. Auch in den anderen Orten nicht. Außerdem nennt er sich inzwischen Günter. So wurde er wenigstens von einer Frau angesprochen, die ich für seine Tochter oder Schwiegertochter halte. Dieser Umstand der Namensänderung bestätigt mich ja in meiner Ahnung, dass es mit ihm und seiner Karriere bis 1945 eine besondere Bewandtnis hat.« »Da stimme ich dir zu. Neue Namen, neue Existenzen, das lässt einiges an Vermutungen zu. Aber, weißt du was? Wir machen Nägel mit Köpfen. Gleich heute. Jetzt.« Sonntag startete das Auto. Blinkte. Gab Gas. Vollgas. »In Prerow sitzt doch dieser Herr von Stenglin in seiner Bücherstube. Hinten am Bernsteinweg. Und der ist beinahe so in deinem Alter. Ich weiß zwar nicht, ob er schon immer hier oben gelebt hat, damals schon. Allerdings stammt seine Frau definitiv aus Prerow. Seine Barbara. Geborene von Wedelstädt. Der Stenglin ist noch richtig fit im Kopf. Vielleicht weiß der ja mehr? Den besuchen wir. Subito. Die Polizei kann warten.«

Zimmermann fühlte, wie seine latente Schwermut der letzten Tage einer gewissen Abenteuerlust wich. Doch, er wollte unbedingt herausfinden, wer Olaf Hegerdorp gewesen war. Was er getan oder nicht getan hatte. Und wo er jetzt lebte. Und er ahnte auch, dass ihm bei dieser Suche Zeitzeugen am meisten helfen würden. Ungeachtet aller modernen Technologien und Möglichkeiten.

Eine gute Viertelstunde später erhielt seine neugewonnene Zuversicht allerdings einen kleinen Nasenstüber. Die Nordische Buch- und Kunsthandlung war geschlossen. Wegen Urlaub. Und auch unter der an der Ladentür angeschlagenen Telefonnummer meldete sich niemand.

»Lass den Kopf nicht hängen. Wir finden den Kerl. Morgen ist auch noch ein Tag. Dann eben doch erstmal zur Polizei. Die Teeschale hat ja leider auch zu.« Flugs wendete Richard Sonntag und setzte die Fahrt fort. Die ihn forderte.

Seine ganze Konzentration erforderte. Denn es hatte aufgehört zu regnen. Sogar einige Sonnenstrahlen trauten sich hervor. Sowie Unmengen von Radfahrern. Mountainbikes und hochwertige Tourenräder, die überwiegende Zahl davon mit Elektromotoren, strömten über die Straßen. Kreuz und quer. Von links nach rechts. Stets ohne Blick nach hinten. Geschweige denn irgendwelcher Rücksicht. Man trug ja Helm.

Sonntag stöhnte. »Diese Deppen werden auch von Jahr zu Jahr mehr. Eine echte Plage. Doch wenn ich es wagen würde zu hupen, nur ganz kurz, dann würden die uns aus dem Auto zerren und am nächstbesten Laternenpfahl aufknüpfen.« Zimmermann nickte stumme Zustimmung. Auch er empfand das allgegenwärtig rollende Radlerheer unangenehm, störend, nahezu bedrohlich. Selbst wenn der Anblick so mancher Strampler, deren übergewichtige Körper und Gliedmaßen in farbenfrohe und trendig teure Trikots und Höschen gezwängt worden waren, einen eher erheiternden Anblick boten.

Der Höhepunkt nervlicher Herausforderung wartete aber noch auf sie. Etwa in der Ortsmitte kam auf einmal ein skurril anmutendes Gespann wie aus dem Nichts auf die Waldstraße geschossen. Ein uraltes Fahrrad mit Anhänger. In dem aber keine Krabbelkinder oder Kurzbeinhunde durch die Gegend chauffiert wurden. Sondern ein Gebirge aus Schrott. Sperrmüll. Im wahrsten Sinne des Wortes. Denn das Konglomerat aus diversen Metallteilen, Stangen, Schilfmatten, Zeltplanen, Netzen, Teppichen und sonstigen ausgedienten Objekten quoll in mehrfacher Meterbreite über das kleine Gefährt. Es gab kein Vorbei. Zimmermann hatte daher Zeit, sich den Fahrer genauer anzuschauen. Soweit dies von hinten möglich war. Er wirkte auf gewisse Weise fröhlich. Bewegte sich beim Treten der Pedale, als ob er singen und mitschwingen würde. Passend dazu tanzte sein wildgelockter Rotschopf munter verwegen im Fahrtwind. Er erinnerte Zimmermann ein wenig an den jungen Art Garfunkel. Das war garantiert kein Tourist. Zumal der Schrotterer auch nicht die typische praktische Pfötchengarderobe oder die Pseudoprofipellen jener Klientel trug. Stattdessen einen etwas angeschmuddelten Strickpullover, auf der Farbskala irgendwo zwischen Eierschale und Ocker anzusiedeln. Auf dem ein Name prangte. In Großbuchstaben. Mit grünen Stofffetzen aufgenäht: BASTIAN.

7. Devade tenella

»Bastian ist ein Künstler! Ohne Wenn und Aber. Und das was er macht, ist echte Kunst. Richtige. Ernsthafte. Ernstzunehmende. Nenne es nun Art brut, Outsider Art oder sonst wie. Warum willst du das nicht kapieren, Hanne? Das versteh ich wirklich nicht. Wo du doch sonst so ein Gespür für echte Künstler hast. Gerade für schwierige. Denk doch nur an deine Vorliebe für unseren Hans Brass. Den ewigen Flüchter, den Unsteten in seiner Liebe zu Ahrenshoop und seiner Martha. Oder an unseren Jo. Den armen Majakowski.« Ann-Kathrin Seegers hatte sich in Rage geredet. Rupfte einen Zweig von einem der gerade erst im Kunstgarten des Partikel-Hofs gepflanzten Ginstersträucher. Fuchtelte damit herum wie Herbert von Karajan auf LSD.

Andreas Kempowski war heilfroh, dass diese »klärende Aussprache« zwischen der ansonsten eher friedfertigen, geradezu harmoniesüchtigen Keramikerin und Dr. Johanna Riese, Direktorin des Ahrenshooper Kunstmuseums sowie eine der Leiterinnen des neuen Hauses am Paetowweg, im Freien stattfand. Hier konnte er, den die beiden als Mediator, ausgleichenden Schiedsrichter hinzugebeten hatten, wenigstens rauchen. Den Blick von den streitenden Frauen abwenden, über wogendes Schilf, die Wellen des Boddens wandern lassen. Beruhigend! Ganz anders der Disput der Damen. Von denen nun Johanna Riese zum Gegenangriff ansetzte. Die Augen zusammengekniffen. Zu schmalen

Schlitzen. Zwischen denen es loderte. Durch deren Wimpern Blitze funkelten. Abschussbereit.

»Erstens, mein liebes Ännchen, mag ich es nicht, wenn du, wenn man mich Hanne nennt. Überhaupt nicht. Das weißt du nur zu gut. Und zweitens finde ich es nun einmal unverantwortlich, dass du, obgleich das nun gar nicht in deinem definierten Aufgabenbereich im Komplex unserer Stiftungsarbeit liegt, diesen Bastian dergestalt protegierst, ja unser Team geradezu in einer Art Handstreich überrumpelt hast, auf dass unsere »Freunde« – Riese machte eine Pause. Provokant. – »Freunde« sich vor deinen Karren haben spannen lassen. Doch die Wahl dieses Bastians als ersten Stipendiaten unseres Hauses ist nicht nur aufgrund seiner zweifelhaften künstlerisch autonomen Qualität unverantwortlich. Allein schon der versicherungstechnische Aspekt bereitet mir schlaflose Nächte. Denn wenn ich sein, euer, dein »Konzept« richtig verstehe, deute, sollen sich seine zusammengebastelten Scheiterhäuflein ja vorsätzlich während der angedachten Ausstellungsdauer auflösen, von Wind und Wetter abgetragen, fortgetragen werden.« Erneut hob sie die Anführungsstriche rhetorisch akzentuiert hervor. »Was nun, wenn da jemand zu Schaden kommt? Von irgendwelchen herumfliegenden, herunterstürzenden Teilen verletzt wird? Darüber stolpert? An die ästhetische Komponente mag ich gar nicht denken. Unser schönes Anwesen, die Sanddorngehölze. Die Stechpalmen, der Ginster, die Feldsteinmauern mit Mohn und Heckenrosen. Und natürlich die wundervollen Skulpturen von der von mir so hochgeschätzten

Hertha von Guttenberg. Zusätzlich überall der Müll deines Schützlings, irgendwelche Stangen, Ranken, Schnüre, Netze, womöglich Plastikzeugs. Das dann über die Wiesen zieht. Im Bodden landet. Das kann doch nur Schwierigkeiten mit sich bringen. Anzeigen. Prozesse womöglich; Schadenersatz, Konflikte mit dem Nationalparkamt, Umweltauflagen und was da noch alles auf uns zukommt.«

Kempowski gratulierte sich, dass er daran gedacht hatte, seinen kleinen Aschenbecher für unterwegs einzustecken. Wenn er jetzt auch noch seine Kippe auf dem Mulchweg austreten würde, hätte er von der aufgewühlten Kunstdoktorin mehr als nur einen bösen Blick geerntet. Allerdings gab er ihr schon ein wenig recht. Er schaute zu den acht Pavillons, die ihn an Jurten erinnerten, wobei die Zeltbahnen noch aus Beständen der NVA zu stammen schienen. Seegers hingegen bezeichnete sie als Werkhütten. Als Laboratorien der Kreativität. In denen Großartiges entstehen würde. Einzigartiges. Vor denen zurzeit aber noch wirre Haufen der unterschiedlichsten Materialien lagerten. Jede Menge »gebrauchte Gegenstände«, die man getrost als Schrott oder, positiv wertend, als Altmetall bezeichnen könnte. Der Anblick ähnelte für ihn ein bisschen diesem abenteuerlichen Grundstück am Wiecker Müggenberg, dessen Eigentümer ebenfalls eine ausgeprägte Sammelleidenschaft besaß und seine Schätze bisweilen im Rahmen eines Hofflohmarktes den vorbeiradelnden Touristen zum Kauf anbot.

Für Bastian waren diese Objekte jedoch Wesen, fast schon Lebewesen. Denen er, so hatte es Kempowski zumindest aus

Seegers Ausführungen herausgehört, ihre wahre Würde zurückschenken wollte, indem er sie in verschiedene Schichten einhüllte, einkleidete und auf diese Weise ihre äußere Erscheinung umgestaltete. Die dann aber in der Gedankenwelt des Künstlers wiederum die eigentliche, die authentische Aura des jeweiligen Dinges darstellen würde. Dessen wahres Wesen. Doch nur situativ, temporär, ephemer, für kurze Dauer, da diese Umhüllungen aus Schilf, anderen Gräsern, Farnwedeln, Zweigen, Wurzeln und weiteren, überwiegend organischen Stoffen anschließend der Unbill der Natur ausgesetzt würden. Von Regen und Sonnenschein, Gewitter und Sturm zerfleddert, vertrocknet, aufgeplatzt, abgelöst, bis dann sukzessive wieder der eigentliche Corpus erscheinen würde. Ein eigentümlicher Prozess. Der für Bastian den Weg des Lebens darstellte. Zwischen Geburt und Tod. An dessen Ende allem und jedem ein Ende im falschen Schein erwartete. Diese düstere Sicht, diese Arbeitsweise, nach der die Zerstörung das Ziel des Schaffens darstellte, passte für Kempowski eigentlich überhaupt nicht zur Person dieses Bastians, den er richtig nett, sympathisch fand. Ein freundlicher, sanfter, fröhlicher Mann Mitte Fünfzig, der stets lächelte, vor sich hin summte oder flötete. Sicherlich, schon eigen und eben nicht normal, doch Kempowski fiel es schwer, ihn als Behinderten einzuordnen, als »Menschen mit psychischem Handicap«. Klar, Bastian hatte »einen an der Waffel«. Aber traf das nicht auch für ihn zu? Für Zimmermann, Hakala-Holappa, Clauert, den alten Bestatter und die ganze Künstlerbande? Mit Sicherheit. Besondere Menschen mit Charakter und Charisma waren nun einmal etwas eigen.

Dr. Johanna Riese natürlich mitgerechnet. Die nun auf ihre ganz eigene, spitzfindige wie schmallippige Art ihre Vorbehaltskanonade und Vorwurfssuade fortsetzte. »Last, but not least ist da noch die vollkommen ungeklärte Situation mit Werners-Wiedehopf. Der das vermeintliche Talent deines Bastians ja schließlich entdeckt hat und ihn als Galerist vertritt. Mit nicht geringem Erfolg; auch wenn mir das als Kunstexpertin wie Kunstliebhaberin vollkommen schleierhaft ist.«

»Hör mir doch mit dem auf, Hanne. Werners-Wiedehopf, dieser widerwärtige, aalglatte Schnösel und Galerist der Schönen und Reichen. Das ist doch der reinste Ausbeuter. Sicherlich, er hat früh erkannt, welches Potenzial in Bastian schlummert, als er ihm auf irgendeiner Charityveranstaltung von den Rotariern begegnet ist. Adventsbasar oder so. Hat sich dann als großer Entdecker und Förderer aufgespielt. Zugegebenermaßen die ersten Arbeiten verkauft. Sogar bis nach Japan. Wo Bastians frühe Werke richtig gut ankommen. Seine Einschnürungen, Flechtwerke. Aus seiner Schutzphase, wo er die Sachen vor den Blicken der Bösen verstecken wollte. Aber sonst; Werners-Wiedehopf ist Bastian als Mensch und Künstler scheißegal. Der will nur Kohle mit ihm machen. Von der er bis zum heutigen Tage nur Almosen gesehen hat. Ein paar läppische Geschenke. Wie dieses uralte Fahrrad mit dem Anhänger. Mal neue Stiefel, tatsächlich neue; waren wohl runtergesetzt. Ein paar Knäuel

Bindfaden und Drachenschnüre noch. Und eine Spende für das Atelier der Lebenshilfe. Aber ansonsten – Pustekuchen. Nulla, niente di niente. Beruft sich darauf, dass der große Geldsegen kommt, wenn er dann offiziell sein gesetzlicher Betreuer ist. Aber, soweit wird es nicht kommen. Bislang sind die Behörden vorsichtig. Glücklicherweise. Außerdem bin ich ja auch noch da.«

Die letzten Worte hatte Ann-Kathrin Seegers nur noch zu sich selbst gesprochen. Und zu Kempowski. Dr. Johanna Riese hatte sich wortlos verabschiedet. Mit vielsagendem Augäpfelrollen. Einer wegwerfenden Geste. Dann war sie im Hauptgebäude des Museums des Verschwindens verschwunden. Widmete sich nun wahrscheinlich den letzten Hängungen ihrer Ausstellung zum Wirken Alfred Partikels, ihrem Beitrag zur großen Premiere des Partikel-Hofes. Unter dem poetischen wie ahnungsvollen Titel ›Als der Pirol im Garten sang‹ erwarteten das Publikum dort Arbeiten des Landschaftsmalers zu seinen drei Kindern Barbara, Adrian und Cornelia sowie dem Motivkreis Familie. Begleitet und kongenial akzentuiert von Zeichnungen, Skizzen, auch plastischen Arbeiten von Gerhard Marcks zu diesem Thema, der ein enger Freund Partikels gewesen war. Eine schöne Präsentation, in diesem Punkt war sich nicht nur Kempowski sicher. Harmonie mit einer Spur, einem Schatten Melancholie. Auf jeden Fall ein Besuchermagnet. Und garantiert konfliktfrei.

Für das ambitionierte Experiment Ann-Kathrin Seegers befürchtete er das Gegenteil. Sicherlich. Ihm gefielen die krausen Gedankengänge Bastians. Sein verschrobenes wie verschobenes Spiel mit Schein und Sein, Aura und Karma, Wesen und Wirklichkeit, Täuschung und Enttäuschung. Gerade, weil Bastian die Definitionen spiegelte und bekannte Denkmuster durcheinander pustete. Doch es mangelte Kempowski dann schon an Fantasie und Vorstellungskraft, um sich das wahre Wesen von Gebilden wie zum Beispiel dieser ausgedienten Betonmischmaschine zu visualisieren, die der Künstler gerade in eines seiner Zauberzelte schob. Da waren ihm die frühen Arbeiten näher, diese eingewickelten, verschnürten, verwebten und in anderen Techniken verpackten Dinge des Alltags, von denen er bislang nur Fotos gesehen hatte.

Auch der dahinterstehende Gedanke, dass Bastian diese Objekte durch seinen Eingriff vor den Blicken anderer Menschen schützen, beziehungsweise sie vor einer Nutzung gemäß ihrer eigentlichen Funktion bewahren wollte, gefiel ihm. Das war schön verquer. Unnütz. Irrational.

Wie ihm die Seegers erzählt hatte, fand Bastian wohl als Jugendlicher zu dieser Ausdrucksform. Etwa im Alter von 16, 17 Jahren. Damals befand er sich in Stralsund, in der Kinder- und Jugendpsychiatrie. Seine Eltern und seine jüngere Schwester Irmela waren einige Monate zuvor bei einem Fluchtversuch mit einem Fischerboot in der Ostsee ertrunken. Bastian hatte überlebt und war nach einigen Wochen in der Klinik wieder zurück ins Elternhaus in Pruchten gekommen, wo noch die Großmutter lebte. Ann-Kathrin hatte das Drama seinerzeit mehr oder weniger miterlebt, da sie nur ein paar Häuser entfernt aufgewachsen war und die Familie kannte. Bastian war schon vor der Tragödie ein merkwürdiger Junge gewesen, der viele Probleme in der Schule und im sonstigen Leben hatte. Seine Sonderbarkeit war letztendlich der ausschlaggebende Grund für die geplante Republikflucht gewesen. Ungeachtet seiner sich nach dem Unglück immer mehr verstärkenden Verschlossenheit war er sich dieses Zusammenhanges bewusst. Hatte sich schuldig gefühlt. Und schließlich versucht, sich umzubringen. Aufzuhängen. Die vollkommen überforderte Großmutter konnte ihn zwar noch in letzter Minute retten, hatte dann jedoch schweren Herzens seiner Einweisung in eine Einrichtung zugestimmt.

Dort hatte er dann begonnen, seine wenigen Besitztümer mit zerrissenen Bettlaken einzuwickeln. Sein erstes Werk war wohl sein Kinderbesteck gewesen, das ihm seine Oma einst zur Geburt geschenkt hatte und an dem er sehr hing. Ein Löffel, ein Messer, eine Gabel. In einfacher Ausführung. Mit kleinen Tierchen. Im Griff eingeprägt. Ein Bienchen. Ein Schmetterling. Und ein Marienkäfer. Die Schwestern hatten das zunächst unterbunden. Natürlich. Normal war ein solches Verhalten ja nicht. Und ihm das Besteck abgenommen. So folgte als nächstes sein Sandmännchen. Und die gleiche Reaktion von Seiten des Personals. Als er nach einigen Wochen keinerlei Spielzeug oder sonstiges besaß, begann er, sein Bett, den Nachtschrank und schließlich sich selbst dergestalt zu »mumifizieren«, wie es in seiner Krankenakte vermerkt worden war. Ein beschissenes Schicksal.

»Ein Rätsel für Herrn Andreas. Was ist das?« Das nun vor ihm stand. Breitbeinig. Kraftvoll. Fröhlich. Kempowski hatte gar nicht mitbekommen, dass Bastian sein Werkstattzelt verlassen hatte. Den Garten durchschritten. Nun vor ihm stand. Angesichts dessen, was er über den Leidensweg des Jungen, jungen Mannes durchs Leben, durch Psychiatrien, Heime, Jugendwerkhof und sonstige Anstalten wusste, wunderte es ihn immer wieder, wie gesund und natürlich Bastian wirkte.

Der nun sein Fragespiel fortsetzte »Was ist das? Das kleine Ding plumpst ins Meer. Das große Tier schnappt zu. Schluckt es herunter. Was ist das?« Kempowski musste unwillkürlich an Kaspar Hauser denken. An die grandiose Verfilmung von Werner Herzog. Mit dem unvergleichlichen Bruno S. als Findling. Der ja auch irgendwo aus der Ecke von Asperger kam. Sein Verwandter im Geiste streckte ihm nun seine Hände entgegen. Kräftige Werkzeuge. Geschlossen. Auf den braun gebrannten Handrücken kräuselten sich rote Härchen. Kempowski spielte mit. Schüttelte den Kopf. »Keine Ahnung. Ich bin nicht so gut im Raten.« Und freute sich nun an der Freude des Fragestellers. »Eine Walnuss, Herr Andreas. Der Kern des Walfisches ist die Walnuss. Denn das Kleine ist größer als das Große.« Glucksend drehte Bastian seine Hände um. Öffnete sie. In seiner linken Handfläche lag eine taube Nuss. Mit Loch. Von einem Siebenschläfer angeknabbert. Er reichte sie Kempowski. Die andere, frische Walnuss nahm er selbst. Knackte sie. Ein kräftiger Biss. Strahlend weißer Zähne.

8. Urocoras nicomedis

Die Möwe fixierte Zimmermann. Genauer gesagt das Gebäckstück in seiner Hand. Entschied dann aber, dass es sich hierbei weder um ein Fischbrötchen – am liebsten mochte sie Matjes – noch um ein Schälchen mit Backfisch handeln würde. Verzichtete daher auf einen Angriff. Verharrte aber weiterhin auf ihrem Posten. Dem Poller. Eine weise Entscheidung. Für beide.

So konnte Robert Aaron Zimmermann sein Teilchen weiterhin ungestört genießen. Seinen Wiecker Wickel, Walnusswickel. Die Spezialität der Wiecker Backstube. Von deren Inhaberin Zimmermann vor einer guten halben Stunde nicht nur ein Tütchen mit vier dieser kleinklebrigen Köstlichkeiten erstanden hatte. Frau Tanja hatte ihm auch die Telefonnummer von Holger Baum zukommen lassen. Und erfreulicherweise hatte er den Wiecker Ortchronisten sogleich erreicht. Nicht nur das. Baum hatte sich auch zu einem Gespräch unter vier Augen bereit erklärt und als Treffpunkt den kleinen Hafen des Jachtclubs am Ende des Johann-Segebarth-Weges vorgeschlagen.

Nun wartete Zimmermann gespannt. Schaute den Möwen zu, den emsig flatternden Schwalben sowie einer Handvoll Segelschiffe und kleiner Motorboote, die im sanft kräuselnden Boddenwasser vor sich hin dümpelten.

Richtig aufgeregt war er. Endlich würde er mehr über den Darß unterm Hakenkreuz erfahren. Seine weiteren Versuche, den Herrn von Stenglin zu erreichen, waren leider erfolglos geblieben. Er weilte zur Erholung in der Karibik. Wo er weder telefonisch noch via E-Mail zu erreichen war. Beziehungsweise erreicht werden wollte. Wie Zimmermann von dessen Sohn erfahren hatte. Herr von Stenglin wollte einmal andere Wellen sehen. Ungestört.

Gleiches galt für Hildegard Fretwurst, seinem zweiten Strohhalm der Erinnerung. Zwar hatte ihm Lore Bradhering bereitwillig Namen und Adresse der letzten noch lebenden Freundin ihrer Tante Wilhelm mitgeteilt. Nur vergnügte sich auch die »wilde Hilde«, wie sie Lore mit einem bezeichnenden Augenaufschlag nannte, fernab der heimischen Gefilde. Die muntere Dame kreuzte an Bord der AIDA auf der Hurtigruten durchs Nordmeer. Bemerkenswert, je oller, desto doller. Unter den betagteren Eingeborenen schien es einen gewissen Hang zu Fernreisen zu geben. Senile Nestflucht, sozusagen.

Eine Fahrradklingel unterbrach seine Gedankenspielereien. Er drehte sich um. Erkannte den Heimatkundler mit der Prinz-Eisenherz-Frisur, der auf klapprigem Drahtesel über die Wiese gerumpelt kam.

»Morgen, Herr Zimmermann, dann wollen wir mal in See stechen! Zur kleinen Zeitreise durch den braunen Sumpf.« Behände sprang Holger Baum vom Rad. Lehnte es leger an eine Laterne. Verzichtete auf irgendeine Sicherung. Wechselte dann das Gefährt. Und begann die diversen Taue eines nussschaligen Seelenverkäufers zu lösen.

Zimmermann beschlich ein mulmiges Gefühl. Auf eine Seereise war er nicht vorbereitet. Nur gut, dass er erst einen der Wiecker Wickel verspeist hatte. Und wenigstens musste er nicht an Bord eines Seglers seinen Mann stehen. Der in einem solchen Falle mit Sicherheit ein Klabautermann werden würde. Mit zaghaften Schritten näherte er sich über den schmalen Steg dem urigen wie uralten Boot in Blaugelb. Kletterte etwas unsicher über die Reling. Ergriff Baums Hand zur Hilfe wie zum Gruße.

»Willkommen an Bord der KUBA, einst von mir und anderen Lehrlingen der ehrwürdigen Bootswerft Kraeft in Eigenarbeit geschaffen. Hier vorne gleich. Einer der letzten Erben der einst ruhmreichen Wiecker Werftentradition. Wussten Sie in diesem Zusammenhang, dass Wieck im frühen 18. Jahrhundert mehr Schiffe als die große Stadt Barth unter Segeln hatte? Ja, hier lief so einiges. Nicht nur vom Stapel. Doch, setzen Sie sich und genießen Sie unseren Törn. Frische Luft und weiter Himmel sind meines Erachtens die besten Rahmenbedingungen für ein so düsteres Thema.«

Baum startete den Motor und manövrierte den kleinen Pott geschickt aus der engen Liegebox. Man nahm Fahrt auf. »Ist schon schön.« Zimmermann blinzelte übers glitzernde Wasser. »Allerdings ist Genuss nicht mein vorrangiges Anliegen. Ich möchte ja eigentlich …«

»Ich weiß, ich weiß. Und muss Sie gleich enttäuschen. Von einem Olaf Hegerdorp habe ich noch nie etwas gehört. Konnte den Namen auch nicht in meinem Archivregister entdecken. Doch das will nichts heißen. Gerade dieses Kapitel unserer Geschichte weist noch viele weiße Seiten und offene Fragen auf. In dieser Hinsicht macht unsere Gegend keine Ausnahme. Zudem ist »faschistische Vergangenheit« nicht unbedingt etwas, was sich touristisch erfolgreich vermarkten lässt. Da ziehen Kraniche und Künstler, Weststrand und Windflüchter schon besser. Und Forstmeister Mueller-Darß sieht man lieber als gemütlichen Rauschebartförster mit Pfeife und Jägerhut als denn in der Uniform und Denkungsart eines SS-Brigadeführers. Doch, warum in den Darß abschweifen, wenn …« Der Heimatkundige drosselte den Motor, steuerte in eine kleine Bucht und wies zum Ufer; sie waren gerade einmal wenige hunderte Meter in östlicher Richtung gefahren. »Dort vorne, Müggenberg Ecke Kielstraße, stand einst der Alte Krug, der schon in Segebarths maritimer Räuberpistole ›De Darßer Smuggler‹ eine wichtige Rolle als Gerichtsgebäude spielt. Und der über viele Jahrzehnte geselliger Mittelpunkt des Dorfes gewesen ist. Hochzeiten und Maskenbälle, Vereinssitzungen und Chorauftritte, im Krug war immer was los. Um 1930 warb der damalige Wirt in seinem Prospekt explizit mit dem ›schönen großen Saal‹. Der dann nur elf Jahre später zum Außenlager des KZ-Neuengamme werden sollte. Etwa Anfang Januar 1941 wurden hier rund 50 Häftlinge einquartiert. Überwiegend Zeugen Jehovas. Die dann zum Schilfschneiden ins Röhricht geschickt wurden. Wo sie in dünnen Drillichanzügen und schadhaftem Schuhwerk den ganzen Tag im eiskalten Wasser standen. Nach der »Ernte«, Rohr lässt sich am besten bei Frost bearbeiten, wurden die Männer Ende Februar wieder nach Neuengamme zurückgebracht.

Viele von ihnen krank und mit Erfrierungen. Und …«

»Entschuldigung …« unterbrach ihn Zimmermann, »aber ist bekannt, wer zur Wachmannschaft gehörte?«

»Ja, weitgehend. Da die Lagerleitung davon ausging, dass die sogenannten »Bibelforscher«, die SS übernahm die ursprüngliche Selbstbezeichnung dieser Glaubensgemeinschaft ironisierend gemeint in ihren KZ-Jargon, aus Gründen ihrer Religion nicht fliehen würden, kam man mit relativ wenig Bewachung aus. Eine Handvoll Männer reichten. Geführt vom SS-Kommandoführer Ewald Jauch. Als sein Stellvertreter wird ein Wiehagen angeführt. Und als Postenführer ein SS-Hauptscharführer Braun. Der von Überlebenden als jähzornig und sadistisch geschildert wird. Ebenso wie der Funktionshäftling Kreft, der als Kapo fungierte. Doch ein Olaf Hegerdorp wird weder in den offiziellen Akten noch in den später aufgezeichneten Zeugenberichten erwähnt. Das gilt leider auch für das Folgelager, das im Dezember 1941 auf dem Zingst errichtet wurde. Mutmaßlich in einem Kuhstall eines verlassenen Gehöfts im Bereich der Sundischen Wiesen. Das Gebiet wurde seinerzeit von der Luftwaffe unter anderem als Bombenabwurfgelände benutzt, sodass die Bevölkerung bereits 1937 umgesiedelt worden war. Wieder war die Mehrzahl der abermals zum Schilfrohrschneiden eingesetzten Gefangenen Zeugen Jehovas. Die allerdings länger blieben. Bis April 1942. Im Stammlager war eine Fleckfieberepidemie ausgebrochen. Merkwürdigerweise wurde bei dieser Aktion die Stärke der Wachmannschaft deutlich erhöht. Ein Augenzeuge berichtete von etwa 50 Posten. Warum auch immer. Einen Hegerdorp habe ich aber in den mir zur Verfügung stehenden Unterlagen nicht finden können. Doch ...«

Trommelschlag ertönte. Fanfarenklänge. Und undeutliche Stimmen. Schnarrend. Dumpf. Ein bisschen übersteuert. Undeutlich:

»Ahndungsgrau ..., ... mutig. ... icht der ... oße Morgen an. ... die Sonne, ... alt und blutig, leuchtet ... blut'gen ... nächsten Stunde ... ... liegt das ... einer Welt. ... zittern schon ... ... Würfel ... ... legt noch die ... feig' ... Schoß? ... legt noch die ... feig' ... Schoß? ... Volk steht ... Sturm bricht ...«

Zimmermann erkannte das Lied dennoch. Den Text. Den Kontext. Da ertönte eindeutig jener Theodor Körner-Mix aus der Innentasche von Baums Lederjacke, der einst dem Lieblingsfilm Joseph Goebbels Sound und Seele verliehen hatte: ›Kolberg‹. Jener patriotische Streifen mit dem der Propagandaminister dem deutschen Volke im Frühjahr 1945 die Zuversicht des nahen Endsieges ins Blut treiben wollte. »Das Volk steht auf, der Sturm bricht los!«

Ein solcher Klingelton bei einem Menschen, der ihm gerade von KZ-Außenlagern berichtet hatte, irritierte Zimmermann. Mehr als nur ein wenig. Zumal das Lied nun bereits zum dritten Mal übers Boot schmetterte. »Das Volk steht auf, der Sturm bricht los!«

»Entschuldigen Sie bitte, aber das Scheißding ist mal wieder ins Innenfutter geflutscht und hat sich irgendwie verheddert.« Holger Baum kämpfte immer noch mit seiner Jacke und den Tücken des Objekts. »Und, sorry, aber ich habe nun mal einen etwas speziellen Humor. Das ist nur meine Wetter-App, die mich warnt, wenn ich auf dem Bodden bin und es ungemütlich wird. Fand ich passend …«

Auch Zimmermann hatte einen etwas eigenen Humor. Dennoch ließ ihn der Vorfall ein wenig misstrauisch werden. Vorsichtig. Wenn nun Baum womöglich Hegerdorp kannte? Vielleicht ja sogar ein Gesinnungsgenosse war? Und Olaf seinen jungen Freund im Geiste auf ihn angesetzt hatte? Er schüttelte sich kurz. Seinen Argwohn ab. Bemühte sich, die angenehme Atmosphäre von zuvor wieder aufleben zu lassen. »Und was sagt der Wetterfrosch in Ihrem Telefon nun?«

»Gar nichts Gutes.« Endlich war es Baum gelungen, sein Smartphone zu befreien. Es kommt tatsächlich ein kleiner Sturm auf uns zu. Acht Beaufort und Regenböen. Wir sollten zusehen, dass wir wieder in den Hafen kommen. Leider …«

Wie zur Bestätigung seiner Prognose dröppelten bereits die ersten Regentropfen aufs Deck.

»Ich schlage vor, dass wir unsere Exkursion abbrechen und in den nächsten Tagen fortsetzen. An Land. Und zwar in Born.«

»Gerne, aber warten Sie bitte einen Moment.«

Nun hatte Zimmermann sein Smartphone gezückt. Wählte Sonntags Nummer und bat den Freund, ihn aus Wieck abzuholen. Wenn es denn möglich wäre. Es war. Für Zimmermann machte Richard Sonntag alles möglich. Fast alles. Das kleine Gerät verschwand wieder.

»Danke. Und was erwartet mich dort?«

»Zunächst ein weiterer Gasthof. Der ebenfalls von der SS beschlagnahmt wurde. Der Borner Hof. Im Frühjahr 1944. »Umgenutzt«. Wiederum als Außenlager des KZ-Neuengamme. Wobei die Häftlinge hier für die Holzkohleherstellung eingesetzt wurden. Ausgenutzt.«

»Holzkohle?« Zimmermann schaute etwas irritiert.

»Ja, als Treibstoff. Vor allem für die Lkw. Räder müssen rollen für den Sieg. Das war damals ein großes Problem, besonders in den letzten Kriegsjahren. Die Treibstofffrage hat die Oberste Heeresleitung ebenso beschäftigt wie den inneren Zirkel um Hitler. Holzkohle war da ein echter Hoffnungsträger.«

9. Gnaphosa taurica

Kempowski blickte in die glühende Holzkohle. Gedankenvoll. Es ging ihm so manches durch den Kopf. Da kam ihm eine Runde meditatives Grillen auf der Terrasse durchaus zupass. Auch wenn er eigentlich alles andere als ein Barbecue-King war und sich nicht mit Hakala-Holappa messen konnte, der ein wahrer Meister mit Zange am Rost war. Und so ein Monstergrill wie dessen Bredow würde ihm auch nicht ins Haus kommen. Wobei die hübsche Villa am Ahrenshooper Weg zum Hohen Ufer zugegebenermaßen eigentlich Elisabeth gehörte. Was ihm auch recht war, obwohl sie ja nun bereits seit gut fünf Monaten verheiratet waren.

Doch diese uralte Konstruktion aus Ziegelsteinen und Metallgestängen, die noch aus den Tagen ihrer Großtante Elfriede Paul stammte, hatte er wieder fit gemacht. Eigenhändig.

Es zischte. Fett spritzte auf. Und holte Kempowski in die Gegenwart zurück. Die Schweinemedaillons wollten gewendet werden. Außerdem musste er sich um den ausgelösten Rehrücken kümmern. Sowie um die Spieße mit Garnelen und Lachs. Es würde köstlich werden und seiner Ansicht nach perfekt zum Spargel passen, um den sich Elisabeth in der Küche kümmerte. Zimmermann und Sonntag würde es munden. Da konnte Lore Bradhering sagen, was sie wollte. Die wiederum seine Einladung kopfschüttelnd abgelehnt hatte. »Komm mir nicht mit so einem Schnickschnack.

Spargel mit Grillfleisch. Das ist doch barbarisch. Zu Spargel gehören nur Salzkartoffeln und braune Butter. Höchstens noch eine Scheibe Schinken. Alles andere ist überflüssig. Nee, esst man euren neumodischen Krams alleine. Und am nächsten Sonntag kommt ihr beiden zu mir. Dann zeige ich euch mal, wie man das richtig macht.«

Richtig beleidigt hatte sie geklungen. Das Telefonat abrupt beendet. Als ob sie seine Experimentierfreude als persönlichen Angriff empfinden würde. Merkwürdig. Kempowski erschien es, als ob allesamt in der letzten Zeit dünnhäutiger geworden wären. Empfindlicher, gereizter. Das galt für Lore ebenso wie für das Team vom Partikel-Hof, wo die Spannungen zwischen Johanna Riese und Ann-Kathrin Seegers von Tag zu Tag mehr die Stimmung beeinträchtigten. Hakala-Holappa war auch nicht viel besser mit seiner geradezu manischen Besessenheit, mit der er das Schweigen Hans von Wustrows brechen wollte. Doch das hatte sich ja nun erledigt …

Dann noch Zimmermann und seine grüblerische Art. Aber er selbst konnte, musste sich ebenfalls an die eigene Nase fassen. Seitdem er wusste, dass er einen Halbbruder hatte, war er auch zumeist mit seinen Gedanken ganz woanders. Schließlich ging es ja nicht nur um einen Seitensprung seiner Mutter vor vielen Jahren, von dem sie ihm nie etwas erzählt hatte. Das war nicht das Problem. Aber zu wissen, durch Untersuchungen belegt, dass man mit einem Serienmörder verwandt ist, ihm zudem sogar äußerlich ähnelt, das beschäftigte ihn schon sehr. Was wäre, wenn ihn dann womöglich mehr mit dem

Mann aus Müggenburg verbinden würde als nur die äußere Ähnlichkeit? Erst in der letzten Nacht hatte ihn diese Ungewissheit in schweißnasse Träume getrieben. Die frisch gewaschene Bettwäsche auf der Leine unterm Lindenbaum zeugte davon. Auch wenn sie scheinbar fröhlich im linden Maienwind flatterte. Erfreut beobachtet von Akeleien, Pfingstrosen, ersten Klatschmohnblüten. Ein friedliches Bild. Scheinbar. Doch trügerisches Postkartengartenidyll.

Denn hinzu kam, dass er Elisabeth noch nichts davon erzählt hatte. Aussprachen über Probleme waren nun mal nicht seine Art. Allerdings führte dies wiederum dazu, dass sein geliebtes Elseken ihm vermehrt zusetzte, seine Schweißattacken auf sein Rauchen zurückführte, seine Vorliebe für große Weine und kleine Brände. Was seine Seelennot weiter verschlimmerte .

»Kemp, wie sieht es aus, Robert hat gerade angerufen, sie werden in gut zehn Minuten da sein.«

Schon stand sie auf der Terrasse, richtete mit geschickten Griffen die Jasminblüten in kleinen Silbervasen, das gute Besteck in gleichem Material, die kunstvoll gefalteten weißen Servietten auf feinstem Tischtuch. Tauben, Schwäne und ein Pfau; Elisabeth Müller-Paul wusste um die Affinität Zimmermanns zur Vogelwelt.

»Wunderbar, mein Elseken, ich denke, in gut zwanzig Minuten wäre ich soweit. Dann passt das doch bestens und wir haben noch Zeit für einen Hugo.«

»Aber halt dich bitte zurück, ja, mein geliebter Kemp. Denk an die vergangene Nacht!« Sie versuchte neckisch mit dem Zeigefinger zu drohen. Ihr Blick zur tanzenden Wäsche sprach eine andere Sprache. Glücklicherweise verhinderte die schellende Türklingel weitere Reglementierungen. Sie enteilte.

Kehrte wenige Augenblicke später mit Zimmermann und Sonntag im Gefolge zurück. »Schau mal, mein Lieber, was die beiden Herren mitgebracht haben!«

Sie schwenkte einen riesigen Blumenstrauß vor ihrem Gesicht. »Lisianthus und Levkojen. Was für eine Pracht! Vielen …« »Besser als Jauche und Levkojen.« Zimmermann fiel ihr ins Wort und schmunzelte. Er wusste um die Freude der Bibliothekarin an literarischen Anspielungen und Verweisen. »Apropos Landidyllen. Die Herren Bernhard und Johannes lassen sich nochmals wie vielfach entschuldigen. Sie müssen zur Probe. Seitdem ihre Liebe zur Bühne erwacht ist, gibt es für die beiden nur noch eine Muse. Rund um die Uhr nahezu. Und gegen Thalias Charme sind selbst Sie machtlos, verehrte Elisabeth.«

Bernhard Gutzeit und Johannes Clauert waren tatsächlich erst vor wenigen Tagen als neue Sterne am Bühnenhimmel der Darß-Festspiele entdeckt worden. Im Borner Hafenbistro. Dort hatte Hermann Hutsch, der Intendant der Freilichtbühne, beobachtet, wie sie bei Fischbrötchen und Doppelkümmel saßen und ihre Scherze über gierige Möwen wie ungeduldige Touristen machten. Hutsch hatte auf den ersten Blick erkannt, was für komische Talente in ihnen schlummerten und sie vom Fleck weg für seine neue Inszenierung der ›Heiden von Kummerow‹ engagiert. Den pensionierten Pastor als Nachtwächter Bärensprung, einen etwas verlotterten Veteran, der nun im Armenhaus lebt. Für den Bestatter a.D. hatte Hutsch sogar eine neue Rollenidee kreiert: den tollpatschigen Totengräber Otto Diestelbruch. In beiden Fällen eine Traumbesetzung.

»Ja, das finde ich ja köstlich, dass die beiden Käuze noch einmal als Schauspieler reüssieren dürfen. Und dann noch mit Ehm Welk. Wie schön!« Müller-Paul wuselte hin und her. Derweilen sie sich weiter mit ihrem Besuch unterhielt. Suchte und fand schließlich ein passendes Gefäß fürs Bouquet im Fischlanddesign. Das natürlich hervorragend mit dem aufgedeckten Geschirr korrespondierte. Löbers typische Libellen aus dem Dornenhaus schwirrten mit Levkojen und Lisianthus einem besonderen Gaumengenuss unter freiem Himmel entgegen. Während die Hausherrin weiter schnatterte. Kempowski konzentrierte sich hingegen schweigend und verbissen auf das Finale seiner Grillperformance. Richard Sonntag assistierte ihm dabei. Sah in stiller Vorfreude dem verheißungsvollen Mahl entgegen.

Elisabeth Müller-Paul hatte derweilen mehrere Schüsseln mit Spargel sowie Saucieren aufgetischt. Sonntag ließ seinen Blick über die Speiselandschaft wandern. Suchend. Die Gastgeberin nahm ihn auf. Kam seiner Frage zuvor. »Auf Kartoffeln werden Sie verzichten müssen, mein lieber Herr Richard. Low-Carb heißt die Devise. Damit wir alle bald wieder eine Bella Figura für den Strand haben.« Ihr »alle« galt jedoch vornehmlich Kempowski, dessen Leibesmitte seine Gattin bei ihren Worten Missbilligung geschenkt hatte.

»Nun darf ich Sie aber zu Tisch bitten, meine Herren. Und zugleich um noch einen klitzekleinen Augenblick für …«

Zimmermann ahnte, was nun kam. So gut kannte er die Bibliothekarin und Büchernärrin, dass ihm klar war, dass sie es nicht bei einem einfachen »Guten Appetit!« bewenden lassen konnte.

Mindestens ein Zitat oder einige poetische Zeilen als Vorspeise mussten es sein. Er sollte recht behalten.

»… für ein, zwei Verse meiner verehrten Martha Müller-Grählert:

›Mailied
Maientied, güldne Tied,
Endlich werret ist's sowiet!
Blaumenbläder fallen sacht,
Sünnenschien, de blänkt un lacht,
Un min Seel, so wintermeud,
De juchzt vör Freud!‹«

Sie machte eine kurze Pause. Bedeutungsvoll. Setzte dann fort.

»›Maientied, gülden Tied,
Ach, so rasch büst du avsiet!
Nächstes Johr, dat kann woll sin,
Dat ick hier denn nich mihr bün,
Blumenbläder fallen av
Denn up min Grav!‹

Schön, nicht wahr? Aber was schaut ihr denn so bedröppelt? Martha war nun einmal auch eine Freundin der melancholischen Töne. Ließ nicht nur die Ostseewellen munter an den Strand trecken, sondern auch den Herbst, den Tod, die Vergänglichkeit zu Worte kommen. Doch, ich habe auch noch etwas Heiteres auf Lager. Ohren auf:

›Asparagus
Wenn im Mai bläst Pan die Flöte,
Weil es Wonnemonat ist,
Schießt der Spargel auf vom Beete,
Das gedüngt mit Pferdemist.
Morgens kommen weiße Köpfe
Aus der grauen Erd' heraus.
Mittags schleicht schon aus Töpfen
Wundersamer Duft ums Haus.

Ach, welch eine schöne Gabe
Hast Du, Herr uns da bestellt!
Wenn ich einen Spargel habe,
Habe ich die ganze Welt.‹

Julie Schrader, der ›Welfische Schwan‹. Allerdings ist ja ihre Autorinnenschaft inzwischen sehr umstritten. Auch so eine Geschichte. War eine ganz einfache Frau aus dem Hannöverschen. Hat als Magd, Hausdame gearbeitet. Und ist ins Wasser gegangen. Am 17. November 1939. Einen Tag später ist dann Martha Müller-Grählert gestorben. Ist das nicht sonderbar? Wie so alles zusammenhängt … Doch …«

Die drei Männer wurden langsam ungeduldig. Konnten den einladenden Aromen kaum noch widerstehen. So erlöste sie die Gastgeberin. Endlich.

»Laat jo nich lang nödigen!«

Das ließen sich die drei Hungerherren wahrlich nicht. Sie legten los. Füllten Teller. Leerten sie. Genossen Wein, Grillgut und die subterranen Leckerstangen. Still. Schweigend. Dezent schmatzend.

Derweilen Elisabeth Müller-Paul weiter plapperte. Natürlich von ihrem Lieblingsthema. Der Bücherwelt. Lobpreiste so wortreich die neue Entdeckung für das Literaturprogramm des Partikel-Hofes: Hans Jürgen von der Wense, eine schillernde wie originelle Universalgelehrtenpersönlichkeit, der zum Freundeskreis der Wustrower Künstlerin Hedwig Woermann gehört hatte. In den Zwanzigerjahren war er oftmals auf dem Fischland, durchwanderte die Halbinsel, bevorzugt in den Wintermonaten, und arbeitete eine Zeitlang vor Ort, wo ihm Woermann und ihr Künstlergatte Johann Jaenichen in der alten Fischräucherei in Barnstorf Arbeitszimmer und Unterschlupf eingerichtet hatten.

Müller-Paul war vollkommen fasziniert von diesem Paradiesvogel, der zeitlebens keinem offiziellen Beruf nachgegangen war, dafür aber als Komponist, Künstler, Schriftsteller, Wissenschaftler und Übersetzer höchst exotischer Sprachen einen ganz eigenen Kosmos geschaffen hatte. Sie bezeichnete ihn als »Mystagogen«, als Priester geheimnisvoller Mysterienkulte. Gerhard Schiffers würde von der Wense zum Eröffnungsspektakel des neuen Museums einen Vortrag widmen und ihn in den folgenden Wochen in mehreren Lesungen vorstellen.

Kempowski kam nicht umhin, Elisabeths Begeisterung mit etwas gemischten Gefühlen zu registrieren. Schließlich waren sie und der Buchhändler lange Jahre ein Paar gewesen. Er zog es dennoch vor, auf bissige Kommentare zu verzichten, die ihm auf der Zunge lagen. Schiffers doch etwas unstetes Liebesleben lieferte dafür ja genug Stoff.

Stattdessen ließ er sich das letzte Spargelköpfchen auf der Zunge zergehen und hüllte sich in Schweigen wie freudige Erwartung des Desserts. Ein leichtes Erdbeer-Sorbet.

Elisabeth holte es gerade aus der Küche, als das Telefon klingelte. Festanschluss. Dennoch mit Marthas Lied von den Ostseewellen als Fanfare. Sie balancierte das Tablett mit den vorgekühlten Schälchen in der einen Hand. Nahm mit der anderen den Hörer ab. Meldete sich flötend. »Elisabeth Müller-Paul. Einen wunderschönen Maientag.« Wenige Momente später nur knallte der Nachtisch aufs Korridorparkett. Scherben klirrten. Erdbeereiskristalle kullerten über den Boden. Und Elisabeths Erschrecken bahnte sich den Weg zur Tafelrunde. Lauthals. »Was? Oh Gott, das darf doch nicht wahr sein! Eine Leiche? In Zingst? Auf dem Friedhof? Mitten auf dem Grab von Martha Müller-Grählert?«

10. Araneus stella

Eine gute halbe Stunde später näherten sich Kempowski und Elisabeth Müller-Paul dem Friedhof der Peter-Pauls- Kirche. Zimmermann hatte darauf verzichtet, sie nach Zingst zu begleiten. Mit neuen Leichen wollte er so wenig wie möglich zu tun haben. Ihm reichte die Leiche im Keller seiner Erinnerung. Stattdessen hatte er angeboten, dass Sonntag und er in Ahrenshoop aufräumen würden, die Spuren des Sorbets entsorgen und auch Klarschiff auf der Terrasse machen.

So waren die Bibliothekarin und ihr Mann unverzüglich aufgebrochen, um sich selbst vor Ort ein Bild zu machen. Der Anruf von Herrn Arlt hatte Elisabeth zutiefst erschüttert. Nicht nur, dass es sie empörte, die Grabstelle der von ihr so geschätzten Heimatdichterin dergestalt entweiht zu wissen. Ihr lagen auch die Arlts am Herzen, die sich als geistige Nachlassverwalter mit Leidenschaft und Liebe um das Werk Müller-Grählerts kümmerten.

»Mist. Pass doch auf, du Hornochse!« Kempowski fluchte. Hupte. Sehnte sich nach einer Zigarette. Wandte sich dann an sein geliebtes Elseken. »Nur Idioten unterwegs. Und kein Parkplatz in Sicht. Ein Auftrieb hier wie beim Hafenfest.« Er hatte recht. Die ohnehin engen Straßen des Seebades waren mit Autos verstopft, die sich alle im Schritttempo scheinbar nur einem Ziel zu nähern schienen – dem Friedhof. Hinzu kamen die obligaten Schwärme von Radfahrern sowie jede Menge Fußgänger. Die Nachricht vom Leichenfund auf dem

Grab der Poetin hatte sich wie ein Lauffeuer herumgesprochen und Touristen wie Eingeborene mobilisiert. Allerdings hatte die Polizei das Areal der Begierde weiträumig abgesperrt und etliche Uniformierte eingesetzt, um den Massen der Schaulustigen Einhalt zu gebieten.

Das erkannte auch Kempowski, der zudem Sorge um seinen Wagen hatte – einen wunderschönen Wartburg in Cabrioausführung und Zweifarbenlack. »Weißt du was? Bevor mir hier noch einer eine Schramme oder Beule verpasst, schlage ich vor, du rufst deinen Herrn Arlt an, wir holen ihn an seinem Standort ab und suchen uns ein etwas friedlicheres Plätzchen, wo er uns alles in aller Ruhe erzählen kann. Am besten, du zwängelst dich schon mal nach hinten auf die Rückbank.«

»Ich muss mich nicht zwängeln, mein lieber Kemp.« Elisabeth klang beleidigt. Betonte das »Ich« mit Nachdruck. Nutzte dann jedoch einen weiteren Augenblick des Stoppens, um flink die Sitzposition zu wechseln. »Aber dein Vorschlag ist gut. Halt, da vorne steht er ja schon. Huhu, hallo, Herr Arlt, hier sind wir!«

Der so angerufene ältere Herr wirkte zunächst etwas verwirrt. Schaute sich suchend um und erkannte dann doch Elisabeth Müller-Paul. Zögerlichen Schrittes näherte er sich dem noch immer stehenden Wartburg und kletterte ins Wageninnere.

»Vielen lieben Dank, Frau Müller-Paul, dass Sie gleich gekommen sind. Auch an Sie, Herr Kempowski. Das ist ja alles so fürchterlich schrecklich, wissen Sie …«

»Entschuldigen Sie bitte, aber wenn Sie sich noch ein bisschen gedulden möchten. Ich muss mich hier höllisch konzentrieren, damit es keine weiteren Toten gibt.« Kempowski hatte zu einem waghalsigen Wendemanöver angesetzt. Steuerte unter abermaligem Fluchen und Hupen sein Gefährt in entgegengesetzte Richtung. Fort von Friedhof und Unruheherd.

Nach einigen weiteren Kehren und Haken lichtete sich das Gewusel. Und vorm hübschen Café Rosengarten in der Strandstraße warteten dann tatsächlich ein freier Parkplatz sowie ein ebensolcher Tisch mit drei Stühlen auf sie. Was außergewöhnlich war. Doch der Brennpunkt des allgemeinen Interesses lag nun aktuell anderenorts. Wenige Minuten später saßen sie. Bereits mit der ersten Bestellung versorgt. Drei stillen Wassern. Das Beste bei so viel Tumult.

»So, nun lieber Herr Arlt, erzählen Sie doch bitte ganz in Ruhe, was genau passiert ist. Möchten Sie nicht doch einen Espresso, vielleicht einen Irish Coffee, ein Stückchen Kuchen? Sie sehen blass aus. Brauchen Sie etwas Süßes? Wegen der Unterzuckerung?« Elisabeth reichte ihm die Karte. Schaute ihn besorgt an.

»Nein danke, mir ist jeder Appetit vergangen.« Arlt nippte an seinem Wasser. »Aber, das werden Sie gleich verstehen. Also, die Martha, nicht unsere, nein, die Martha Ahlfänger, eine Schulfreundin von meiner Gattin, hat schon allein aufgrund des Vornamens eine besonders innige Beziehung zum »lütten Sparling«, wie wir die Dichterin gerne unter uns nennen. Lütten Sparling, so hat sie sich ja auch selbst bezeichnet, bescheiden wir sie war, die Gute. Aber, zurück. Die Martha kümmert sich daher seit Jahren, Jahrzehnten liebevoll um die Grabstätte, pflanzt, gießt, schneidet alte Blüten ab, harkt die Wege. Ist auch wirklich immer tadellos in Schuss.« Er nahm einen weiteren Schluck.

»Das macht sie meistens immer schon in aller Frühe. Aller Herrgottsfrühe, der Friedhof wird ja nicht abgeschlossen und die Martha kann nicht mehr so gut und lange schlafen. Und gerade so zu dieser Jahreszeit ist das ein herrlicher Ort. Oft nimmt sie auch noch ein Büchlein mit, liest dem »lütten Sparling« etwas vor …«

»Sicherlich sehr idyllisch, doch … Stört es Sie, wenn ich rauche?« Kempowski hatte sich eigentlich zurückhalten wollen. Aus Rücksicht auf den arg angeschlagenen Herren. Doch dessen Weitschweifigkeit ließ ihm keine andere Wahl. Er griff zu Etui und Feuerzeug.

»So, nur zu, nur zu. Haben Sie vielleicht auch eine für mich? Habe zwar vor über dreißig Jahren aufgehört, aber …« Mit etwas zittrigen Fingern nahm er die angebotene Zigarette, benötigte drei Versuche, bis sie brannte, inhalierte ungeübt, musste hüsteln.

»Danke sehr. Wo war ich stehengeblieben? Genau, bei Martha. Heute am frühen Morgen. Schon als sie durch die kleine Tür schritt, spürte sie, dass etwas nicht stimmt. Allerdings sieht sie nicht mehr so gut. Konnte daher zunächst nur erahnen, dass da etwas auf der Grabstelle steht. Irgendetwas Großes, Weißes, nicht der normale Müll, der da doch mal so landet wie alte Papiertaschentücher, Getränkedosen und so. Als sie dann nähergekommen war, dachte sie zunächst an einen Scherz von Kindern oder Jugendlichen. Wissen Sie, wie bei diesem Halloween-Unfug, da werden ja manchmal Gartenpforten, Laternen, sogar Autos mit Klopapier eingewickelt. Dann jedoch, ein paar Schritte weiter, hätte sie beinahe der Schlag getroffen. Doch, sehen Sie selbst. Denn Martha hat wirklich Courage bewiesen. Und Fotos gemacht. Mit ihrem Smartphone. Hat erst vor Kurzem so einen Kurs gemacht. Im Max Hünten Haus. Wurde ihr von ihrem Enkel spendiert.«

Herr Arlt nestelte nun sein eigenes Gerät hervor. Wischelte mit Zitterfingern über die Oberfläche. Die gewünschten Aufnahmen erschienen. Die verwünschten.

»Schauen Sie! Ist das nicht entsetzlich? Hat sie mir gleich geschickt. Noch bevor sie die Polizei angerufen hat.« Müller-Paul und Kempowski schauten wie gebannt auf das Display. Folgten dem Weg der Bilder. Was sie preisgaben, war wirklich entsetzlich. Entsetzlich wie grotesk. Mitten auf dem Grab, inmitten eines kleinen Rondells von platt getrampelten Stiefmütterchen in Blassblau und Schwarzgelb saß eine Person auf einem Rollator. Eigentlich und abgesehen vom Standort kein unüblicher Anblick. Gerade auf Friedhöfen.

Eigentlich, denn dieser Ruhende ruhte sich für alle Ewigkeiten aus. Und war zudem nahezu vollkommen eingehüllt. In Verbandsstoff. Es mussten etliche Meter Mullbinde sein, mit dem der Tote eingewickelt worden war. Kopf, Körper, alle Gliedmaßen eingeschlossen. Mumiengleich. Arme und Beine am Rollator fixiert. Im Bereich der Augen zeichneten sich zwei Flecken ab. Rote. Dunkelrote. Und um den Hals eine Schlinge aus gleichem Material, deren anderes Ende um das schöne Kreuz im Hintergrund geknotet war. Kurz unter den Zeilen Hier ist mine Heimat, hier bün ick tu Hus. Ein paar Bänder hatten sich gelöst. In einem Ginsterstrauch verfangen. Marthas geliebter gäler Ginster.

»Makaber. Auch noch eine?« Kempowski fand nur langsam die Sprache wieder. Zumal ihm schon beim Anblick der ersten Fotos ein Gedanke gekommen war. Den er aber fortwischen wollte. Wegpusten. Mit dem Rauch einer weiteren Zigarette.

Auch die ansonsten so redselige und wortreiche Literaturfreundin fand nur langsam aus der Sprachlosigkeit zurück. »Unglaublich, einfach unglaublich. Weiß man schon, wer der Unglückliche ist? Dürfte ja ein Mann sein, auch wenn man das Gesicht nicht sieht.«

»Ja, das ist, das war der Dr. Eibesfeld. Dr. Hanno Eibesfeld. Ein ehemaliger Arzt. Aber schon lange im Ruhestand. Hat hier um die Ecke gewohnt. Rosenberg. Rosenberg 1. Sehr schönes Haus. Ein unglaublich sympathischer Herr. Älter schon, so Mitte achtzig. Aber noch sehr rüstig. Ist, war auch ein großer Freund von unsrem »lütten Sparling«. Tragisch ist das. Unfassbar. Kann ich noch eine haben?« Arlt schien das Defizit aus dreißig Jahren Nichtrauchersein an einem Nachmittag kompensieren zu wollen. Gewann zunehmend Routine. Zog kräftig.

»War fast immer bei unseren Lesungen und Vorträgen dabei, hier im Museumshof wie bei uns in Barth. Außerdem hat er unsere Arbeit unterstützt. Finanziell. War immer sehr großzügig. Ein herber Verlust. Als Mensch wie als Mäzen ...« Ein tiefer Seufzer begleitete einen weiteren Rauchkringel.

»Haben Sie vielleicht eine Ahnung, wer das gemacht hat?« Ein Raucherwölkchen von Kempowski gesellte sich zu dem des Müller-Grählert-Enthusiasten.

»Das haben mich die Beamten von der Kripo auch gefragt. Haben mich stundenlang gepiesackt. Bloß weil ich natürlich nach Marthas Anruf rübergekommen bin. Schließlich fühle ich mich ja auch verantwortlich für das hier, in gewisser Weise. Aber, ich habe keine Ahnung. Familie hatte der Hanno nicht mehr. Zumindest hat er darüber nie gesprochen. Gekümmert hat sich um ihn seine Zugehfrau. Eine sehr nette junge Dame aus Polen. Doch da war nichts anderes im Spiel, also über Einkaufen, Saubermachen, Wäsche waschen, Bügeln und so hinaus. Obwohl das die Polizisten natürlich bezweifeln. Aber die haben sogar allen Ernstes die Überlegung in den Raum gestellt, dass sich dieser Leichenfund möglicherweise »positiv« auf das Interesse an unserer Martha auswirken wird. Was ja durchaus in meinem Interesse als Verleger ihres Werkes sein könnte. Eine Unverschämtheit, solch eine infame Unterstellung. Ich behalte mir vor, das nicht auf sich beruhen zu lassen.«

»Handelt es sich bei den Beamten vielleicht um ein Vater und Sohn-Team namens Meinhard? Rico und Leon Meinhard?«

»Richtig, Herr Kempowski, genau. Die Meinhards. Unmögliche Leute. Woher wissen Sie das? Kennen Sie die beiden?«

»Kennen ist zu viel gesagt. Aber, ich habe so meine Erfahrungen mit ihnen machen dürfen. Müssen. Die verdächtigen gern auf blauen Dunst hinaus. Machen Sie sich bloß keine Sorgen. Obwohl, ich glaube nicht, dass der arme Doktor zufällig auf dem Grab der armen Dichterin drapiert wurde. Haben die Meinhards irgendeine Bemerkung fallen lassen, ob der Fundort auch der Tatort ist? Das machen die nämlich auch gerne, sich vorschnell verplappern und interne Informationen an die Öffentlichkeit gelangen zu lassen.«

»Stimmt, da war was. Während ich mit dem Junior im Bus saß und der mir Löcher in den Bauch fragte; hatte natürlich überhaupt keine Ahnung, wer Martha Müller-Grählert war, dieser Kulturbanause, hat der Senior draußen mit einem recht dicken Mann in so einem weißen Anzug gesprochen. Bei offener Wagentür. So konnte ich aufschnappen, dass Hanno schon länger tot war, als er …« Arlt suchte nach Worten. Fand keine passenden. Fuhr mit kleiner Pause fort. »… und höchstwahrscheinlich am frühen Abend getötet wurde. Erdrosselt. Und dann haben sie ihm auch noch die Augen ausgestochen.«

»Wie bei Majakowski. Und diesem Wittenborn. Damals, im Dornenhaus. Damals, vor einem guten Jahr. Kemp, mir ist unheimlich.« Elisabeth Müller-Paul fand ins Gespräch zurück. Griff nach Kempowskis Arm. Krallte sich beinahe hinein. »Geht das schon wieder los?«

Darauf wusste er keine Antwort. Er drehte sich um. Fühlte sich auf unangenehme Weise beobachtet. Konnte aber niemanden entdecken, der ihn fixierte. Stattdessen erblickte er drei neue Gäste, die sich den Weg durch die gerade erst erblühenden Rosensträucher des Gartens bahnten. Zarte Knospen harrten ihrer Entfaltung. Ihre eigene Blüte lag hingegen schon länger zurück. Die älteste der Damen machte auf halber Strecke einen Zwischenstopp. Musste kurz verschnaufen. Setzte sich umständlich wie vorsichtig auf die kleine Sitzfläche ihres Rollators. Eine kleine Gänsehaut eroberte Kempowskis Unterarme.

11. Olios suavis

Zimmermann schwitzte. Humpelte. Stöhnte. Wünschte sich insgeheim so einen Rollator an seiner Seite, über den er noch in den Morgenstunden mit Holger Baum gelästert hatte. Beziehungsweise felsenfest geleugnet hatte, dass er so einer Gehhilfe bedürfe. »Wissen Sie, junger Mann, wenn ich erst einmal hinter so einem Wägelchen hertröppele, dann ist es nicht mehr lange hin bis zum Treppenlift, zum Badewannenkran, geriatrischen Hygieneartikeln und ähnlichen Utensilien des Untergangs. Wenn es soweit ist, schaffe ich mir doch lieber eine großkalibrige Handfeuerwaffe an. Auf Ratenzahlung.«

Dem Heimatpfleger hatte Zimmermanns Haltung imponiert. »Respekt, Herr Zimmermann, aber Sie wissen schon, dass wir einen Fußmarsch durch den Ort vor uns haben?«

Er hatte nur milde gelächelt. Lakonisch geantwortet. »Ich habe schon ganz anderes überstanden.« Das stimmte wohl: Shoa. Emigration. Die Odyssee, bis Zimmermanns endlich in Kanada eine neue Heimat gefunden hatten. Das Erlernen der neuen Sprache. Und dann das ganz normale Hamsterradrennen: Highschool, Studium, Selbstständigkeit. Mehrere berufliche Schiffbrüche. Zwei Ehen. Kinderlos. Womöglich dadurch begründet zwei Ehefrauen mit Alkoholproblemen. Zuletzt dann noch die Rückkehr nach Deutschland und das Chaos, das er durch sein Auftauchen in Ahrenshoop ausgelöst hatte. Da würde er doch einen

Spaziergang durch Born mit links wegstecken. Überdies besaß Zimmermann noch genügend männliche Eitelkeit, um mehr als nur ein bisschen stolz darauf zu sein, dass er noch so gut in Schuss war. In jederlei Hinsicht. Immerhin war er im März neunzig geworden. Ohne dies jedoch in seinem Kreis großartig publik zu machen oder gar zu feiern. Derlei Saturnalien lagen ihm nicht.

»Außerdem kann so ein Zwiebelporsche ja auch einen Risikofaktor darstellen. Denken Sie an den »Mumienmörder«, wie der Täter inzwischen in den Schlagzeilen genannt wird.« Natürlich hatte es sich Holger Baum nicht verkneifen können, auf den Rollator vom Zingster Friedhof anzuspielen. Der Fund des toten Arztes war seit der grausigen Entdeckung vor zwei Tagen Gesprächsthema Nummer eins auf der Halbinsel. Auch in der Pension Kuhfuß. Lore Bradhering ließ keine Gelegenheit ungenutzt, davon zu sprechen und nornenhaft darüber zu räsonieren, dass es nun wieder losginge und sie alle in Gefahr seien. In großer. Sie verließ seitdem das Haus nicht mehr alleine und hatte sich daher für den heutigen Tag Richard Sonntag als Begleiter für diverse Arztbesuche und Besorgungswege reserviert. Zimmermann war es recht gewesen; beschäftigte sich doch auch der treue Gefährte für seinen Geschmack zu intensiv mit dem Mordgeschehen. Gestern Abend hatte er ihm ernsthaft vorgeschlagen, dass das Borner Team auf eigene Faust Ermittlungen anstellen solle, um möglicherweise Ärgerem vorzubeugen. Wo sie doch im vergangenen Herbst maßgeblichen Anteil an der Lösung jener mysteriösen Mordserie gehabt hatten, insbesondere er, Robert Aaron Zimmermann, wertvolle Hinweise liefern konnte.

Er hatte abgelehnt. Kategorisch. Auf seine eigene, persönliche Mission verwiesen, der er sich ganz und gar mit voller Energie widmen wollte. Der Suche nach Olaf Hegerdorp.

Ebenso energisch hatte er Holger Baum gebeten, den »Mumienmörder« ruhen zu lassen und zu ihrem eigentlichen Ansinnen zu wechseln: dem KZ-Außenlager Born.

Ausgangspunkt ihrer kleinen Zeitreise war der Borner Hof am Ende der Schulstraße gewesen. Um 1872 hatte der Kapitän Reinhold Witt an dieser Stelle zunächst einen Kolonialwarenladen eröffnet, den er 1885 zur Gastwirtschaft mit Saal und Fremdenzimmern ausbauen ließ. Unter dem Namen Witt's Hotel entwickelte sich der Betrieb in wenigen Jahren zum ersten Haus am Platz. Unter anderem ließ sich Prinz Eitel Friedrich, der zweite Sohn des Kaisers, von hier aus mit erlesenen Getränken und Tabakwaren beliefern, wenn er und seine Entourage zur Jagd auf dem Darß weilten.

In den Dreißigerjahren wechselte der Besitzer und fortan führte Max Albitius die Wirtschaft als Borner Hof. Dem übrigens, wie der Heimatkundige augenzwinkernd anmerkte, Martha Müller-Grählert ein Gedicht gewidmet hatte.

Im Frühjahr 1944 dann die Beschlagnahmung durch die SS. Die Fenster wurden vergittert und im ehemals von Lachen und Juchzen erfüllten Festsaal zog das Schweigen der ersten Häftlinge ein. Wobei, wie Baum einfügte, bereits vorher in der Alten Oberförsterei vier Häftlingsfrauen untergebracht worden waren. Alle Zeuginnen Jehovas, abkommandiert aus dem KZ-Ravensbrück. Das Forsthaus, das heute das Forst- und Jagdmuseum Ferdinand von Raesfeld beherbergt, sollte später auch noch von ihnen angesteuert werden.

Zunächst hatten sich Baum und Zimmermann aber auf den Weg zum einstigen Standort der Borner SS-Meilerei begeben. Mitten durch den Ort. Mitten durch den damaligen Alltag der Bevölkerung. So wie mutmaßlich jene Männer damals; anfangs eine relativ kleine Gruppe von 15 Mann, die im September 1944 um gut 100 russische Kriegsgefangene aufgestockt wurde.

Für den Heimatfreund war es wichtig, den Weg der Häftlinge nachzuschreiten. Jeden Meter. Er hatte das mit Verve begründet. »Sicherlich, die Geschehnisse und Verhältnisse hier vor Ort sind nicht mit jenen in den großen Lagern zu vergleichen. Nicht einmal mit denen in Barth. Doch gerade diese Verankerung mitten im Dorf hat für mich etwas Besonderes. Hier gehörten Faschismus und Unmenschlichkeit zum ganz normalen Leben. Wohnten sozusagen Tür an Tür. Lauerten hinter Gartenzaun, Sonnenblumen und Eibenhecken. Die täglich präsente »Banalität des Bösen«. Wie es auch etliche Aussagen von Zeitzeugen belegen. Hier konnte man nicht wegschauen, von nichts wissen wollen. Das Gedenken daran ist, gerade weil nichts Spektakuläres zu sehen ist, für mich auch ein Bestandteil der Erinnerungskultur. Insbesondere in der gegenwärtigen Zeit.«

So waren sie vom Borner Hof über Schulstraße und Kurze Straße zum Straßenzug Im Moor marschiert. Dann ein längeres Stück geradeaus. Am Friedhof vorbei. Und dann rechts abgebogen und Am Wald entlang. »Hier müssen Sie sich die Meilerei vorstellen.« Holger Baum hatte auf ein Waldstück vor ihnen gewiesen, das zwischen den beiden Männern und der L21 im Hintergrund lag. »Wobei dies ja die zweite war. Die erste war anfangs bei Bliesenrade. Können wir nachher auch noch hin. Mittelfristig war der Betrieb zu uneffektiv, sodass man direkt an den Darßrand wechselte. Direkt zum begehrten Rohstoff, dem wertvollen Holz. Für dessen Einschlag der überwiegende Teil der Gefangenen zu sorgen hatte. Es ging ja eben auch um wirtschaftliche Interessen.«

Zimmermann hatte aufmerksam zugehört. In das schöne Stückchen Natur vor sich geschaut. Und versucht, sich Szenen aus jener fernen Zeit vorzustellen, die ihm gegenwärtig sehr nah war. Zu nah. Denn außer hochinteressanten Informationen hatte der Chronist leider auch eine negative Nachricht in seinem kleinen Wanderrucksack. In den erhaltenen Dokumenten zu den SS-Wachmannschaften war kein Olaf Hegerdorp zu finden. Die meisten der eingesetzten Männer kamen zudem nicht aus der Gegend.

Ungeachtet dieser Enttäuschung fühlte Zimmermann, dass ihn dieser Gang seinem Ziel nähergebracht hatte, bringen würde. Er war ein Stück weiter in die Atmosphäre jener Epoche eingedrungen, spürte den Zeitgeist jener Jahre.

So hatte er weiter versonnen auf die grünbraune Wand vor ihm geblickt. Impressionen imaginiert. Hatte die Köhleröfen, die sogenannten »Retorten« gesehen. Die arbeitenden Männer in verschlissener Sträflingskleidung und derben Holzschuhen. Russische Wortfetzen gehört. Deutsche

Befehle. Bellende Schäferhunde. Und das Lied der schlagenden Äxte und fallenden Bäume.

Sowie ein sich näherndes Fahrrad, dessen Rumpeln von Singsang begleitet gewesen war. »Maikäfer flieg, dein Vater ist im Krieg …« Und sich genähert hatte. Der Gegenwart entgegen. Zimmermann hatte Ross und Reiter, Gespann und Radler sogleich erkannt: Bastian, den eigenwilligen Künstler und Stipendiaten des Partikel-Hofes. Auf seinem vollgeladenen Anhänger Dung. Von den Rindern des Gutes. Den er wahrscheinlich für eine seiner Arbeiten benötigte.

»Kennen Sie den?« Holger Baum hatte Bastian kurz, aber freundlich zugenickt. »Komischer Vogel. Doch eine Seele von Mensch. Kümmert sich ganz rührend um das »Russengrab« auf unserem Friedhof. Ganz in der Ecke. Im Armesünderwinkel. Wo im Oktober 1944 fünf Männer verscharrt wurden, die von der SS auf der Flucht erschossen worden waren. Dieser Bursche hat tatsächlich den Gedenkstein gesäubert, die Inschrift erneuert, das Gesträuch beschnitten. Und eine Art Gesteck gebastelt. Aus Stacheldraht, den er um einen alten Löffel gewunden hat. Einen uralten Löffel. Verbogen. Patiniert. Den er hier im Wäldchen ausgegraben haben will. Oh, Entschuldigung …« Baums Smartphone hatte sich bemerkbar gemacht. Diesmal mit der dezenten Melodie der Müller-Grählertschen Ostseewellen. »Meine Mutter …«

Nach zwei, drei Minuten Wortgewechsel hatte er das Gespräch beendet. Und leider auch die gemeinsame Exkursion. »So ein Mist, tut mir leid, aufrichtig leid. Aber wir haben einen Wasserschaden. Die alte Waschmaschine in der

Küche. Da ist irgendein Schlauch losgegangen. Während meine Frau Mama einkaufen war. Jetzt ist Sturmflut in unserer Hütte angesagt. Sorry, aber den Rest des Programms können wir ja die Tage nachholen. Wollen Sie mit zurück zum Borner Hof? Habe dort meinen Wagen geparkt.«

Zimmermann hatte sich entschieden, noch zu bleiben. Beziehungsweise seinen Fantasien zu folgen. Das Bild vom Löffel hatte ihn angeregt. Zutiefst bewegt. So hatte er sich von Holger Baum dankend verabschiedet, ihm viel Glück im Kampf mit den Wassermassen gewünscht. Und sich in seinen eigenen gestürzt. Ins Unterholz des Waldes.

Mit stetem Blick auf den Boden war er so durch den Forst gestromert. In der vagen Hoffnung, womöglich auch ein Artefakt zu entdecken. Dem Waldboden zu entreißen. Dem Vergessen. Was ihm jedoch nicht beschieden war. Zudem hatte er sich verfranzt. Die Orientierung verloren. Obgleich er sogar sein Smartphone am Mann hatte. Was ihm jedoch ohne Empfang auch nichts nützte.

Gut eine Stunde war er so durchs Dickicht gestolpert. Von Mücken zerstochen. Von Farnwedeln gepeitscht. Bestimmt hatte er sich auch noch Zecken eingefangen.

Endlich hatte sich der Urwald gelichtet und er war an eine Weide gelangt. An dessen Elektrozaun er vorsichtig Richtung Straße weitergegangen war. Die erste Abzweigung von der Bäderstraße nach Born. Höhe Ibenhorst.

Nun schwitzte er. Kratzte seine Insektenstiche. Fluchte leise. Vor ihm lagen noch mindestens drei Kilometer. Und das bei nunmehr prallem Sonnenschein.

So besann sich Zimmermann aufs gute alte Hitchhiking. Jene günstigste Form des Reisens, die ihn als Studenten oft durch die Weiten Kanadas geführt hatte.

Er drehte sich um. Hielt keck den Daumen in die Höhe. Setzte eine vertrauenserweckende Unschuldsmiene auf.

Prompt näherte sich ein Auto. Als ob es auf ihn gewartet hätte. Ein älteres Fahrzeug. Der ziemlich verschmutzte Kombi verringerte die Geschwindigkeit. Bremste. Hielt an. Zimmermann beglückwünschte sich zu seinem Einfall. Begrüßte den Fahrer. Äußerte seine Bitte. »Guten Tag, fahren Sie nach Born, Ortsmitte, und können mich ein Stück mitnehmen?«

»Kein Problem. Steigen Sie ein. Nur herein in die gute Stube.« Der Fahrer lächelte mit einladender Geste. Ein junger Mann. Etwa Anfang dreißig. Das dunkle Haar kurz geschnitten. Der Vollbart ebenfalls gestutzt. Dazu ein schwarzrot kariertes Hemd. Hochgekrempelte Ärmel. Zimmermann fand ihn sympathisch. Wusste inzwischen, dass der Look kanadischer Holzfäller auch hierzulande recht beliebt war.

Plötzlich ertönte etwas von der Rückbank. Schon wieder ein Handy. Mit höchst unangenehmen Klingelton. »Die Fahne hoch, die Reihen festgeschlossen …«

Das Horst-Wessel-Lied. Zimmermann erkannte es. Drehte sich um. Und sah nun in das runde, fette und mit Pickeln übersäte Gesicht eines kahlgeschorenen Mannes. Der ihn frech angrinste und blitzschnell ein mit einer stark riechenden Flüssigkeit getränktes Tuch vors Gesicht presste. Dann schwanden ihm die Sinne.

12. Tegenaria parvula

»Diese Idioten müssen doch total von Sinnen gewesen sein. Den armen alten Zimmermann erst betäuben, dann vermutlich stundenlang irgendwo gefangen halten, um ihn in finsterer Nacht bei diesen Strohrollen zwischen Born und Ibenhorst abzulegen. Eingewickelt in eine Reichskriegsflagge. Aus der Zeit zwischen 1938 und 1945. Die mit dem Hakenkreuz. Und dann auch noch diesen Strohtrecker anzünden. Solche Arschlöcher! Braune Riesenarschlöcher! Das geht doch gar nicht!«

»Klar, Kempowski, ist das eine fürchterliche Aktion. Ein Verbrechen von besonderer Infamie. Der Arme.« Wilhelm Hakala-Holappa schüttelte betrübt seine blonde Lockenpracht. Die inzwischen immer mehr ins Grau changierte. Schaute nachdenklich auf den Robert Aaron Zimmermann, der im Krankenbett vor ihnen lag. Zu schlafen schien. Sein aschfahles Gesicht war kaum vom Weiß des Kopfkissens zu unterscheiden.

Doch der dergestalt wie warmherzig titulierte »arme alte Mann« schlief nicht. Sondern lauschte dem Gespräch mit geschlossenen Lidern. Bemühte sich, nicht zu zwinkern. Zu lächeln. Normalerweise mochte er es gar nicht, wenn man über ihn sprach. Doch es wärmte ihm schon das erschütterte Gemüt, die Freunde so aufgebracht wie anteilnehmend zu erleben. Daher beschloss er, noch ein wenig zu lauschen. Stellte sich weiterhin schlummernd.

»Dabei hat er sogar noch Glück gehabt. Wenn nicht der Ahlfänger mit seinem FDZ-Hopper vorbeigekommen wäre, hätte es noch ärger kommen können. Was für ein Glück, dass dieser nette Rastafari eine letzte Tour nach Wustrow gemacht hat. Und dann auf der Rückfahrt nach Prerow gegen zwei Uhr nachts das Feuer sah. Ist sofort ausgestiegen, hat versucht, die Flammen zu löschen. Und dabei den eingeschnürten Zimmermann in dieser verschissenen Faschistenfahne entdeckt. Das volle Programm: Mund-zu-Mund-Beatmung. Stabile Seitenlage. Kontaktversuche. Die richtigen Anrufe. Dabei soll er »voll stoned« gewesen sein, wie mir Meinhard Senior gesteckt hat. Der allerdings angesichts der Tatsache, dass der »kleine Kiffer« sehr wahrscheinlich unserem lieben Freund das Leben gerettet hat, auf eine weitere Verfolgung dieser Tatsache verzichtet.«

»Hoch anständig. Respekt. Hätte ich ihm gar nicht zugetraut.« Kempowski nickte Anerkennung. »Zimmermann kann sich ja bei seinem Lebensretter mit einer riesigen Tüte Gras bedanken. Und sich anschließend zusammen mit ihm und den beiden Meinhards einen besonders feinen fetten Joint gönnen.«

Zimmermann musste wahrlich für einen kleinen Augenblick schmunzeln.

Auch wenn seine letzten Drogenerfahrungen gut sechzig Jahre zurücklagen, hatte er tatsächlich an ein ähnliches Dankeschön gedacht. Plus einem gewissen Obolus, mit dem sich Jonathan Ahlfänger einen etwas größeren Wunsch erfüllen könnte. Was auch immer er wollte. Und wenn es ein

Stückchen Wald wäre, wo er dann – seinem Ideal Henry David Thoreau gemäß – ein freies Leben führen könnte. Hakala-Holappa hatte ihm ja schon im letzten Jahr von der Vorliebe des taxifahrenden Studenten für ›Walden‹ erzählt. Er musste ebenfalls ein Lächeln unterdrücken.

»Mensch Kempowski, ist wirklich nicht der richtige Zeitpunkt für solche Scherze. Die Meinhards sind erstaunlich kooperativ und nehmen die Sache ernst. Sehr ernst. Das war kein Dummer-Jungens-Streich. Sie halten es für eine politisch motivierte Tat. Haben auch prompt nach dem ersten Gespräch mit Zimmermann das LKA eingeschaltet. Und das wiederum mich. Bei so etwas sind sie ja inzwischen hochsensibilisiert. Obwohl und gerade hier oben an der Küste nichts vorgefallen ist, was Parallelen aufweist. Man ist sehr beunruhigt. Und hat Zimmermann umgehend Personenschutz verpasst. Vorerst noch drei uniformierte Beamte, die das Krankenhaus, die Abteilung und sein Zimmer im Auge behalten.«

»Politisch motiviert? Etwa, weil unser lieber Zimmermann Jude ist? Jüdische Wurzeln hat? Provenienz? Oder wie immer das man heute korrekt bezeichnet. Dabei ist er doch noch nicht mal beschnitten …« Kempowski musste sich beherrschen, dass er nicht das Bettdeck lüpfte, das Krankenhemd, um Hakala-Holappa umgehend den Beweis vor Augen zu führen. »… schert sich außerdem nicht um koschere Speisen und Sabbat. Was ich bisweilen sogar schade finde, habe ja eine gewisse Affinität dazu. Außerdem …«

Der ungläubige Robert musste ein weiteres Lächeln herunteratmen. An seinen Vater denken, für den jeder Gott fragwürdig gewesen war, der einen auf der Toilette oder sonst wo mit heruntergelassener Hose daran erinnerte, dass man ihm huldigen solle. Allerdings musste er auch Kempowski zustimmen. In manchen Situationen hatte er es schon bedauert, keinen festen Glauben zu haben. Und jene Menschen beneidet, die in Zuversicht und Vertrauen mit ihrem Schöpfer im Gebet Zwiesprache führten. Gleich welcher Couleur. Aber Glauben kam nun einmal von glauben. Und da fehlte ihm nicht so sehr das Modalverb wollen, sondern eben das können. Außerdem hatte ein Dasein als wohlwollender Agnostiker den Vorteil, dass man nicht mehr den Glauben verlieren konnte. Wie zum Beispiel bei Geschehnissen wie denen, die ihn in die Prerower Ostseeklinik geführt hatten.

»… außerdem, werter Hakala-Holappa, wer weiß das schon? Hier oben?«

»Du unterschätzt die Medienpräsenz unseres »Helden vom Fischland«, der »Spürnase aus Kanada«, wie er im Frühjahr und Herbst letzten Jahres wiederholt bezeichnet wurde. Bei voller Namensnennung. Und bei seinem Alter dürfte es auf der Hand liegen, dass ihn seine Eltern nicht aus Verehrung für Bob Dylan die Vornamen Robert Aaron ausgewählt haben.«

»Der außerdem Allen heißt und als Robert Allen Zimmerman seine Lebenslaufbahn startete. Aber das bin ich gewohnt, diese Verwechslung.«

Das Objekt der Sorge hatte sich nun entschlossen, ins Gespräch einzusteigen. Er richtete sich im Bett auf. Mühsam. Nahm das Wasserglas, das ihm Kempowski reichte. Beide mit zitternden Händen. Trank einen Schluck. Verschüttete ein bisschen Nass auf das Betttuch.

»War übrigens früher, als ich noch Partys besuchte, ein beliebter Scherz, wenn ich mich anderen Gästen namentlich vorstellte: »Ach, im Fernsehen sehen Sie ganz anders aus.« Beliebt auch: »Haben Sie Ihre Gitarre dabei?« Oder »Mein Lieblingssong ist »Hurricane«. Können Sie den nicht wenigstens singen?« Und natürlich die immer wieder gern gestellte Frage, warum ich denn nicht in Woodstock dabei gewesen wäre. Sehr witzig, das alles. Obgleich, die Kräfte von diesem Rubin »Hurricane« Carter, diesem schwarzen Boxer, der ein Opfer rassistischer Justiz wurde, hätte ich gestern, nein vorgestern auch gerne gehabt. Dann hätte ich diesem teigigen Mondgesicht sein fieses Lächeln schon aus der Visage geprügelt. Und diesem scheinheiligen Lumberjack mit seinen gelackten Haaren hätte ich sein Holzfällerhemd fressen lassen. Basta! Obwohl, wahrscheinlich wäre ich gar nicht erst auf die Idee mit dem Trampen verfallen. Sondern schnurstracks über die Wiesen gelaufen. Ach ja …« Ein Hustenanfall unterbrach seine Fantasien.

»Mensch, lieber Zimmermann, beruhige dich. Diese Aufregung schadet nur dir selbst. Außerdem, wir finden die, das verspreche ich dir. Auch wenn deine Beschreibungen leider auf recht viele junge Männer der rechten Szene passen. Doch irgendwie habe ich den Eindruck, dass die sich inszeniert haben. Verkleidet. Alle Klischees bedienend. Der eine als dumpfbackiger Skinhead. Der andere als aalglatter Identitärer.«

»Hakala-Holappa, mein Gutster. Das sehe ich als Betroffener, ich will nicht Opfer sagen, ganz anders. Die meinten nicht mich persönlich. Ich war einfach zur falschen Zeit am falschen Ort. Die hatten Langeweile, vielleicht Ärger mit ihren Damen. Oder wollten einfach nur ihr Adrenalin spüren. Da kam ich ihnen ganz recht. Und habe sogar noch den Fehler gemacht, das Zusammentreffen geradezu heraufzubeschwören.«

»Nun hör aber mal auf. Langeweile. Adrenalin spüren. Frust abbauen – du hättest bei diesem Überfall sterben können, wenn dich nicht der Rastaman gerettet hätte. Und dieses willkürliche »Opferklatschen«, auf das du anspielst, gehört sicherlich leider inzwischen auch zu unserem Alltag. Doch, solche Arschlöcher gehen vorwiegend mit Schlägen und Tritten vor. Damit haben sie dich wenigstens verschont. Auch wenn deine Hämatome an Armen und Beinen sowie die Rauchvergiftung schon schlimm genug sind. Nee, ich gebe Hakala-Holappa vollkommen recht, schließlich ist er ja der Profi.«

»Danke, Kempowski, und du, guter, alter Zimmermann solltest dich mit dem Gedanken abfinden, dass dich jemand im Auge hat. Beobachtet. Dir eine Warnung zukommen lassen will. So sehe ich die Tat, analytisch betrachtet. Das war ein Warnschuss. Noch. Bei dem aber durchaus billigend in Kauf genommen wurde, dass du auf der Strecke bleibst. Ich habe ja nur am Rande mitbekommen, dass du dich plötzlich für die Nazizeit hier oben interessierst. Was ja an sich dein gutes Recht ist, gerade bei deiner Geschichte. Doch vielleicht stört das jemanden?«

»Genau, du sagst es, das ist mein gutes Recht und meine Privatsache. Außerdem, wer weiß denn davon? Die Frau Ott, Sonntag; Lore gegenüber habe ich auch so eine Andeutung gemacht. Und natürlich Holger Baum. Aber der ist … koscher.« Er zögerte einen Moment. Musste an die merkwürdige Melodie von Baums Wetter-App denken. Dieses »Das Volk steht auf, der Sturm bricht los!« Verwarf seine Bedenken jedoch. Der hatte zwar einen schwarzen Humor, aber keine braune Seele. Das war kein Wolf im Schafspelz.

»Genau, dieser Hobbyhistoriker.« Hakala-Holappa hakte nach. »Du hast den Meinhards ja von diesem Anruf berichtet, der zum Abbruch eurer Tour geführt hat. Die Mutter mit defekter Waschmaschine und Wasserschaden. Was, wenn das nun ein Fake war, wie man heute sagt? Eine Finte? Vorgetäuscht. Um dich in die Falle zu locken. Dieser Baum hat ja dein wachsendes Interesse mitbekommen, hat es selbst durch seine Erzählungen genährt und dich dann noch mit diesem Fundstück, diesem alten Löffel angefixt, den dieser Künstler im Wald gefunden haben soll. Womöglich ist er nach eurer Verabschiedung etwas später zurückgekehrt. Ist dir gefolgt. Hat mitbekommen, wie du dich verlaufen hast. Schließlich die Straße erreichst. Und dann die beiden Burschen angerufen. Die während der ganzen Zeit in der Nähe in ihrem Auto saßen und auf genauso eine Situation warteten. Denk da mal drüber nach, mein lieber Freund!«

»Der Baum doch nicht. Der hat Hannah Arendt gelesen. Der beschäftigt sich aus aufrichtigem Interesse und Engagement mit diesem Kapitel deutscher Geschichte. Und, selbst wenn es anders wäre, wo siehst du da ein Motiv?« Es fiel Zimmermann immer schwerer, seine gewählte Strategie beizubehalten. Doch, so leid es ihm menschlich tat, er konnte und wollte sich Hakala-Holappa nicht anvertrauen. Natürlich hatte er sich in den wachen Momenten im Dämmerschlaf der vergangenen Tage wiederholt die Frage gestellt, ob womöglich Olaf Hegerdorp hinter dem Anschlag steckte. Wie auch immer er das bewerkstelligt hatte. Doch sein Profilerfreund war nun einmal offiziell mit den Ermittlungen beauftragt. Im Dienste des LKA. Und Zimmermann wollte Olaf, sollte er denn tatsächlich »Dreck am Stecken haben« und sich in den zehn Jahren zwischen ihrer letzten Begegnung und Kriegsende tatsächlich so verhalten haben, wie er mutmaßte, nicht einfach irgendeiner Behörde überlassen. Nein, er würde ihn nicht töten. Aber er wollte ihn ganz für sich allein. Daher ging er in die Offensive. Wählte nun ebenfalls eine Finte, um aus dieser Zwickmühle zu entkommen.

»Aber, Themenwechsel. Oder vielleicht ja nicht. Wie ist eigentlich der Ermittlungsstand im »Zingster Mumienmord«? Womöglich besteht da ein Zusammenhang mit der Attacke auf mich? Schließlich wurde ich ja auch eingewickelt. Und bin im etwa gleichen Alter wie dieser Arzt. Was meinst du? Da ziehen zwei junge Männer über die Halbinsel und bringen alte Säcke um. Vielleicht aus Wut ihren Großvätern gegenüber. Es gibt ja nichts, was es nicht gibt, unter den Menschen …«

»Ein interessanter Ansatz, Chapeau, mein Lieber, verblüffend. Diese Parallelen habe ich noch gar nicht in Betracht gezogen. Aber …« Hakala-Holappa spielte etwas nervös mit einer Haarsträhne. »…ihr wisst natürlich, dass ich euch eigentlich gar nichts erzählen darf. Doch im Zingster Fall haben sich die Meinhards auf die polnische Haushaltshilfe eingeschossen. Die allerdings gerade daheim weilt, sich um ihre Mutter kümmert.«

»Hatte die auch einen Wasserschaden?«, Kempowski versuchte es mit einem Scherz. Wahrscheinlich infolge Nikotinentzugs.

»Kemp, bitte! Ich glaube jedoch kaum, dass sich die junge Dame so eine Mühe gemacht hat, um sich ihres Auftraggebers zu entledigen. Selbst wenn er übergriffig geworden sein sollte. Bei ihr wäre Totschlag im Affekt wahrscheinlicher. Der Griff zum Bügeleisen, einem schweren Bierseidel, so etwas in der Art. Nein, Frauen töten anders. Frauen …«

»Was ist mit Frauen? Passen Sie bloß auf, ich bin hier die Gleichstellungsbeauftragte.« Die Tür war aufgerissen worden. Energisch. Und Schwester Duyan hereinmarschiert. Entschlossen. »Nun aber zügig hinaus, meine Herren. Eine halbe Stunde hatte ich gesagt. Außerdem warten draußen noch so zwei Haderlumpen darauf, unserem Herrn Zimmermann ihre Aufwartung zu machen.«

13. Coelotes mediocris

Schwester Duyan. Zimmermann nannte sie inzwischen seine Nemesis. Zuerst war er ihr vor einem guten Jahr in Ribnitz-Damgarten begegnet. Wo sie damals noch arbeitete. Und er als Patient lag. Nach dem Kampf mit Hans von Wustrow. Im Herbst war es hier zu einem Wiedersehen in der Ostseeklinik Prerow gekommen. An die sie inzwischen gewechselt war und wo er Dörte Wahnschaffe und Ann-Kathrin Seegers besucht hatte. Nach dem verheerenden Brand in der Wiecker Mühle. Später hatte sie sogar im Fall des ermordeten Chefarztes mitgeholfen. Nun befand er sich wieder in ihrer pflegerischen Obhut.

»Das macht mir richtig Angst, was Ihnen da passiert ist, lieber Herr Zimmermann.« Kempowski und Hakala-Holappa waren inzwischen hinauskomplimentiert worden. Die Schwester strich Zimmermanns Bettdecke glatt, nachdem sie ihn mit diversen Medikamenten versorgt hatte. »Diese Geschichte mit diesen Neonazis. Und das hier oben bei uns. Das kennen wir gar nicht. Gut, im Landesinneren kann man leider inzwischen wieder häufiger ein gezischtes »Fidschi!« oder ein »Geh doch dahin, wo du herkommst!« hören. Meistens halte ich den Mund. Manchmal traue ich mich aber dann doch und sage, dass ich in Rostock geboren wurde. Und meine Eltern damals neben ihrer eigentlichen Arbeit noch dafür gesorgt haben, dass sich so mancher DDR-Bürger, so manche DDR-Bürgerin über eine erschwingliche Jeans freuen konnte. Auf dem Darß jedoch habe ich so etwas bislang noch nicht erlebt. Das macht mir wirklich Angst.« Die sonst so resolute Krankenschwester schaute ernsthaft besorgt aus. Als sie aber die ebenfalls betrübte Miene Zimmermanns sah, wechselte sie schlagartig in die gewohnt forsch fröhliche Gangart über.

»Aber, Trübsal blasen bringt ja auch nichts. Darum, Schluss jetzt mit dem Lamentieren. Ihre nächsten beiden Besucher werden Sie auf andere Gedanken bringen, die beiden Komiker.«

Sie bewegte sich zum Ausgang. Verschwand durch die Tür. In der wenig später zwei grotesk gewandete Gestalten erschienen. Der eine in einen abgeschabten Bratenrock gekleidet, darunter eine Weste ohne Hemd. An den Beinen eine mehrfach geflickte Anzugshose, die in hohen Stiefeln steckte. Und auf dem Kopf ein verbeulter Zylinder. Dort thronte bei der anderen Figur ein großer Schlapphut. Darunter ein hutzeliges Gesicht und wirre weiße Haare, die im aufgestellten Kragen eines riesigen Lodenumhangs verschwanden, der bis über die Knie eines schmutziggrauen Beinkleides reichte. Aus dem nackte Füße in klobigen Holzpantinen hervorschauten. Ein langer Stecken sowie ein Kuhhorn mit Lederriemen rundeten die verwegene Ausstattung ab.

Die Geschöpfe der Nacht stolperten mit Altmännerschritten ins Krankenzimmer. Blieben vorm Bett stehen. Und erhoben die Stimmen. Unisono. »Auferstanden aus Ruinen und der Zukunft zugewandt.

Lass uns dir zum Guten dienen. Guter, alter Zimmermann. Alte Not gilt es zu zwingen und wir zwingen sie vereint …«

»Clauert und Gutzeit! Ist ja nicht zu fassen. Aber, ihr habt recht. Ich fühle mich tatsächlich wie aus Ruinen auferstanden. Und freue mich riesig, euch zu sehen.« Der Auferstandene lächelte. Er mochte die Hymne. Den Text. Auch wenn er von Johannes R. Becher war. Mit dem er so seine Probleme hatte. Und vor allem mochte er die beiden Zausel.

»Diese Kostüme stehen euch prächtig. Betonen, so möchte ich es nennen, eure jeweilige Individualität und Persönlichkeit.«

»Du solltest auch auf den Thespiskarren aufspringen. Das macht wahrlich einen Heidenspaß. Ich bin mir sicher, dass der Hutsch dir auch eine schöne Rolle auf den Leib schneidern würde. So etwas in Richtung Dorfrichter Adam vielleicht …« Der kleine Pastor lächelte. Verschmitzt. Die neue Passion schien ihm überaus gutzutun. Er strahlte geradezu. Und hatte kaum noch Ähnlichkeit mit dem düsteren, fast schon geistergleichen Männlein, als das ihn Zimmermann vor gut acht Monaten kennengelernt hatte.

»Und diese seuten Deern von der Station wird dann deine Eva. Wenn du dann das nächste Mal auf der Nase liegst, ist das dein Sündenfall.« Gutzeit nahm den Ball auf. Griente.

»Meine Herren, ich darf doch bitten. Aber, setzt euch doch bitte.« Zimmermann gab den Gastgeber. Hätte am liebsten drei Gläschen hervorgeholt. Eine Runde Doppelkümmel kredenzt. Und Clauert einen Aschenbecher gereicht.

Totengräber und Nachtwächter holten Stühle herbei. Platzierten sich. Etwas umständlich darob ihrer Gewandung. »Jetzt wäre ein Schnappes schön.« Bemerkte Gutzeit. Trocken. »Und eine Sobieski …«, fügte Clauert hinzu. Mit sehnsüchtigem Seufzer. Man verstand sich.

»Aber ernsthaft, unser Bärensprung hat schon recht. Das macht schon bannig Spaß, da den Kasper zu geben. Und der Hutsch ist wirklich klasse. Hat ja sogar für diesen spinnerten Künstler eine Rolle aus dem Hut gezaubert …«

»Meinst du diesen Bastian? Den Stipendiaten vom Partikel-Hof. Der spielt jetzt auch noch Theater?«

»Jau, genau den. Und das macht der Bengel richtig gut. Kann sich auch die Texte ganz prima merken. Muss nur einmal aufs Blatt schauen und schon hat er das intus. Hutsch ist total begeistert von dessen Brägen. Dabei erzählt er sonst kaum was. Oder raunt nur in Rätseln. Aber das passt ja eigentlich auch zu so 'm Kohlrabiapostel.«

»Kohlrabiapostel?« Zimmermann blätterte kurz in seinem Gedächtnis.

»Gutzeit meint Naturapostel. Also jene frühen Vertreter alternativer Lebensweise, von denen es zum Beginn des vergangenen Jahrhunderts etliche gab. Karl Diefenbach, Gustav Nagel, Gusto Gräser, Fidus und wie sie alle hießen. Sie ließen sich die Haare wachsen, gingen barfuß, bisweilen gänzlich unbekleidet oder in wallende Gewänder gehüllt. Verkündeten Pazifismus und freie Liebe, Vegetarismus und Abstinenz. Lehrten die Weisheiten des Fernen Osten. So eine Figur hat Hutsch nach Kummerow verpflanzt. Den »grünen Graser«. Haust dort im Wald. Und ist der geheime Held der Kinder. Nein, das macht der Bursche wirklich gut. Auch wenn es nicht ganz unproblematisch ist, so eine Doppelbegabung, Doppelbelastung …« Leuchtete der Nachtwächter für Zimmermann den Hintergrund aus.

Den Totengräber Diestelbruch mit Details aktualisierte.

»Jau, heute gab es richtig Knatsch mit der kleinen Seegers. Die den Bastian ja in ihrer Obhut hat. Und es gar nicht gerne sieht, dass er zusätzlich noch Theater spielt. Wo doch übermorgen schon die große Ausstellung ansteht. Mit Mutti. Und wie ebenso eine Mutti, Glucke ist Frau Keramikerin dann vorhin bei uns auf der Bühne aufgeschlagen. Hat mächtig Theater gemacht. Sich mit dem Hutsch angelegt. Der dann richtig hochgegangen ist. Hat sogar die Proben abgebrochen. Uns für den restlichen Tag freigegeben. Dabei ist er sonst die Ruhe in Person. Lässt sich nicht einmal vom ollen Pastor hier nervös machen, wenn der andauernd dazwischenfragt, wie er die Rolle denn anlegen soll: »Mehr so Stanislawski? Oder eher im Brechtschen Sinne?« Gutzeit imitierte gekonnt Clauerts brüchigen Bass. Der so gar nicht mit seiner zierlichen Gestalt korrespondierte, die Zimmermann immer mehr an den späten Curt Bois in Wim Wenders ›Der Himmel über Berlin‹ erinnerte.

»Ich nehme meine neue Aufgabe halt ernst. Gehe intellektuell vor, beschäftige mich mit den diversen Schauspieltheorien. Lies, wenn du es verstehst. Prüfe, wenn es gefällig ist.«

»Ich lese auch gleich was. Und zwar Ihnen die Leviten. Nun aber raus, die halbe Stunde ist längst rum und draußen wartet außerdem der Herr Sonntag.« Schwester Duyan war zum neuerlichen An- und Abpfiff erschienen. Nachtwächter und Totengräber folgten artig. Begruben ihren kleinen Disput. Machten Platz. Trollten sich. Duyan schloss hinter ihnen die Tür. Langsam. Widmete dabei Sonntag noch einen neckischen Blick.

»Ach, sie hat aber auch einen ganz eigenen Charme. Findest du nicht auch?« Der neue Besucher zwinkerte Zimmermann zu. Verschwörerisch.

»Fang du jetzt nicht auch noch damit an. Zeig mir lieber, was du da mitgebracht hast. Und – über das, was hier zwischen uns besprochen wurde und wird, herrscht Stillschweigen. Ja?«

»Sicherlich, obwohl ich, ehrlich gesagt, ein bisschen Schiss habe, wenn wir uns auf eigene Faust auf die Suche nach diesen Halunken machen. Ich teile deine Einschätzung. Das da bei Born war eine deutliche Warnung. Und die werden dich weiter im Auge behalten. Womöglich eine noch deutlichere Sprache sprechen, mein lieber Zimmermann.«

»Trotzdem möchte ich die Sache nicht der Polizei überlassen. Nicht ausschließlich, guter Sonntag. Die haben ja immerhin von mir eine wahrheitsgemäße Personenbeschreibung bekommen. Auch den Tathergang habe ich ganz so geschildert, wie es in realiter passiert ist. Nur beim Fahrzeug habe ich ein wenig geflunkert. Nun suchen die halt einen neueren Skoda Yeti in Braunmetallic. Und wir jetzt den richtigen Wagen. Lass mal schauen.« Zimmermann griff zu dem Packen Zeitschriften, den Sonntag auf seinem Nachttisch abgelegt hatte. Automobilzeitschriften. Überwiegend ältere Jahrgänge. Am Vormittag hatte er eine gefühlte Ewigkeit auf den kleinen Monitor des Tablets von Meinhard Junior gestarrt, um überzeugend eine konzentrierte Suche nach dem richtigen Autotyp vorzutäuschen. Ihm brannten noch immer die Augen davon. Daher hatte er den Vorschlag, sich einfach mal durch die alten Magazine des Autofreunds zu blättern, dankend angenommen.

Sie machten es sich gemütlich. Schwester Duyan hatte ihnen zudem Getränke serviert. Pfefferminztee für Sonntag. Lauwarme Hagebutte für Zimmermann. Der neugierig in eine ansonsten eher fremde Welt vordrang. Zeit seines Lebens war er dem Reiz von PS, Hubraum und getuntem Chrom gegenüber immun gewesen. Ganz anders Richard Sonntag, den Kempowski einmal als wiedergeborenes Autoquartett bezeichnet hatte.

Entsprechend mit Fachwissen gespickt waren die Bemerkungen, mit denen er den Freund auf die ein oder andere Entdeckung aufmerksam machte.

»Also ich kann mir gut vorstellen, dass das ein VW Passat war. Zum Beispiel ein B5 aus den Jahren 1996 bis 2000. Dieselmotor. Direkteinspritzung mit VEP. Später dann Pumpe-Düse-System. 1 896 cm^3. 79,5 mm × 95,5 mm Bohrung mal Hub. Allradantrieb. Turbolader Ladeluftkühler. Schau mal!«

»Nein, der sah irgendwie anders aus. Älter. Vor allem die Augen. Die Scheinwerfer … Und auch die Inneneinrichtung. Das Armaturenbrett. Einfacher.«

»Dann womöglich einer aus der zweiten Generation, der Baureihe B2. Zwischen 1980 und 1988 gebaut. Wahlweise drei verschiedene Vierzylinder-Ottomotore mit 1,3 Litern und 55 PS bzw. 1,6 Litern Hubraum, einen Fünfzylinder-Ottomotor mit 1,9 Litern Hubraum und 115 PS…«

»Nee, so sah der auch nicht aus. Irgendwie wirkte er massiger. Massiver. Stärker.«

»Oder doch ein Benz?« Sonntag klang etwas beleidigt. »Aber, wenn du mich mal ausreden ließest, könntest du was dazu lernen. Dafür ist es nie zu spät. Vielleicht habe ich ja nicht bis in alle Ewigkeiten Lust, dich durch die Gegend zu kutschieren. Und du musst dir mal ein eigenes Auto anschaffen. Da hilft es schon, wenn …«

»Das ist er. Genauso sah der aus!« Er hielt dem Experten sein Heft hin.

»Ein Volvo. Da hätte ich auch selbst draufkommen können. Die 900er- Baureihe. So von 1990 bis 1998 produziert. Wobei wir es hier mit einem 940er zu tun haben, einem Vierzylinder. Genauso einen fährt der Bukow, der Sascha.«

»Wer ist das? Jemand vom Darß? Oder aus der rechten Szene?«

»Weder noch. Bukow ist dieser Fernsehkommissar aus dem Polizeiruf. Spielt allerdings ganz in der Nähe. In Rostock. Und der Charly Hübner, der den verkörpert, könnte auch prima einen Reichsbürger oder einen in die Jahre gekommenen Hooligan abgeben.« Sonntag machte eine kleine Pause. Holte einen gefalteten Zettel aus der Jackettinnentasche. Reichte ihn Zimmermann.

»Gut, haben wir schon mal den Autotyp. Volvo. Wird auch gern gefahren. Vor allem die älteren Geschosse. Doch ist beileibe nicht so häufig wie der Passat. Dann wollen wir mal schauen, ob wir das mit dem Kennzeichen einkreisen können. Du meintest ja, dass es wohl drei Buchstaben gewesen wären. Ich habe hier erstmal nur die aus MV aufgeschrieben. Für den Anfang. Allerdings ohne »Lösungen«. Um dich nicht zu beeinflussen. Vielleicht geht dir ja irgendwie ein Licht auf.«

»Danke, treuer Freund. Und sieh mir nach, dass ich dich unterbrochen habe. Aber, Autos waren noch nie so meine Welt.« Dann buchstabierte er sich leise murmelnd durch Meckpomm. »ANK, BÜZ, DBR. Nein. GDB, GMN, HGN, HGW, HRO, HST, HWI. Auch nichts dabei. LBZ, LRO, LWL, MSE, MST, MÜR. MS, hmm, ein M könnte es schon gewesen sein. Doch sicher bin ich mir nicht. Weiter. NVP, NWM. Genau. Das ist es. Jetzt sehe ich es wieder vor Augen. NWM.«

»NWM. Landkreis Nordwestmecklenburg. Oder »Nie wieder Mutti«. Wie manche die Abkürzung scherzhaft verballhornen. Wobei, das passt auch irgendwie zu dir. Hast dich ja wieder erfolgreich um eine persönliche Begegnung mit der Kanzlerin gedrückt. Schwester Duyan hat mir vorhin nachdrücklich klargemacht, dass du noch mindestens zwei Tage das Bett hüten musst.«

»Nun, ich finde das ernsthaft schade. Noch bedauerlicher ist, dass Nele wohl zugesagt hat, die Eröffnungsfeierlichkeiten zu besuchen. Sie hätte ich wirklich gerne wiedergesehen.«

14. Mogrus incertus

Zimmermanns Nele und die Kanzlerin schienen sich zu gut zu verstehen. Kempowski beobachtete sie schon fast eine Stunde. Eben hatte »Mutti« die letzte noch lebende Tochter Alfred Partikels mit ihrer Hand am Unterarm berührt. Fast zärtlich. Anschließend stießen sie abermals an. Prosecco. Halb und halb. Der Orangensaft dominierte. Allerdings sahen die beiden etwas erschöpft aus. Ebenso wie Dr. Johanna Riese, die bei ihnen stand. Sich bisweilen ins Gespräch einklinkte. Wahrscheinlich mit diversen kunstwissenschaftlichen Bemerkungen zum Hintergrund. Sie wirkte ebenfalls etwas müde.

Aber der bisherige Verlauf der großen Saturnalien zum Stapellauf des Partikel-Hofes hatte allen Beteiligten wirklich einiges abverlangt. Veranstaltern wie Gästen, Servicekräften wie Schaulustigen, Künstlern wie Kritikern.

Es war einfach ein »großes Fass«, das sie da aufmachten. Wie es Kempowski etwas salopp gegenüber Elisabeth Müller-Paul formuliert hatte. Und dafür Schelte kassierte. Ebenso wie für die Bezeichnung »ein Kessel Buntes«. Mit der er die Vielfalt der angebotenen Einzelpräsentationen gerne umschrieb.

Betraten Besucherin und Besucher das einladende Gebäude, erwartete sie zunächst die Diele, der weitläufige Eingangsbereich mit Empfang und einigen merkantilen Inseln, wo Kataloge, weitere Literatur, Drucke, Karten und diverse sonstige Devotionalien feilgeboten wurden. Überdies sollte dort den Stipendiaten Raum gegeben werden, ihre Arbeiten vorzustellen. Im Falle Bastians, der sich mit seinen Werken ja auf den Garten konzentriert hatte, würde hier in den kommenden Wochen eine wachsende Fotodokumentation des Wandels seiner ›Ephemeren Mären‹ entstehen, wie Ann-Kathrin Seegers seine Installationen betitelt hatte.

Von der Diele aus ging es in fünf separate Ausstellungsbereiche, die sich jeweils über zwei Etagen erstreckten. Das mittige Herzstück bildete das Paradies, das Alfred Partikel gewidmet war und von Dr. Johanna Riese bespielt wurde. Dank ihres engen, vertrauten Kontaktes zur Künstlertochter konnte sie gewährleisten, mit Leihgaben oder Schenkungen aus Cornelias umfangreicher Privatsammlung ein stets abwechslungsreiches Prisma des Partikelschen Œuvres vorstellen zu können.

An das Paradies schloss sich das Rosenthal an. Den Namen für diese Räumlichkeiten hatte das Team als Erinnerung an die Künstlerin Edla Charlotte Rosenthal gewählt. Die jüdische Malerin lebte mit ihrer Partnerin Ezla Kohlman seit 1918 unter anderem in ihrer Büdnerei in Althagen, die seinerzeit für den von ihr gepflegten »Märchenblumengarten« ortsbekannt war. 1938 jedoch endete das Idyll. Die beiden Frauen mussten ihr Haus zwangsverkaufen und siedelten nach Werder im Havelland über. 1942 wurde sie zunächst ins Warschauer Ghetto und einiges später nach Treblinka deportiert. Dort wurde sie, nach aktuellem Forschungsstand vermutlich im Juli des gleichen Jahres ermordet.

Da ihr künstlerischer Nachlass als nahezu verschollen galt, hatte man beschlossen, in den ihr gewidmeten Räumen Künstlerinnen mit ähnlichem Schicksal auszustellen. Den Auftakt bildete Elfriede Lohse-Wächtler, eine Malerin der Avantgarde, die 1940 im Rahmen der Euthanasie-Aktion T4 in der Tötungsanstalt Pirna-Sonnenstein umgebracht worden war. Kempowski war schlecht geworden, als ihm Elisabeth diese traurige Geschichte erzählt hatte: Tochter aus gutem Hause. Besuch von Kunstgewerbeschule und Dresdner Akademie. Erste Erfolge. Aufnahme in den Freundeskreis um Otto Dix und Conrad Felixmüller. Heirat mit einem Opernsänger. Doch dann die Zäsur: 1929 der erste Nervenzusammenbruch aufgrund privater und wirtschaftlicher Probleme. Die erste Einweisung. Kurzfristige Entlassung. Rückkehr ins Elternhaus. Weitere Verschlechterung des psychischen Zustands. 1932 neuerliche Einweisung. Diesmal vom Vater veranlasst. Diagnose Schizophrenie. Entmündigung. Zwangssterilisation. Dauerhafte Verwahrung. Bis zum bitteren Ende. Dem Tod mit nicht einmal 41 Jahren.

Kempowski besaß Fantasie. Auch Einfühlungsvermögen. Durchaus. Und nicht wenig. Doch er drang nur bedingt zu dem vor, was ein Mensch mit einem solchen Leidensweg empfunden haben musste.

Wobei Elfriede Lohse-Wächtler auch während ihrer düsteren Odyssee durch die Anstalten des Grauens noch weiterhin schöpferisch tätig gewesen war. Zumindest die ersten Jahre bis etwa 1935. Bei der Auswahl hatte sich Elisabeth Müller-Paul, die das Rosenthal betreute, auf Arbeiten aus jenen Krisenzeiten konzentriert. Die untere Etage war so den ›Friedrichsberger Köpfen‹ vorbehalten, einer Werkgruppe von Zeichnungen und Pastellen, die Lohse-Wächtler 1929 während ihres ersten Aufenthalts in der dortigen Staatskrankenanstalt von Mitpatientinnen geschaffen hatte. Im oberen, über eine Wendeltreppe zu erreichenden Stockwerk, harrten Bilder aus der sich anschließenden kurzen Zeit in Freiheit ihrer Entdeckung. Neben Ansichten und Szenen aus dem Hamburger Hafenmilieu und dem Leben von Arbeitern und Huren faszinierten Kempowski vor allem die Selbstporträts. Auch wenn sie zumeist einen recht schonungslosen Blick auf das Antlitz der Künstlerin zeigten. In summa keine leichte Kost.

Das traf auch auf die Präsentation in der Werkstatt zu, die sich auf der rechten Seite an Partikels Paradies anschloss. Dieser Bereich war dem Dialog und dem gestalterischen Austausch der unterschiedlichen kreativen Ausdrucksformen vorbehalten.

Hier erwartete das Publikum die Auseinandersetzung mit Werk und Wirken des Graphikers, Zeichners und Schriftstellers Bruno Schulz. Und Opfer des Holocaust. Im Vorfeld hatte es, ähnlich wie bei Lohse-Wächtler, einige Diskussionen darum gegeben, ob er nicht schon wieder – dankenswie berechtigter Weise – zu bekannt sei und eben kein nahezu vollends Vergessener. Allerdings befand man dann einstimmig, dass es strategisch schon klug wäre, zu Beginn des Ausstellungsbetriebs mit dem einen oder anderen etwas prominenteren Namen aufzuwarten. Überdies waren sich alle einig, dass diese Auswahl Zimmermann freuen würde, da er ein großer Freund des literarischen Werkes des polnischen Multitalents aus Galizien war. Im vergangenen Winter hatte er Kempowski und Müller-Paul an einem Abend einmal aus dessen Roman ›Die Zimtläden‹ vorgelesen. Und beide auf eine schillernde Wanderung durch die versunkene Welt des Schtetls mit pittoresk gezeichneten Figuren und den abenteuerlichsten Begebenheiten mitgenommen.

Dörte Wahnschaffe wie auch Ann-Kathrin Seegers, die beide für die Werkstatt zuständig waren, freute es außerdem geradezu, auf bereits bestehende Filme, Hörspiele und Installationen zu Bruno Schulz zurückgreifen zu können. Besonders gelungen fanden sie die Arbeit eines Filmemachers namens Benjamin Geissler, der sich seit längerer Zeit mit Bruno Schulz beschäftigte. Speziell mit dessen letztem Lebensabschnitt. Den er nach dem Überfall der deutschen Armee auf die Sowjetarmee im Sommer 1941 im Ghetto der Kleinstadt Drohobycz verbringen musste. Dort fand er ausgerechnet im SS-Hauptscharführer Felix Landau einen zweifelhaften »Beschützer«. Als dessen »Leibjude« musste er das Kinderzimmer in der von Landau beschlagnahmten Villa mit Fresken schmücken, die, so der Wunsch des SS-Mannes, Märchenszenen zeigten. Rotkäppchen und der böse Wolf, das war Kempowskis erste Assoziation gewesen, als ihm Wahnschaffe das erste Mal von Schulz erzählt hatte. Dem im November 1942 der Status als Schützling Landaus schließlich das Leben gekostet hatte. Nachdem sein Gönner aus purer Lust am Töten den Leibzahnarzt eines anderen SS-Offiziers erschossen hatte, vergalt jener die Tat, indem er wiederum die Waffe gegen Schulz erhob. Abdrückte. Auf offener Straße. Und den Mord angeblich mit dem lapidaren Satz kommentierte: »Du hast meinen Juden getötet – und ich deinen!«

Allerdings kursierten über den genauen Tatablauf widersprüchliche Aussagen. Fakt blieb, dass Bruno Schulz auf der Strecke geblieben war. Und sein Wunderwald inmitten von Stacheldraht vergessen.

Erst Geissler gelang es im Jahr 2001 bei Dreharbeiten vor Ort, die Wandmalereien wiederzuentdecken. Die jedoch wenig später zerstört wurden. Allerdings nicht endgültig, da Geisler sie anhand von Filmaufnahmen rekonstruierte und in eine maßstabsgetreue Multimediainstallation integrierte. Die nun den Mittelpunkt der Werkstatt ausmachte.

Kempowski berührte diese Bilderkammer nachdrücklich. Zum einen musste er bei jedem Besuch des Partikel-Hofes hereinschauen. Immer wieder. Geradezu gebannt die Zwerge, die alten Mütterchen, Katzen, Königinnen, Pferde, Kutscher und sonstigen Figuren betrachten. Die vor seinen Augen scheinbar zu Leben erwachten. Wanderten, tanzten, galoppierten, salbaderten, sangen und verfluchten. Zum anderen machte ihm das Personal Schulzes Angst. Ließ ihn unter lustigen roten Zipfelmützen und güldenen Krönchen in das Grauen blicken, das nur einige wenige hundert Meter von diesem putzig ausgestalteten Kinderzimmer Wirklichkeit gewesen war. Wahrlich schwer verdaulich. Und doch unbedingt sehenswert. Ein Muss.

Geradezu heiter und leicht dagegen die anderen beiden Gelasse, die den Kosmen von Hans Jürgen von der Wense und Jo Majakowski gewidmet waren. Von der Wenses bizarres Werk begegnete dem Betrachter in zwei Kabinetten in der Anmutung von Gelehrtenstudierstuben vergangener Epochen. An den Wänden eine bunte Landschaft von Karteikarten mit Notizen und Skizzen zu den wunderlichsten Wissensbereichen wie zu seiner eigenen, nicht minder wundersamen Person. Wie zum Beispiel jene:

»Sie fragen mich, wer ich sei. Ich will es Ihnen ganz offen sagen: ich bin nichts, garnichts. Ich bin nur ein Dichter und das heisst ein Mensch und das heisst ein Rebell! Ich habe nie etwas gelernt, nie etwas dauernd verdient, niemals Steuern gezahlt, habe auch obwohl ich ein Deutscher bin, keinerlei Titel – man nennt oder schimpft mich einen Privatgelehrten: das letzte Exemplar dieser heute ausgestorbenen Gattung, also ein Fabeltier – die Wahrheit ist, dass ich ein Mensch bin, der in seiner Zeit keinen Raum findet und der sehn muss, wie er unter verschiedenen Masken davonkommt.[sic]«

Überdies luden diverse Sitzecken zum Verweilen ein. Sowie zum Studium weiterer Texte. Oder aber zum Lauschen. Da von der Wense sich unter anderem, nein überaus ernsthaft auch als Komponist verwirklicht hatte. Ein zunächst atonaler dann avantgardistischer Neutöner. In den folgenden Wochen sollten außerdem mehrere Lesungen, Vorträge und Konzerte eine Annäherung an diese faszinierende Persönlichkeit bieten. Sowie zur Finissage ein Filmprojekt von Dörte Wahnschaffe und ihrem polnischen Künstlerfreund Grzegorz Namysłowski. Bei dem auch Kempowski mitwirken würde. Als Sprecher. Und als Darsteller. Wofür er nach Elisabeths Wunsch jedoch noch etliche Kilo abnehmen musste, um der hageren Gestalt des leidenschaftlichen Wanderers zumindest ansatzweise zu ähneln. Doch dessen Aura, diese Mischung aus Unstete und Wissbegier, hätte er unbedingt, so hatte es ihm der polnische Künstler versichert. Was Kempowski geschmeichelt hatte. Insgeheim hatte er deswegen sogar angefangen, mit Elisabeth in aller Herrgottsfrühe im Dauerlauf die Gegend zu erobern.

Die Retrospektive für Joachim Majakowski war in der Stube beheimatet, dem Podium für die regionale Künstlerschar. Aus dem gegebenen Anlass eben jener Vorfälle des vergangenen Herbstes zeigte der Partikel-Hof dort den frühen, den wirklich wilden Jo. Ein Fokus lag dabei auf seinen ›Narreteien‹, zum Teil höchst verwegenen, frivolen, bisweilen mit Fug und Recht als ordinär zu bezeichnenden Zeichnungen zu den Historien des Volksbuches von Till Eulenspiegel. Kempowski fand sie nach wie vor erfrischend.

Die Kanzlerin schien etwas anderer Meinung zu sein. »Ehrlich gesagt, mit diesen Eulenspiegel-Bildern kann ich nicht so viel anfangen. Da finde ich die Arbeiten Ihres sehr verehrten Vaters doch schöner. Da bin ich … halt dann doch … etwas konservativ.« Mutti lächelte. Etwas verlegen. Löste eine Hand vom bis dahin umfassten, abgestellten Sektglas. Fügte sie zur anderen. In bekannter Geste.

Kempowski hatte sich zwischenzeitlich den drei Damen genähert. Argwöhnisch beobachtet von zwei kräftigen, groß gewachsenen Männern in dunklen Anzügen. Mit jedem Schritt, den er voranschritt, schienen sie größer zu werden. Dunkler. Bärbeißiger.

»Na, liebster Kemp, willst du mich eifersüchtig machen?« Elisabeth schmiegte sich an ihn. Kraulte seinen Nacken. Schaute verschmitzt.

»Nein, natürlich nicht. So ein Blödsinn. Ich habe nur eine Idee, die ich …« Plötzlich kam Bewegung in die Personenschützer. Beide hörten konzentriert den Knöpfen in ihren Ohren zu. Gaben knappe wie kryptische Antworten. Auch unter den Gästen wurde es unruhig. Einige eilten in den Garten. Verbreiteten Aufregung. Und aus dem Außenbereich drang ebenfalls ein anwachsendes Stimmenwirrwarr in die bis vor kurzem noch so heile Kunstwelt. Die Herren in Schwarz stürzten hinaus.

15. Pritha pallida

Die beiden Gestalten machten Zimmermann Angst. Das musste er sich eingestehen. Mühsam erhob er sich aus dem Rollstuhl, auf den Schwester Duyan bestanden hatte. »Zu Fuß gehen Sie mir nicht vor die Tür. Da kann ja sonst was passieren!« Er hatte sich gefügt. Gesetzt. Und sich von ihr persönlich in den Innenhof rollen lassen. Begleitet von zwei Beamten in Uniform, die nun am Eingang der kleinen grünen Oase Wache schoben. Wie die zwei Finsterlinge nur an ihnen vorbeigekommen waren? Ob sie die Polizisten einfach eliminiert hatten? Lautlos und schnell. Zuzutrauen wäre es ihnen. Allein von der Statur her. Groß. Breitschultrig. Durchtrainiert. Und dann diese schwarzen Anzüge. Die Sonnenbrillen. Die kurzgeschorenen dunklen Haare. Die Gesten. Das langsame doch hochkonzentrierte Voranschreiten. Der angedeutete Griff unter das Jackett. Wo sicherlich hochkalibrige Handfeuerwaffen in Halftern entsichert werden wollten. Bedrohlich. Ob das auch Handlanger von Olaf waren?

Zimmermann hatte es endlich geschafft, aufzustehen. Wenn schon, dann wollte er ihnen aufrecht begegnen. Unerschrocken. Auch wenn es ihm schwerfiel. Nicht nur sein Kreislauf hatte sich noch nicht vollständig vom letzten Überfall erholt. Entsprechend brüchig war seine Stimme, als er nun sein Heil in der Offensive suchte und die Männer ansprach. »Entschuldigung, kann ich Ihnen helfen? Suchen

Sie jemanden?« Keine Antwort. Sie nahmen nicht einmal Notiz von ihm. Sondierten stattdessen die Fensterfronten der Klinik. Gründlich. Nickten anschließend Richtung Tür. Wo sogleich zwei weitere Killer erschienen. In Blond. Zimmermann schluckte. War auf alles gefasst.

Auf fast alles. Denn das, was er nun sah, holte ihn dann doch von den Beinen. Er sackte zusammen. Fand gerade noch den Sitz des Rollstuhls. Die Kanzlerin betrat den Innenhof. Spazierte auf ihn zu. Mintgrün. Im Hosenanzug. Freundlich lächelnd. Flankiert von Kempowski, Elisabeth Müller-Paul sowie – Cornelia. Seiner Nele. Zimmermann war im gleichen Maße verwirrt wie erfreut.

»Lieber Herr Zimmermann, das freut mich ausgesprochen, Sie nun doch einmal persönlich kennenzulernen. Leider waren Sie ja verhindert.« Merkels Mitleidsblick wanderte über das rollende Gefährt. »So dachte ich mir, dass dann der Berg zum Propheten kommen muss. Zumal ich Ihnen unbedingt direkt meinen herzlichen Dank aussprechen muss für das, was Sie ja mitinitiiert haben. Dieses Museum ist wirklich eine Bereicherung. Nicht nur für die Region. Für ganz Mecklenburg-Vorpommern. Ja, für das ganze Land.«

»Das freut mich sehr, liebe Frau Bundeskanzlerin, Frau Doktor … Schön, dass Ihnen der Partikel-Hof gefällt …« Zimmermann war inzwischen wieder in der Vertikalen. Schüttelte noch immer die Hand der Staatschefin. Überlegte angestrengt, wie denn nun die richtige Anrede war. Schließlich hatte die Dame auch noch einen akademischen Titel.

»Sagen Sie doch einfach Merkel. Frau Merkel. Und, es ist wirklich bedauerlich, dass Sie nicht dabei waren. Es war eine großartige Veranstaltung. Nur dieser unschöne Zwischenfall zum Ende war etwas störend. Nicht wahr?«

»Ein Zwischenfall? Aber, setzen Sie sich doch bitte.« Kempowski und zwei der Männer in Schwarz hatten zwischenzeitlich einige Gartenstühle zur kleinen Runde gruppiert. Zimmermann schaute interessiert seine Besucher an.

Müller-Paul ließ sich nicht nehmen, als erste zu antworten.

»Ja, dumme Geschichte. Einer der Besucher hatte wohl Probleme mit den Arbeiten Bastians. Speziell mit einer, bei der er einen alten Betonmischer zunächst mit Dung ummantelt und diesen anschließend mit aus Sisalsäcken geschnittenen Streifen verschnürt hat. Zudem noch mit Farnwedeln und Brombeerranken drapiert. Doch insbesondere diese Verschnürung hat ihn aufgeregt. Gewaltig. Weil sie ihn an den armen Dr. Eibesfeld erinnert hat. Diese Mullbinden. Und das hat er lauthals gegenüber anderen Besuchern verkündet. Lauthals und sich immer mehr in Rage redend. Worauf ein kleiner Krawall entstand, in dessen Verlauf sich dieser Berserker dann Bastian geschnappt hat. Der aber ganz ruhig geblieben ist. Hat sich sogar vom Wüterich schlagen lassen. Aber Gott sei Dank waren dann ja schon Ihre Mitarbeiter zur Stelle und haben die Angelegenheit beendet, Frau Bundeskanzlerin.«

»Ja, auf meine Musketiere ist Verlass, liebe Frau Müller-Paul.« Zimmermann musste schmunzeln. Musketiere.

Der gleiche Begriff, den Sonntag so gerne für das Altmännertrio an seiner Seite verwandte.

»Nur befürchte ich, dass die Herren jetzt gleich abermals einschreiten.« Merkel blickte zum Quartett, das langsam in Bewegung kam. »Und mich entführen werden. Wir müssen langsam. Es steht leider noch ein Abendtermin an.« Sie stand auf. Gab allen artig die Hand. Zimmermann sogar einen Wangenkuss. Ganz staatsfraulich. Wenig später war sie mit ihrer Corona verschwunden.

»Was für ein Auftritt. Und was für eine Überraschung. Eine feine Geste, muss ich schon sagen. Aber noch schöner ist es natürlich, dich zu sehen, meine liebe Nele. Wollen wir ein paar Schritte gehen? Ich muss ja sehen, dass ich langsam wieder auf die Läufe komme. Und an deiner Seite übt es sich noch mal so schön.«

Zimmermann hatte sich erhoben, schon etwas flüssiger als vorhin, und reichte seiner Kinderfreundin galant seinen Unterarm. Sie ließ ihre Hand darauf ruhen. Stand ebenfalls auf. »Gerne, mein Fluvius Robertus. Leider habe ich auch nur wenig Zeit. Die Jungs warten im Auto und wollen nachher noch nach Hamburg zurück. Meine Enkel. Diesmal haben mich Adrian und Aaron begleitet. Passend, nicht wahr?« Sie zwinkerte ihm zu. Schüttelte ein wenig ihren Pony. Die gleiche Frisur wie damals. Als der kleine Robert Aaron unsterblich in sie verliebt gewesen war. Damals. Vor vielen, vielen Jahren.

»Sind die jungen Herren auch Musiker wie deine beiden anderen Enkelsöhne? Haben sie noch einen Auftritt?«

»Nein Adrian und Aaron vertreten eher den sportlichen Flügel der Familie. Sie fechten. Und morgen steht ein wichtiges Turnier an.«

»Noch mehr Musketiere, wie schön. Aber, Nele …« Zimmermann schaute zu Kempowski und Müller-Paul. Versicherte sich, dass sie inzwischen außer Hörweite geschlendert waren. »… etwas anderes. Kannst du dich eigentlich noch an Olaf Hegerdorp erinnern?« Während der Plauderei mit Frau Merkel war Zimmermann plötzlich aufgegangen, dass seine Nele womöglich eine viel bessere Zeitzeugin sein könnte als denn diese Hildegard oder der Buchhändler. Die zumal sowieso noch durch die diversen Weltmeere kreuzten.

»An Olaf, unseren Horst Wessel des Fischlandes? Leider nur zu gut. Der ging ja eine Zeitlang nahezu täglich bei uns ein und aus. So am Anfang war er ja noch erträglich. Obwohl er nur an Vaters Malstunden teilnahm, weil er für Barbara schwärmte. Konnte allerdings erstaunlich gut zeichnen. Wenn auch so krudes Zeugs: Gebirgsjäger, Flugzeuge, Panzer. Als er dann seine Blätter nur noch mit Hakenkreuzen und SS-Männern vollschmierte, hat ihn Vater eines Nachmittags beiseite genommen und ihm deutlich gemacht, dass er derlei in seinem Hause nicht wünschte. Danach ist er nie wieder zum Unterricht gekommen. Das muss kurz vor dem Kinderfest gewesen sein, bei dem du ihm ja mächtig Paroli geboten hast. Ich war sehr stolz auf dich.« Ihre Finger wanderten. Suchten seine. Ergriffen sie. Hielten sie. Fest.

»Exakt den. Horst Wessel, sagst du? War das nicht dieser SA-Mann, der zum Märtyrer hochstilisiert wurde?« Neles Hand wärmte Zimmermann.

»Genau. Und genauso gebärdete sich Hegerdorp in den ersten Monaten nach eurer Abreise. Der tapfere deutsche Jüngling als Opfer des hinterhältigen Judenbengels. Der sich nur nicht gewehrt hatte, weil er sich nicht an Kleineren vergriff. Und – etliche haben ihm das abgenommen. Ihn zu ihrem Helden gemacht. Wurde dann bei der HJ bald Fähnleinführer. Oder so etwas in der Art. War der absolute Mädchenschwarm. Und wurde zugleich immer fanatischer. Ein fürchterlicher Kerl. Dabei doof wie Stroh. Darum hat es auch nicht für die Napola gereicht. Was wohl sein großer Traum gewesen war. So ist er dann kurz nach der Schule in die SS eingetreten.

»Dann lag ich also gar nicht mal so falsch …« Zimmermann hatte es mehr zu sich gesprochen.

»Womit? Und, warum interessierst du dich jetzt auf einmal für diesen Nazi?«

Zimmermann zögerte. Kurz. Gab sich dann einen Ruck. Erzählte ihr von seiner Begegnung in Bad Warmbrunn.

»Gut möglich, dass du dort tatsächlich Olaf Hegerdorp begegnet bist. Mit diesen Narben hast du ihm schon ein Markenzeichen gegeben. Die waren noch Jahre deutlich zu sehen. Im Sommer lief man sich ja gezwungenermaßen hin und wieder am Strand über den Weg. Allerdings habe ich ihn zuletzt kurz vor Kriegsausbruch gesehen. Später nie wieder. Auch nicht nach 1945. Habe seinerzeit nur am Rande mitbekommen, dass seine Eltern von den Russen wahrlich nicht mit Samthandschuhen angefasst wurden. Recht bald kurz nacheinander gestorben sind. Allerdings hatten wir da mit unserem eigenen Kummer genug zu tun. Nach Vaters Verschwinden …« Sie seufzte. Legte ihren Kopf an Zimmermanns Wange. Kramte dann weiter in ihren Erinnerungen.

»Halt, eines fällt mir noch ein. Komisch, was man sich so alles merkt. Hegerdorp hatte wohl einen Onkel, der schon früh ein hohes Tier bei der Partei war. In Greifswald. Hat er oft mit angegeben. Geprotzt. Sogar gedroht. Und ich fand das so abstoßend. Eklig. Infam. Weil Greifswald für mich zunächst einmal Caspar David Friedrich bedeutete. Den ich als Mädchen geradezu vergöttert habe. Und dann kommt der daher und beschmutzt mein geliebtes Genie mit so einem Dreck. Aber, leider muss ich jetzt los.« Sie hatte zur Uhr geschaut. Sich von Zimmermann gelöst. Schaute ihn an. Betrübt.

»Greifswald. Und die SS. Nele, du hast mir sehr geholfen. Und beim nächsten Wiedersehen gönnen wir uns mehr Zeit. Sprechen über schönere Themen. Das verspreche ich dir.« Ein kurzer wie inniger Abschied. Die alte Dame durchquerte den Innenhof. Verschwand. Zimmermann spürte, dass ihn Kempowski und seine Elisabeth beobachteten. Sich zu freuen schienen. Sie grinsten ihn an.

»Was grient ihr wie die Honigkuchenpferde? Ja, ich gebe es ja zu. Alte Liebe rostet nicht. Was man von meinen Gelenken und Knochen leider nicht sagen kann. Ich muss mich tatsächlich nach diesen paar Schritten ausruhen. Ein Päuschen machen.«

16. Wabasso replicatus

» El – se – ken, bit – te. Halt. doch … mal … an! Ich – brauche – eine – Ver – schnauf – pause. Drin – gend.« Kempowski schnaufte. Keuchte. Stöhnte. Spuckte. Lies sich auf einen großen Findlingsstein sinken. Schweiß strömte. Bis in die Augen hinein. Diese verfluchte Joggerei. Ihm schwindelte. Wie gerne hätte er jetzt eine geraucht. Doch Etui und Feuerzeug hatten keinen Platz in dieser albernen Hose. Die ihm Elisabeth besorgt hatte. Ombre-Eight. Noch dazu in Weiß. Mit fröhlichem roten Bändelchen vorne. Und mit irgendwelchen kasperigen Symbolen auf der Naht. Unmöglich! Warum war er nicht Manns genug gewesen, um sich gegen ihren Schlankheitswahn zu wehren? Einspruch zu erheben. Bella Figura? Von wegen. Ihm war nach Bello Gallico.

Wenigstens hatte sie sich darauf eingelassen, dass sie ihre sportlichen Exerzitien in aller Frühe durchführten. Vorm ersten Hahnenschrei. Ohne die peinigenden Blicke mitleidiger Schaulustiger. Was die Sache jedoch nur bedingt besser machte. Zumal, wenn es wie gestern spät geworden war. Nach dem Besuch bei Zimmermann hatte man noch mit dem Team in gemütlicher Runde im Garten des Partikel-Hofes zusammengesessen. In erstaunlicher wie erfreulicher Harmonie.

Dennoch hatte Elisabeth darauf bestanden, wenige Stunden später zum Laufen aufzubrechen. »Morgenstund hat Gold im Mund. Der frühe Vogel fängt den Wurm.« Und so weiter und so weiter. Doch. Ja. Er liebte sie. Noch immer. Immer mehr. Aufrichtig. Von ganzem Herzen. Nur, manchmal war sie halt etwas anstrengend.

»Mensch, Kemp. Du wirst doch nicht schon jetzt schlappmachen wollen. Wir sind gerade erst zehn Minuten unterwegs. Haben noch nicht einmal einen Kilometer geschafft. Und …« Sie schaute auf ein uhrähnliches Armband an ihrem Handgelenk.

»Verschon mich bitte mit diesem blöden Trecker oder wie immer das Ding heißen mag. Schritte zählen. Kalorienverbrauch. Herzfrequenz. Und was noch alles. Das ist die pure Tyrannei! Diktatur der Ratio! Das ist Orwell hoch drei. Das ist … Ach du Scheiße … Ich fasse es nicht!«

Kempowski erhob sich von seinem Sitzplatz. Ging ein, zwei Schritte auf Elisabeth zu. An ihr vorbei. Weiter. Näher heran. Um besser sehen zu können. Was er nicht sehen wollte.

Dabei war die Ahrenshooper Windmühle an sich ein schöner Anblick. Ein sehr schöner. Überaus beliebtes Motiv von Touristen und Malern. Paul Müller-Kaempff und Carl Malchin. Edmund Edel und Hans-Emil Oberländer. Alfred Partikel und Georg Hülsse – sie alle hatten das einstige Wahrzeichen des Ortes in ihren Bildern verewigt. Wobei das Original um 1968 abgerissen worden war und die jetzige Mühle erst vor wenigen Jahren an gleicher Stelle errichtet wurde. Mit Café, Ferienwohnung und Kreativwerkstatt. Sowie ein paar Schäfchen und Zicklein drum herum. Ein heimeliger Ort. Ein schöner Anblick. Eigentlich.

Denn an diesem frühen Sommermorgen hing eine Person an der Mühle. Mitten im Kreuz der Flügel. Scheinbar mit Stricken an deren Achsen angebunden. Und in weiße Mullbinden gehüllt. Sowie mit zahlreichen Kranzschleifen »geschmückt«.

Wenige Minuten nach der grausigen Entdeckung standen Kempowski und Müller-Paul am Tatort. Schauten nach oben. Atemlos. Fassungslos. Das Gesicht des Opfers konnten sie aufgrund der Bandagierung nicht erkennen, doch angesichts der geringen Größe, sie schätzten zwischen 1,60 und 1,65 m, gingen sie davon aus, dass es sich um eine Frau handeln dürfe. Die tot war. Der Kopf hing schlaff auf der Brust. Auf deren linker Seite sich ein Fleck ausgebreitet hatte. Groß. Rot.

»Wie um alles in der Welt ... Wer hat das bloß ... Ob ... Wir müssen unbedingt...« Kempowski fragmentierte. Die Situation überforderte ihn. Eindeutig.

»Sicherlich müssen wir die Polizei anrufen. Umgehend. Aber – hast du dein Smartphone dabei? Ich nicht. Um des lieben Friedens willen. Weil du dich ja immer gleich aufregst, wenn es bei mir klingelt. Und nun hör auf, wie ein Geisteskranker an die Tür zu schlagen.«

»Hallo, was machen Sie da? Was soll dieser Heidenlärm um diese Uhrzeit. Was ... Neinnnnnnnnnnn!« Eine Frauenstimme. Die nun unartikuliert schrie. Die schöne Müllerin. Sie bewohnte mit ihrem Mann das kleine Holzhaus gleich nebenan. Das sie jetzt verließen. Der Müller mit einem Baseballschläger bewaffnet. Die schöne Müllerin hielt ein Pfefferspray in ihrer Hand. Müllers, die eigentlich Anders hießen, Bettina und Florian Anders, setzten auf Militanz. Auch im Tonfall.

»Bleiben Sie stehen, wo Sie sind! Und die Hände schön hoch. Höher! Bloß keine falsche Bewegung. Die Polizei ist bereits unterwegs.« Florian Anders betonte seine Ansage, indem er den Schläger in seine linke Handfläche klatschend niedersausen ließ. Wiederholt.

Seine Frau stieß ins gleiche Horn. Im barschen Ton. Zunächst. »Was haben Sie hier zu suchen? Meine schöne Kaffeemühle. Sie, Sie Mörder, Sie! Wie haben Sie Ihr Opfer da überhaupt hochbekommen?« Dann ein abrupter Wechsel. Nachdem sie erkannt hatte, wen sie da vor sich hatte. »Ach Sie sind das, Frau Müller-Paul. Und der Herr Kempowski. Aber, was machen Sie hier? Und, was soll das bedeuten?« Sie wies zum Leichnam am Flügelkreuz.

»Wir waren joggen. Da vorne. Wollten gerade zum Bodden weiter. Wir laufen stets recht früh, weil mein Mann die Wärme nicht so gut verträgt.« Müller-Paul bedachte ihren Kemp mit einem kleinen Streichelblick. »Und was das zu bedeuten hat, wissen wir auch nicht. Allerdings wurde vor einigen Tagen in Zingst ein anderes Mordopfer, nun ja, ebenso zurechtgemacht gefunden. Ein älterer Herr. Ehemaliger Arzt. Auf dem Friedhof noch dazu.«

In diesem Moment segelte ein schmaler Stoffstreifen von oben herab. Heran. Er musste sich gelöst haben. Alle vier sprangen zur Seite. Erschrocken. Starrten auf das Stück. Schwarz. Mit goldenem Schriftzug bedruckt.

Die schöne Müllerin las ihn vor. »Unserem lieben Chef Wolle. UNVERGESSEN! Dein Tiedje-Fahrschul-Team.«

»Tiedje? Das ist doch dieser Fahrlehrer. Der sich totgefahren hat. Zwischen Wieck und Prerow. Davon hat Sonntag erzählt. Und dass auf dessen Grab in Born irgendwer »komische Geschenke« ablegt. Irgendwelche toten Tiere. Eingewickelt. Wie …« Kempowski schaute zur Leiche hinauf. »Großer Gott. Das ist wirklich gruselig.«

Als gutwilliger Zweifler ließ er für gewöhnlich den Namen Gottes nur selten fallen. Dieser Morgen und sein Grauen waren jedoch nun einmal alles andere als gewöhnlich. Ein Hahn krähte.

»Und hier, das könnte erklären, wie der Täter vorgegangen ist. Fällt mir jetzt erst auf.« Anders deutete auf die Wiese. »Das sind eindeutige Reifenspuren. Große Reifen. Von einem Lkw. Mindestens. Die könnten von dem Hubwagen stammen. Den von der Gemeinde. Der steht ja oft da hinten an der Grünschnittdeponie. Wenn den sich jemand ausleiht, könnte er schon …«

»Aber, das müssen Sie doch gemerkt haben?« Elisabeth wandte sich fragend an die schöne Müllerin. Ihr Mann antwortete. »Nun, wir waren gestern auf einer Hochzeitsfeier. Sind erst gegen zwei zurückgekommen. Mit dem Taxi. Dann gleich ab ins Bett. Waren beide nicht mehr ganz nüchtern. Und todmüde.«

»Florian! Das ist ja wohl nicht der passende Ausdruck«, ermahnte ihn seine bessere Hälfte. »Aber was mich wundert, dass die Frau von Erlental gar nicht wachgeworden ist.

Ob …? Oh nein, das wäre ja furchtbar. Obwohl, nein, die ist größer. Wesentlich. Und …«

»Frau von Erlental? Bernadette von Erlental? Diese bekannte Kunstkritikerin?« Fiel ihr Müller-Paul ins Wort.

»Genau. Sie hat doch unsere Ferienwohnung gemietet. Die oben in der Mühle. Unsere »Himmelsleiter«. Für vier Wochen. Ach genau, Sie haben Sie wahrscheinlich gestern bei der Eröffnung des neuen Museums kennengelernt. Da hat sie von erzählt. Dass Sie sich aus diesem Anlass Ahrenshoop mal ganz gründlich anschauen will. Den Ort, seine Künstler …«

»Und seine Männer.« Ergänzte Elisabeth. In einer nicht ganz angemessenen Mokanz. In der sie weiter fortfuhr. »Die hat gestern Abend nahezu jeden angeflirtet. Jeden. Sogar meinen armen Kemp. Glücklicherweise ohne Erfolg. Nachher hat sie sich den Bastian geschnappt. Diesen Künstler. Doch auch der hat sich offenkundig nicht für ihre »Offenherzigkeit« interessiert. Anschließend war Gerhard Schiffers an der Reihe. Von unserem Stubencasanova hat sie endlich die erwünschte Resonanz erhalten. Wenig später sind sie zusammen abgezogen. Ob sie jedoch in seiner »Bunten Kiste« gelandet sind, kann ich nicht sagen. Was aber nicht auszuschließen ist. Ich kenne ihn schließlich etwas besser …« In den etlichen Jahren, in denen die Bibliothekarin und der Buchhändler ein Paar gewesen waren, hatte Elisabeth Müller-Paul mehr als einmal unter Schiffers Affinität zu interessanten Damen gelitten. Kempowski kannte dessen Eskapaden nur zu gut. Wunderte sich jedoch ein wenig, dass sein

Elseken anscheinend immer noch nicht ganz frei von einer gewissen Eifersucht war. Und das angesichts dieser bizarren Situation. Frauen! Nervös spielte er mit einem Stängel bereits verblühten Klatschmohns. Zerbröselte die trockene Samenkapsel. Kappte die nächste Frucht.

»Wir sollten aber langsam nach vorne gehen. Zur Straße. Damit wir nicht noch mehr Spuren zerstören.« Florian Anders brachte wieder die Wirklichkeit ins Spiel. »Die Polizei ist da ja eigen. Ich höre sie schon. Und, Herr Kempowski, Sie sind Raucher, stimmt's? Sowie auf Entzug. Ich kenne das. Versuche auch immer wieder, aufzuhören. Doch dann kommt sowas. Warten Sie, ich habe noch eine Notschachtel im Haus.«

Kempowski war geradezu gerührt von Anders' Einfühlungsvermögen. Er hatte sich schon ausgemalt, wie er die nächste Zeit ohne Zigarette durchhalten müsste. Zeugenaussage. Das Fragespiel. Protokoll und so weiter und so weiter. Eine Tortur. Und wahrscheinlich würden sie wieder den beiden Meinhards begegnen. Rico und Leon. Vater und Sohn. Kriminalhauptkommissar und Polizeikommissaranwärter. Mit denen er und auch Elisabeth in der jüngeren Vergangenheit so ihre Erfahrungen gemacht hatten. Ganz spezielle.

Seine Ahnungen sollten sich bestätigen. Bald schon. Keine Zigarettenlänge später rumpelte ein Streifenwagen aufs Gehöft. Gefolgt von einem schwarzen Audi. Dem Meinhard Senior entstieg. Ihn entdeckte. Und die Augen verdrehte. Abermals erhob ein Hahn seine Stimme.

»Wen muss ich denn da sehen? Den Herrn Kempowski und seine entzückende Gattin. Hätte ich ja wissen müssen; wo hier oben Mord und Totschlag passieren, sind Kempowski und Co. nicht weit. Bin nur gespannt, was Sie beiden uns dieses Mal servieren? Fahren unter Alkohol? Falschaussagen? Irreführung der Behörden? Haben wir ja alles schon gehabt. Ich bin auf alles gefasst.«

Kempowski auch. Er drückte die gerade erst angerauchte Kippe im Aschenbecher aus, den ihm der umsichtige Müller anbot. Versuchte zu scherzen. Nikotingestärkt. »Na, dann wollen wir mal, Herr Kriminalhauptkommissar. Ich bin bereit, wenn Sie es sind.« Ein wenig erleichtert registrierte er, dass nun Hakala-Holappa das Fahrzeug verließ. Ihn und Elisabeth aber nur mit einem kurzen Seitenblick bedachte. Und sich anschließend im Anblick der Mumie im Mühlenkreuz verlor.

17. Stalagtia argus

»Du spinnst doch, Robert! Keine 24 Stunden aus dem Krankenhaus. Und dann solche Kapriolen planen. Willst du auch noch als Mumie enden? Als ob das nicht schlimm genug wäre, was die Kerle mit dir schon angestellt haben, diese Verbrecher. Aber nein, der feine Herr ist ja ein Stehaufmännchen. Glaubt, er ist unsterblich. Unser Siegfried. Außerdem, du sollst die Kartoffeln schälen. Schälen! Und nicht daran herumschnitzen wie unser Totengräber an seinen lüttjen Särgen.« Aufgebracht ließ Lore Bradhering den Sparschäler über eine weitere Spargelstange ziehen. Von oben nach unten. In Akkordgeschwindigkeit.

»Na komm, ich zeig dir das noch mal.« In etwas milderem Ton nahm sie nun Zimmermann die Kartoffel aus der Hand. »Das sieht doch aus wie so ein Eierkopf von diesen Osterinseln. Das kann man doch nicht servieren. Zumindest nicht in meiner Pension. Aber Bernie stellt sich auch immer so an. Und der Hannes erst recht. So, schau hin, so macht man das.« In Sekundenschnelle entledigte sie den Erdapfel seiner erdigen Hülle. Ebenso virtuos wie zuvor dem Asparagus. » Ihr seid mir schon so Helden. Die einfachsten Dinge nicht beherrschen, aber auf Nazijagd gehen wollen.«

Zimmermann bereute es, dass er sich Lore nach dem Frühstück anvertraut hatte. Doch die Neuigkeiten, die ihn heute früh erreicht hatten, waren einfach zu aufregend gewesen. Er hatte sich unbedingt jemanden mitteilen müssen.

Zuerst der Anruf von Holger Baum. Jener schuldbewusst. Sich wiederholt dafür entschuldigend, dass er Zimmermann in diese »missliche Lage« gebracht hatte. Ein um das andere Mal betonend, dass seine Mutter wirklich und wahrhaftig einen Wasserschaden gehabt hatte. Und er nie und nimmer etwas mit irgendwelchen Nazis zu tun haben würde. Er hatte wohl inzwischen Besuch von den Meinhards bekommen.

Zimmermann glaubte ihm. Zumal ihm der geknickte Heimatfreund noch einen wertvollen Tipp für seine Suche nach Olaf Hegerdorp gegeben hatte: die Telefonnummer einer gewissen Frau Wedau aus Barth, die sich seit Jahren mit großer Hingabe der Aufbereitung der faschistischen Geschichte des Städtchens widmete. Die nicht ohne gewesen wäre, wie es Baum formulierte.

Außer einem Kriegsgefangenenlager, dem Stalag Luft I., hatte auf dem Gelände des Barther Fliegerhorst ein KZ-Außenlager existiert, dessen Häftlinge in den ebenfalls dort angesiedelten Heinkel-Flugzeugwerken arbeiten mussten. Man schätzte, dass dort etwa 7000 Menschen aus 20 Nationen unter den übelsten und erniedrigsten Umständen inhaftiert worden waren. Die Wachmannschaften seien wohl für ihr brutales und sadistisches Auftreten gegenüber den Gefangenen berüchtigt gewesen. Außerdem habe es in den letzten Kriegstagen zwei sogenannte Todesmärsche gegeben. Doch das würde ihm Gisa Wedau sicher gerne und in aller Ausführlichkeit erzählen, wie ihm Baum versichert hatte.

Natürlich brannte Zimmermann darauf, nicht nur mit der Dame zu telefonieren. Sondern vor Ort in die Geschichte einzutauchen. Sich das Gelände anzuschauen. Die Gedenkstätte. Und vor allem das von Wedau und einem Kreis Gleichgesinnter betriebene Dokumentationszentrum. Womöglich würde er da sogar auf Fotos und andere Dokumente stoßen, die ihm weiterhelfen könnten.

Er hatte gerade Richard Sonntag anrufen wollen, um einen Termin für eine Fahrt nach Barth zu vereinbaren, als ihm der Gefährte zuvorgekommen war.

Und in der Tür des Frühstückszimmers gestanden hatte. Ganz aufgeregt. Lore war glücklicherweise im Garten gewesen. Erdbeeren pflücken. Sodass Sonntag ohne Rücksicht auf sie loslegen konnte. Dabei aufgeregt mit seinem Smartphone wedelnd.

»Ich habe ihn. Da bin ich mir ganz sicher!« Hatte er lauthals verkündet. Triumphierendes Leuchten im Blick. Das dann allerdings etwas verblasste. Da Sonntag nun auch anfing, sich in Entschuldigungslitanei zu ergehen.

»Was bin ich nur für ein alter Trottel, Esel, Demenzpatient, dass ich das vergessen konnte. Dass ich da nicht gleich daran gedacht. Damals, direkt, als du mir von dieser Kanaille erzählt hast. Wir könnten schon viel weiter sein!«

Zimmermann war mehr als irritiert gewesen. Hatte zwar erahnt, dass sich Sonntags Äußerungen auf Olaf Hegerdorp bezogen. Doch weitere Zusammenhänge hatte er nicht erkennen können. Noch nicht. Bis Sonntag etwas ausgeholt hatte.

»Du weißt ja, wie sehr ich an meinen Autos hänge. Und darauf achte, dass die ganz schnieke und tiptop ausschauen.

Darum habe ich ja auch immer ein bisschen Schiss, dass was passiert. Mir irgendein Depp eine Schramme in den Lack macht. Gerade so auf den Parklätzen. Einmal ohne Gucken und Nachdenken die Tür auf. Ratzfatz hast du die Bescherung. Und der Idiot haut womöglich noch ab, ohne sich um den Schaden zu kümmern. Deshalb habe ich mir schon vor Jahren angewöhnt, die Kennzeichen der Fahrzeuge zu notieren, die auf Parkplätzen links und rechts, hinten oder vorne von mir stehen. Hast du ja auch schon mitbekommen.«

Sicherlich kannte Zimmermann diese Eigenart des Autoenthusiasten. Hatte sich mehr als einmal über seine Marotte amüsiert, Sonntag ironisch als »rollenden Blockwart« bezeichnet. Zumal jener bestätigen musste, dass er noch nie einen befürchteten derartigen Schadensfall erlebt hatte.

»Und seitdem es diese schicken Dinger gibt, mache ich halt einfach Fotos von den Nummernschildern. Das habe ich natürlich in Polen ebenso gemacht. Da erst recht. Auch auf dem Parkplatz von diesem Kurhaus. Wo du geplanscht hast. Während ich lieber einen Kaffee getrunken habe. Und guck, wer da neben uns geparkt hat.«

Voller Stolz hatte er ihm den Monitor seines Gerätes gezeigt. Auf dem das Heck eines älteren Fahrzeuges zu sehen war. Ein roter Golf. Zimmermann hatte den entsprechenden Schriftzug erkannt. Vor allem aber das Nummernschild HGW GP 912. Es laut vorgelesen »HGW GP 912. HGW?«

»Greifswald. Ja. Hansestadt Greifswald. Gar nicht weit weg. Wollten wir doch eh schon mal hin. Caspar David Friedrich und so.«

»Greifswald!« Zimmermann war elektrisiert gewesen. Hatte es fast heraus geschrien. Sofort war ihm Neles Ausführung zu Olaf eingefallen. Sowie zu seinem Onkel. Der ein »hohes Tier in der Partei« gewesen war. Damals. In Greifswald. Umgehend hatte er Sonntag davon berichtet.

Der sogleich seinen nächsten Trumpf ausspielte.

»Du, das könnte passen. Ich habe da so ein Gefühl. Denn – Simsalabim – ich weiß auch schon, wem der Wagen gehört. Beziehungsweise auf wen er zugelassen ist: Gudrun Siebke. Jahrgang 1954. Verheiratet. Geborene Geiss. Wohnhaft in Greifswald, Ortsteil Ladebow. Was sagst du nun?«

»Das klingt aber überhaupt nicht nach Olaf Hegerdorp. Jahrgang 1922.« Eben noch in höchster Erregung, war Zimmermann jetzt zusammengesackt. Hatte seine Enttäuschung schwer verbergen können. »Woher hast du diese Information denn überhaupt? So etwas wird eigentlich ziemlich vertraulich behandelt.«

»Vom Micha. Der ist früher für mich gefahren. Als das noch richtig lief, das Taxengeschäft. Mein Gott, was hat der gebunkert.«

»Gebunkert?«

»Ja, so heißt es im Kutscherjargon, wenn ein Fahrer Touren auf eigene Kasse macht. Ohne Uhr zum Beispiel. Hat gedacht, dass ich es nicht merkte. Von wegen. Da er aber ansonsten trotzdem gute Umsätze machte und es schwer hatte – drei Kinder von drei Müttern, da kommt was zusammen an Unterhalt – habe ich ein Auge zugedrückt. Was sich jetzt ausgezahlt hat. Der Micha hat nämlich den Absprung geschafft. Und sitzt jetzt im Straßenverkehrsamt von Greifswald. Eine Hand wäscht die andere. Was sagst du nun?«

»Ich dachte bislang, ihr habt es hier so mit Datenschutz?«

»Datenschutz? Papperlapapp. Schon gar nicht für so einen Hund wie diesen Hegerdorp. Das hat der verwirkt. Allein schon wegen dem, was er dir angetan hat. Von dem, was wir bislang nur vermuten, ganz zu schweigen. Aber zurück zu Gudrun. Das ist doch schon ein Indiz: Gudrun. Wie die Tochter vom Himmler, dem Reichsführer SS. 1954 ein in der DDR nicht so beliebter Mädchenname. Und dann Geiss. Das spricht doch Bände, so ein Name! Mit ss. Klar, der Halunke ist im Mai 1945 abgetaucht. Wohin auch immer. Später dann zurückgekehrt. Mit neuem Namen, neuem Lebenslauf. Weil der alte Olaf Hegerdorp aufgrund seiner SS-Karriere gesucht wurde. Konnte es allerdings nicht ganz lassen, seine »Verbundenheit« mit dem alten System bei der Namenswahl seiner Tochter durchklingen zu lassen. Und sich auch noch über die lustig zu machen, denen er entkommen ist. Sie zu verhöhnen.«

»Ich weiß nicht. Klingt für mich etwas weit hergeholt. Wenn auch sehr fantasievoll. Sorry, lieber Sonntag. Doch die Verbindung nach Greifswald. Die lässt mich nicht los. Da schlägt etwas aus. Bei meiner inneren Wünschelrute.«

»Dann lass uns Nägel mit Köpfen machen, Zimmermann. Und uns diese Gudrun Siebke und ihr Häuschen mal aus der Nähe betrachten. Vielleicht wohnt ja der Herr Papa auch dort. Sitzt ganz gemütlich im Liegestuhl … Was hältst du von folgendem Vorschlag: Ich mache jetzt schnell die paar

Besorgungen für Lore. Du kümmerst dich um die Kartoffeln. Danach essen wir noch gemütlich zusammen; Spargel kann die Gute wirklich hervorragend. Und anschließend geht es ab nach Greifswald. Komm, schlag ein!«

Zimmermann hatte eingeschlagen. Zugestimmt. Den Freund verabschiedet. Sich dann wieder den Kartoffeln gewidmet. Und Lore nach ihrer Rückkehr aus dem Garten von seinem Vorhaben erzählt. Seinen Beweggründen. Was ein Fehler gewesen war. Sie hatte ihm unmissverständlich klargemacht, was sie von der geplanten Fahrt hielt. Machte es immer noch.

»Mensch Robert. Denk doch mal nach! Das ist doch gefährlich, so einem Kerl zu nahezukommen. Ihm auch noch auf den Pelz zu rücken. Wo er dich doch schon hier im Visier hat. Meinst du, der Meinhard hat uns ohne Grund wieder Groth und Hinrichs vor die Tür gesetzt. Übrigens, ein paar Kartoffeln mehr können nicht schaden. Die Jungs essen ja mit. Und, wenn du nicht vernünftig bist, petzte ich und erzähle denen von deinem Olaf.«

Mit Groth und Hinrichs meinte Lore Bradhering die beiden Polizeibeamten Klaus Szymanowski und Fabian van der Wall. Beide waren bereits im Frühjahr und Herbst des vergangenen Jahres zum Schutz der Pension Kuhfuß und ihrer Bewohner eingesetzt worden. Seinerzeit hatte die Hausherrin sie umgetauft. Ihnen aufgrund der schwierigen Namen sowie gewisser äußerlicher Ähnlichkeiten die Namen zweier beliebter Fernsehkommissare verpasst. Inzwischen gehörten beide beinahe zur Familie.

Dennoch wollte Zimmermann nicht, dass sie von seinen eigenen Ermittlungen Wind bekämen. Wüssten Groth und Hinrichs von Olaf Hegerdorp, wüssten es wenig später die Meinhards und das LKA. Das galt es zu verhindern.

»Und den Richard werde ich auch gleich vergattern. Auf was für Ideen der kommt. Alter schützt eben vor Torheit nicht, ganz mein Reden. Ihr solltet euch ein Beispiel an Bernie und Hannes nehmen. Die haben sich eine sinnvolle Freizeitbeschäftigung gesucht. Ich habe gestern bei den Proben Mäuschen gespielt. Das machen die wirklich gut. So, und jetzt kannst du gleich die Erdbeeren machen. Erst waschen und dann das Grünzeugs abpfriemeln. Schön vorsichtig!«

Vorsichtig. Genau. Er musste vorsichtig sein. Brav zu Hause bleiben. Den Ball flach halten, wie man hier gerne sagte. Und auch Sonntag bitten, sich zunächst zurückzuhalten. Allerdings würde er Kempowski einweihen. Müssen. Wollen. Ihn bitten, sich einmal in Greifswald umzuschauen. Schließlich hatte er ein, zwei Jahre nebenher als Privatdetektiv gearbeitet. Kurz nach der Wende. Wie er ihm erst jüngstens gebeichtet hatte. Untreue Ehemänner observiert. Ähnliches mehr. Ja, Kempowski war der richtige Mann für diese Aufgabe.

18. Dysderina scutata

Kempowski fühlte sich gar nicht wohl in seiner Haut. Starrte ins Lagerfeuer vor ihm. Folgte dem Flug kleiner Funken. Himmelwärts. Wo sie sich für Bruchteile von Sekunden zu den Sternen gesellten. Mit ihnen leuchteten. Tanzten. Um dann flugs zu verlöschen. Zu verschwinden.

Das wünschte sich Kempowski auch. Manchmal. Einfach verschwinden. Sich im Nichts auflösen. Die Geschichte mit seinem Halbbruder ging ihm immer stärker an die Nieren. Da konnte Elisabeth noch so liebevoll bemüht sein, ihm Abwechslung und Zerstreuung zu schenken. Wie so ein Wurm saß ihm das in Hirn und Herz. Nagte an ihm. Und nun auch noch Zimmermann mit seiner Bitte.

Sicherlich. Er würde ihm natürlich diesen Freundschaftsdienst erweisen. Nach Greifswald fahren. Erkundigungen anstellen. Das konnte er ja. Doch zugleich fühlte er sich in einer Zwickmühle gegenüber Hakala-Holappa. Dem er nichts von Zimmermanns Nachforschungen erzählen durfte. Und in dessen Garten er saß. An seiner Seite. Zusammen mit einem Kasten Bier, einer Flasche Doppelkümmel sowie ausreichend Zigaretten. Eigentlich beste Voraussetzungen für einen schönen Männerabend. Abgerundet von klassischen Zutaten wie lodernden Buchenscheiten, lauen Frühlingslüften, Nachtigallengesang und Käuzchenrufen.

Genau, das Käuzchen. Insgeheim fand er die Idee, sich auf die Spuren eines alten Nazis zu machen, sogar ganz verlockend. Erinnerte es ihn doch an den Kinderfilm ›Käuzchenkuhle‹. Ein herrlicher Streifen über drei Jungs, die einem ehemaligen SS-Offizier auf die Schliche kommen. Abenteuer pur in Schwarz-Weiß. Er hatte ihn geliebt. Und mit den Jungen aus der Nachbarschaft mindestens einen Sommer nachgespielt. Vielleicht würde ihn der Ausflug nach Greifswald tatsächlich auf andere Gedanken bringen?

Doch zuvor galt es, diesen Abend zu überstehen. Dabei war die Initiative zu diesem Treffen ja von ihm selbst ausgegangen. Nach dem Albtraum der vergangenen Nacht hatte er umgehend Hakala-Holappa angerufen. Um ein Gespräch unter vier Augen gebeten. Als Psychologe und Freund. Dem er jetzt nicht in die Augen schauen konnte. Nein, Zimmermanns Bitte um absolute Verschwiegenheit gegenüber allen Personen aus dem Dunstkreis der Polizei machte ihm arg zu schaffen. Zusätzlich zu seinen anderen Kalamitäten.

Zumal der Profiler ihm gegenüber überaus vertrauensselig gewesen war. Seine dienstliche Schweigepflicht beiseitegelegt hatte. Ihm sogar anvertraute, dass es sich bei der Leiche an der Mühle tatsächlich um eine Frau handeln würde. Eine Frau Dr. Katharina Raspe, Jahrgang 1967 und Kardiologin an der Rehaklinik in Ahrenshoop. Wo sie auch gewohnt hatte. Im Edmund-Kesting-Weg. In ihrem Elternhaus. Ansonsten unverheiratet und eher zurückgezogen lebend. Eine zierliche, etwas unscheinbare Frau mit kleinem Freundeskreis.

Den Umstand, dass Dr. Raspe als Kardiologin gearbeitet hatte, empfand Hakala-Holappa besonders makaber. Denn der Täter hatte versucht, ihr das Herz herauszulösen. Allerdings nicht sehr fachmännisch. Die eigentliche Tötung wurde umso präziser ausgeführt. Sie sei erdrosselt worden. Mit einer Stahlschlinge. Genau wie der Arzt aus Zingst.

Als Todeszeitpunkt war ein Zeitfenster zwischen 9 und 11 Uhr am Vormittag des Vortages eingegrenzt worden. Danach musste sie ihr Mörder irgendwo verwahrt haben, um sie dann zu »behandeln« und mitten in der Nacht am Mühlenkreuz aufzuhängen. Wobei er sich wirklich des Hubwagens der Gemeinde bedient hatte, wie sicher gestellte Aufbruchspuren beweisen würden. Sonstiges verwertbares Material hatte das Team von der SpuSi nicht gefunden.

Zwischen 9 und 11 Uhr am Vormittag des Vortages. Diese Tatzeit ging Kempowski nicht mehr aus dem Kopf. Denn er konnte sich beim besten Willen nicht mehr daran erinnern, wo er zu diesem Zeitpunkt gewesen war. Was er gemacht hatte. Außerdem kannte er Dr. Raspe. Wie auch den Arzt aus Zingst. Flüchtig nur. Doch – er kannte beide Opfer. Und wusste nicht mehr, was er glauben sollte. Es war zum Verrücktwerden.

Er schnappte sich ein weiteres Bier. Öffnete es. Mit dem Feuerzeug. Reichte es Hakala-Holappa. Dann brach es aus ihm heraus.

»Du, Wilhelm, lassen wir mal den ganzen Scheiß mit diesen coolen Nachnamen. Ich brauche deinen Rat. Ich glaube, ich werde verrückt. Bin es vielleicht schon. Ich brauche deine Hilfe!«

»Du? Verrückt? Wieso das denn? Was meinst du?« Hakala-Holappa hatte Kempowskis Hilferuf beim Trinken erwischt. Abrupt setzte er die Flasche ab. Bier schäumte aus seiner Flasche. Über die Finger.

»Weil, weil ich nicht weiß ... Weil ich manchmal glaube ...« Kempowski rang mit sich. Um Worte. Mit dem Schatten in ihm. »Ja, weil ich manchmal glaube, dass ich das war. Dass ich das gemacht habe.«

»Was gemacht?«

»Das eben. Das mit der Raspe. Diesem Eibesfeld. Die Morde.« Nun hatte er es ausgesprochen. Nahm sich eine Zigarette. Griff zum Bier. Zu einem weiteren Köm. Erleichtert?

»Wie?« Der Freund hingegen schien wie gelähmt. »Wie um alles in der Welt kommst du denn auf diese aberwitzige Idee? Du doch nicht, Mensch Andreas!«

»Weil ich von ihnen träume. Jede Nacht. Von diesen Morden. In fürchterlichen Bildern. Die aber exakt zu den beiden Fällen passen. Ja, ich träume vom Morden. Und dann habe ich diese Absenzen. Manchmal stundenlang. Kommen ganz unverhofft. Eben bin ich noch der alte Kempowski. Und urplötzlich versinke ich. Wie im Moor, Meer, Ozean, in einer anderen Welt. Einer Unterwelt. Und tauche erst Stunden später wieder auf. Merke erst dann, dass ich die ganze Zeit durch die Gegend gelaufen bin. Oder gefahren. Aber ohne mich irgendwie wahrgenommen zu haben. Mich an etwas zu erinnern. Es ist fürchterlich. Weißt du, es kommt mir vor, als ob mich der Geist meines Halbbruders in Besitz genommen hat. Jetzt in mir haust. Sein Nest gebaut hat. Sein böses. Wie so ein Dämon. Und nun will, dass ich sein Werk fortsetze. Mich steuert. Beherrscht. Immer stärker.«

»Ach Andreas! Das haben wir doch schon neulich besprochen. Dass das mit Sicherheit ein Schock ist, zu erfahren, dass man einen Halbbruder hat, der ein Serienmörder ist. Das ist doch verständlich, dass einen das beschäftigt.« Hakala-Holappa bemühte sich um Sachlichkeit. Entspannung. »Aber Dämon? Mensch, du glaubst doch nicht einmal an den lieben Gott. Warum denn jetzt auf einmal an Gespenster? Was sagt denn Elisabeth dazu? Die wird doch deine Befürchtungen ganz einfach vertreiben können. Und dir, wenn du es so nennen willst, Alibis für die betreffenden Tatzeiten geben können.«

»Die weiß doch von nichts. Die nimmt nur meine schlechten Träume wahr. Führt sie auf meine ungesunde Lebensweise zurück. Ich traue mich einfach nicht, ihr davon zu erzählen. Ich habe Angst, dass das …«

»Liebst du sie noch?«

»Natürlich. Und eigentlich ist auch alles in Ordnung. Mit uns. Ich spiele ja sogar bei ihrem Fitnesswahn mit. Trabe mit ihr am Bodden entlang. Versuche abzunehmen. Weniger zu trinken.« Ein neues Bier. Der nächste Doppelkümmel. »Und auch ansonsten bemühe ich mich, das ganze Spiel weiterzumachen. Daheim wie im Museum, den Job für die Stiftung. Strenge mich an, ein guter Mensch zu sein. Freue mich auch darüber, wenn ich zum Beispiel so Ideen habe, wie die Nummer mit der Merkel, die ich ja überredet habe, unseren Zimmermann in der Klinik zu besuchen. Oder über den Erfolg des Fördervereins, war ja auch meine Initiative. Wobei, und jetzt kommt wieder die dunkle Seite, ich bei der Akquise neuer Mitglieder eben diese Raspe kennengelernt habe. Diese tote Frau Doktor. Erst letzte Woche. Und ich kann mich partout nicht erinnern, wo ich an diesem vermaledeiten Vormittag war. An dem sie getötet wurde. In der besagten Nacht hatte ich auch wieder so einen Aussetzer. Hockte irgendwann auf unserer Terrasse. Schweißnass. Bitte, Wilhelm, sag mir, dass es da keinen Zusammenhang gibt!«

»Natürlich nicht. Beruhige dich bitte. Zudem darf ich dir verraten, dass wir ganz andere Spuren verfolgen. Erstaunlicherweise teilen die Meinhards inzwischen meine Ansicht, Befürchtung, dass wir es abermals mit einem Serienmörder zu tun haben; was an sich schon sehr, sehr merkwürdig ist. Ist mir auch noch nicht untergekommen, drei Mordserien in einer Region. Innerhalb von etwas mehr als einem Jahr …« Hakala-Holappa machte eine Pause. Vermied es, seinen Gedanken weiter auszuführen. Auszusprechen, dass er schon von einer gewissen Inspiration ausginge, die der aktuelle Täter von seinen »Vorgängern« erhalten würde.

»Auf jeden Fall konzentrieren wir uns zunächst auf die Tatsache, dass beide Opfer Mediziner waren. Dazu passt auch diese Bandagierung mit Mullbinden. Es könnte durchaus sein, dass sich jemand an Ärzten rächen will. Ein ehemaliger Patient vielleicht? Oder ein Mensch, der einen Angehörigen aufgrund eines Behandlungsfehlers verloren hat. Jetzt abrechnen, ein Exempel statuieren will. Medienwirksam noch dazu. Die Meinhards sind gerade dabei, die entsprechenden Informationen zusammenzutragen und zu sichten.

Was sich bei diesem Dr. Eibesfeld etwas schwierig gestaltet, da er schon länger nicht mehr praktiziert und zudem die Unterlagen aus den Jahrzehnten vor 1990 etwas lückenhaft sind, um es dezent auszudrücken. Dennoch erscheint es mir ein vielversprechender Ansatz. Der mit dir überhaupt nichts zu tun hat. Davon bin ich felsenfest überzeugt.«

»Aber?«

»Nichts aber! Ich rate dir dringend, zunächst mit Elisabeth zu sprechen. Das wird einiges klären. Da ich deine Träume und Absenzen aber ernst nehme, werde ich gleich morgen eine Kollegin in Greifswald anrufen und um einen Termin für dich bitten. Ein Gespräch mit einer neutralen Person, die mit dem ganzen Treiben hier nichts zu tun hat, erscheint mir sehr hilfreich. Etwas weniger trinken könnte auch nicht schaden. Vielleicht fangen wir gleich damit an. Ich schlage vor, dass du jetzt dein Elseken anrufst und ihr sagst, dass du bei uns übernachtest. Und dich dann ins Gästezimmer zurückziehst. Hast ja morgen auch noch diesen Drehtermin für euren Film. Das wird dir helfen. Ablenkung. Gesellschaft. Viel mit anderen Menschen zusammen zu sein. Also, ab ins Bett. Was meinst du?«

»Stimmt. Das wird das Beste sein. Danke Wilhelm. Das hat gutgetan. Und nun drücke ich mir die Daumen, dass ich dir glaube. Glauben kann. Dir. Statt an irgendwelchen Firlefanz.« Kempowski bemühte sich um Standfestigkeit. Wankte dann. Nur ein wenig. Durch den Garten ins Haus. Hakala-Holappa hörte ihn die Treppe hinauf stolpern. Türen öffnen, schließen. Dann telefonieren.

Er selbst löschte das Feuer. Ging ebenfalls hinein. Allerdings noch nicht zu Bett. Sondern ins Arbeitszimmer. Zuvor noch in der Küche vorbei. Einen Weißwein geholt. Ja, weniger trinken …

Doch er benötigte jetzt noch einen Schluck zum Ausklingen. Herunterkommen. Kempowskis Bekenntnisse beunruhigten ihn mehr, als er es ihm gegenüber gezeigt hatte. Nicht, dass er ihn für den Mörder hielt. Beileibe nicht. Aber diese sonderbare Verbindung zu seinem Halbbruder beschäftigte ihn. Sehr. Sie machte ihm geradezu Angst. Was er gegenüber Kempowski wohlweislich verschwiegen hatte.

Hakala-Holappa setzte sich an seinen Schreibtisch. Öffnete den Wein. Dann eine Schublade. Holte ein altes Schulheft hervor. Eselsohrreich. Fettfleckig. Auf dessen Etikett ›Spinnenwege. Aus den Aufzeichnungen des S.W.‹ stand. In ordentlicher Schreibschrift. Von Kinderhand. Jenes Heft, das er vor einem guten halben Jahr im Haus Mahnkopfs entdeckt hatte. Seinerzeit eingesteckt. Und später vergessen, es den anderen Asservaten des Falles zuzuführen.

Er schlug die Kladde auf. Blätterte. Las. Sich vor. Mit leiser Stimme.

›Eisheiligendank‹

Mein Weh wurde 5947 Tage alt. Ich habe nachgerechnet. Jetzt hat er zwei Kreuze. Eines dort, wo seine Oma liegt; sein Vater und der Stein für den Onkel, der in Russland blieb. Eines an der Brücke vor Barth, wo auch im Mai noch Kaltglatt wächst. 'Unser Wolle' steht darauf; 'Mein geliebter Wolfgang' auf dem anderen.

Für mich war er nur Weh, die Wege durch das Brennnesselfeld, Regenwurmwürgen, die Nacht im Eiskeller. Nun hat er zwei Kreuze. Und der Straßengrabenfuchs hat keins. Auch der Igel, das Krötenpaar, der Fallwildhase bleiben unbedacht. Ebenso der Fink, dessen Flügelrest immer in Unruhe winkt, wenn ihm ein Lasterrad zu nahe kommt.

Und Weh räkelt sich unter Trauertrost, zentnerschwer, wie unter einem dicken Federbett. Er pupst bestimmt, wie er es immer macht, wenn er zufrieden ist.

Die gestrengen Herren stehen an der Brücke. Entschlossen. Und auch die Dame in Frost nickt mir zu. Ich freue mich, dass sie mir noch einmal helfen wollen. Gemeinsam ziehen wir zum Hügel von Weh. Pankratius greift sich den Wacholderkranz für den geliebten Sohn. Mamertus den mit den Schleifen in Grün und Weiß vom Sportverein. Ein alter Eimer; Servatius schöpft Hände voll aus Blütenmeer, hinein. Bonifatius trägt Lichter für die Ewigkeit. Die Dame und ich sammeln Windbruchholz.

Zurück zu Krötenfleck und Räudebalg, Igeldreck, dem Finkenrest. Es ist schön, wenn Freunde gut zusammenarbeiten! Rasch wachsen sieben mal sieben Kreuze aus Bunt und Birke am Straßenrand. Wie die Perlen an Muttis Kette. Die gestrengen Herren schwitzen. Auch der kalten Sophie ist warm. Ich lächle ihnen ein Danke zu. Dafür, dass nun alles richtig ist.‹

Wolle! Die Kurzform für Wolfgang. Wie eben jener Fahrlehrer hieß, der sich vor ein paar Wochen totgefahren hatte. Bei Glatteis. Am Tag des Heiligen Pankratius. Auf dessen Grab in Born ein Unbekannter Teile von Tierkadavern ablegte. Als »Geschenke« verpackt.

Eben solche Fallwildhasen, Finkenreste und Räudebälger, denen ein Knabe vor Jahrzehnten eine Geschichte gewidmet hat. Ein Knabe, der später Serienmörder werden sollte. Wollte. Und der Kempowskis Halbbruder war. Hakala-Holappa stand vor einem Rätsel.

19. Odontodrassus mundulus

»Kunst muss rätselhaft sein, meine liebe Kotku.« Mit eleganter Geste wedelte Grzegorz Namysłowski eine Mücke fort. Lächelte Elisabeth Müller-Paul an. Schlug zu. Schnipste einen weiteren geflügelten Quälgeist von seinem Handrücken. »Kunst sollte Fragen stellen. Keine Antworten liefern. Schon gar keine einfachen. Nein, Verwunderung, Irritation, gar Verstörung. Das ist das Postulat.«

»Und darum muss der arme Kemp schwitzend und von irgendwelchen klitzekleinen Kerbtieren gequält durch diesen Farndschungel latschen und dabei Wetteraufzeichnungen deklamieren. Von Wettern aus Wintern von vor neunzig, fünfundneunzig Jahren. Bemerkenswert! Und, was soll denn diese »Kotkuh«? Das klingt nicht sehr nett. Och nee ... Haut ab.« Auch sie ging jetzt zur Attacke über. Vollführte tollkühne Finten und Paraden mit einem zusammengerollten Schriftstück. Was die geflügelten Blutsauger aber eher zu animieren schien.

»Kleine Katze. Ich sagte es ja bereits, Elisabeth. Kotku bedeutet so viel wie kleine Katze. Es ist ausschließlich liebevoll gemeint. Und – die Wetterbücher Hans Jürgen von der Wenses sind mehr als nur schnöde Meteorologie. Außerdem nur ein kleines Fragment. Dieses grandiosen Fragmentarikers. Als den du ihn ja selbst bezeichnet hast. Gerade der Kontrast zwischen dem erwachenden Frühsommer unserer Bilder und den klirrenden Eiswelten seiner Notate; auf derlei kommt es an. Das ist der Schlüssel! Doch, weiter jetzt. Was steht als nächstes an?«

Die kleine Katze besann sich auf ihre Aufgabe als »Scriptgirl«. Blätterte im sogenannten Storyboard, einem etwas chaotisch anmutenden Konvolut von zahlreichen Skizzen, Zitaten, Anmerkungen sowie jeder Menge Streichungen und Änderungen. Die Arbeit mit dem polnischen Künstlerfreund war nicht immer einfach. Insgeheim hatte sich die Literaturenthusiastin das filmische Porträt über die Jahre Hans Jürgen von der Wenses in Wustrow, auf Fischland und Darß etwas linearer und strukturierter vorgestellt. Gewünscht. Gerhard Schiffers war es ebenso ergangen. Er, der das Team überhaupt erst auf von der Wense aufmerksam gemacht hatte, war daher aus dem Filmprojekt ausgestiegen.

Müller-Paul hatte sich jedoch der Erfahrung des Profis untergeordnet. Auch wenn sie dessen oftmals sprunghafte und nicht ganz nachvollziehbare Arbeitsweise bisweilen argwöhnisch beäugte. Eben hatte er ihren Kemp fast eine Stunde irgendwelche Daten, Temperaturen, Windgeschwindigkeiten, Auf- wie Untergangszeiten von Sonne und Mond und mancherlei weitere, fast schon kryptisch klingende Informationen vorlesen lassen. Anschließend verkündet, dass die von ihr bemängelte akustische Qualität der Aufnahmen sekundär wäre. Denn dies wäre nur Rohmaterial. Das er später im Studio bearbeiten würde. Verfremden. Musikalisch. Namysłowski spielte auch noch Trompete. Und hatte überdies während der Eröffnungsfeierlichkeiten einen alten Musikerfreund aus seinen Braunschweiger Tagen an der dortigen Kunsthochschule wiedergetroffen. Einen gewissen Heinrich. Der mit seiner Kapelle der Kunst aufgespielt hatte. Und der nun auch beim Soundtrack für den von der Wense-Streifen mitwirken würde.

»Jetzt ist die Szene mit der Baumruine dran. Die Passage mit den Wespen. Das passt ja ...« Abermals wehrte sie einen Insektenangriff ab. »Weißt du, diese Stelle mit Yingmei. Die du in den Stamm setzen wolltest.«

Bei Yingmei handelte es sich um eine chinesische Performerin aus dem Dunstkreis von Dörte Wahnschaffe. Mit der sie zusammen seinerzeit die Bilder Antoni Libudas in der einstigen Büdnerei Gerhard Marcks entdeckt hatte.

Grzegorz hatte die zierliche Chinesin als »visuellen Stellvertreter« von der Wenses besetzt, der für seine hagere, asketische Gestalt bekannt gewesen war. Dass sie eine Frau war und eher klein, erschien ihm unwesentlich. Zumal das Universalgenie heute eher als »queer« bezeichnet werden könnte. Von den Frauen geliebt. Doch selbst eher zu den Burschen hingezogen.

»Wunderbar. Das machen wir. Johnny hat uns ja ein hübsches Exemplar ausgesucht.« Mit Johnny meinte der Filmemacher Jonathan Ahlfänger. Den waldliebenden Taxifahrer und Lebensretter Zimmermanns. Der den Darß wie seine Westentasche kannte und daher als Locationscout und Mädchen für alles bei den Dreharbeiten mitwirkte. Hakala-Holappa hatte ihn dem Filmteam empfohlen.

Für den heutigen Drehtag hatte Johnny einen abgeschiedenen und von den Touristenmassen weniger frequentierten Weg ausgesucht, der gegenüber der Abzweigung nach Bliesenrade in den Wald führte. Ins Waldinnere.

Dem sich das kleine Expeditionskorps weiter näherte. Plötzlich kreuzte jedoch eine Schrankwand ihre Pläne. Braun. Wuchtig. Gewaltig. Die sie ansah. Äugte. Taxierte. Als harmlos einstufte. Um sodann gemächlich weiterzuziehen. Eine Hirschkuh von bemerkenswerten Ausmaßen. Gefolgt von ihrem Kalb. Auf stakeligen Läufen.

Grzegorz fluchte leise. Er hatte seine Kamera Johnny anvertraut. War zu langsam gewesen, um den Anblick einzufangen.

Jetzt übernahm er wieder die Technik. Sowie die Regie. »Schaut, da vorne steht er schon, unser Alter. Also, Yingmei und Kempowski, auf eure Posten. Wie abgesprochen.«

Er brachte seine Akteure in Position. Kempowski inmitten eines Ameisenhaufens. Die Performerin im Inneren eines mächtigen Baumstumpfes. Sie inzwischen unbekleidet. Er ausgehöhlt. Gegerbt. Geborkt. Verlebt. Korrigierte ein wenig. »Nein, Kemp, mehr nach links. Noch ein Stück. Lass die Ameisen ruhig krabbeln. Bitte! Ich beeile mich. Und nicht den Schweiß abwischen. Passt prima. Du bist ja der Suchende, der auf den Spuren von der Wenses, des ewigen Wanderers durch die Welt, seine Welt irrt. Das muss Anstrengung sein. Qual. Und, Yingmei, noch tiefer in den hohlen Stamm. Man darf zuerst nichts von dir sehen.« War schließlich zufrieden. »Genau, so ist das wunderbar. Achtung!«

Kempowskis Einsatz. Er holte sein Notizbuch hervor. Hob die Stimme: »Wir fanden dicht am Ufer 3 hohe Buchen – von Wespen zerhechelt. Wie durchlocht von Flinten. Ein ganzer Baum wie eine tote Stadt und dazwischen die jähzornigen Kerben der Spechte – ein gleichgültiges Unglück. Das ist die Welt, in der wir leben.« Ihm war, als würden die Ameisen ihn auffressen wollen. Doch er hielt durch. Ließ auch den Schweiß seine Bahnen ziehen. Tropfte vor sich hin.

Grzegorz war begeistert. »Weltklasse. Gekauft und jetzt Yingmei, dein Einsatz.« Er schwenkte die Kamera. Ein wenig nur. Ohne Kempowski aus dem Fokus zu entlassen. Die Chinesin erschien. Wachsend. Die Arme ausbreitend. Wachsen lassend. Den nackten Körper windend. Wie ein Keimling in den Momenten seiner Geburt. Der Erde entwachsend. Im Zeitraffer. Von Kemp mit weiteren von der Wense-Worten begleitet: »Ich bin nichts als ein Phantast, Tagedieb, Betbruder, Bettelmann – verachtet zu Lebzeiten wie ich's will, aber von meinem Atem werden noch Generationen zehren! Und wirklich, wenn ich unter Menschen bin und ich bin es gerne, unter Freunden, meinesgleichen: ich fühle mich doch so fremd wie ein rumänischer Schafhirte oder ein portugiesischer Eichenkorkschäler – aber die Welt, die Welt: sie ist mein All, mein Über-All, ist meine Geliebte, ich denke an sie mit jedem Atemzuge, ich denke an sie noch im Schlafe. Und sie zu rühmen bin ich einsam da!«

»Kinder, ihr seid die Besten. Gestorben. Kleine Pause. Johnny, reichst du bitte die Drinks und die Schnittchen!«

Erschöpft ließ Namysłowski sein schweres Geschütz sinken. Sich selbst auf einen anderen, umgestürzten Waldriesen. Seine Stars gesellten sich zu ihm. Während Müller-Paul dem Rastafari half, den Inhalt der von ihm mitgeschleppten Kühltasche zu verteilen. Sowie weitere Komplimente.

»Das hat mich jetzt auch überzeugt. Ihr wart ganz zauberhaft. Yingmei, du hast mich ein wenig an Alfred Partikel erinnert, an dieses Zitat von seinem Freund Gerhard Marcks, in dem er meint, dass Partikel nach seinem Verschwinden ein Naturdämon geworden ist. Nicht wahr, Kemp?«

»Bitte, Themenwechsel. Ich muss mich jetzt erst einmal erholen.« Von Dämonen hatte Kempowski die Nase voll. War froh darüber, dass er die vergangene Nacht traumlos verbracht hatte. Spürte, dass ihm das Gespräch mit Hakala-Holappa eine wirkliche Hilfe gewesen war. Er sah sogar dem Gespräch mit der Psychologin in Greifswald einigermaßen entspannt und eher neugierig als besorgt oder verängstigt entgegen. Und der heutige Dreh, das kreative Chaos mit dieser Truppe tat ihm erst recht gut. Ungeachtet der brennenden Bisse der Waldameisen und nassgeschwitzter Garderobe. Heute war kein Platz für Dämonen!

»Stimmt.« Unterstützte ihn Grzegorz. Allerdings aus anderen Gründen. »Ich habe auch keine Lust auf Partikel. Muss ich nur an Johanna denken. Die immer noch mehr als sauer auf mich ist. Das deutlich spüren lässt. Bloß weil ich lieber unser Projekt machen wollte.«

»Du musst sie doch verstehen, denn eigentlich war es ja ihre Idee gewesen, dich nach Ahrenshoop zu holen. Um eben einen Film über Partikel zu machen. Dass sich dann das zeitlich etwas verzögert hat und du zudem Gefallen an Hans Jürgen von der Wense gefunden hast, das ist schon etwas unglücklich gelaufen. Das kann man schon verstehen, dass sie das nicht gut findet. Sich zurückgesetzt fühlt.«

»Schon, Elisabeth, das ist nicht ganz optimal gewesen. Doch ich habe mich bei ihr entschuldigt und ihr versichert, dass wir den Partikel auch noch machen. Scheint sie aber nicht erreicht zu haben. Spielt seitdem die Schneekönigin.« Ein kräftiger, beinahe aggressiver Biss in einen Apfel drückte aus, wie Namysłowski gegenwärtig zu Dr. Johanna Riese stand.

»In dieser Hinsicht stehst du nicht alleine. Es ist schon merkwürdig und überhaupt nicht schön, wie sich Johanna in letzter Zeit verhält. Erst recht nicht kollegial oder teamorientiert.« Müller-Paul warf einen Blick in die Runde. »Allein diese hochnäsige Art und Weise, wie sie ihre Abneigung gegenüber Bastians Arbeiten täglich aufs Neue zum Ausdruck bringt. Jetzt hat sie ihm doch tatsächlich die Polizei auf den Hals geschickt. Da gab es ja schon bei der Eröffnung Ärger. Weil irgendein Besucher meinte, dass Bastian etwas mit dem Mord in Zingst zu tun hätte. Und gestern erschienen dann die beiden Meinhards auf dem Partikel-Hof. Haben ihn regelrecht verhört. Hochnotpeinlich befragt, wo er denn zu den jeweiligen Tatzeiten gewesen wäre.

Bastians kryptische Antworten haben ihnen überhaupt nicht gefallen. ›Ich stand unter den Sternen. Inmitten von welken Worten.‹ Hat er nur geantwortet. Meinte damit, dass er bei der Theaterprobe war, als der Dr. Eibesfeld umgebracht wurde. Was die später eingeholten Aussagen vom Hutsch und unseren beiden munteren Senioren bestätigten. Clauert und Gutzeit haben inzwischen einen Narren an ihm gefressen. Wollten ihn während der Probenpausen in die Kunst des Skatspiels einführen. Was, nebenbei gesagt, schwierig gewesen sei. Ein tadelloses Alibi meines Erachtens. Und auch während des Mordes an der Frau Dr. Raspe war er mit seinen Heiden zusammen. In Kummerow. Beziehungsweise auf dem Gelände der Darß-Festspiele.

»O wilku mowa, a wilk tu …Wenn man vom Teufel spricht. Wer kommt denn da?« Grzegorz warf seinen Apfelgriebsch fort. Wies zum Waldweg. »Achtung!« Auf dem Waldweg näherte sich ein bekanntes Gefährt. Rumpelnd. Scheppernd. Ein altes Fahrrad. Mit Anhänger. Und Bastian. Etwa an jener Stelle, wo die Filmer Hirschkuh und Kalb begegnet waren, stoppte er. Stieg ab. Griff hinter sich. Und holte eine Art Kreuz vom Gepäckträger. Ein etwa ein Meter langes Gebilde aus Blättern, Gräsern, Rinde, knospenden Zweigen. Wie Grzegorz durch das Teleobjektiv seiner Kamera erkennen konnte. Zugleich stimmte er ein Lied an. Leise und sanft zwar, doch vom Wind bis zu ihnen getrieben. In einer fremden Sprache. Die keiner deuten konnte. Womöglich ein Fall für Hans Jürgen von der Wense. Der in vielen Zungen aller Erdteile gesprochen hatte. Dem Filmteam blieb jedoch nur, zu mutmaßen. Dass es ein Locklied sei. Den Hirschen galt. Denn kurz darauf erschienen Mutter und Kind. Schritten zum sonderbaren Künstler. Ohne Arg. Schnupperten kurz an der gereichten Gabe. Fraßen dann das Symbol des Christentums. Aus seiner Hand. Restlos auf.

20. Viktorium putoranicum

»… und in der Mitte der Wald: Fuchs und Has. Igel, Dachs, ein Hirsch. Darunter dann die weite Welt: Giraffe, Zebra, Elch, ein Elefant, der Pinguin. Nein, kein … Pinguin. Er fehlt. Ist nicht an seinem Platz. Wo er hingehört. Weil er es muss. Es so sein soll. Ich es will!«

Hakala-Holappa griff zum Glas. Weißwein. Passend zur Lauluft der Spätstunde. Passend zur bevorzugten Lektüre seiner letzten Abende: dem alten Schulheft mit den Geschichten aus jener Zeit, als der Serienmörder aus Müggenburg noch ein Knabe, Jüngling war. Er musste an Peter Handkes ›Lied vom Kindsein‹ denken, an jene schönen Strophen aus Wim Wenders ›Himmel über Berlin‹, die stets mit den Worten »Als das Kind Kind war« begannen. Ja, als der Mörder Kind war, musste er eine poetische Seele gehabt haben. Zugleich eine gequälte. Gepeinigt. In die Enge getrieben. Von anderen Kindern, Menschen überhaupt. Aber sogar von Dingen. Vermeintlich seelenlosen Gegenständen. Die für ihn Wille und Wollen besaßen.

Wie eben jene Plüschtiere, um die es in dem Text ›Erdbeerfeuer‹ ging, die der kleine Junge im Regal seines Kinderzimmers nach strengen Kriterien sortiert aufbewahrte. In einem Fach die Tiere des Bauernhofes, im zweiten dann jene des heimischen Waldes und im dritten schließlich die aus fernen Ländern. An sich schon eine etwas ungewöhnliche Marotte für einen etwa Sechs- bis Achtjährigen. Ebenso wie der Umstand, dass das Kind nicht schlafen kann, wenn diese Ordnung durcheinandergerät. Noch befremdlicher dann jedoch die Reaktion. Die einer Bestrafung gleicht. Einer harten, ultimativen. Hakala-Holappa widmete sich wieder der Kladde.

»Ich es will. Stattdessen sucht er Schutz hinter Schaf, dem Schwein. Doch der Mond zeigt mir sein Grinsen. Und alle anderen schauen auch voll Bösehohn, bohren ihre schwarzen Blicke in mein Bett, als wären ihre Kugeläuglein Stecknadeln mit Leibern. Spitzdünn.

Und ich stehe auf. Finde Hausschuhe, den Bademantel. Gehe zum Schrank. Nehme den Koffer. Rucksack. Turnbeutel. Stelle mich vor den Mond, sodass mein Schatten ihre Augen schließt. Nun sind sie blind, fühlen nur, wie ich einen nach dem anderen packe. In Turnbeutel, Rucksack, Koffer steckte. Wir wollen verreisen. In ein fremdes Land!

Zuerst hinten zum Haus hinaus, in den Garten. Ganz hinten, zwischen Kompost, Brombeer, Pfaffenhut: das Erdbeerbeet. Die Pflanzen schlafen. Träumen unter Strohgedeck vom Sommersummen der Bienen. Am Ziel. Beinah.

Nun zum Wellblechschuppen, wo Rasenmäher, Harke, Axt warten. Ich nehme den Pflanzstock. Zurück zum Beet. Auf Knien ziehe ich mein eigenes Muster in die harsche Erde. Schöne Kästchen, wie im Rechenheft. Doch groß genug, dass selbst der Elefant Platz in seinem Kasten findet. Wo er hingehört. Weil er es muss. Es so sein soll. Ich es will!

So stelle ich sie alle auf. Zuerst den Bauernhof, danach den Wald, dahinter dann die weite Welt. Und keiner wagt es, mich anzuschauen, sich vom Fleck zu rühren. Denn sie haben Angst. Und Hoffnung, dass ich sie nur erschrecken will. Sie haben den Kanister noch nicht gesehen, mit dem ich zuvor ihr Rechenheft getränkt.

Als die Giraffe ihn entdeckt, ist es bereits zu spät. Ein Streichholz nur, der Wind. Und Mond lächelt, als sie zu laufen beginnen, die kleinen Flammenfelle. Wie das Mädchen, das ich in den Nachrichten gesehen habe. Das aus dem Fernseher laufen wollte, weil es Feuer regnete.«

Hakala-Holappa legte das Heft aus der Hand. Stand auf. Suchte die Küche auf. Ein weiterer Wein war vonnöten. Ein weißer. Natürlich ein Vernaccia. Er kehrte zurück. Zu seinen Gedanken. Mit dem Mädchen, das aus dem Fernseher laufen wollte, war mit Sicherheit jene kleine Vietnamesin gemeint, die im Juni 1972 weltweit traurige Berühmtheit erreichte. Napalm, Feuerregen, ein weinendes Kind, verbrannte Haut. Phan Thi Kim Phúc. Sie hatte dem Schrecken des Krieges seinerzeit ein Gesicht gegeben. Ihr Foto, ihr Schmerz, ihr Schrei hatten sich auch im Gedächtnis des kleinen Wilhelms eingebrannt. Für schlechte Träume gesorgt. Fragen an Eltern und Lehrer. Warum? Wieso? Wie ist das möglich? Fragen, die zumeist unbeantwortet geblieben waren. Oder lapidar wortarm abgetan wurden: »Das ist der Krieg.« »Da sind die Kommunisten selbst dran schuld.« »Unschuldige Opfer wird es immer geben.« Er war zuerst schockiert. Dann traurig. Schließlich wütend gewesen. Manchen Freunden war es damals ähnlich ergangen.

Doch dass ein Kind von diesem grauenhaften Bild dazu inspiriert wurde, an seinen Stofftieren ein ähnliches Exempel zu statuieren, ließ ihn erschaudern. Er hatte als Profiler schon manches erlebt, war brutalen, sadistischen, zutiefst verstörten Tätern begegnet. Nicht zuletzt im vergangenen Jahr hier oben. Auch jugendliche Gewalttäter hatten vor ihm gesessen, ihm nach langen Gesprächen ihr Herz ausgeschüttet, fast immer reuevoll von ihren Ängsten und Aggressionen erzählt. Die aber nicht mit diesen sonderbar unschuldigen wie zugleich infamen Tötungsfantasien des kindlichen Autors zu vergleichen waren.

Im schmalen Schulheft fanden sich einige andere Texte ähnlich verstörenden Inhalts. Zum Beispiel jener mit dem Titel ›Ay, ay Amigo‹, in dem sich der kleine Verfasser in eine Kinderkarnevalsveranstaltung hineinträumt. Vor der er sich eigentlich fürchtet, da er dort anderen Kindern begegnen muss, die für ihn wie eine große dunkle Wolke sind, die sein Leben verdüstern. Er fügt sich jedoch dem Wunsch seiner Mutter, die glaubt, ihm mit diesem Besuch eine Freude zu machen. Und ihn dafür als Mexikaner verkleidet. Zu dessen Kostüm ein kleiner Spielzeugrevolver gehört, den er, wie er lakonisch in den letzten Zeilen berichtet, gegen die echte Waffe seines Vaters ausgetauscht hat. Mit der er seine Altersgenossen erschießen will. Alle, bis auf einen kleinen Marienkäfer. Wahrscheinlich ein jüngeres Mädchen.

Und somit einen Amoklauf visioniert. In den Raum stellt. Einen Amoklauf, Massenmord. Verübt im Gasthaus Waldschänke. In Born am Darß. Von einem kleinen Jungen. Geschätzte acht Jahre alt.

Als etwas älter schätzte Hakala-Holappa den Ich-Erzähler in einer der letzten Geschichten. Da dort die anderen Kinder, Feinde als Jugendliche mit Mopeds angeführt werden. Die ihn jagen, bedrohen. So dass er an, mit ihnen eine Art Voodoozauber praktiziert, indem er kleine, schon vertrocknete und zuvor bemalte Äpfel auf die Dornen einer Schlehenhecke steckt. Dazu beschwörend ein Lied singend, das nur aus den Namen seiner Peiniger besteht. Die so geblendet werden sollen. Auf ewig ihres Augenlichtes beraubt.

Beim Lesen dieses ›Neuntöterliedes‹ war dem Profiler automatisch der tote Dr. Eibesfeld aus Zingst eingefallen. Dem ja die Augäpfel herausgerissen worden waren. Ansonsten wies die kurze, stenogrammhafte Aufzeichnung keine signifikanten Parallelen zu diesem Fall, den aktuellen Fällen auf. Allerdings hatte Andreas Mahnkopf im November ja in seinem bizarren Traktat, das er wie ein Manifest zum düsteren Finale seiner Serie verkündet hatte, die auf spitze Dornen gespießten Augäpfel angeführt. Sich gleichsam selbst zitiert. Und, Hakala-Holappa musste sich diese Tatsache immer wieder ins Bewusstsein rufen, er war tot. Konnte somit definitiv nichts mit den neuen Morden zu tun haben. Auch nicht mit dem Tod des Fahrlehrers. Da mochten die Überschneidungen zwischen Unfall und diesem ›Eisheiligendank‹ noch so auffallend, erstaunlich und überraschend sein.

Hakala-Holappa leerte sein Glas. Er hatte nicht mitgezählt. Nur festgestellt, dass auch die zweite Flasche geschafft war. Vorsorglich hatte er die dritte bereits entkorkt und in Griffnähe positioniert.

Gestärkt widmete er sich wieder den ›Spinnenwegen‹. Blätterte hin und her. Verglich. Machte sich Notizen. Jahresangaben. Kratzte sich am lockigen Kopf. Rechnete nach. Etwas irritiert. Der Narrenmörder war Jahrgang 1960 gewesen. 1972 somit 12 Jahre alt. Eigentlich ein Alter, in dem man nicht mehr mit Stofftieren spielte. Schon gar nicht als Junge. Merkwürdig! Doch vielleicht war es ihm um das Sammeln gegangen. Das Errichten, Bewahren einer schon manisch zu nennenden Ordnung? Deren Störung, in der Realität wahrscheinlich durch seine Mutter oder Großmutter beim Aufräumen ohne Vorsatz herbeigeführt, seine wahnhaften Vorstellungen und Wünsche ausgelöst hatten.

Die anderen Episoden aus der Innenwelt eines sonderbaren Jungen wiesen keine weiteren Bezüge zu Morden und aggressiven Gelüsten auf. Im Gegenteil. Sie zeigten seine tiefe Einsamkeit und seine Sehnsucht nach Geborgenheit auf. In einer wünschte er sich beispielsweise, eine Schmetterlingspuppe im dunklen Winkel einer Speisekammer zu sein, die niemals ihren Kokon verlassen müsste. Eine andere handelte vom Glauben der Alten an die magische Kraft der Weiden. Die er für sich dergestalt zu nützen wünschte, dass er sich einen Mantel aus einem hohlen Stamm herbei fantasierte. Der ihn fortan vor jeglichem Unheil und Unbill schützen würde. Hakala-Holappa musste an die schönen Bäume in Niehagen denken, die den Weg zur See beschatteten. Ein Lächeln huschte ins nächtliche Spiegelbild im Fensterglas.

Zugegebenermaßen und ungeachtet der Taten der dahinterstehenden Person gefiel ihm der Stil gerade solcher friedlichen ›Spinnenwege‹. Die kurzen, bildreichen Sätze ebenso wie die bisweilen sehr ungewöhnlichen Wortschöpfungen und die mitunter schon poetisch zu nennenden Kompositionen.

Besonders mochte er das ›Laubenblau‹. Das er nun seinem Vis-à-vis vorlas. Mit etwas weinschwerer Zunge:

»Vater findet es gut, dass ich Natursendungen mag. Den Herrn Ullrich, Professor Dathe. Und die nette Frau Brodhagen auch. Schöne Tiere, ferne Länder, fremdes Wild. Doch gestern, gestern Abend ist eines entwischt. Aus dem Fernseher geflohen. Und im Nullkommanichts bis zu uns geflogen. Ich allein habe den Tierparkdirektor fluchen gehört, als es geschehen ist. Mutti war nur mal kurz in der Küche, Vater schnarchte Sesseltraum. Meine Omi schon zu Bett. Ganz schnell habe ich da die Tür zu meinem Zimmer geöffnet.

Und der Laubenvogel hat aufgepasst, sitzt jetzt hier, ganz nah bei mir und erzählt vom Zuhaus. Ich höre ihm gut zu, schreibe mir alles auf: Blumen, Federn, Beeren, Gräser, Plastekrams; der Bau der Seitenwände, das Aufweichen der Pflanzen.

Denn ich freue mich schon, dass es hell wird. Dann werden wir uns aufmachen, zu dem kleinen Hain, wo Vater gerne gute Pfefferminze sammelt. Dort steht ein Haselnussgeviert, das mich schon immer so angeschaut hat. Nun weiß ich, warum. Es ist gut, dass ich mir solche Dinge merke. Sie sind wie Sternbilder.

So ziehen wir nachher los. Wie zwei Seeleute, die ihren Weg kennen. Der Laubenvogel und ich. Und bauen uns ein blaues Haus: Heidelbeeren und Rittersporn. Pfauenstolz, das Eisvogelkleid. Mein Zahnputzbecher, Muttis Wäscheleine und die Klammern auch. Wir müssen nur aufpassen, dass die Morgensonne nicht in die Kammer fällt, hat er gesagt. Weil sie dann den Zauberer stört, der im Blau wohnt und auf das Glück aufpasst. Das vom Laubenvogel und das von mir.«

21. Floronia bucculenta

»Und Sie kannten die »Liebeslaube« bislang wirklich nicht, Frau Müller-Paul? Und Sie auch nicht, Herr Kempowski, so von ...« Jonathan Ahlfänger stolperte über die Doppeldeutigkeit seiner Worte. Verfing sich in verlegenem Lächeln.

»Nun, junger Mann, Elisabeth und ich haben uns ja erst in etwas gesetzterem Alter schätzen und lieben gelernt. Mussten nicht vor argwöhnischen Eltern in die Natur fliehen. In die Wälder. Oder sonstige Naturschutzgebiete.« Kempowski griente. Schenkte dem kleinen Rastaman ein Rückspiegellächeln. Er war sich sicher, dass unter dunklen Locken ein sanfter Rotton dessen Ohren eroberte. Der sich zudem steigern würde. Auch wenn die schlummernde Performerin, die sich jetzt an Ahlfängers Schulter schmiegte noch bekleidet war.

Grzegorz Namysłowski buckte ebenfalls. Stieß hin und wieder mit dem Kopf ans Seitenfenster. Es war aber auch verdammt früh. Und die Straße reichlich holperig. Über die das Filmteam gerade Wustrow verlassen hatte. Anschließend die Hufen genannte Höfe Barnstorfs passierte. Und dann noch ein Stückchen weiter gen Barthoff rollte. An der südlichen Landspitze des Boddenufers waren zwei Drehs für den Film über Hans Jürgen von der Wense geplant. Außer der einstigen Fischräucherei, wo seine Mäzenatin Woermann dem wissbegierigen Tausendsassa eine Studierstube eingerichtet hatte, sollte unbedingt die von Ahlfänger erwähnte »Liebeslaube« in den Streifen eingebaut werden. Die urige Schutzhütte am Wiesenweg in Richtung Norden hatte es Namysłowski besonders angetan.

»Fascynujacy«, hatte der bekennende Mr. Spock-Fan bei der ersten Ortsbegehung vor einigen Tagen ausgerufen. »Das passt wunderbar zu dieser Butterbrotstelle!« Und sogleich die betreffende Passage aus von der Wenses Tagebuch vorgelesen:

»22.1.1921. Ich weiß nicht, wie ich das beschreiben soll. Seit fünf Tagen Sturm – ein entsetzlicher Chorus mit Nimben und Böen. Das Tollste der fliegende Strand. Der ganze Strand fliegt. Ich habe das benutzt. Ich flog. Den Sturm im Nacken. Ins Fischland. 42 km in viereinhalb Stunden. Erst in den Wald. Die Eichen dröhnen. Ich sah auf das Meer: ein Gebirge von Gischt. Und die Sonne brach aus ihrem Dampf: ein dreibeiniger Tempel der Natur. Ich schrie und aß vier Butterbröte.«

Den dezent ins Gespräch gehüstelten Hinweis von Müller-Paul, dass Juni- und Januarwetter ebenso wenig wie Ostseegischt und Boddengekräusel zu vergleichen seien, hatte der Filmemacher weggewedelt. Mit eleganter Geste. »Ach, meine liebe Kotku, mein Kätzchen, dafür haben wir doch Yingmei, unseren Żabko, unseren wunderbaren kleinen Hüpfefrosch. Die tanzt das alles! Nimben und Böen. Den fliegenden Strand. Wie den fliegenden Wandersmann. Auch die Butterbröte. Ganz einfach! Alles andere, also Sturmgebraus und Brecher und wilde Wolken zu dieser Passage wäre pures Mickey-Mousing. Was ich künstlerisch verachte. Zutiefst! Außerdem kommt das richtig gut. Weil, da«, er wies gen Osten, »da geht die Sonne auf. Und erweckt unseren lieben Kemp. Der in dieser Hütte hockt wie in einer Bushaltestelle. Oder so ein alter Krauter auf seinem Rollator. Und dann kommt Yingmei angeflogen. Erweckt ihn zum Leben. Deswegen müssen wir da auch schon in aller Frühe am Start sein. Von wegen Morgenröte und so.«

Beim alten Krauter mit Rollator war es Kempowski kalt über den Rücken gelaufen. Natürlich hatte er an den toten Arzt denken müssen. Doch am heutigen Morgen musste er eher schmunzeln, als er an Grzegorz' etwas schwarzhumorigen Scherz dachte. Er hatte auch die vergangene, kurze Nacht nahezu traumlos überstanden. Und der gestrige Tag war ebenfalls ohne die gefürchteten Absenzen über die Bühne gegangen. Sollte er sich wirklich schon auf dem Weg der Besserung befinden? Er hoffte es. Stoppte den Wagen. Wo man eigentlich nicht parken durfte. Weckte die schlafenden Mitstreiter. »Endstation! Alles aussteigen! Endstation!« So als ob etwas in ihm ahnen würde, es könne bald auch für Kempowskis wieder erlangte seelische Stabilität heißen: Endstation. Schluss mit lustig.

Doch noch herrschte durchweg gute Laune in der Truppe. Eine Mischung aus Vorfreude und Verschlafenheit. Was angesichts der Tageszeit verständlich war. Kempowskis Armbanduhr zeigte kurz nach vier an. Der frühe Vogel. Gähnte.

Müden Schrittes schlurfte man vom Behindertenparkplatz. Ein Hund schlug an. Sonst friedliche Stille. Endlich mal keine Radler. Oder Surfer auf dem Wasser. Die für

Namysłowski noch schlimmer waren, wenn sie seine Wellenszenen durchkreuzten. »Kurwa, die sollen sich mit ihren Bügelbrettern nach Hawaii verziehen«, hatte er seine Aversion vor einigen Tagen in Worte gekleidet, als das Gespräch auf diese munteren Sportsfreunde gekommen war.

»Wartet mal, ich muss gleich einmal ein bisschen Material sammeln. Der Bodden ist so schön frei! Nee, Danke, geht auch so. Aus der Hüfte …« Eilfertig hatte sich Ahlfänger daran gemacht, für Grzegorz das Stativ auszuklappen. Klappte es wieder zusammen. Bückte sich. Überrascht. Hob etwas auf. Ein kleines Stück Karton.

»Braucht jemand von Ihnen einen Kunstagenten?«

»Kunstagenten? Wieso?« Der Filmemacher schaute seinen Assistenten an. Fragend.

»Na hier, hat wohl jemand verloren. Eine Visitenkarte. Von ›Ulrich Gernot Werners-Wiedehopf. Galerist und Kunstagent. Ahrenshoop. Kampen. Köln. New York.‹ Liest sich ja mächtig wichtig.« Er steckte das gewichtige Kärtchen in die Brusttasche seines alten NVA-Parkas mit der aufgenähten Flagge Jamaikas. »Man weiß ja nie …«

»Passen Sie bloß auf, Herr Ahlfänger. Lassen Sie sich lieber nicht mit dem ein.« Elisabeth Müller-Paul deutete einen warnenden Zeigefinger an. »Das ist ein aufgeblasener Wichtigtuer. Und ein Aasgeier gegenüber seinen Künstlern. Ein Blutsauger. Was mir allein Ann-Kathrin von dem Bastian erzählt hat, wie er mit dem umgegangen ist. Und genauso mit dem anderen, diesem Maler, der jetzt in ihrem Atelier in Ahrenshoop sitzt. Auch so ein artiger Brütler, kommt übrigens aus der gleichen Einrichtung wie der Bastian. Ist aber ganz, ganz anders. Hat ein gewaltiges Alkoholproblem. Müffelt immer so. Ungepflegt durch und durch. Verkauft sich aber erstaunlich gut. Und Werners-Wiedehopf hat es wohl bewusst darauf angelegt, so einen wilden Saufkopp im Angebot zu haben, der auf den Vernissagen stets für einen Skandal gut ist. Weil das den Marktwert steigert. Was ich partout nicht verstehen kann.«

»Du bist halt zu gut für diese Welt, mein Elseken. Doch dieser Windbeutel hat schon ein Händchen fürs Geschäft. Und als Jurist versteht er eben, wie man die Leute über den Löffel barbiert. Ich weiß wovon ich rede. Hoppala!« Kempowski war vom Weg abgekommen. In ein Loch getreten. Einen Kaninchenbau.

»Was, der ist Jurist? Das wusste ich gar nicht.« Elisabeth fing den Gatten gerade noch ab. Bewahrte ihn vorm Sturz. Gab ihm bei der Gelegenheit ein Küsschen auf die Dreitagebartwange.

»Danke! Ja, habe ich dir das gar nicht erzählt? Hab ich neulich von Ann-Kathrin gehört. Werners-Wiedehopf hatte früher mal eine Kanzlei in Hannover. War zugleich bei irgendeiner Stiftung zugange. Soll so Kontakt zu der Witwe eines Kunstsammlers geknüpft haben. Und der Dame auf ganz schofelige Weise die recht umfangreiche wie bemerkenswerte Sammlung abgeschwatzt haben. Bei einem schicken Abendessen im Seezeichen. Hat quasi ein neues Testament auf'ner Serviette aufgesetzt und unterzeichnen lassen. Dabei litt die Ärmste zu diesem Zeitpunkt bereits an einem

Hirntumor, der aber erst später nach ihrem Tod festgestellt wurde. Die Bilder waren dann der Grundstock zu seiner Galerie. Eine ganz fiese Ratte ist das, dieser Uli.«

»Das ist ja unglaublich. So ein infames Stück!« Empört köpfte Elisabeth eine Skabioseblüte. Ein kleiner Falter, der auf ihr geruht hatte, flatterte aufgeschreckt davon.

»Aber nicht unüblich in der Branche, meine kleine Kotku. Was ich nicht schon alles erlebt habe. Widziałem wymiotujące konie. Przed aptekami. Ich habe schon Pferde kotzen gesehen …«, fiel Namysłowski ein. Und Elisabeth wiederum ihm ins Wort. »Und das vor Apotheken. Ich weiß. Aber, Grzegorz hör doch bitte mit diesem Kotku auf. Das hört sich nämlich genauso an. Wie Kotzkuh. Ich mag das nicht!«

»Kurwa!«

»Wie bitte! Also, nicht in diesem Ton! Ich weiß nämlich, was das bedeutet. Männer!« Die verletzte Bibliothekarin reagierte sich nun an einem Natternkopf ab, dem sie das zusammengerollte Skript um die Ohren schlug.

»Nein! Kurwa galt doch nicht dir. Aber, schaut mal, was da vorne ist! Unglaublich! Verdammte Dreckscheiße. Kurwa!«

Der Filmer aus Polen hatte eindeutig die besten Augen des Quintetts. Sah schon aus gut zweihundert Metern Distanz, was sie an der »Liebeslaube« erwartete.

Jonathan und Yingmei besaßen hingegen die besten Sprinterqualitäten. Beide waren sofort losgerannt. Stoppten jedoch kurz vorm Ziel. Die Chinesin übergab sich sofort. Der Rastafari musste zuvor noch einiges würgen, bevor er sich erbrechen konnte. Das Ergebnis seiner Qual vermischte sich mit zwei klebrigen Rinnsalen, die sich rot durch Sand und Seegras mäanderten.

An deren Quellen sich Fliegen und andere Flügler labten. Dichte Wolken umschwärmten einen Leichnam, der am Pfosten der Laube zu lehnen schien. In Wirklichkeit jedoch mit mehreren langen Nägeln am Pfosten fixiert worden war. Allein in Höhe des Halses waren fünf metallene Köpfe zu erkennen. Weitere fünf im Bereich des Schoßes. Um sie herum hatten sich blutige Höfe gebildet. Die das Weiß der Mullbinden beschmutzten, mit denen die Person nahezu komplett umwickelt war. Nur die Hände nicht. Da man sie zuvor abgetrennt hatte. Dafür zierten die Unterarme zwei große Schleifen. Aus Wäscheleinen gebunden. Blauen Wäscheleinen.

22. Langona mallezi

»Groth, Hinrichs, könnt ihr mal kommen und mir beim Wäscheaufhängen helfen?« Lore Bradhering stand auf der Terrasse. Winkte. Mehr bestimmt als freundlich. Auch ihr Frageton klang eher nach Befehl als nach Bitte. Eine Hauptfeldwebelin in Kittelschürze.

Der die beiden Personenschützer nicht zu widersprechen wagten. Folgsam eilten sie herbei, verschwanden im Haus. Ließen Zimmermann auf dem Gartenweg zurück. Inmitten von sechs silbernen Kugeln. Er murrte. »Mensch Lore, kannst du mir nicht einmal ein Stündchen ungestörte Freude gönnen? Wo du mich schon unter Kuratel gestellt hast. Zum Hausarrest verdonnert? Das ist hier ja wie in Quarantäne. Wie in so einem Lepratal. Dabei war ich gerade auf der Siegerstraße.«

Was stimmte. Robert Aaron Zimmermann hatte sich in der vergangenen Stunde wirklich sehr schnell in die Besonderheiten des Boule-Spiels eingefuchst. Freute sich jedes Mal, wenn er als Gewinner eines Durchgangs zum Auftakt des nächsten die Schweinchen genannte Zielkugel werfen konnte. Ganz unkoscher.

Die Idee dazu war ihm und seinen beiden Schatten gestern Abend gekommen. Man hatte sich über das Berufsfeld des Personenschutzes unterhalten. Bei Kartoffelsalat und Buletten. Zimmermann hatte von seiner Begegnung mit den Bodyguards der Kanzlerin erzählt. Van der Wall von verschiedenen Erfahrungen mit zwar nicht so prominenten, aber dennoch schützenswerten, nun ja, zumindest schutzbedürftigen Namen aus dem Dunstkreis der Politik. Schließlich war man, und keiner wusste mehr über welche Umwege – es waren ja auch diverse Biere und Kurzwaren mit von der Partie – bei Konrad Adenauer gelandet. »Muttis geistigem Großvater«. Vielleicht hatte es ja am betörenden Duft von Lores Rosen gelegen? Festgebissen hatte man sich allerdings am anderen Hobby des Uraltkanzlers der BRD, dem Boccia-Spiel.

»So ein kleiner Kasten mit diesen Bollermännern schimmelt bei mir im Kofferraum rum. Das können wir morgen doch gleich mal selbst versuchen. Besser als immer nur Skat dreschen. Was meint ihr?« Hatte Szymanowski verkündet und war aufgestanden, um seinen Schatz zu bergen.

Van der Wall und Zimmermann hatten eingeschlagen und nach einer kurzen Nacht waren die drei in aller Frühe aufgestanden, um sich dem vielnamigen Nationalsport der Franzosen zu widmen.

Der nahezu grade Weg durch Lore Bradherings herrlichen Bauerngarten bot beste Voraussetzungen für das Spiel. Lediglich ein paar Steinchen und Zweiglein hatten sie aufklauben müssen, bevor sie losgelegt hatten. Nach mehr oder weniger eigenen Regeln; es sollte ja vor allem ein wenig Vergnügen bereiten. Und insbesondere Zimmermann ein wenig vom Lagerkoller ablenken, der ihm in den vergangenen Tagen spürbar zu schaffen gemacht hatte. Ebenso wie eine nagende Ungeduld mit der er einen bestimmten Anruf erwartete. Einen Anruf aus Barth. Von Gisa Wedau. Der guten Seele des dortigen Dokumentationszentrums. Das sich gemäß seinem Motto »12 von 750« eben der Ortsgeschichte zwischen 1933 und 1945 widmete. Im besonderen Maße den dunklen Seiten in jener Chronik.

Vorgestern hatte er sie endlich erreicht und ihr in aller Ausführlichkeit sein Anliegen vorgetragen. Das sie sofort verstanden hatte. In seiner ganzen Komplexität. Entsprechend umfassend hatte sie geantwortet. Ihm wiederum von Hintergründen, Abläufen, Zusammenhängen, Nachwirkungen des Barther Konzentrationslagers berichtet. Ihn natürlich eingeladen, die Ausstellung anzuschauen, sich vor Ort ein Bild zu machen. Was er unbedingt nachholen würde, wenn die Lage etwas entspannter wäre. Beziehungsweise seine Observation durch Lore und die beiden Kommissare ihm die Möglichkeit zur kleinen Flucht böte. Denn seine Bitte an Szymanowski und van der Wall mit ihm gemeinsam in die Vineta-Stadt zu fahren, hatten beide nach Rücksprache mit Meinhard abgelehnt. Mit Bedauern. Doch nach Ansicht ihres Chefs wäre die Lage nach wie vor zu unübersichtlich und riskant. Er wisse eh nicht, wo ihm der Kopf stünde und wollte eine weitere Gefährdung Zimmermanns unbedingt vermeiden.

Auch diese Situation hatte Gisa Wedau verstanden. Und ihm sogleich von einem besonders düsteren Kapitel erzählt, den Todesmärschen in den letzten Kriegstagen. Am 30. April 1945 hatte die SS die kranken und zu schwachen Häftlinge erschossen. Anschließend waren die männlichen Überlebenden in drei Kolonnen Richtung Rostock aufgebrochen. Hinter Rövershagen war der Zug jedoch auf Soldaten der Roten Armee gestoßen. Im Verlauf der sich anschließenden Kämpfe konnten die Wachmannschaften schließlich und unter Mithilfe der Häftlinge überwältigt werden. Einige der SS-Leute wie der gefürchtete SS-Kommandoführer Zay, der aufgrund seiner Brutalität im Lager nur »der Boxer« genannt worden war, wurden getötet, die anderen flohen mit unbekanntem Ziel. Wahrscheinlich Richtung Ostseeküste.

Noch dramatischer sei das Schicksal der weiblichen Häftlinge gewesen, die nach zuvor gelungener Flucht in Ribnitz von Volkssturmmännern und Hitlerjungen aufgegriffen worden waren, die sie auf dem Marktplatz exekutieren wollten. Nur dank des couragierten Eingreifens der Ribnitzer Bürgerschaft hatte ihre Ermordung in letzter Minute verhindert werden können. Auch in diesem Fall hatten sich die SS-Mannschaften vor dem Eintreffen der Russen absetzen können.

Leider hatte sie eingeräumt, dass ihr der Name Hegerdorp bislang nicht aufgefallen wäre. Außerdem seien die verfügbaren Unterlagen nur unvollständig. Dennoch hatte sie ihm zugesichert, sich auf die Suche in den Archiven zu machen. Zusätzlich hatte sie noch einen Joker ausgespielt, ihre persönliche Bekanntschaft mit einem einstigen französischen Gefangenen, mit dem sie seit einigen Jahren im Austausch stünde. Sie wollte diesen Pierre so bald wie möglich kontaktieren und könne sich gut vorstellen, dass er weiterhelfen würde. Denn er habe nicht nur ein ausgeprägt gutes

Gedächtnis. Sondern besäße auch die Stiefel des »Boxers«, eben jenes verhassten Sadisten, die er ihm seinerzeit mit eigenen Händen ausgezogen und als »Trophäe« der besonderen Art mit in die Heimat gebracht hatte.

Vor allem von dem Franzosen erhoffte sich Zimmermann einiges. Persönliche Erinnerungen waren seines Erachtens wie seiner Erfahrung nach haltbarer als papierene Listen und andere Dokumente. Entsprechend gespannt, angespannt wartete er darauf, dass sich Gisa Wedau wieder melden würde. Endlich. Daher hatte er, entgegen seiner sonstigen Animosität gegenüber moderner Kommunikationstechnik, nun stets sein Smartphone am Mann oder wenigstens in Griffnähe. Holte es alle fünf Minuten hervor. Prüfte, ob die Lautstärke des Klingeltons richtig eingestellt war. Schaute nach, ob sie ihm womöglich eine Textnachricht geschickt hätte.

Auch jetzt, während er die Personenschützer beobachtete, die inzwischen mit großen Wäschekörben in den Garten zurückgekehrt waren und sich unter Lores Bradherings Anweisungen mit Laken, Bettbezügen und Handtüchern abmühten. »Jungs, macht das doch nicht so schluderig. Nicht so »zack zack«. Nicht so schlampig. Das geht doch auch ordentlich. Umso weniger Arbeit habt ihr dann nachher beim Bügeln. Ach, Mensch, haben euch eure Mütter denn gar nichts beigebracht? Das ist zum Verzweifeln, wie ihr euch …«

Ein Klingeln unterbrach sie. Zimmermann griff hektisch nach seinem Apparat. Ließ es jedoch stecken. Auf die Erkennungsmelodie dieser Krimiserie hörte ja Szymanowski. Der sich hektisch aus einem Spannbettlaken schälte, in das er sich verwickelt hatte. Es dauerte etwas. Doch der Anrufer ließ es beharrlich weiterklingeln. Endlich hatte sich der Personenschützer befreit. »Moin Chef, was liegt an?« Wohl einiges. Seine Miene schlug Falten. »Scheiße!« Ein tiefes Atemholen. »Jau, machen wir. Umgehend.« Ein bedeutungsvoller Blick zu van der Wall. Ein weiterer zu Lore Bradhering. »Entschuldigung, aber das hat Vorrang.« Das Laken segelte zu Boden. Blieb unaufgehängt. Die Kollegen zogen sich zurück. Zur Beratung hinter Johannisbeerbüschen.

Neuerlich meldete sich ein Telefon. Dieses Mal Lores. Der Festanschluss. »Kann man nicht einmal in Ruhe Waschtag machen? Ist das eine Unruhe hier!« Sie eilte in Haus.

Zimmermann folgte ihr. Allerdings nur bis zur Terrasse. Wo er sich in den blauweißen Strandkorb setzte. Er ahnte, dass es heute nichts mehr mit ihrer Boulepartie werden würde. Die Personenschützer waren inzwischen zu ihrem Wagen gegangen. Wo sie etwas zu suchen schienen. Van der Wall wühlte im Kofferraum, während Szymanowski im Handschuhfach kramte.

»Robert, er hat schon wieder zugeschlagen!« Lore machte ein paar vage Schritte. Ließ sich dann auf einen Gartenstuhl sinken. Ihre Hände irrten ein wenig herum. Fanden dann Halt. Umklammerten die Armlehnen. Zimmermann sah ihre Knöchel hervortreten. Er schaute sie besorgt an. »Wer? Er?«

»Ja, er, dieser Mumienmörder. In Wustrow. Oben am Bodden. Bei der »Liebeslaube«. Gisela hat es mir gerade erzählt.

Ist eine Friedhofsbekanntschaft von mir. Sie kümmert sich da um das Grab von Käthe Miethe. Eine ganz patente Person. Ach, ich bin ganz durcheinander.«

»Was bei einer solchen Nachricht nur zu verständlich ist, meine Beste. Doch, was ist denn da nun konkret passiert?« Zimmermann hatte sich inzwischen vorgebeugt. Seine Hand auf ihre gelegt. Die zitterte.

»Ja, also, da oben hat man heute Morgen einen weiteren Toten gefunden. Genauso mumifiziert wie die arme Frau an der Mühle und der Doktor in Zingst. Nur, dass der Mörder diesmal die Hände abgesägt hat, dieses Scheusal. Muss ein fürchterlicher Anblick gewesen sein. Die Gisela hat das ja von der Liesel, der Strickliesel, die mit den vielen Socken, Schals und Mützen vor der Tür, da bei der Kirche. Die ist extra mit ihrem Rollator bis zum Tatort gewandert, um sich das anzusehen. Und das in ihrem Alter. Aber, das ist ja auch eine ganz Neugierige. Die …«

»Und weiß man schon, wer das Opfer ist? Womöglich ein Arzt?« Seine Hand streichelte ihre. Sanft. Im Widerspruch zu seiner Ungeduld. Seine Pensionswirtin neigte leider zu einer gewissen Weitschweifigkeit.

»Nein, ganz im Gegenteil. Das ist auch so ein Irrer, oh, Entschuldigung, das sagt man ja nicht mehr, also so ein »Künstler« wie dieser Bastian. Kommt aus der gleichen Anstalt, glaube ich. Ist aber nicht so nett und freundlich wie der Wuschelkopp. Sondern soll ein richtiges Ekel gewesen sein. Gesoffen haben. Gestunken. Rumgepöbelt. Widerlich. Aber trotzdem, ein solches Ende wünscht man ja keinem. Was das Merkwürdige ist, der hat zuletzt im alten Atelier von der kleinen Seegers gehaust. Das sie seit der Geschichte im November vermietet, weil ihr das zu gruselig ist, dort zu arbeiten, wo der …«

»Das in Ahrenshoop? Neben der Mühle? Wo …?«

»Genau das. Aber weißt du, was das Dollste ist?« Lore schien sich gefangen zu haben. Inzwischen sogar ein bisschen Gefallen daran zu finden, ihre Neuigkeiten erzählen zu können und Zimmermann auf die Folter zu spannen. Entsprechend länger fiel ihre rhetorische Pause aus.

»Nein, aber du wirst es mir gleich erzählen.«

»Weißt du, lieber Robert, wer den Toten da an der Laube entdeckt hat?«

»Kempowski und Frau Müller-Paul.« Van der Wall antwortete für ihn. Er und Szymanowski hatten ihre Suche beendet und gesellten sich nun zu ihnen. »Meinhard hat uns zwar dazu verdonnert, euch möglichst wenige Details mitzuteilen, doch gegen die Buschtrommeln ist man hier oben anscheinend machtlos.« Er seufzte. Versuchte, es sich auf der Hollywoodschaukel gemütlich zu machen. Was nicht so einfach war. Da eine Maschinenpistole auf seinen Oberschenkeln ruhte.

»Allerdings hat er uns gebeten, euch dringlich nahezubringen, wie ernst die Lage ist. Auch wenn du ja partout leugnen willst, dass du in Gefahr bist. Aber, du bist es; der Chef weiß mehr, als er uns sagt. Sieh das bitte ein. Deshalb auch …« Szymanowski war stehengeblieben. Machte eine Geste wie ein Ober in einem sehr guten Restaurant, der seine Gäste zum Abschied formvollendet in den Mantel hilft. Der in diesem Fall eine Weste war. Schusssicher. Und wenig kleidsam.

»Jungs, das ist doch nicht euer Ernst!« Zimmermann rang sich ein Lächeln ab. »Das ist doch Tinnef. Absoluter Blödsinn. Gut, am Anfang, da dachte ich schon für einen Moment, dass der Mord an diesem Arzt und der Angriff auf mich zusammenhängen, aber …«

»Nichts aber, mein lieber Zimmermann. Meinhard hat angedeutet, dass ihm neue Erkenntnisse vorliegen, nach denen du akut gefährdet bist. Und die auch auf einen Zusammenhang zwischen den nunmehr drei Morden und dir hindeuten. Mehr wollte er nicht sagen. Hat aber deshalb ab sofort die Sicherheitsstufe für dich erhöht. Dazu gehört eben auch das Tragen der Schussweste. Wenigstens, wenn du im Freien bist. Und unsere Verstärkung hier, Sauer, Heckler & Koch, auf diese Namen kannst du vertrauen.« Er schob sein Jackett ein wenig zur Seite. Wies auf die Handfeuerwaffe im Halfter über beachtlich gewölbtem Polohemd. Sowie das »Baby«, das van der Wall schaukelte.

»Ta-ta-ta-tata, ta-ta-ta-tata …« Zimmermanns Smartphone meldete sich zu Wort. Lieferte das passende Wiegenlied. Wagners Walkürenritt. Er hatte ihn sich von Sonntag installieren lassen. In einem Anfall von schwarzem Humor. Jüdischem Humor.

Hastig holte er das Gerät hervor. Schaute auf den Monitor. Gisa Wedau. Endlich!

»Entschuldigung, Halifax …« Er zwängelte sich an Lore vorbei, seinen Schutzengeln. Nahm das Gespräch an. Englischte. »Yes, hello, my dear friend.« Eilte ins Wohnzimmer. Durch den Flur. Weiter. Fühlte sich erst im Frühstückszimmer sicher. »Frau Wedau, guten Morgen. Sie müssen entschuldigen, aber ich war nicht allein. Und, haben Sie etwas erreichen können?« Dann war er nur noch Hörer. Zuhörer. In Erwartung und Hochspannung. Bis Gisa Wedau ihm endlich die insgeheim so erhoffte wie befürchtete Nachricht übermittelte. Die er laut wiederholte. Um sich zu vergewissern: »Pierre kann sich also wirklich noch an ihn erinnern. An den SS-Oberscharführer Hegerdorp. Einen der infamsten Schinder des Lagers. Olaf Hegerdorp. Der noch während des Todesmarsches mit den Häftlingen Russisch Roulette spielte. Weil es ihm eine perverse Freude bereitete, sich an ihrer Angst zu weiden, anstatt sie direkt zu erschießen …«

23. Xerolycosa miniata

Russisch Roulette. Spielte er eventuell auch Russisch Roulette? Wagte er sich mit der Fahrt nach Greifswald auf dünnes Eis? Zu dünnes. Drang er in die Höhle des Löwen vor? Aus der es dann kein Entkommen mehr geben würde?

Kempowski zündete sich eine weitere Zigarette an. Die fünfte seit dem Aufstehen vor einer guten Stunde. Rollte in der obligaten Blechkarawane übers Fischland. Hinter Wohnmobilen. Campingwagen. Familienkutschen mit Radanhängern. Und alle schlichen. Verfielen bisweilen in Schrittgeschwindigkeit. Schneckenschleim zog sich über den Asphalt. Wenn die Gattin mal wieder Mohnfelder knipsen musste. Oder stelzende Störche.

Die Gegend hier oben war schon schön. Ohne Zweifel. Nur Autofahren machte wenig Freude. Er konnte es nachvollziehen, wenn dem einen oder anderen Eingeborenen der Geduldsfaden riss. Und getunte Wagen mit genervten Fahrern in gewagten Outfits zu waghalsigen Überholmanövern ansetzten. Bei denen sich dann der eine oder andere um Kopf und Kragen brachte. Dem Straßenrand kleine Kreuze schenkten.

Vor derartigen Kamikazeaktionen bewahrte Kempowski jedoch die limitierte Motorleistung seines Wartburgs. Höchstgeschwindigkeit 140. Höchstens. Sein Gefährt und Gefährte war eher schön als schnell. Überdies hatte er Zeit. Der Termin bei der Psychologin stand erst am Nachmittag an. Und über die B105 würde es maximal zwei Stunden bis Greifswald dauern. Er hatte somit genügend Zeit, Zimmermann die Freude zu machen, sich einmal in Ladebow umzuschauen.

Für einen unverfänglichen Auftritt bei dieser Gudrun Siebke, der vermeintlichen Tochter Olaf Hegerdorps, hatte er sich eine besondere Tarnung ausgedacht. Vor zwei, drei Jahren hatte er, als er noch in Rostock lebte, an irgendeinem frühen Morgen einem überraschten Duo der Zeugen Jehovas alle ihre Heftchen abgekauft, nachdem sie ihn aus dem Schlaf geklingelt hatten. »Verschont mich mit eurem ›Erwachet‹. Ich will ausschlafen! Hier, zwanzig Euro. Das muss reichen. Und tschüssing.«

Dann hatte er der adrett gekleideten jungen Dame und dem ernsten Verwaltungsangestelltentypen an ihrer Seite ihre gottgefälligen Publikationen abgenommen. Und ihnen die Tür vor der Nase zugeschlagen. Gott zum Gruße.

Sieben Exemplare des ›Wachturms‹ hatten auf wundersame Weise seinen Umzug nach Ahrenshoop überlebt. Gott sei Dank. Bislang hatte er sie dafür benutzt, diverse Höhenunterschiede bei seinem großen Bücherregal auszugleichen, das die Umsiedlung nicht so gut verkraftet hatte. Beziehungsweise von ihm nicht ganz gekonnt montiert worden war. Irgendein Bolzen, irgendwelche Unterlegscheiben waren auf der Strecke geblieben. Und zudem hasste er es ja, zu bohren; da konnte Gott weiß was bei passieren, und improvisierte lieber.

Passend zu seinem Auftritt als Pseudozeuge hatte er sich ausnahmsweise gründlich rasiert und entsprechend gewandet: kleinkariertes Hemd mit brauner Strickkrawatte. Graue Hose mit Bügelfalte. Darüber dann eine beige Windjacke – er war selbst erstaunt gewesen, was er alles im Kleiderschrank hatte. Elisabeth war glücklicherweise schon früh aus dem Haus gewesen, da ein Termin mit Grzegorz zum Schneiden des Filmmaterials anstand. Daher war er auch drum herumgekommen, einen etwaigen Wunsch ihrerseits, ihn nach Greifswald zu begleiten, abzuwiegeln. Was nicht nur hinsichtlich des Geplanten in Ladebow von Vorteil war, da er ihr immer noch nicht von seinen Problemen, geschweige denn von dem Termin bei der Psychologin etwas erzählt hatte. Er konnte so etwas halt schwer.

Für den Fall, dass sich Zimmermanns Vermutung bewahrheiten würde und er dort tatsächlich auf Olaf Hegerdorp stieße, hatte er sich eine weitere Finte ausgedacht. Zu diesem Zwecke hatte er in der kleinen Schatulle mit seinen wenigen Familienerbstücken gekramt und den Ring hervorgeholt. Den schmalen Silberreif. Mit Totenkopf. Gekreuzten Knochen. Einigen Runen. Einem Namen.

Den allerdings keiner seiner Ahnen getragen. Weder den Namen, noch den SS-Ehrenring.

Er hatte ihn kurz nach der Wende in Berlin erstanden. Auf dem Flohmarkt. Straße des 17. Juni. Im Tausch gegen zwei sowjetische Offiziersuhren. Die Vostok Komandirskije und die Vostok Amphibia. Sowie den ›Helden der Arbeit‹ seines Großvaters. Fördermann. Hauer. Brigadier. Bei der Wismut AG. Opa Erich. Den er nie kennengelernt hatte. Weil jener zwei Tage vor Kempowskis Geburt gestorben war.

Keine 50 Jahre alt. Er hatte sich damals vorgenommen, irgendwann einmal über ihn zu schreiben. Über seine Familie überhaupt. Ihr Leben. In den Jahren bevor sie aus Ruinen auferstanden waren. Über die nur selten gesprochen wurde. Nur in Andeutungen. Gerade deshalb. Das hatte er sich damals fest vorgenommen.

Der SS-Ehrenring sollte ihm dabei als Quelle der Inspiration dienen. Als Symbol, Stellvertreter, Faustpfand. Um sein Versprechen eines Tages einzulösen.

Nun diente er womöglich als Schlüssel zu einem anderen Prozess der Vergangenheitsbewältigung. Denn, sollte er wirklich Hegerdorp gegenüberstehen, würde er den Ring aus seiner Hosentasche hervorholen. Dem alten Mann demonstrativ und langsam vor die Augen halten. Im bühnenwirksamen großen Gestus der Magier. Und ihn dann aufsetzen. Dabei die Formel sprechen. Den Zauberspruch. »Meine Ehre heißt Treue.«

Würde Hegerdorp die erhoffte Reaktion zeigen, seine Worte wiederholen oder gar den Arm zum Hitlergruß erheben, wollte Kempowski sich als Vorposten der »Division Mueller-Darß« vorstellen, einer noch jungen wie geheimen Organisation, die von Ahrenshoop aus Deutschland zukünftig gründlich »aufforsten« wolle. Zugleich würde er seine Freude zum Ausdruck bringen, einem Kameraden gegenüberzustehen, der die gute alte Zeit noch persönlich erlebt hätte. Und ihn dann ganz spontan zum Kameradschaftsabend einladen, der zufälligerweise für den heutigen Abend angesetzt war.

Sollte es ihm gelingen, Hegerdorp zu überzeugen, würde es spannend. Abgesehen davon, dass er den Termin bei der Psychologin absagen müsste. Allerdings begänne spätestens dann das Damoklesschwert einer gewissen Illegalität über Kempowskis Haupt zu schweben. So böten zum Beispiel § 234 oder auch § 239 des StGB für einen findigen Anwalt manchen Ansatz, um Kempowski mächtig Ärger zu bereiten. Seine Zulassung würde es ihn auf jeden Fall kosten. Doch, das war es ihm wert. Allein wegen dieses perversen »Spiels«, das Hegerdorp noch während des Todesmarsches exerziert hatte. Hierzu waren von ihm jeweils willkürlich drei Männer ausgesucht worden. Die sich dann vor ihm niederknien mussten. Derweilen er die Trommel seines Revolvers, laut Pierre ein britisches Fabrikat, mit einer Patrone bestückte. Sie dann rotieren ließ. Um dann dem ersten Mann die Waffe an die Schläfe zu halten; manchmal wählte er auch Ohren oder Nasenlöcher. Schließlich abzudrücken. Folgte dann ein metallenes Klicken, schritt er zum nächsten Delinquenten. Wiederholte die Prozedur. Bis endlich ein Schuss fiel.

Nach Pierres Aussage hatte Hegerdorp allein während des Marsches fünfmal eine solche »Zigarettenpause« gemacht, wie er diese Erschießungen selbst zynisch genannt hatte. »Meine Herren, es ist mal wieder Zeit für eine Zigarettenpause …«

Angesichts solcher Grausamkeit konnte der alte SS-Mann noch froh sein, wenn Zimmermann auf jede körperliche Gewalt ihm gegenüber verzichten wollte, wie er es Kempowski hoch und heilig versprochen hatte. Nein, der alte Robert Aaron wollte dem alten Olaf nur noch einmal gegenübersitzen. Und sich von ihm berichten lassen, was er seit dem Sommer 1935 alles getan hatte. Lückenlos und ohne Lügen. Anschließend wollte Zimmermann Hegerdorps Entschuldigung hören. Seine Bitte um Vergebung. Für den Verrat auf der Dorfstraße und alles, was dann gefolgt war. Stellvertretend für alle seine Opfer. Danach konnte Olaf der Polizei übergeben werden.

Jener Waffengang zu Zimmermanns persönlicher Satisfaktion würde in der Pension Kuhfuß stattfinden, da er noch immer unter »Hausarrest« stände. Lore und den beiden Personenschützer gegenüber wollte er Hegerdorp als alten Bekannten Zimmermanns vorstellen und ihm selbst weismachen, dass die gemütliche deutsche Familienpension die Operationszentrale der »Division Mueller-Darß« wäre. Anschließend würde er ihn auf Zimmermanns Zimmer bringen.

Soweit der Plan. Der natürlich Raum für manche Imponderabilie bot. Allein die Unabwägbarkeit, ob die beiden Männer, die Zimmermann überfallen hatten, in Hegerdorps Diensten stünden. Als Auftragsschläger wie als Bodyguards. Für diesen Fall war vorgesehen, dass Kempowski bei entsprechenden Anzeichen seine Rolle als missionsbeseelter Zeuge Jehova zunächst weiterspielen würde. Um anschließend so schnell wie möglich das Feld zu räumen. Eng könnte es jedoch werden, wenn der Hipster und das Mondkalb sich inzwischen in Born und Umgebung umgeschaut hätten und um die Verbindung zwischen Zimmermann und ihm wüssten, ihn daher erkannten. Auf eine solche Situation war Kempowski nur bedingt vorbereitet. Zwar hatte er seine Makarow am Mann. Zweifelte aber, ob er Manns genug war, sie auch zu benutzen.

Er verdrängte diesen Gedanken. Zumal es ihn wieder in den Dunstkreis der »Mumienmorde« zwischen Zingst und Ahrenshoop zog. Dem er doch entkommen wollte. Was ihm nach dem Fund in der »Liebeslaube« wieder schwerer fiel. Kannte er doch dieses Opfer ebenfalls, wenn auch nur flüchtig, da er dem versoffenen Malergenie meistens aus dem Weg gegangen war. Zumal ihn Häusler bei ihren Begegnungen stets sehr direkt um ein, zwei, drei Zigaretten angeschnorrt hatte. Nein, er hatte eigentlich keine Berührungsängste gegenüber Menschen mit Alkoholproblemen. Fand berühmte tragische Trinker wie Edgar Allan Poe, Ernest Hemingway, Hans Fallada oder Dylan Thomas besonders faszinierend. Fühlte sich ihnen insgeheim verbunden.

Was man von Bodo Häusler nun wahrlich nicht behaupten konnte. Gegen den er zugegebenermaßen eine subtile Aggression empfand. Die allerdings dadurch begründet, gut begründet war, dass er Elisabeth an die Wäsche gegangen war. Noch dazu in ihrem eigenen Garten. In dem er vor einigen Wochen plötzlich aufgetaucht war, um Kempowski um ein paar Kippen zu erleichtern. Voll wie ein Amtmann. Am hellerlichten Nachmittag. Und nachdem er sich aus Kempowskis Etui bedient hatte, war dann die schmutzige Malerhand auf ihrer Brust gelandet. Prangten Abdrücke von Unterbodenschutz und sonstigen Künstlermaterialien auf ihrer weißen Seidenbluse. Er hatte sich mächtig beherrschen müssen, um Häusler nur mit derben Worten und nicht ebensolchen Schlägen und Tritten vom Hof zu jagen.

Nun war er tot. Der Schmierfink. Und irgendjemand hatte ihm die schmierigen Hände abgehackt. Irgendjemand. Der zuvor bereits den alten Doktor und die Ahrenshooper Ärztin getötet hatte. Geschändet. Ihre Leben ausgelöscht. Ihren Tod ausgestellt. Irgendjemand.

Von dem sich bislang weder die Meinhards noch Hakala-Holappa ein genaues Bild machen konnten. Geschweige dann ein Profil erstellen. Die vage »Hoffnung«, dass hier ein Ärztekiller zugange wäre, hatte sich mit dem Tod des deliriösen Dalís zerschlagen. Meinhard Junior hatte lediglich die Idee entwickelt, dass der Mörder bei seiner Serie wie bei einem »Staffellauf« vorginge. So sei das Opfer des ersten Mordes Arzt gewesen. Was die Verbindung zum zweiten Mord herstellte, sozusagen eine berufliche Verbindung. Der Fundort war in diesem Fall die Ahrenshooper Mühle gewesen. In dessen unmittelbarer Nachbarschaft das dritte Mordopfer gehaust hatte, eben in dem ehemaligen Atelier von Ann-Kathrin Seegers. Wodurch hier der lokale Aspekt das Bindeglied wäre. Welches »Staffelholz« der Täter jedoch auswählen würde, um einen möglichen wie allgemein befürchteten vierten Mord anknüpfen zu lassen, wussten weder der alte noch der junge Meinhard. Und der Profiler schien mit seinen Gedanken sowieso eigene Wege zu beschreiten.

»Mist!« Kempowski hatte inzwischen Greifswald erreicht. Und sich prompt verfahren. Er schaute nach einer Parkmöglichkeit. Fand eine. Fuhr rechts ran. Stoppte. Holte den Zettel hervor, auf dem er die Route notiert hatte. Auf Navi oder ähnlichen Schnickschnack verzichtete er ja prinzipiell. Prägte sich zuvor den zu fahrenden Weg ein, die wichtigsten Stationen, Abzweigungen. Und erreichte so auch sein Ziel. Zumeist zumindest.

Heute hatte er sich allerdings verfranzt. Woran seine Gedankenknäuel ihren Anteil gehabt hatten. Gut, dann würde er einfach wenden. Wieder ein Stück zurückfahren. Um schließlich rechts abzubiegen, auf die Ladebower Chaussee. Für einen Moment spielte er jedoch mit der Idee, noch einen Abstecher in die Innenstadt zu machen. Die ja nicht mehr weit war. Und dort ein Mitbringsel für sein Elseken zu besorgen. Ein Stückchen Seife aus dem Friedrichschen Geschäftshaus vielleicht. Oder ein Büchlein dieser Sibylla Schwarz, von der sie ihm erzählt hatte. Schwärmerisch. Ein großes Talent aus den Tagen des Barocks. Unvollendet. Da sie bereits mit 18 Jahren verstorben war. Pommerns Sappho, wie Elisabeth gehaucht hatte.

Doch Kempowski musste sich eingestehen, dass er nicht in der Laune für einen kleinen Bummel war. Überhaupt nicht. Er hatte schlichtweg Schiss vor dem, was ihn erwartete.

Daher drehte er und fand alsbald aus der Stadt heraus und zur Chaussee, die ihn in knapp 10 Minuten in den kleinen Vorort führte. Dort galt es noch ein, zwei Haken zu schlagen, bis er in die Margarethe-Lachmund-Straße einbiegen konnte. Keine Traumadresse für einen ergrauten SS-Mann. Hatte sich doch die namensgebende Dame einen solchen als Widerstandskämpferin und Friedensaktivistin gemacht.

Auch das gesuchte Objekt war bald entdeckt. Ein harmloses Einfamilienhaus mit gepflegtem Vorgarten. Plus Carport. In dem der rote Golf stand. HGW GP 912. Das passte schon einmal.

Bevor er jedoch parkte, fuhr Kempowski noch einige Runden um den Block. Schaute in den diversen Nebenstraßen nach, ob er irgendwo den dunklen Volvo sehen würde. Von dem ihm Zimmermann erzählt hatte. Den Volvo der Neonazis. Mit einem Kennzeichen aus Nordwestmecklenburg. Doch weder den alten Schweden noch ein sonstwie verdächtiges Fahrzeug mit möglichen Aufklebern, Parolen oder Nummernschildern konnte er entdecken.

Daher stellte er seinen Wartburg in einiger Entfernung vom Haus der Siebkes ab, schnappte sich seinen Stapel Erbauungslektüre, rückte den Strickschlips zurecht und zog in den Kampf.

Das Grundstück machte wirklich einen gepflegten Eindruck. Kein Hälmchen wuchs zwischen den Gehwegplatten, nirgendwo ein Kraut, das da nicht hingehörte. Er musste sich vorstellen, wie Hegerdorp jeden zweiten Tag mit so einem Gasbrenner im Einsatz war. Unkraut zu vernichten hatte er ja von der Pike auf gelernt.

Die Gartenpforte war versperrt. Im Pfosten wartete jedoch eine namenlose Klingel darauf, geläutet zu werden. Was er tat. Und ebenfalls wartete. Mindestens zwei Minuten. Wenn nicht länger. Schließlich regte sich etwas an der Haustür. Er hörte drehende Schlüssel. Geschobene Riegel. Endlich wurde sie geöffnet. Einen Spaltbreit. Durch den sich eine kräftige Dame jenseits der Sechzig zwängelte. Ihr mürrischer Gesichtsausdruck bildete einen herben Kontrast zum Farbenfroh ihres Freizeitdresses.

Kempowskis großer Auftritt war gekommen. »Guten Tag, ich möchte mit Ihrem Vater, Schwiegervater über Gott sprechen ...« Und nach wenigen Sekunden schon wieder vorbei. »Der wohnt hier nicht. Und Gott auch nicht!« Schon war die Tür wieder zu. Was für eine Enttäuschung! Kempowski legte die Hefte beiseite. Zündete sich eine Zigarette an. Inhalierte tief. Hatte dennoch keine Idee, was er jetzt machen sollte.

Da bog eine Gestalt in die kleine Straße ein. Eine ältere Dame. Reichlich älter. Das weiße Haar hochgesteckt. Mit dennoch erstaunlich forschem Schritt. Und erstaunlich großer Gestalt. Größer als er. Ungewöhnlich auch ihr rotes Cape. Leuchtend rot. Sowie ihr riesiger Weidenkorb. Gut gefüllt mit Brot, Brötchentüte, Gurken, Äpfeln, Bananen, Kohlrabi, einigen Flaschen Wein. Rotkäppchen hatte sich Kempowski immer irgendwie anders vorgestellt. Er machte seine Zigarette aus, verstaute den Stummel im Etui, griff zu seinen Heften. Ging ihr entgegen.

Die Dame erkannte sein vermeintliches Ansinnen. Herrschte ihn auf Distanz an. »Nein, ich möchte nicht mit Ihnen über Gott sprechen. Guten Tag.«

Kempowski suchte sein Heil in der Offensive. »Das will ich ja auch gar nicht. Keine Sorge. Ich wollte eigentlich nur zu dem älteren Herrn, der hier wohnt.« Er wies auf das Haus der Siebkes.

»Zum alten Stinkstiefel wollen Sie? Na, da hoffe ich mal, dass Sie kein Freund von dem sind. Sondern Gerichtsvollzieher oder so etwas. Allerdings, dann haben Sie auch Pech. Der alte Geiss ist nämlich vor einer guten Woche ausgezogen. Habe drei Kreuze gemacht, an dem Tag. Aber kommen Sie, muss ja die Gudrun nicht mithören. Ich bin übrigens die Frau Neddermeier. Sieglinde Neddermeier.« Frau Neddermeier warf einen bezeichnenden Blick auf ein geöffnetes Fenster mit unruhiger Gardine. Ging ein paar Schritte voraus. Bis sie aus Gudruns Blickfeld entschwunden waren.

»Wissen Sie denn, wo er jetzt wohnt, der Herr Geiss? Und, warum nannten Sie ihn Stinkstiefel? Ich kenne ihn ja persönlich nicht, insoweit haben Sie schon recht. Doch das, was ich so über ihn gehört habe, das passt schon. Ich heiße übrigens Kempowski, Andreas Kempowski.«

»Ach, wie der aus Rostock? Das ist ja witzig. Den mochte ich. Sie sehen aber auch sehr sympathisch aus.« Sie musterte ihn von oben bis unten. »Überhaupt nicht wie so ein komischer Heiliger. Eher wie so ein Detektiv. Genau. Sind Sie wahrscheinlich auch. Ermitteln undercover. Kenne ich aus dem Fernsehen. Wobei, meine Lieblinge waren ja Groth und Hinrichs aus dem Polizeiruf.«

»Frau Neddermeier, Sie haben mich durchschaut, Kompliment. Ich bin wirklich in einer Ermittlung gegen Herrn Geiss unterwegs. Alles andere ist leider geheime Verschlusssache. Doch, wenn Sie uns weiterhelfen, vielleicht …«

»Ach, die Belohnung lassen Sie mal stecken. Das mache ich doch gerne. Einfach, weil ich schon immer ahnte, dass der Fiesling irgendwelchen Dreck am Stecken hat. Der war ja früher ein Parteibonze. Ganz wichtig. Natürlich auch bei der Stasi. War ja ein offenes Geheimnis. Und hat jeden in der Nachbarschaft angeschissen, wenn ihm mal wieder etwas nicht passte. Zu laute Musik. Falsche Musik. Zu viele Gäste. Falsche Gäste. Wir haben zum Beispiel früher gerne die Studenten eingeladen, die aus Angola und Kuba, den sozialistischen Bruderländern, wie man so sagte. Das konnte er überhaupt nicht verknusen. Da gab es immer Ärger. Doch in letzter Zeit ist er noch schlimmer geworden. Unausstehlich. Hat ständig gegen Ausländer gehetzt. Gegen Merkel sowieso. Hat seinen alten Körper sogar bei diesen unsäglichen Pegida-Demos mitgeschleppt.«

Kempowski triumphierte innerlich. War nun fest davon überzeugt, dass sie ihn hatten. Dass sich hinter diesem Geiss Olaf Hegerdorp verbergen würde. Nur, dass sie ihn noch nicht leibhaftig hatten. Er griff zu Etui und Feuerzeug.

»Junger Mann, da sage ich nicht nein.« Sieglinde Neddermeier hatte inzwischen ihren Korb abgestellt. Holte aus ihm jetzt einen kleinen Flachmann hervor. Elegantes Silber. Von dunkelrotem Leder umhüllt. »Wissen Sie, ich werde demnächst 86. Da kann man sich so die eine oder andere Sünde erlauben. Hunde, wollt ihr ewig leben. Auch ein Schlückchen? Brandy.«

Kempowski war verblüfft. Mehr als das. Zündete flugs zwei Zigaretten an. Griff zum geistreichen Getränk. Was für eine Frau!

»Prosit, Herr Kempowski! Doch zurück zum ollen Ekel. Der die Gudrun die letzte Zeit über nur noch schikaniert hat. Obwohl sie sich wirklich aufopferungsvoll um ihn gekümmert hat. Vor ein paar Wochen sind sie und der Manfred, ihr Mann, mit dem Alten sogar noch ins Riesengebirge gereist. Danach war er aber nur noch giftiger. Hat sogar mit Tellern und Tassen nach ihr geworfen. Sie aufs Übelste beschimpft. Da war sie schließlich richtig froh, erleichtert, als er angekündigt hat, dass er ausziehen wird. Umziehen. In so einen »Mehrgenerationenhof«. Irgendwo im Mecklenburgischen. Bei Grevesmühlen in der Nähe. Die genaue Adresse habe ich nicht. Aber das kann man ja heute schnell herausbekommen. Im Internet.«

24. Hadites tegenarioides

»Und dann erst das Internet! Unsere Facebook-Seite habe ich schon sperren lassen. Auch das Gästebuch unserer Homepage. Was für Kommentare! Es ist zum Verzweifeln! Aber mein Anwalt ist schon eingeschaltet. Einstweilige Verfügung. So etwas in der Art. Das geht doch nicht an, dass diese Schmierfinken meinen guten Ruf zerstören. Den guten Ruf meiner Galerie!«

Entrüstet knallte Uli Werners-Wiedehopf eine Zeitung auf das kleine wie edle Tischchen, das mittig zwischen ihm und seinen Besuchern stand. Meinhard Senior nahm das Blatt, las die Schlagzeile. Halblaut vor: »Mumienmonster killt Säufermaler«. Blätterte. Las weiter:

»Ist das Kunst? Erst sah es nach dem Rachefeldzug eines Ärztehassers aus. Nun hat der Killer von der Küste wieder zugeschlagen. Und einen Maler erwischt. Gemetzelt. Dann spektakulär in Szene gesetzt. Nicht nur auf der Halbinsel kursieren wilde Spekulationen. Steckt da womöglich mehr dahinter, als »nur« die Lust am Morden? Denn, so darf man annehmen, ein gemeuchelter Künstler verkauft sich bestimmt gar nicht mal so schlecht. »Blood sells«. Und wie sang schon Reinhard Mey so schön: Der Mörder ist immer der G……. «. Der Hauptkommissar machte eine kleine Pause. Fuhr dann fort.

»Gut, das ist halt Boulevardstil. Abendpost. Yellow Press. Wenn natürlich nicht schön, doch …«

»Sieben Punkte. Exakt sieben!« Der Galerist fiel ihm ins Wort. Erhob sich. Durchschritt mit zornigen Schritten seinen edlen Ausstellungsraum. »Ich habe nachgezählt. Sieben Punkte. Nicht sechs. Der wollte nicht Gärtner andeuten. Sondern Galerist. Was für eine infame Verleumdung. Und dann diese Verächtlichmachung des armen Bodos.« Werners-Wiedehopf war bei einer Staffelei stehengeblieben. Auf der ein großes Gemälde stand. Ein Porträt. Mutmaßlich ein Selbstbildnis Häuslers. Mit breitem Trauerflor. Der nun zurecht gezupft wurde. Behutsam. Davor eine Vase. Mit Kornblumen.

Die Blumenauswahl empfand Hakala-Holappa als etwas geschmacklos. Blaue Kornblumen zum Gedenken an einen Alkoholkranken. Das grenzte für ihn schon ans Makabre. Allerdings erstaunte ihn die Geste. Eine solche Zartheit hätte er Werners-Wiedehopf nicht zugetraut, nachdem, was er so über ihn gehört hatte.

Gleiches galt für die Bilder Häuslers, die an den Wänden sowie von Traversen herabhängend präsentiert wurden. Eine »eigens aufgrund des traurigen Endes gefühlvoll kuratierte Würdigung eines Großen von Morgen« wie es sein Mentor formuliert hatte.

Am meisten überraschte den Profiler die Leichtigkeit, die allen Arbeiten innezuwohnen schien. Da schwebte es, zog ein warmer Sommerwind über imaginäre Landschaften, wogten Wellen zwischen fantastischen Objekten. Die zwar gegenständlich gestaltet, doch keinen ihm bekannten Objekten zuzuordnen waren. Alles überwiegend in Blautönen gemalt. Ein wenig fühlte sich Hakala-Holappa an Paul Klee erinnert. Obgleich Häuslers Werk unzweifelhaft eigenständig war. Zumindest soweit er dies als interessierter, aber nicht umfassend wissender Kunstfreund einschätzen konnte. Verblüffend, insbesondere angesichts des Images des Künstlers als düsterer, streitlustiger Saufaus.

»Dabei war Bodo im tiefsten Inneren seiner Seele ein zerbrechliches Reh, eine kleine Pflanze, um es einmal so zu sagen. Diese Schroffheit, das war nur das Resultat seiner Angst. Ebenso wie die Sauferei. Wobei, Sie müssen bedenken, berücksichtigen, dass seine Eltern Alkoholiker waren. Daran auch gestorben sind. Um nicht zu sagen krepiert. Häusler hat den Schnaps doch bereits mit der Muttermilch eingeflößt bekommen. Und dann die Jahre in den Heimen, Anstalten, im Jugendwerkhof. Das macht einen doch kaputt. Aber, ich werde nichts unversucht lassen, um seinen Ruf wiederherzustellen. Seinen und meinen auch. Komme, was da wolle. Da werden der Lohof und ich ganz schwere Geschütze auffahren!«

»Ich kann ja Ihre Erregung gut verstehen, Herr Werners-Wiedehopf. Doch, daran, dass Sie nun im Fokus des öffentlichen Interesses stehen, tragen Sie ja auch eine Mitschuld. Immerhin haben wir drei Tage gebraucht, bis wir Sie endlich erreicht haben. So etwas spricht sich rum. Geht wie ein Lauffeuer die Küste entlang. Außerdem haben Sie uns bis zur Stunde immer noch nicht plausibel erklären können, wo genau Sie die ganze Zeit gesteckt haben. Die Ostsee ist zwar nicht der Atlantik, doch schon eine Ecke Wasser. »Einfach ein bisschen herumgesegelt« ist nun einmal ein recht fadenscheiniges Alibi. Zumal Sie auch während der anderen beiden Fälle »einfach ein bisschen herumgesegelt sein wollen.« Von Ihrer am Bodden gefundenen Visitenkarte ganz zu schweigen. Das stimmt einen durchaus nachdenklich, nicht wahr, Herr Hakala-Holappa?«

Meinhard Senior lehnte sich vor. Fixierte den Galeristen, der sich wieder zu ihnen gesetzt hatte. Nervös am blauen Halstuch nestelnd. Das im Zusammenspiel mit quergestreiften Picasso-Pullover, weißer Leinenhose und leichten Mokassins die maritime Affinität des Galeristen stilvoll akzentuierte.

Hakala-Holappa hatte dem Hauptkommissar nur bedingt zugehört. Seine Gedanken hatten sich vom Blau der Bilder zum Blau der Wäscheleine führen lassen. Jener, die Häuslers Leichnam zum grotesken Geschenk gemacht hatte. Als er dieses Detail am Fundort entdeckte, waren ihm natürlich sogleich die merkwürdigen Parallelen zur Geschichte Mahnkopfs aufgefallen. Seinem ›Laubenblau‹. Die er sich jedoch partout nicht erklären konnte. Zumindest nicht rational. Auch wenn er inzwischen umso mehr davon überzeugt war, dass da ein Zusammenhang bestand. Seine Grübeleien hatten ihn in hoch dubiose Gefilde geführt: Geister, Dämonen, Wiedergeburten. Lauter Spökenkiekereien, wie man hier oben sagte. Da er jedoch den Meinhards nicht mit einem reinkarnierten Serienmörder zu kommen brauchte, hatte er seine Überlegungen bislang für sich behalten. Sie im Inneren weiter gären lassen.

Entsprechend fahrig klinkte er sich wieder ins Gespräch ein. »Ja, Herr Meinhard, ganz meine Meinung. Das erscheint alles ein wenig …«

»Jetzt werden Sie aber nicht komisch, meine Herren!« Werners-Wiedehopf sprang auf. Begann, seine Besucher zu umrunden. »Was habe ich denn mit dem alten Doc aus Zingst zu tun? Oder mit dieser Kardiologin. Die kenne ich ja nicht einmal. Und, das ist das Entscheidende: Wieso sollte ich mein bestes Pferd im Stall umbringen? Ok, mein zweitbestes. Aber Bodo und ich hatten noch eine großartige Zukunft vor uns. Der war gerade erst dabei, durchzustarten. International sogar. Nächstes Jahr um diese Zeit sollte es zur Art Basel gehen. Und vielleicht noch in diesem Herbst nach Tokio. Obwohl die Japaner eigentlich mehr auf Bastians Arbeiten scharf sind. Der nun aber die Zusammenarbeit verweigert. Sich auf die blödsinnigen Installationen verlegt hat, seitdem er von dieser Seegers manipuliert wird. Ja, ich gebe es zu, wenn diese Schlange, diese Puta da in der Laube gebaumelt hätte. Oder an der Windmühle. Dann würde ich es verstehen, wenn Sie mich verdächtigen. Doch nicht beim Bodo. Man schlachtet nicht die Kuh, die goldene Eier legt.« Werners-Wiedehopf verschwand kurz in einem abgetrennten Winkel, der als Teeküche diente. Und Hausbar. »Auch einen?«

»So, so, das ist ja interessant. Sie schließen also nicht aus, einen Mord begehen zu können. Das wird ja immer besser. Und, nein danke.« Meinhard Senior gab sich seriös. Dem Profiler hingegen war nach etwas geistiger Inspiration. »Gerne, was haben Sie denn im Angebot? Ich tippe auf Absinth.«

»Nein, nun wollen wir es mal nicht übertreiben, das mit dem Klischee. Einfacher guter Single Malt muss reichen.« Werners-Wiedehopf kehrte mit zwei Gläsern zurück. Reichte eines Hakala-Holappa. Mit leicht zitternder Hand.

»Natürlich habe ich das eben nicht ernst gemeint. Das mit der Seegers. Also dass ich … Nur, ich bin ehrlich wütend auf sie. Und ihre unlautere Art, wie sie mir den Bastian abspenstig gemacht hat. So etwas macht man nicht. Selbst in der Kunstwelt gibt es einen Ehrenkodex. Aber, die Kleine hat wohl eindeutig mehr zu bieten.« Er lächelte anzüglich. Und verspielte somit das kleine Sympathieguthaben, das er bislang in Hakala-Holappas Wertschätzung aufgebaut hatte.

»Wollen Sie etwa mit dieser Zweideutigkeit andeuten, dass da zwischen der Seegers und diesem Bastian mehr besteht, als eine künstlerische Zusammenarbeit. Beziehungsweise, dass sich Frau Seegers nicht nur für den Künstler, sondern auch für den Mann interessiert?« Der Kommissar hakte nach.

»Nun, man steckt ja nicht drin …« Sein Grienen verspielte weitere Bonuspunkte. »Aber für mich ist das ziemlich klar. Sieht ja auch nicht schlecht aus, der Bursche. Und weckt zudem mit seiner etwas unbeholfenen Art und Weltfremdheit natürlich auch Mutterinstinkte. Gerade bei so einem etwas späten Mädchen wie unserer Keramikerin. Da läuft was. Da verwette ich Bodos gesamtes Œuvre drauf.«

»Apropos Œuvre«, unterbrach ihn der Profiler. »Wie umfangreich ist denn das verbleibende Werk Häuslers? Und, gehe ich recht in der Annahme, dass Sie die Preise etwas »modifiziert« haben, dem Anlass und der neuen Situation entsprechend angepasst?« Er wedelte sich mit der Preisliste, die er zuletzt aufmerksam studiert hatte, Luft zu.

»Lassen Sie mich kurz überschlagen. Von der blauen Serie hier hängen insgesamt 30 Arbeiten. Dann habe ich weitere Bilder im Magazin, so etwa 40 bis 50 Stück. Vorwiegend in Öl. Aber auch ein paar Zeichnungen, Gouachen. Und dann das, was noch in seinem Atelier ist. Schätze, da kommen noch einmal gut 60, 70 zusammen. Und, sicherlich habe ich die Preise aktualisiert. Ist doch logisch. Wo nun die Produktion eingestellt wurde. Würden Sie genauso machen. Von irgendwas muss ich ja leben. Bis ich mir einen neuen Künstler aufgebaut habe. Obwohl ich es mir, ehrlich gesagt, gut überlegen werde, noch einmal einen von der Art brut zu suchen. Die sind doch etwas anstrengend.«

»130 bis 150 Bilder. Für durchschnittlich 1500 Euro, wie ich es auf die Schnelle überschlagen habe, da kommt ganz schön was zusammen.« Meinhard hatte ebenfalls gerechnet. Frustriert die optionalen Erlöse mit seiner Besoldungsstufe verglichen.

»Aber das ist doch gar nichts im Vergleich zum Bastian. Da komme ich bei seinen größeren Objekten locker in den fünfstelligen Bereich. Deshalb ist das ja so ärgerlich, dass er mir von der Stange gegangen ist.«

»Und, wie wird das Fell des Bären aufgeteilt? Zwischen Ihnen und Ihren Künstlern?« Der Kommissar führte Rechenmanöver in seinem Notizbuch durch.

»Das ist unterschiedlich. Individuell. Doch immer fair!« Der Galerist eierte etwas herum. »Gerade bei solchen Künstlern wie Bodo und Bastian. Da übernehme ich ja auch noch eine gewisse menschliche Verantwortung. Für Häusler habe ich sogar die Miete für seine Hütte in Ahrenshoop bezahlt. Rentenbeiträge. Krankenversicherung. Und von Bastians Verkäufen habe ich etwas zurückgelegt. Für eine Dependance in Tokio. Wie gesagt, die Japaner stehen auf seine Einschnürungen. Haben ja eine Affinität zu Bondage und so. Leider habe ich mich bei der Anlage schlecht beraten lassen. Ist leider einiges verbrannt.«

»Schlecht beraten lassen. So so. Oder hängt das mit Ihrer neuen Jacht zusammen, mit der Sie in letzter Zeit so viel unterwegs sind?« Bei Meinhard erwachte langsam ein gewisser Sozialneid.

»Nun hören Sie aber mal auf mit Ihren ewigen Unterstellungen. Das ist alles vollkommen korrekt abgelaufen. Branchenüblich.« Werners-Wiedehopf hatte neuerlich angefangen zu rotieren. Wechselte dann die Stimmungslage. Wies mit einladender Geste zur Wendeltreppe, die raummittig zum Gang nach oben einlud.

»Wollen Sie nicht lieber noch einen Blick auf Bastians Werke werfen? So lange …« Sein Smartphone unterbrach ihn. Er meldete sich.

»Werners-Wiedehopf, was kann ich für Sie tun? Oh, Mr. Maezawa, nice to hear you, Konnichiwa, Maezawa-Sam. A little moment, please, excuse me, please … Gehen Sie doch einfach schon mal nach oben …« Seine Blicke scheuchten Meinhard und Hakala-Holappa geradezu die schmale Stiege hoch.

Ein paar Stufen höher empfing die Besucher eine andere Welt. Bastians Reich. Seine Schutzungen und seine Schenkungen, wie er diese Arbeiten zu unterscheiden wissen wollte. Große, handgemalte Schilder unterteilten den Raum in zwei entsprechende Abteilungen. Die jeweils aus einem Wald an Vitrinen bestanden. Nur einige größere Stücke ruhten als Solitäre auf kleinen Inseln. Oder hingen von der Decke herab wie einst die präparierten Kugelfische und Krokodile in den Alchemistenlaboratorien des Mittelalters und der frühen Neuzeit.

Hakala-Holappa fühlte sich tatsächlich um Jahrhunderte zurückversetzt; erinnerten ihn doch die Schaustücke wie die zur Schaustellung an fürstliche Wunderkammern. Nur dass hier nicht Ammoniten, gedrechselter Alabaster, kuriose Instrumente, antike Medaillen oder Schrumpfköpfe die Blicke bannten. Sondern Bastians umwickelten, geschnürten oder verflochtenen Banalobjekte des Alltags, denen er einen neuen, ja überhaupt erst Zauber verliehen hatte.

Auf den ersten Blick hätte man insbesondere die kleineren Artefakte für Kokons von Insekten halten können. Wenn auch von etwas außergewöhnlicher Form. Oder aber für kleine Mumien. Sehr kleine.

»Mann, Mann, Mann, wenn der Knabe nicht so überzeugende Alibis hätte, also zumindest für die ersten beiden Fälle, dann würde ich jetzt langsam unruhig. So live sieht das wirklich verblüffend ähnlich aus.« Der Kommissar holte sein Notizbuch hervor. Schlug es auf. »Aber nein, als Eibesfeld und die Raspe starben, war er definitiv in Born. Bei Proben auf dieser Freilichtbühne. Beziehungsweise hat mit diesen beiden alten Zauseln Skat gespielt. Auch am Abend. Und in der Nacht soll er in seiner Finnhütte auf dem Gelände des Partikel-Hofes gewesen sein und lauthals gesungen haben. Was mehrere Spaziergänger und Anwohner bestätigten. Den Tag, an dem Bodo Häusler starb, waren er und die Seegers ihrer Aussage zufolge in Rostock unterwegs. Um neues Material zu besorgen. Aus irgendeinem Abbruchhaus. In dem sie auch genächtigt haben wollen. »Weil die Aura so inspirierend war.« Wie sie gesagt hat. Künstlerpack, halt.« Er steckte sein Büchlein wieder ein. Widmete sich einer weiteren Vitrine.

»Komisches Zeugs. Aber irgendwie schon schön. Muss man automatisch hingucken. Kann ich normalerweise überhaupt nichts mit anfangen. Doch das hat was. Hier ist sogar was mit Worten. In Kinderhandschrift. Ist leider nicht mehr zu entziffern. Wurde in Streifen gerissen. Oder geschnitten. Bestimmt ein Schulaufsatz. ›Mein schönstes Ferienerlebnis‹ Was hab ich das früher gehasst!«

»Wörter? Ein Text? Zeigen Sie mal!« Der Profiler eilte zu ihm. Beugte sich vor. Und wollte nicht glauben, was er sah. »Das ist doch …«

Eilende Schritte auf Metall schnitten ihm das Wort ab. Werners-Wiedehopf erschien. Strahlend. Anscheinend war das Telefonat ganz nach seinen Wünschen verlaufen.

»Na, meine Herren, fündig geworden?«

»Jawohl. So könnte man es ausdrücken. Wir nehmen das hier. Arbeit Nummer 87. Und zwar gleich mit. Das Objekt ist beschlagnahmt.« Hakala-Holappa juckte es in den Fingern. Er konnte es kaum erwarten, mit der Arbeit zu beginnen. Das Textpuzzle zusammenzufügen. Denn er hatte die Handschrift erkannt. Wiedererkannt. Meinhard Senior hingegen schaute irritiert. Mehr als irritiert.

25. Malthonica lusitanica

»Meinhard Senior ist nicht dein Problem, lieber Zimmermann. Der hat nur keinen Plan und ist maßlos überfordert, wie mir Ha Ha versichert hat.«

Kempowski schaltete in den nächsten Gang. Lenkradschaltung. Beschleunigte. Sein Wartburg schoss voran. Verließ Born. Richtung L 21.

»Der würde am liebsten den Bastian verhaften. Wegen dieser Schnürungen. Was zugegebenermaßen schon sehr sonderbar ist. Ich glaube aber eher, dass das eine Art Zitat ist. Was auch immer der Mörder damit sagen will. Und wem …«

Er drosselte die Geschwindigkeit. Schaute links, schaute rechts und bog sportiv ab.

»Den Galeristen hat er aber auch im Visier. Weil aufgrund des Mordes die Preise für die Bilder Häuslers durch die Decke gehen. Mord als Marketing sozusagen. Nee, der Alte hat genug mit sich selbst zu tun. Der Junior ist es, Leon, »der Profi«. Dem hast du diese Nummer zu verdanken.«

Kempowski schaute in den Rückspiegel. Winkte Szymanowski zu. Der ihnen folgte. In seinem privaten alten Golf die Nachhut bildete. Zurückwinkte. Den Dienstwagen steuerte van der Wall. Der vorneweg fuhr. Und nun abrupt bremste.

»Heilige Scheiße! Was macht der denn?« Kempowski hatte gerade noch so reagieren können. War ebenfalls in die Eisen gestiegen. Wenige Zentimeter nur trennten den schönen Chrom seines Schmuckstücks von der schnöden Heckschürze des BMW. Szymanowski neigte grundsätzlich zu einer eher gemütlichen Fahrweise. Wodurch auch das Heck des Wartburgs gesichert war.

»Schau mal dort, Kemp. Familie Cervidae macht einen Ausflug. Und das am helllichten Tag. Ungewöhnlich.«

»Stimmt.« Kempowski schaute der Hirschkuh nach, die mit ihrem Kalb die Straße querte. In aller Seelenruhe. Wieder im Darß verschwand. Er musste an die Begegnung mit einem ähnlichen Gespann während der Dreharbeiten bei Bliesenrade denken. Ihre Beobachtung. Wartete womöglich Bastian irgendwo im Wald auf Mutter und Kind? Merkwürdig. Ihm fiel ein, dass er den sonst omnipräsenten Künstler schon seit einigen Tagen nicht mehr gesehen hatte. Er startete den Motor, den er beim Bremsmanöver abgewürgt hatte. Und der sich nun bitten ließ.

»Na, das fängt ja schon gut an, mit unserem Konvoi. Nun komm schon, Waldemar, wenn ich bitten darf.« Erst beim fünften Mal erfüllte der Wagen den Wunsch seines Herren. Stotterte etwas. Ruckelte. Kam in Gang. Die Karawane nahm wieder Fahrt auf.

»Aber sonst hätte ich dich da ja gar nicht rausbekommen – aus deinem Alcatraz. Dass Szymanowski und van der Wall uns begleiten, war die ultimative Bedingung. Oh nein, jetzt geht wieder diese Zuckelei los.«

Sie hatten Ahrenshoop erreicht. Schlängelten im obligaten Schneckentempo durch die Künstlerkolonie.

»Alcatraz. Du sagst es. Der Gefangene von Alcatraz. Wobei, die beiden Jungs gehen ja noch. Lore ist viel schlimmer, mit ihrer Fürsorge und schon hysterischen Angst um mich. Ach, ich nehme mir mal eine, ja?«

»Aber Meinhard Junior hat sie ja auch nachdrücklich gebrieft. Ihr seine Theorie geradezu eingeimpft. Wonach die Morde wie der Anschlag auf dich von einer Gruppe Neonazis verübt wurden. Seitdem er erfahren hat, dass die Raspe jüdische Wurzeln hatte, hat er sich da richtig hineingesteigert. Glaubt ein Opfermuster zu erkennen. Eibesfeld wiederum war wohl seinerzeit sehr in der SED engagiert. Somit nach Leon ein Kommunist. Dann die Raspe, sprich eben eine Jüdin. Schließlich der trunksüchtige Häusler, der in dieser Serie die Position des Asozialen besetzt. Und die weißen »Verpackungen« interpretiert er als Anspielung auf den Ku-Klux-Klan. Hinzu kommt dann noch dieser ominöse Informant. Irgendein verdeckter Ermittler. Dem der junge Meinhard aus der Hand frisst. Weil er davon träumt, so eine Geschichte wie bei dieser NSU aufzudecken. Ach, schau mal einer an …«

Sie passierten gerade Malchens Café, das sie zunächst als Ausflugsziel auserkoren hatten. Espresso und Cappuccino. Schwarzwälder Kirsch und Sanddorntorte. Zum Abschluss einen Calvados. Dann war ihre Wahl jedoch auf den kleinen Kaffeegarten der Wossidlo Buchhandlung in Ribnitz gefallen. Allein schon wegen der längeren Fahrtzeit. Sie hatten schließlich einiges zu besprechen. Ungestört.

»Der Bastian. Dachte schon, er sei verschüttgegangen. Was hat er denn da auf seinem Anhänger? Sehen wie alte

Türblätter aus. Von Darßtüren. Aber schon reichlich malad. Ob er die den Roloffs geklaut hat? Obwohl, er kommt ja eher aus der anderen Richtung. Was meinst du?« Kempowski stupste Zimmermann an. Freundschaftlich. Der ein bisschen zu drusseln schien. »Schläfst du?«

»Nein, nein, ich war nur ein bisschen in alten Zeiten unterwegs. In Zeiten, als für mich diese Abkürzung zunächst für Motorräder stand. Für Motorräder aus Neckarsulm. Mein Vater hatte so eine Maschine. Eine NSU 501 T. Mit Beiwagen. Die war hier oben deponiert. Beim Peter E. Seinem Verlegerfreund. In einem Schuppen auf dessen Grundstück am Schifferberg. Was haben wir für schöne Spritztouren damit gemacht. Natürlich richtig zünftig. Mit Knickerbockern, Schnürstiefeln. Windjacke. Schal und kleiner Schutzbrille. Großmama Ruth hatte mir sogar eine Fliegerkappe aus Leder genäht. Und dann ging es los. Einmal übrigens sind wir nach Körkwitz geknattert, da kommen wir gleich dran vorbei, und haben uns mit Richard Wossidlo getroffen. Mein Vater hatte ihn über Peter E. kennengelernt.«

»Wossidlo? Wie diese Buchhandlung? Dieser, ja, wie sagt man heute, Ethnologe?«

»Genau, Kempowski. Damals sagte man aber noch Volkskundler. Und da hat er für Mecklenburg wohl wirklich Pionierarbeit geleistet. Ist kreuz und quer durchs Land gezogen, hat nahezu jedes Dorf besucht und die Einwohner befragt. Fischer und Bauern, Knechte, Mägde und Altenteiler. Hat alles aufgeschrieben, gesammelt. Sagen, Märchen, Schwänke, Lieder und Gruselgeschichten. Natürlich auf Platt. Das er auch bei unserem Treffen fast ausschließlich gesprochen hat. Ich habe eigentlich nur Bahnhof verstanden. War aber trotzdem mächtig beeindruckt. Wirkte auf mich wie ein richtiger Professor. Ein bisschen streng, konnte aber auch lustig sein. Oder ein bisschen unheimlich. Als er mir zum Beispiel das Ilo-Rätsel gestellt hat. Kennst du es?«

»Ilo? Nie gehört. Aber, das hat nichts mit dem Blitzer da zu tun, oder? Na, dann schieß mal los!«

»Mit dem Blitzer? Nicht direkt. Obgleich es auch etwas mit Strafe zu tun hat. Mein Vater war damals alles andere als begeistert. Ich war schließlich erst sechs Jahre alt. Also, Ohren aufgespannt. Ich erspar dir aber mein geradebrechtes Platt. Wenn ich das versuche, klingt es in meinen Ohren immer eher wie Jiddisch. Gut …« Zimmermann räusperte sich.

»Es war einmal ein junges Mädchen, das aus Verzweiflung ein grausames Verbrechen begangen und einen Menschen getötet hatte. Ihre Tat kam rasch ans Tageslicht und sie wurde vor den Richter gestellt. Der ihr verkündete, dass sie zum Tode verurteilt sei, sie aber mit dem Leben davon käme, wenn sie ihm ein Rätsel stellen würde, das er nicht lösen konnte. Derlei war wohl zu jener Zeit geltendes Recht. Daraufhin erhob die junge Frau die Stimme: ›Auf Ilo gehe ich, auf Ilo stehe ich, auf Ilo bin ich hübsch und fein, rat, mein Herr, was soll das sein?‹ Der Richter war ratlos. Rätselte hin und her, ohne die Lösung zu finden. Sodass er sie freisprechen musste. Was meinst du, wer oder was ist Ilo?«

»Ilo? Vielleicht eine Einlegesohle?« Kempowski zog an seiner Zigarette. »Nee, keine Ahnung. Verrat es mir!«

»Mit Einlegesohle lagst du gar nicht so weit daneben. Respekt, mein Bester. Ilo war der verstorbene Hund der jungen Frau, aus dessen Fell sie sich Schuhe genäht hatte.

Auf denen sie nun ging, stand. In denen sie hübsch und fein aussah. Vielleicht …« Die Sphinx aus Halifax machte eine kleine Pause. Wechselte die Stimmungslage. »Vielleicht sollte ich Hegerdorp auch dieses Rätsel stellen. Natürlich mit umgekehrten Vorzeichen hinsichtlich der Frage von Leben und Tod.«

Kempowski hatte schon darauf gewartet, dass Zimmermann endlich zum Punkt käme. Zum eigentlichen Thema ihrer konspirativen Autowanderung. Statt wie bislang eine harmlose Plauderei über alte Motorräder und Mecklenburger zu führen.

»Mensch, Zimmermann, du hast mir doch versprochen, ganz friedlich zu bleiben, wenn ihr euch noch einmal begegnen solltet. Dich schon gar nicht zum Richter über eben Leben und Tod aufspielen wirst. Außerdem, wenn das wirklich stimmt, was ich recherchiert habe, und dieser Mehrgenerationenhof tatsächlich dieses »Haus Wewelsburg« in Jamel ist, dann sollten wir tunlichst vorsichtig sein. Das kann schnell nach hinten losgehen. So sehr mich ja auch ein gewisses Jagdfieber gepackt hat. Aber mit Jens Möller und seinen Leuten ist nicht gut Kirschen essen.«

»Kempowski, mein Gutster, hältst du mich wirklich für so naiv, dass ich in so einen Waffengang mit offenem Visier ziehe? Ich darf doch?« Ein weiterer Griff ins Zigarettenetui.

Ein langer Zug. Kleine Wölkchen, die durchs offene Seitenfenster entfleuchten. Zimmermann schaute ihnen nach. »Nicht nur du beherrschst die Kunst des Tarnens und Täuschens. Wenn sich unsere Vermutungen bestätigen, werde ich mich natürlich anmelden, meinen, unseren Besuch in diesem Jamel ankündigen. Mit einem Brief; du weißt um meine Vorliebe für konventionelle Kommunikationsformen, an diesen Häuptling persönlich. In dem ich mich als Rudolf Tischler vorstelle, einen schon älteren deutschen Kameraden aus Kanada, der 1945 aus bestimmten Gründen seine geliebte Heimat verlassen musste. Seitdem in Nova Scotia lebt. Auf seiner weitläufigen Farm. Von dort aus sehr genau wie engagiert die politischen Verhältnisse in Deutschland beobachtet. Und der es nun für an der Zeit hält, vor Ort einzugreifen. Indem er bestimmte Tendenzen unterstützt. Ideell wie finanziell. Wofür er einen Stützpunkt sucht, als der ihm das Dörfchen der Aufrechten sehr geeignet erscheint. Du weißt aus eigener Erfahrung, wenn man mit Geld winkt, wenn ich mit Geld winke, passieren die erstaunlichsten Sachen.«

»Wahnsinn, absoluter Wahnsinn, Zimmermann. Du willst dich da quasi als Altnazi einschleusen. Ich fasse es nicht. Und dann?«

»So wahnsinnig ist das gar nicht. Und auch nicht geflunkert. Bei uns gibt es, ebenso wie bei euch, alte und junge Nazis. Insbesondere an der Ostküste. Glücklicherweise ist das Land weit genug, dass man sich aus dem Weg gehen kann. Was ich bislang auch getan habe, die ganzen Jahrzehnte lang. Doch jetzt. Reicht es! Weißt du, in meinem Alter hat man keine so großen Ambitionen mehr. Allein eingedenk der limitierten Halbwertzeit. Aber – das ist mir wirklich ein Anliegen. Einmal noch einen dieser Verbrecher zur Strecke zu bringen. Und eben besonders Olaf …«

»Nur, wie willst du das bewerkstelligen? Warte mal! Der Szymanowski ist verschwunden.« Kempowski hupte Fernlicht. Wartete bis van der Wall eine Parkmöglichkeit ansteuerte. Dann stoppte auch er. Man hatte zwischenzeitlich die Einfallstraße von Ribnitz erreicht. Schaute rechterseits auf eine wildromantische Industriebrache. Das ehemalige VEB Faserplattenwerk.

»Sollte ich ihm dort begegnen, werde ich ihm gegenüber zunächst meine Legende aufrechterhalten. Ich freue mich schon jetzt auf sein dummes Gesicht. Sein »alter Judenbengel« taucht wieder auf. Und ist nun ein Nazi. Ein Förderer des nationalen Widerstands. Olaf war schon damals nicht die hellste Kerze im Kranz. Ich bezweifele sehr, dass er sich in den vielen Jahren intellektuell weiterentwickelt hat. Dann gilt es, einen ungestörten Moment abzupassen. In dem ich, wir, wenn du mitmachst, allein mit ihm sind. Um ihn mit der Wahrheit zu konfrontieren. Seine Entschuldigung einzufordern. Ein wenig mit ihm zu plaudern. Und vor allem Pierres Aussage zu Hegerdorps »Verhalten« im KZ sowie auf dem Todesmarsch unterschreiben zu lassen. Das ist bereits alles veranlasst, alles auf dem Weg. Die Dame aus Barth ist dabei wirklich eine große Unterstützung. Der alte Franzose ebenso. Danach, ja danach werde ich den Fall den Behörden übergeben. Und auf Justitia hoffen.«

»Glaubst du wirklich, dass dieser Möller und seine Leute dir, uns auf den Leim gehen werden? Wenn die diesen SS-Mann so als angehimmelte, lebende Reliquie in ihr verschissenes braunes Kaff geholt haben, werden sie sich doch um den kümmern. Auf ihn aufpassen. Gerade, wenn auf einmal noch so ein alter Sack auftaucht. Oh, sorry.«

»Alter Sack, du hast schon recht. Und, ich zwinge dich natürlich zu gar nichts, mein geschätzter Kempowski. Erpresse dich auch nicht moralisch. Appelliere ebenso wenig an deine Loyalität. Es wäre einfach nur sehr, sehr schön, dich bei dieser Aktion an meiner Seite zu wissen.

Ansonsten, vertraue mir, das sind meiner Einschätzung nach schlichte Gemüter. Sehr schlichte. Die sich leicht täuschen lassen. Das war ja schon immer ihr Problem. Dass sich solche Menschen so leicht täuschen lassen. Und sollte in diesem Fall unser Vorteil sein. Ich warte nur noch auf die Unterlagen von Pierres Anwalt aus Frankreich. Und anschließend auf eine günstige Gelegenheit, unsere beiden Schatten abzuwimmeln. Was aber ebenfalls nicht so schwerfallen sollte.« Zimmermann dreht sich um. Schaute den Körkwitzer Weg entlang. Szymanowski schien sich verfahren zu haben.

26. Iberina candida

»Lasciate ogni speranza, voi ch'entrate! Lasst, die ihr eintretet, alle Hoffnung fahren!« Dr. Andreas Lappe begrüßte Hakala-Holappa mit großer Geste am Höllentor. Wie er den Eingang zu seinen Arbeitsräumen im Kellergeschoss der Stralsunder Polizeiinspektion gerne bezeichnete.

»Sieht es so schlimm aus? Dabei habe ich mich doch schon so auf unsere gemeinsame Puzzlearbeit gefreut. Und gehofft, dass Sie und Frau Faber mit den entsprechenden Vorarbeiten gut vorangekommen sind.« Der Profiler betrat Lappes Laboratorium. Ihm fröstelte. Er hielt sich eher ungern an der Wirkungsstätte des rundlichen Rechtsmediziners auf. Auch wenn er die zumeist fröhliche Ausstrahlung des Dottore sowie seine fachliche Kompetenz mochte und überaus schätzte. Wenigstens harrten jetzt keine Patienten – oder nannte man das in diesem Falle Kunden oder Mandanten? – auf dem berühmten Tisch einer näheren Untersuchung durch kundige Hände und findige Blicke.

»Udite, udite, o rustici; Attenti, non fiatate.« Dr. Lappe schmetterte es. Ariengleich. »Sie wissen doch, lieber Kollege, dass ich bisweilen gern den scherzenden Scharlatan gebe und Donizettis Dottore Dulcamara mein wahres Vorbild ist. Ergo; beruhigen Sie sich, ganz im Gegenteil, ganz im Gegenteil. Es ist vollbracht. Das Werk darf seinen Meister loben. Genauer seine Meister. Denn dank der Hilfe unserer Zauberfee von der SpuSi ist es uns gemeinsam gelungen, aus dem Schnipselsalat wieder das zu machen, was es einst war. Eine Geschichte. Wenn auch leider eine traurige. Kommen Sie. Schauen Sie.« Dr. Lappe tänzelte zu einer breiten Arbeitsfläche, auf der mehrere Glasplatten lagen. Daneben ein Stapel Kopien. Hakala-Holappa folgte ihm. Erkannte, dass mit dem Glas eine Vielzahl von Papierstreifen fixiert wurden, die zu acht separaten Blättern zusammengefügt worden waren.

»Respekt, Dottore und mille grazie. Auch wenn ich natürlich gerne mitgemacht hätte. Aber so, umso besser. Wahrscheinlich hätte ich niesen müssen oder sonst ein Chaos angestellt.«

»Das war eine ganz schöne Fisselarbeit, das können Sie mir glauben, lieber Hakala-Holappa. Insgesamt sind es 16 Seiten aus einem alten Schulheft. Jeweils Vorder- und Rückseite beschriftet. DIN-A5. Kariert. Ohne Korrekturrand. Fadenheftung. Aufgrund des hohen Holzgehaltes tippt Jana auf DDR-Ware. Sechziger, siebziger Jahre. Dazu passt auch die Tinte. Blau. Einfache Qualität. Ebenso der Füller, die Feder muss schon einiges mitgemacht haben. Kann man deutlich erkennen. Und diese Seiten hat jemand in Streifen geschnitten, jeweils so etwa ein bis maximal zwei Zentimeter breit. Bei einer Blattbreite von insgesamt 14,8 Zentimetern ergibt das bei acht Stück rund 120 Stück, exakt waren es 124. Die dann in der Länge zusammengeklebt wurden, mal drei, mal fünf, mal sieben. Und anschließend kunstvoll um diese kleine Dampflok gewickelt, beziehungsweise mit Bindfaden nochmals verknotet wurden. Auch ein hübsches Teil, nicht wahr?«

Dr. Lappe holte die Lok aus einem Regalfach. Reichte sie ihm. »Ebenfalls ein VEB-Produkt. VEB PIKO. Baureihe 53, Deutsche Reichsbahn, Achsfolge D. Alle vier Achsen angetrieben. So eine ähnliche hatte ich auch als Junge. Mein ganzer Stolz.« Dr. Lappe strahlte. Erinnerungsversonnen. Hakala-Holappa zog es vor, zu verschweigen, dass er natürlich auch eine Eisenbahn gehabt hatte. Sich aber nie dafür hatte begeistern können.

Stattdessen beugte er sich interessiert über die rekonstruierten Seiten. Zog ein kopiertes Blatt aus der Jacketttasche. Verglich es. Das war eindeutig Mahnkopfs Handschrift.

»Wollen Sie selbst lesen? Oder soll ich?«

Der Rechtsmediziner hatte bereits den Stapel ergriffen. Schien sich beinahe auf einen kleinen Auftritt zu freuen.

»Nur zu, lieber Herr Kollege. Ich bin ganz Ohr.«

Hakala-Holappa mochte es, wenn ihm vorgelesen wurde. Er schätzte ja Lesungen und Hörbücher sehr.

In den folgenden Minuten bewies der Meister des Skalpells, dass er auch für dieses Metier ein nicht kleines Talent besaß. Gekonnt drosselte er seine sonst sonore Stimme. Erreichte ein etwas brüchiges Schuljungentimbre. Hauchte über die Zeilen. Ließ Bilder entstehen. Fast schon poetisch. Und überaus melancholisch:

»Weitereiseangst. Heute war Mutti ein guter Mensch. Sie hat alte Kleidung gesammelt. Für Kinder in einem fernen Land. Hinter Indien soll es liegen und sehr arm sein.

Den ganzen Tag ist sie fröhlich singend durch das Haus gelaufen und hat viele Beutel gepackt. Auch mein Pepita-Anzug und die kleine rotblaue Fliege werden nun auf eine weite Reise geschickt. Nur die Mottenkugeln sollen hierbleiben. Und meine Erinnerung an die Tage in Pepita, die Tage in Angst waren.

Dabei war Mutti immer lustig, damals, als diese Tage erwachten und dann aufstanden, mir eine Hölle zu sein.

›Es geht ins große Städtchen‹, flötete sie ›erst mit dem Bababus und dann mit der Bummelbimmelbahn.‹

Dann holte sie die Fessel hervor, das Geschirr für ihr kleines Wildpferd, ihr kleines böses Wildpferd. Und auch die Schachtel mit den Tabletten, die den Traum vertrieben. Jeden. Das Licht im Kopf auf Grau stellten. Ein Ohnebildgrau. Ein Schimmelgrau.

Und dann ging es ins Städtchen. Erst mit dem Bababus. Dann mit der Bummelbimmelbahn. Und schon beim Einsteigen dieses Zurren, wenn ich zu schnell. Oder zu langsam. Trödelte. ›Trödeljochen!‹

Lederschnüre in den Schultern. Striemenspuren. Wie die Spuren der Bummelbimmelbahn. Blaulilagrün unter kleinem Pepita-Schwarz-Weiß.

Und dann der Klaps in den Nacken, wenn ich wen zu frech anguckte. So lieber den Blick nach unten. Zum Wiedererkennen des Immerwiederwegs zum Doktormann. Plattenmuster, Asphaltmeter, Kopfsteinpflaster, Bordsteinkanten, Bürgersteige – ganz viele Graubuntfarben, Muster, Linien. Doch immer das Zurren, der Ruck. Und immer auf die falschen Linien getreten. Auf die, die das Unglück bringen.

Und Schuhe zählen – immer nur bis sieben – und dann wieder von vorn. So viele Schuhe und immer, immer wieder dieses Zurren, wenn ich mal stehen blieb, die Geschichten hören wollte, die von den Schuhen erzählt wurden. Oh ja, sie wollten mir viel erzählen, das wusste ich. Doch ich hörte sie nicht mehr genau. Nur sehr leise.

Denn die Tabletten vertrieben nicht nur die Träume. Sie machten auch den Schuhen Angst, sodass sie sich nur noch zu flüstern trauten. Dabei wollte ich ihnen so gerne zuhören. Aber wenn ich mich zu ihnen bückte, gab es immer einen Klaps.

Doch eines Tages habe ich mein ganzes Hörenwollen Mutti entgegengestellt. Mich ganz schwer gemacht. Und habe den Ton gespürt. Das Reißen von Leder. Da bin ich geflogen. Über Gehwegplatten, Bordsteinkanten, Bürgersteige, Unglückslinienkreuze, das Labyrinth der Straßen; habe gesungen vor Glück, laut. Geflogen – und im Flug erstarrt, wie ein Vogel, der gegen eine Schaufensterscheibe prallt, die für mich das Rot des Autos vom Erschrockenen.

Und dann sah ich den Doktormann immer. Denn ich wohnte nun in seinem Haus. Dort gab es außer den Tabletten auch noch Spritzen, von der Liebenliebedickschwester, die mir die letzten Worte nahmen für meine Gedanken, die dann immer weniger wurden. Wie Tintenschrift im Regen.

Als sie ganz ausgewaschen waren, sagte der Doktormann, dass ich gesund bin. Da freuten sich Mutti, Vater und Große Omi. Und es ging nach Hause. Nicht mit der Bummelbimmelbahn. Sondern im neuen Auto. Und ich durfte vorne sitzen. Weil ich gesund bin und kein kleines böses Wildpferd. Nun ein großer Junge. Vernünftig. Dem der Pepita-Anzug nicht mehr passt. Dafür muss der nun verreisen. Zusammen mit der kleinen Fliege. Gehört dann bald einem armen Kind in einem Land, das hinter Indien liegt.

Und als Mutti vorhin in der Küche war, habe ich die Mottenkugeln in die kleine Jackentasche gepackt. Und auch die Bilder von den Böseböstagen, dem Bababus, der Bummelbimmelbahn und dem Doktormann. Auch wenn mir das arme Kind, das ich nicht kenne, schon jetzt ein bisschen leidtut.«

Dr. Lappe verstummte. Legte die Blätter beiseite. Deutete eine kurze Verbeugung an.

Hakala-Holappa brauchte einige Momente, um wieder ins Hier und Jetzt zu gelangen. Er hatte gebannt zugehört. Nur hin und wieder einige Notizen gemacht. »Ich bin beeindruckt. Schwer beeindruckt. Zunächst von Ihrer Vortragskunst. Chapeau. Das war großartig. Fast schon Bruno Ganz-Niveau. Und dann diese maßlos traurige Geschichte. Die dennoch eine eigentümliche Anziehungskraft ausübt. Geradezu bittersüß.« Er legte eine kurze Pause ein. Zwirbelte eine blondgraue Locke.

»Was mich allerdings erschreckt hat, ist dieser »Doktormann«. Wissen Sie, mir liegen noch weitere Texte vom gleichen kindlichen jugendlichen Verfasser vor. Von denen mindestens zwei merkwürdige Bezüge zu einem tödlichen Verkehrsunfall der letzten Wochen sowie unserem jüngsten Mordfall aufweisen. Die ich mir partout nicht erklären kann. Da eben der Autor, der Serienmörder vom letzten November in der Untersuchungshaft auf bisher auch noch nicht definitiv geklärte Weise getötet wurde. Und nun taucht hier ein »Doktormann« auf ...«

»Das ist wirklich sehr, sehr sonderbar. Doch lassen Sie uns wissenschaftlich vorgehen. Sezieren wir das Phänomen doch einfach.« Dr. Lappe ging zu einer Tafel. Klassisch. Grün. An die Wand montiert. Nahm ein Stück Kreide.

»Wissen Sie, diese modernen Whiteboards mag ich nicht. Allein der Geruch; ich bin ja olfaktorisch sehr sensibel. Gut, was haben wir ... « Er diktierte sich. Schrieb auf. In Großbuchstaben.

»AUTOR: MÄNNLICH. JUNG. ETWA, was meinen Sie? Hmm, sagen wir mal 10–12 JAHRE. ZEITRAUM DER HANDLUNG: ANFANG DER 70ER- JAHRE. Bei dem ZIELLAND tippe ich mal auf VIETNAM. Könnte aber auch BANGLADESCH gewesen sein. Auch wenn ich mich nicht konkret an so eine Spendenaktion erinnern kann. War aber auch noch recht klein zu jener Zeit. Weiter: ORTE DER HANDLUNG: ELTERNHAUS. BUS. BAHN. KLINIK. Also der Junge scheint auf dem Land gelebt zu haben. Während sich das »Haus des Doktormannes« in einer großen Stadt befand. Wo ist dieser »tote Dichter« aufgewachsen?«

»In Zingst. Beziehungsweise in Müggenburg. Am ...«

»Arsch der Welt. Richtig, werter Hakala-Holappa. MÜGGENBURG. Allerdings gab es dort zu jener Zeit dieses riesige Gut. Mit zig Mitarbeitern. Sodass das mit dem Bus durchaus stimmig gewesen sein kann. Doch wohin sind sie dann weiter, mit dem »Bababus«?«

»Nach Barth vielleicht? Bahnhof Barth. Das würde passen.«

»Kompliment, Herr Profiler. Vermerken wir es mal mit einem Fragezeichen. BARTH? Und anschließend sind sie mit dem Zug weiter. In eine größere Stadt. Zum Beispiel nach STRALSUND??? Nur mal so hypothetisch. Hier gab es nämlich eine entsprechende Einrichtung im Bezirkskrankenhaus Stralsund-West. Wird heute unter dem Namen Helios Hanseklinikum Stralsund geführt. Habe mal in der Forensik gearbeitet. Allerdings erst wesentlich später. Kenne aber auch noch ein paar Mitarbeiter, die dort schon zu DDR-Zeiten beschäftigt waren. Ich werde mal nachfragen. Ist allerdings ein sensibles Thema, die Kinder- und Jugendpsychiatrie in jenen Jahren. Ein düsteres Kapitel. Da wurde und wird manches unter den Teppich gekehrt.«

»Ja, das wäre sehr gut, wenn Sie sich auf informellem Weg ein wenig umhören könnten. Besonders spannend ist natürlich die Frage, ob sich jemand noch an einen Dr. Eibesfeld erinnern kann. In seiner offiziellen Vita ist nichts erwähnt. Außer, dass er ab 1991 eine Praxis in Zingst hatte. Allerdings als Allgemeinmediziner. Und dann geht es um einen jungen Patienten namens Andreas Mahnkopf.«

»Meinen Sie wirklich, geschätzter Hakala-Holappa? Käme denn als Verfasser nicht auch dieser Künstler in Frage, der den Text so artifiziell weiterverarbeitet hat?«

»Die Frage habe ich mir natürlich auch schon gestellt. Gerade hinsichtlich der von Ihnen angesprochenen Diagnose, bei der ich spontan so Richtung Aufmerksamkeitsdefizit und Hyperaktivitätsstörung mit einer starken hyperkinetischen Ausprägung tendiere …«

»Genau. Da gehen wir d'accord. DIAGNOSE: ADHS?« Dr. Lappe ließ die Kreide über die Tafel kreischen.

»Was sicherlich schon auch auf diesen Bastian zutreffen könnte. Wobei er mir eher ein Aspergerkandidat zu sein scheint. Allerdings wurde das Gros dieser Aufzeichnungen ja im Müggenburger Elternhaus von Mahnkopf gefunden. Leider habe ich seinerzeit nur ein Heft sichern können. Die anderen Exemplare sind bedauerlicherweise zerstört worden, da der jetzige Besitzer das komplette Inventar hat entrümpeln lassen. Zu meinem großen Bedauern.«

Hakala-Holappa seufzte. Verschwieg aber, dass es sich bei dem neuen Eigentümer um Kempowski handelte. Der sich so von dem dämonischen Erbe seines Halbbruders hatte befreien wollen. Mit dem großen Aufräumen wurde von ihm eine Firma beauftragt, die Klarschiff gemacht hatte. Erst vor wenigen Wochen. Zu einem Zeitpunkt, wo niemand hätte ahnen können, dass der Nachlass des toten Mahnkopfs noch irgendwelche Bedeutung haben würde. Abgesehen von einem gewissen literarischen Reiz.

»Wie Bastian in den Besitz dieser einzelnen Geschichte gekommen ist, ist mir auch ein Rätsel. Allerdings ist und war er ja wohl schon immer ein Sammler, der durch die Gegend zieht und die unmöglichsten Dinge aufliest, um sie als Material zu nutzen. Womöglich hat er die Blätter an einem Altpapiercontainer gefunden? Die Arbeit ist außerdem noch gar nicht so alt, wie sie erscheint. Laut Werners-Wiedehopf ist sie erst im vergangenen Winter entstanden. Kurz bevor ihm »die Seegersschlampe den Bastian abspenstig gemacht hat«, wie er es ausdrückt. Übrigens, wissen Sie, wie kostbar das Objekt ist, das sie auf so vortreffliche Weise »obduziert« haben?«

»Nein, keine Ahnung. Vielleicht so 50 bis 70 Euro. Kunst hat ja schon seinen Preis. Und dann allein die Lokomotive.« Der Eisenbahnfreund nahm die Baureihe 55 in die Hand. Strich sanft über Räder, Schornstein, Führerhaus.

»50 bis 70 Euro? Schön wär's, zumal ich wahrscheinlich persönlich auf der Schadenersatzzahlung sitzenbleiben werde, wie mir Meinhard Senior deutlich gemacht hat. Der Galerist verlangt sage und schreibe 3 500 Euro dafür. Hatte vorhin ein mehr als nerviges Gespräch mit seinem Anwalt.«

27. Zangherella relicta

Meinhard Senior schaute aus dem Fenster. Betrachtete den Brunnen auf dem Marktplatz von Barth. Den Fischbrunnen. Geschaffen vom Bildhauer Wilhelm Löber. Mitbegründer der Fischlandkeramik. Meisterschüler von Gerhard Marcks. Lehrer unter anderem von Jo Jastram.

Was Meinhard nicht bekannt war. Und was ihm auch gleichgültig gewesen wäre, wenn er es denn gewusst hätte. Was er hingegen wusste, war der Umstand, dass die Position, in der Herbert Lohof aufgefunden worden war, eine verdammte Ähnlichkeit mit den drei wasserspeienden und springenden Kiemenatmern dort unten aufwies. Der tote Rechtsanwalt hatte in einem Netz gehangen. Über seinem schönen wilhelminischen Schreibtisch. Kopf und beide Arme an weiteren Haken in der prachtvoll restaurierten Stuckdecke hochgebunden. Himmelwärts. Ebenso wie die Kreationen, Kreaturen Wilhelm Löbers.

Er wischte sich den Schweiß ab. Steckte sein Smartphone ein. Wollte diese Bilder nicht mehr sehen. Am liebsten überhaupt nichts mehr. Nie wieder. Keine Toten. Keine Leichen. Inszenierte Fundsituationen. Schon gar nicht das Weiß dieser Mullbinden. Dieser unsäglichen Mullbinden. Und erst recht nicht den roten Fleck. Im Bereich des verbundenen Mundes. Laut Dr. Lappe hatte der Täter dieses Mal die Zunge gewählt. Sie dem Anwalt herausgeschnitten. Was für ein Berserker!

Müden Schrittes schlurfte Meinhard durch den Schildchenparcours im ansonsten überaus gediegenen Arbeitszimmer Lohofs. Das Team von der Spurensicherung hatte ganze Arbeit geleistet. Auf der Treppe wäre er beinahe ausgerutscht. ›Frisch gebohnert‹. Wie ein anderes kleines Schild verkündete. Das nicht von der SpuSi aufgestellt worden war. Dennoch entledigte er sich erst vor der Haustür der hässlichen Überzieher, die ihn beinahe hätten stürzen lassen.

Was sein Schritttempo jedoch nur wenig steigerte. Er quälte sich geradezu die wenigen Meter bis zum benachbarten Restaurant Eshramo, dessen Wirt Esteban der Kripo einen Raum für die Zeugenbefragung zur Verfügung gestellt hatte.

Und der ihn nun im Gesellschaftszimmer erwartete. Zusammen mit Meinhard Junior, der schon die Personalien von Esteban aufgenommen hatte, welcher eigentlich Stefan Benski hieß und aus Bad Sülze kam. Allerdings fand er, dass die spanische Variante seines Vornamens besser mit dem seines Hauses korrespondierte und seine Leidenschaft für die mediterrane Küche adäquat kommuniziere, wie er es Leon Meinhard bereits weitschweifig mitgeteilt hatte. Der sich wiederum die Wartezeit mit dem Studium der Speisekarte vertrieb.

»Schau mal, Papi, die haben hier jetzt schon Pfifferlinge. So früh. Sogar mit Spaghetti oder zu Zander. Auch auf Pizza. Das müssen wir mal …«

»Bist du von allen guten Geistern verlassen. Wir haben den vierten Mord in ein paar Wochen und du faselst was von Pfifferlingen?« Der Senior ließ sich auf einen Stuhl fallen. Sackte schwer nieder.

»Ich dachte ja nur, du magst doch Pilze ...« Der Junior legte die Karte beiseite. Kleinlaut. Nahm sein Notizbuch. Startete die Aufnahmetaste seines Smartphones. Deutete Professionalität an. »Dann wollen wir mal. Also, schießen Sie los, Herr Benski.«

Der ließ sich nicht zweimal bitten. Beugte sich vor. Und schoss. Gestenreich. »Also, Punkt fünf vor zehn habe ich mich auf den Weg gemacht. Zur Kanzlei. Mit einem kleinen Frühstück, zwei Schinkenbrötchen, ein Ei, hartgekocht, exakt sechs Minuten sowie eine große Kanne Kaffee, genauso wie mir das die Frau Kümmel gesagt hat.«

Esteban kam in Fahrt. Wurde jäh unterbrochen. »Frau Kümmel? Wer ist das?« Meinhard Senior schaute fragend.

»Frau Kümmel ist Frau Kümmel. Sandra Kümmel. Sie ist, hmm, nun ja, eine Künstlerin. Macht in Bodyart. Bodypainting. Genau wie die Frau Westermann. Nicole Westermann. Die kommen so alle zwei, drei Wochen zu Besuch. Übernachten bei uns. »Arbeiten« aber nebenan. Eben beim Herbert, dem Herrn Lohof.«

»Arbeiten?« Nun wurde Meinhard Junior neugierig.

»Ja, die veranstalten so »Happenings«. Rauchen ein paar Joints, hören Musik von früher, sowas »Psüchedelisches«, aus der Hippiezeit. Dazu tanzen die Damen. Strippen, um es genauer zu sagen. Wälzen sich dann auf dem Boden herum. Und dann lassen sie sich vom Herbert bemalen.«

»Was zumindest die Plastikfolien und Farbeimer in dem einen Zimmer erklärt. Auch den Geruch und die vielen leeren Weinflaschen. Ein Happening, so, so. Interessant.« Meinhards Blick sprach Bände. Noch mehr verwirrende Details. Noch mehr Personen, Namen, merkwürdige Vorlieben. Er sehnte sich insgeheim einen schönen einfachen Raubmord herbei. Ein Opfer. Ein Täter. Ein Motiv. Klare Sache und damit hopp.

»Ja, das räumt dann immer die Frau Rokohl auf. Herberts Sekretärin und Putzfrau in einem. Die kommt aber immer erst am Nachmittag. So gegen 14 Uhr. Die Frau Rokohl findet das nämlich gar nicht gut. Zumal sie klammheimlich immer noch ein Auge auf ihren Chef geworfen hat. Seit beinahe dreißig Jahren. Ist ja von Anfang an bei ihm, seitdem er 1991 nach Barth gekommen ist. Und früher lief da wohl auch was. Doch dann hat der Herbert andere Wünsche entwickelt. Eine Zeitlang ging da drüben die Post ab, das kann ich Ihnen sagen. Da waren nicht nur zwei Damen zu Gast. Nee, nee. Damals haben wir auch noch das Catering gemacht.« Der Wirt lächelte. Versonnen. Dachte an vergangene Umsätze.

»Nur das Catering? Oder auch mit? Mitgemacht? Sie schauen so.« Leon Meinhard versuchte sich in Spitzfindigkeit. Und Menschenkenntnis.

»Ich? Nein! Nie im Leben!« Esteban schüttelte energisch seinen ausgesprochen unspanischen roten Bürstenhaarschnitt. Wie kommen Sie denn darauf? Ich habe eine rein geschäftliche Beziehung zum Herrn Lohof. Als Gastwirt.

Und als sein Klient. Doch als Nachbar bekommt man so einiges mit.

»Genau. Und zwar, wer denn da noch so alles mitgemacht hat. Bei diesen Happenings. Mit Farben und schmierigen Fingern auf schönen Frauenkörpern.« Der inzwischen mit seinem Sohn ausgesöhnte Senior nahm den Ansatz eines Kreuzverhörs auf.

»Ja, schon. Natürlich. Zumal der Uli dann auch immer bei uns logiert.«

»Uli? Ulrich Gernot Werners-Wiedehopf? Der Galerist und Kunstagent?« Jetzt war wieder der Junior am Zug.

»Exakt der. Er und Herbert sind, waren ganz dicke Kumpel. Schon früher. Bevor sie hier oben aufgetaucht sind. Ich dachte mir schon so manches Mal, dass die beiden diese Show mit den Mädels, den Happenings und dem ganzen Kram eigentlich nur machen, damit das nicht so auffällt, dass sie auch was »laufen haben«.«

»Möglich wär's. Werners-Wiedehopf und Lohof. Der Uli und der Herbert ...« Der alternde Kommissar durchsuchte das Archiv seiner Assoziationen. Merkte, dass er dort eigentlich nur auf Klischees und Vorurteile zum Thema »männlicher Homosexualität« stieß. Zumeist auch noch uralt und überholt. Und dazu Freddy Mercury. Wobei für ihn Sexualität an sich schon ein Terrain war, auf das er sich ungern wagte. Nein, diesen Ansatz würde Leon verfolgen müssen. So vielversprechend er auch war. Doch vielleicht fanden sich noch andere.

»Und sonst so? Hat da noch wer anderes mitgespielt.«

»Früher, wie gesagt, da war das noch wilder, da war auch oft so ein damals schon ziemlich alter Typ dabei. Richtig seriöse Erscheinung. Distinguiert, wie man so sagt. Ein Doktor. Scheibenwelt, oder so ähnlich. Nein, Feigengeld. Weidenheld …«

»Eibesfeld? Dr. Hanno Eibesfeld?«

Meinhard Senior erlöste ihn.

»Sie sagen es. Dr. Eibesfeld. Komischer Vogel. Wirkte immer sehr steif. Hat wohl auch nur zugeschaut und … Naja, Sie wissen schon, wenn die anderen halt rumgemacht haben, wie mir die Mandy mal erzählt hat, die früher noch dabei war. Mandy Cohrs. Ist aber leider schon gestorben … Doch der Eibesfeld war länger nicht mehr hier. Mindestens ein, zwei Jahre nicht mehr. Kein Wunder, bei dem Alter. Nur noch tagsüber, so offiziell halt, weil Herbert sein Anwalt war. Was ist mit ihm? Wieso kennen Sie ihn?«

»Weil ihn jetzt noch etwas mit dem Herrn Anwalt verbindet, den Herrn Doktor. Ein ähnliches Schicksal …«

»Leon, Klappe!« Der Junior hatte sich ein wenig zu weit vorgewagt. Der väterliche Rüffel folgte umgehend. Sowie die Sanktionen. »Ich denke, du machst dich gleich nach unseren Gesprächen hier daran, die Akten und Computer von Lohof mal gründlich nach diesem Eibesfeld zu durchforsten. Und im Anschluss schnappst du dir zwei Jungs in Uniform und machst dich auf den Weg zu Werners-Wiedehopf. Egal, wie spät es ist.« In Meinhards Hirn rumorte es. Ein toter Arzt. Ein toter Anwalt. Mitten drin ein zwielichtiger Galerist.

»Doch vorher, zaubere mal flugs die Bilder von der Raspe und dem Häusler aus deinem Klugscheißergerät!«

Nicht nur die Sexualität, auch die technischen Möglichkeiten seines neuen Smartphones waren für Meinhard Senior ein unsicheres Terrain. Umso mehr dieser albernen Apps ihm sein Sohnemann darauf installierte, desto seltener benutzte er es.

Der jetzt froh war, es seinem Vater zeigen zu können. Sowie Esteban Benski.

»Gerne doch. Und bitte sehr. Haben Sie die Dame hier vielleicht schon einmal gesehen. Bei diesen Happenings? Oder als Klientin, die nachher noch einen Espresso bei Ihnen getrunken hat?« Vielleicht auch die Pfifferlinge probiert?« Meinhard Junior wurde wieder ein bisschen übermütig.

Der Wirt betrachtete die kleine Bilderfolge. Gründlich. Schaute zweimal hin. Skeptisch. Unsicher.

»Kann sein, dass die mal als Gast bei uns war. Wir haben ja einen guten Ruf. Weit über Barth hinaus. Aber bei den Partys war sie nicht. Definitiv nicht. Ist ja eher der unscheinbare Typ. Und Herbert hat mehr so das Feminine geschätzt. Werden Sie ja nachher sehen, die Frau Kümmel und die Frau Westermann …«

Derweilen der Junior die nächsten Dateien aufrief. »Und wie sieht es mit dem hier aus?«

»Na klar, den kenne ich. Diese Schnapsnase hat der Uli vor ein paar Monaten angeschleppt. Diesen wilden Maler. War aber nur einmal hier. Hat sich aufgeführt wie Graf Koks von der Gasanstalt. Den mochten die Damen überhaupt nicht. Hat nur Stunk gemacht. Auch am nächsten Morgen. Hier bei uns beim Frühstück. Was für ihn aus Weizen und Korn bestand. Sowie Pöbeleien gegenüber Personal und anderen Gästen. Ein ganz übler Zeitgenosse.«

Rico Meinhards Miene verdichtete sich. Bodo Häusler also auch. Aber warum denn nicht die Raspe? Womöglich war sie ja tatsächlich Klientin von Lohof gewesen? Dann wären sie einen großen Schritt weiter bei ihrer Suche nach einer Struktur dieser verdammten Mordserie. Zumal sich Leons Hirngespinste von dieser obskuren Nazitruppe inzwischen als Luftschloss entpuppt hatten. Als Kartenhaus. In sich zusammengefallen. Und sein obskurer Informant hatte sich als zugekokster Wichtigtuer erwiesen, der sich nur aufspielen wollte und die Kohle für seine Tipps für Koks brauchte.

»Nee, diesem Burschen haben sowohl Herbert als auch ich Hausverbot erteilt.« Esteban zeterte weiter. »Worauf Uli natürlich mehr als beleidigt war. Zumal er sowieso reichlich Stress hat, weil ihm sein anderer Künstler von der Fahne gegangen ist. Der übrigens ebenfalls mal hier gewesen ist. Den fanden Nicole und Sandra hingegen richtig süß, wie sie meinten. Obwohl er nichts von ihnen wollte. Oder gerade deswegen. Muss ja ein ganz Schüchterner sein, dieser Bastian.«

28. Bianor albobimaculatus

»Een Dör is een Lock in't Nix. Dor achter een Welt. De Minsch brukt twei Dörn in't Läben. Een, dörch de hei ringeiht, een durch de hei rutgeiht – up siene Wääch.«

Bastian warf einen Blick zur Seite. Wo Johannes Clauert stand. Im Gewand des Nachtwächters Bärensprung. Auf eine halb geöffnete Tür wies. In herrlicher Darßer Ausschmückung. Einladend. Dennoch folgte Bastian Clauerts Geste nicht. Drehte sich zur anderen Seite. Zu Bernhard Gutzeit. Alias Totengräber Otto Diestelbruch. Auch er wies auf eine Tür, die ebenso wie jene Clauerts auf einem kleinen Wägelchen montiert war. Doch weder durch frohe Farben noch schöne Ornamente bestach. Diestelbruchs Tür zeigte einen weißen Schädel. Auf schwarzgrauem Hintergrund. Die den Künstler im Kleide eines Wanderpredigers und Wunderheiligen magisch anzuziehen schien. Langsam sein Schritt, in dem er sich näherte. Dennoch bestimmt. Sie durchschritt. Worauf Otto Dieselbruch das letzte Wort des Stückes vergönnt war: »Fierobend.« Mit lautem Knall schlug er die Tür zu.

Dann brach ein Orkan los. Tosender Applaus. Frenetisch geklatscht. Mit Füßen getrampelt. Gejohlt. Gepfiffen. Stehende Ovationen. Das Publikum war begeistert. ›Der komische Heilige‹ der Heiden von Kummerow hatte das Publikum überzeugt. Restlos. Eine mehr als gelungene Premiere.

Das empfand auch Hakala-Holappa. Obgleich er den Dialogen nur bedingt hatte folgen können. Plattdeutsch kam seinen Ohren immer noch reichlich spanisch vor. Aber er hatte sich amüsiert. War für gute zwei Stunden dem Chaos seiner beruflichen Herausforderungen entkommen. Das leider immer größer wurde. Nun noch ein weiteres Opfer. Neue sonderbare Verknüpfungen, Möglichkeiten, Spurenlabyrinthe. Am liebsten hätte er seinen Platz im Zuschauerraum verlassen und wäre im Bühnenbildidyll der Darß-Festspiele verschwunden. In einer vermeintlich heilen Welt zu Beginn des vergangenen Jahrhunderts.

Daher hatte er Elisabeth Müller-Pauls Angebot dankend angenommen, sie zum Premierenabend zu begleiten. Sie hatte schon vor Wochen Karten für sich und Kempowski gekauft. Doch jener hatte kurzfristig abgesagt. Erst am Vormittag. Und sich nach Greifswald abgemeldet. Wo er einen neuen Auftrag angenommen hätte, eine ähnliche Geschichte wie die letztes Jahr mit dem Testament von Benjamin Goodman. Wie er ihr gegenüber angedeutet hatte. Mit geheimnisvollem Unterton.

Wohl einer Spur zu viel Geheimnis. Die Elisabeths Argwohn geweckt hatte. »Merkwürdig finde ich das schon. Eigentlich hat er es doch jetzt finanziell gar nicht mehr nötig, so einen Auftrag zu übernehmen. Meinst du, da steckt eine andere Frau dahinter?« Hatte sie ihn kurz vor der Vorstellung gefragt.

Da Hakala-Holappa ahnte, dass Kempowski seiner entzückenden Gattin immer noch nichts von seinem Halbbruder, seinen Ängsten und geschweige denn von seiner Therapeutin erzählt hatte, vermied er es, den Freund bloßzustellen. Säuselte stattdessen dummes Zeug.

»Dein Kemp? Eine andere Frau? Elisabeth, das ist absolut unmöglich. Nein, er liebt dich. Abgöttisch. Du bist doch sein Elseken. Und wenn der Idiot dich eines Tages doch verlassen sollte, dann schicke ich meinen Matti zum Teufel und halte um deine Hand an.« Dummes Zeug, das seinen Zweck erfüllt hatte. Und sie beruhigt. Ihn hingegen hatte die Frage, was Kempowski wohl gerade jetzt machen würde, noch einige Zeit beschäftigt. Bis schließlich eine stimmbrüchige Schiffssirene den Beginn des Spektakels verkündet hatte.

In dem das Ensemble um den Borner Bürgermeister nichts unversucht ließ, um seine Gemeinde zu begeistern. Spielfreude, zündende Pointen aber auch stille, besinnliche Sequenzen vereinten sich zu einer lebendigen Bilderfolge, die einen in ihren Bann zog. Auch wenn man, wie eben Hakala-Holappa, des Plattdeutschen nicht mächtig war.

Den drei älteren Damen hinter ihm und Müller-Paul hatte es besonders die resolute und überaus präsente Adele Krienbaum angetan. »Das ist die Heidi Kabel vom Darß«, hörte er die mittlere von ihnen staunen. Bewundernd. »Nee, die Kabel, das ist doch eher die Auguste. Die Grambauersche. Die Adele erinnert mich mehr an die Hilde Sicks, so von der Anlage her«, entgegnete ihre Freundin zur Linken. »Ach Kinners, Quatsch mit Soße, das ist die zweite Erna. Erna Raupach-Petersen. Könnte ihre Enkelin sein. Allein so rein figürlich«, meinte jene von rechts.

Erstaunlicherweise sagten dem Profiler die Namen sogar etwas. Sein Mann war ein großer Fan des Hamburger Ohnsorg-Theaters und hatte sich vor ein paar Jahren eine

DVD-Box mit den Klassikern der Truppe besorgt. In der hochdeutschen Version. Erst neulich hatten sie sich wieder einmal über ›Tratsch im Treppenhaus‹ amüsiert.

Daher konnte er dem Trio in seinem Rücken folgen, das nun weitere Vergleiche aus dem Hut zog. Der im Falle der munterschicken Seniorinnen in Form von edlen Designerbasecaps für wahre Damen getragen wurde.

»Das Hutzelmännchen dort, dieser Nachtwächter, das könnte doch auch unser Henry sein. Henry Vahl. Unsere Zitronenjette. Unvergessen!«, kam es nun wieder von rechts. »Da stimme ich dir zu, Renate. Ausnahmsweise«, von links.

»Und dieser Tod auf Beinen mit seiner Leichenbittermiene, der erinnert mich an den Otto Lüthje. Wie aus dem Gesicht geschnitten«, vervollständigte die Mitte.

Nur für Bastian fanden sie kein Pendant von der Waterkant. Dafür war er aber auch zu eigen. Und die Rolle zu speziell, die ihm Intendant Hermann Hutsch auf den Leib geschrieben hatte. Der zudem zumeist nur recht spärlich verhüllt war.

Was die Freundinnen hanseatischer Bühnenkunst anerkennend wie interessiert zur Kenntnis genommen hatten. Wie auch Hakala-Holappa. Er hatte ja ein Auge für derlei. Denn der vielseitige Künstler, obgleich schon Mitte Fünfzig, verfügte über einen erstaunlich gut erhaltenen Körper. Schlank, braungebrannt, muskulös, kernig, beneidenswert. Er hatte seufzen müssen, bei diesem Anblick und an Matti denken müssen, dessen Leibesmitte mehr einem Fässchen denn einem Sixpack glich. Er konnte die spürbare Aufgeregtheit verstehen, die unter dem überwiegend weiblichen Anteil der Zuschauerschaft zu spüren war. Es knisterte. Und nicht nur die späten Mädels aus Hamburg warteten darauf, dass Bastians schmaler Lendenschurz oder sein Wickelrock einmal etwas verrutschen würde.

Intendant Hutsch hatte diese körperlichen Vorzüge geschickt genutzt und für ihn die Figur des grünen Grasers entwickelt und im Welkschen Kosmos implantiert. Ein Naturbursche, der sich im Walde nahe Kummerow niedergelassen hat, sich von Früchten und Wurzeln ernährt und gelegentlich im Dorf erscheint, um seine Vorstellungen richtigen Lebens in rätselhaften Worten zu verkünden. Vegetarismus und Tierethik, freie Liebe und Freikörperkultur, Endzeitprophezeiung und Esoterik, Themen von heute, Themen der Lebensreformer des frühen 20. Jahrhunderts. Semper idem. Alles schon einmal da gewesen.

Die Verkündigungen des grünen Grasers sorgten natürlich stets für immensen Aufruhr in der Dorfgemeinschaft. Fleischfrei und abstinent – schon stand der vom erwähnten Ortsbürgermeister dargestellte Wirt des Kruges auf den Barrikaden. Gott ist tot – das wiederum konnte Pastor Breithaupt nicht unwidersprochen lassen. Tierwohl – da wurde selbst der Kuhhirte Krischan renitent. Und beim Thema freie Liebe horchten zwar alle Männer interessiert auf, doch letztendlich genügte ein kurzer strenger Blick der diversen Gemahlinnen, um den diversen Gemahlen solche Flausen gleich wieder zu vertreiben. Ebenso wie den Kohlrabiapostel. Der dann wenig später wieder auf dem Dorfplatz erschien, um, von den Kindern bejubelt, für neue Unruhe zu sorgen. Jede Menge Irrungen und Wirrungen einschließlich kurioser Kapriolen. Sowie eines überraschenden Endes.

Hakala-Holappa hatte mehr als einmal herzhaft lachen müssen. Ebenso wie Robert Aaron Zimmermann und seine beiden Schatten, die zwei Reihen vor ihm saßen. Die Meinhards gingen zwar inzwischen nicht mehr von einer direkten Bedrohung Zimmermanns in Verbindung mit der Mordserie aus. Da jedoch die beiden Täter, die ihn zwischen Ibenhorst und Born überfallen hatten, noch immer nicht ermittelt oder gar gefasst worden waren, wollten sie kein Risiko eingehen. Groth und Hinrichs blieben also Lore Bradhering und ihrer Pension Kuhfuß noch eine Zeit lang erhalten.

Nach dem achten oder neunten Vorhang verebbte der Beifall langsam, man erhob sich, stolperte durch die Stuhlreihen, versorgte sich zunächst mit kühlen Getränken, um sich dann zu kleinen Plauderrunden um runde Tischlein zusammenzufinden. Der Profiler hatte gehofft, so mit Johannes Clauert ins Gespräch zu kommen.

Doch der frisch gebackene neue Volkstheaterstar hatte zunächst genug damit zu tun, die Autogrammwünsche seiner Hamburger Bewunderinnen zu erfüllen. Gleiches galt für Bernhard Gutzeit, dem ebenfalls etliche Programmhefte von sorgfältig manikürten Händen zum Signieren gereicht wurden. Was Lore Bradhering sichtbar missbilligte.

Ähnlich argwöhnisch beobachtete Ann-Kathrin Seegers die Schar Mädels zwischen achtzehn und achtzig, die um Bastian standen, ihn geradezu belagerten, seinem von einem leichten Schweißfilm überzogenen Körper sehr, sehr nahekamen. Er schien sich jedoch der eindeutig aufgeladenen Atmosphäre gar nicht bewusst. Sondern lächelte nur, wiegte den Lockenkopf und trällerte ein Liedchen: »Wem Gott will rechte Gunst erweisen, den schickt er in die weite Welt.«

Da Clauert wohl noch eine Weile beschäftigt sein würde, wandte sich Hakala-Holappa Elisabeth Müller-Paul zu. Sie schaute bedrückt aus. War gerade dabei, ihr Smartphone in ihrem Theatertäschchen verschwinden zu lassen.

»Sag einmal, Elisabeth, was hat Bastian eigentlich vor seinem Abgang zum Schluss gesagt? Ich habe das meiste ja nur dem Sinn nach verstanden. Nicht wortwörtlich.«

»Oh, das war wieder etwas aus seinem Poesiealbum. Schön und rätselhaft zugleich. Warte mal, ich versuche es zu rekonstruieren, beziehungsweise zu übersetzen. Ins Hochdeutsche.« Sie lächelte. Dachte kurz nach.

»Ja, jetzt habe ich es wieder. Hör zu: ›Eine Tür ist ein Loch im Nichts. Dahinter eine Welt. Der Mensch braucht zwei Türen im Leben. Eine, durch die er hineingeht. Eine, durch die er hinausgeht. Auf seinen Wegen.‹ Poetisch, nicht wahr?«

»Poetisch, das ist wohl wahr. ›Dahinter eine Welt‹. Hmm, kommt mir irgendwie bekannt vor. So vom Rhythmus.« Noch während er dies aussprach, wusste er, dass es ihn an einen Satz aus dem ›Erdbeerfeuer‹ erinnerte. An jene Stelle, an welcher der kindliche Autor die Ordnung der Plüschtiere in seinem Kinderzimmerregal beschreibt. ›Dahinter dann die weite Welt.‹ Bevor er jedoch weiter darüber nachdenken konnte, erkannte er, dass sich Clauert aus den Fängen seiner Fans hatte befreien können. Nun auf dem Weg zum Ausschank war.

»Herr Clauert, wir müssen unbedingt auf Ihren Erfolg anstoßen. Sie bevorzugen doch Roten, oder?« Hakala-Holappa stellte sich dem alten Pastor in den Weg. Drückte ihm ein Glas in die Hand. Prostete ihm zu.

»Wir sind beide ganz begeistert, nicht wahr, Elisabeth. Auf Ihr Wohl und Ihre neue Karriere!« Dreifacher Klingklang. Benetzte Lippen. Ein tiefer Zug. Doch der geschulte Psychologe hatte vorausschauend noch zwei weitere Gläser Rotwein für den Herrn Volksschauspieler besorgt.

Von denen Clauert nun das nächste leerte. Zügig. »Die Deklamationskunst macht durstig. Dazu die brennenden Scheinwerfer. Und dann heißt der Autor auch noch Welk.«

Er lachte. Sonor. Wobei wieder einmal Stimme und Statur in einer sonderbaren eigentlichen Unvereinbarkeit standen.

»Aber, Herr Clauert, mir brennt da noch eine Frage auf der Seele. Zu unserem Fall aus dem letzten Herbst. Die ich Ihnen gerne stellen würde. War Andreas Mahnkopf als Kind in einer psychiatrischen Einrichtung? War er grundsätzlich psychisch labil, krank, irgendwie auffällig?«

Clauert schaute erstaunt auf. Setzte sein Rotweinglas ab. »Andreas, der kleine Andreas psychisch krank? Das würde ich entschieden verneinen. Auch von einem Klinikaufenthalt ist mir nichts bekannt. Er war einige Zeit traurig, sicherlich, nach dem Tod seines Vaters. Doch als er dann zu seinen Großeltern nach Wismar kam, entwickelte er sich ganz normal. Nein, er war als Junge sogar aufgeweckter und fantasievoller als die meisten seiner Altersgenossen. Nur manchmal etwas wild, betont männlich. Das war zumeist dann, wenn er zuvor mal wieder die Ferien in Müggenburg verbracht hatte und mit dem anderen Opa, diesem … nun ja, … auf Jagd gewesen war. Müggenburg hat ihm nie gutgetan. Bis zum Schluss.«

29. Nuctenea umbratica

Natürlich hatte Kempowski ein schlechtes Gewissen, dass er Elisabeth noch immer nichts von seinem Müggenburger Erbe erzählt hatte. Weder von dem Haus, noch von wem er es geerbt. Diesen beschissenen Nachlass einschließlich der wissenschaftlich unzweifelhaft bewiesenen genetischen Verwandtschaft zu einem wahnsinnigen Serienmörder. Auch wenn Hakala-Holappa Mahnkopf nicht als wahnsinnig im eigentlichen Sinne bezeichnen wollte. Seine Taten schon, doch nicht die Person, die dahinterstand. Die für den Psychologen und Profiler eher ein Zyniker war, der nicht nur kaltblütig und scheinbar willkürlich sechs Menschen getötet hatte, sondern mit diesen Morden ohne klassisches Motiv sowohl seine Opfer wie jene verhöhnen wollte, die nach ihm suchten. Die Polizei ebenso wie den Kreis um Zimmermann.

Und der hier gewohnt hatte. Gelebt. Gespielt. Das auch. Einen Teil seiner Kindheit verbracht. Im kleinen Elternhaus. Inmitten der Sundischen Wiesen.

Vor dem Kempowski nun stand. Vor dem er eigentlich nie hatte stehen wollen. Ganz davon zu schweigen, dass er es jemals in Erwägung gezogen hatte, es zu betreten. Nein, selbst bei der Entrümpelung war er nicht dabei gewesen, sondern hatte eine entsprechende Firma damit beauftragt, die Hütte zu räumen. Ohne Rücksicht auf Verluste. Besenrein.

Auch wenn er kurz erwogen hatte, die umfangreiche Bibliothek Mahnkopfs sowie seine zahlreichen Gemälde und anderen Kunstwerke – allesamt zum Thema Till Eulenspiegel – dem Schöppenstedter Museum zu stiften.

Die Vorstellung aber, dass dort nicht nur die Exponate, sondern eben auch ein Hauch der Aura des Mörders weiter »leben« würde, hatte diese Idee jedoch schnell wieder sterben lassen.

Nein, er wollte Tabula rasa machen. In wenigen Tagen würde ein Abbruchunternehmen aus Stralsund anrücken. Um die Mauern des Mordens niederzureißen. Bis auf den letzten Stein. Anschließend wollte er das Grundstück verkaufen. Und den Erlös irgendeiner karitativen Einrichtung spenden. Vielleicht dem WEISSEN RING. Was vom inhaltlichen Zusammenhang schon stimmig wäre.

Alles sollte so diskret und vor allem ohne seine persönliche Anwesenheit über die Bühne gehen. Das war zumindest sein Plan gewesen. Bis zur letzten Sitzung mit Magda. Frau Dr. Magda Geyer-Knüppel. Ein ungewöhnlicher Name für eine Psychologin, genauer gesagt Psychotherapeutin. Der sich aber in der Drastik ihrer Therapieansätze trefflich widerspiegelte. Die Sitzungen bei ihr waren kein Zuckerschlecken. Wahrlich nicht. Es ging stets direkt zu, ohne großes Gesäusel. In media res. Was Kempowski erstaunlicherweise sogar gut gefiel. Und guttat.

Daher hatte er fast widerspruchslos ihren Vorschlag angenommen, sich zu überwinden und eine Nacht im Müggenburger Haus zu verbringen. Da dort ja schließlich auch sein leiblicher Vater aufgewachsen war. Den er nie kennenlernen konnte. Immerhin hatte er aber inzwischen einigermaßen rekonstruiert, wie es zu seiner Zeugung hatte kommen können. Laut zweier alter Freundinnen seiner Mutter war sie als junge Studentin wiederholte Male während der großen Ferien in Prerow gewesen, wo sie als Betreuerin im Pionierlager gearbeitet hatte. So auch im Sommer 1959. Der besonders heiß war. Wie sich beide einhellig erinnerten. Wo, wann und wie sich Karoline Kempowski und Klaus Mahnkopf begegnet waren, wussten sie leider nicht. Dazu hatte sich die »Ehebrecherin« ausgeschwiegen. Auch wenn es Gerüchte gegeben hatte, dass der kleine Andreas das Ergebnis eines Seitensprunges gewesen war. Allein aufgrund der auffälligen Unähnlichkeit mit seinem rechtlichen Vater.

Der aber für Kempowski nach wie vor weiterhin sein Papi bleiben würde. Ungeachtet aller Gene. Sein alter Herr war einfach ein feiner Kerl gewesen, der Zeit seines Lebens für ihn da gewesen war. Nur viel zu früh gestorben.

Seiner Mama hingegen war er gram. Nicht wegen der Nummer mit Mahnkopf. Nein. So etwas konnte passieren. Passierte. Aber warum hatte sie ihn bis zum Schluss im Unklaren gelassen? Wenigstens auf dem Totenbett hätte sie doch etwas sagen können. Müssen. Derlei Szenen kannte man ja aus Büchern, Filmen. Die große, finale Lebensbeichte. Und, dieser Aspekt beschäftigte ihn noch mehr, womöglich hätte er dann ja Kontakt zu seinem Halbbruder aufgenommen? Ihn besucht. Vielleicht hätten sie sich sogar angefreundet? Und unter Umständen wäre dadurch die Mordserie verhindert worden. Seine Mutter war im Herbst vor zwei Jahren verstorben. Etwa ein Jahr vor dem ersten

Mord. Am Reiterhofbesitzer Haberkamp. Bei dem Mahnkopf wiederum am Tatort eine Notiz mit Kempowskis Telefonnummer hinterlassen hatte. Sollte er von ihrer unsäglichen Verwandtschaft gewusst haben?

Inzwischen bereute es Kempowski beinahe, dass ihn nun leere Räume erwarten würden. Wenn er es endlich schaffen würde, die Haustür aufzuschließen. Die Schlüssel waren ihm erstaunlich unbürokratisch vom Nachlassgericht ausgehändigt worden. Er musste sie nur noch ins Schloss stecken. Umdrehen. Öffnen. Eintreten.

Stattdessen zündete er sich eine weitere Zigarette an. Warf einen Blick auf sein Gepäck. Das er immerhin aus dem Kofferraum herausgeholt, neben dem Eingang abgestellt hatte. Einen Schlafsack, unterwegs bei »Stolz & Vorurteil« besorgt, wie er die in der Region omnipräsente Kaufhauskette gerne nannte. Daneben ein Sechserträger sowie eine Tüte mit dem Nötigsten: eine Flasche Mann un Fru Rostocker Doppelkümmel, eine Packung Brot, zwei Krautwürste, eine große rote Zwiebel, je eine Tube Senf und Zahnpasta, einen Deoroller. Sowie eine Stabtaschenlampe plus Batterien. Das musste reichen. Abgesehen von den drei Schachteln Zigaretten natürlich.

Beim Rauchen erkundete er das Grundstück. Umrundete das Haus. Entdeckte den Garten. Verwildert zwar, doch man konnte noch erkennen, dass er einst für den Anbau von Gemüse und Obst angelegt worden war. Inzwischen beherrschten Brombeeren, Brennnesseln, Wiesenkerbel und sonstiges Wildkraut das Terrain. Umkränzt von spätem Flieder und frühem Jasmin. Fast schon idyllisch. Auch die angrenzende Weide war nur noch vage als solche auszumachen. Ein weitläufiges Anwesen. Kempowski schätzte es auf mindestens 2000 Quadratmeter.

Im rechten Winkel zum Wohnhaus befanden sich eine Garage, drei Schuppen sowie eine Stallung. Als er sie betrat, konnte er zwei größere und mehrere kleinere Boxen erkennen. Für Pferde womöglich und Ziegen. Oder Schweine. Auch an Kaninchenkäfigen sowie einem Verschlag für Hühner fehlte es nicht.

Alle Gebäude schienen vor vielen Jahrzehnten errichtet. Womöglich von Menschen, die ab 1937 aus dem nur wenige Kilometer entfernt gelegenen Pramort umgesiedelt worden waren, da ihre alte Heimat dort in Flakschießstand, Flugplatz und Bombenabwurfgelände umgewandelt worden waren. Menschen, mit denen er ja auch verwandt war. In gewisser Weise. Er zündete sich die nächste Zigarette an. Beendete seinen Inspektionsgang.

Und wollte gerade den entscheidenden Schritt wagen, als ihn das Gefühl überkam, beobachtet zu werden. Fixiert. Ein unangenehmes Gefühl.

Dessen Auslöser er Richtung Bodden entdeckte. Etwa zweihundert Meter entfernt. Auf einem Grundstück in der Nachbarschaft. Es schien eine Art Ausflugslokal zu sein. Bunte Sonnenschirme, ein paar Tische mit Stühlen sowie sonderbarerweise einige Schaufensterpuppen.

Die Frau im orangenen Sommerkleid war jedoch aus Fleisch und Blut. Und observierte ihn mit einem Fernglas.

Das sie jetzt sinken ließ. Erschrocken. Sie hatte entdeckt, dass er sie entdeckt hatte. Hektisch verschwand sie aus seinem Blickfeld. Rief etwas. Was er nicht verstehen konnte.

Doch nur kurz darauf erschien nun ein Mann auf der Bildfläche. Klein. In ein ebenfalls orangenes Achselshirt sowie türkisblaue Shorts gewandet. Er kam auf Kempowski zu. Begleitet von einem Hund. Undefinierbarer Rasse. Aber erschreckend groß, kräftig, zottelig, angriffslustig. Kempowski umklammerte seine Makarow. Ging den beiden entgegen. Bis zum Gartenzaun. Maschendraht in DDR-Ausführung. Schloss vorsichtshalber das Tor.

Eher wegen des Hundes, als denn seines Herrchens, das leicht wankend herangewackelt kam. Und eben nicht nur wesentlich weniger imposant war. Sondern ihn mit seiner etwas veralteten Pilotenbrille und deren recht starken Gläsern zudem irgendwie an diesen lustigen britischen Skispringer erinnerte. Eddie the Eagle. Genau. Dessen kurzzeitiger Ruhm Ende der Achtzigerjahre sogar in der DDR wahrgenommen worden war.

Der Eddie der Sundischen Wiese hieß allerdings Körnchen. Zumindest verkündete dies der Aufdruck seines Unterhemdes: ›Freunde nennen mich Körnchen‹. Und sprach auch kein Englisch. Sondern tiefstes Hallisch.

»Kinnor, i wär meschugge. Deiwel, gömm. Bladsss!« Sein Hund schien ihn zu verstehen. Setzte sich. Kempowski hingegen hatte so seine Schwierigkeiten. War aber froh, dass sich der vermeintliche Höllenhund nun recht friedlich zeigte. Brav hockte und hechelte.

Körnchen hatte ungeachtet der Glasbausteine seiner Brille schnell erkannt, dass sein Gegenüber kein Freund der Mundart des Saalelandes war. Wechselte entsprechend in etwas verständlichere sprachliche Fahrwasser. »Wenn ich nicht wüsste, dasser dod ist, dann würde ich annehmen, dassers is, der Andy. Da hat die Ilona schon recht. Aber, ich bin der Körnchen. Auf gude Nachborschafd.« Er reichte Kempowski die Hand. Drehte sich dann erstaunlich elegant um. Präsentierte die Rückseite seines Shirts. ›Fremde können mich mal …‹. Grinste Kempowski an. Breit. Zeigte schadhafte Zähne. Und ein freundliches Gemüt.

Kempowski erwiderte den Handschlag. Hielt sich ansonsten aber zurück. Gab sich seriös. »Kempowski, ich bin Anwalt aus Rostock und kümmere mich nur um die Nachlassangelegenheit. Werde heute hier übernachten müssen, um zügig alle weiteren Schritte zu veranlassen.« Unterstrich seine Aussage mit einer überreichten Visitenkarte aus alten Tagen. Signalisierte ansonsten Ungeduld und Zeitknappheit. Schaute auf die Armbanduhr. Das gezückte Smartphone.

»Und Andy heeßt er och noch. Nee, diese Ähnlischkeid ist würklich frabbierend. Aber nischt für ungud, dann will ich mal nich weider schtörn. Und, wennse Nachschub brauchen, gommen se einfach rüber. Bee uns gibdsch es nüscht, was es nüscht gibdsch.« Körnchen hatte den abgestellten Träger sowie den Beutel erblickt. Aus dem keck die Flasche Doppelkümmel herauslugte. Er warf Kempowski einen verschwörerischen Blick zu. Und wackelte zurück. Seinem Wiesenparadies entgegen. Von wo aus Ilona die Begegnung ihres Helden mit dem vermeintlichen Wiedergänger aufmerksam verfolgt hatte. Mit Fernstecher im Frotteekleid.

Kempowski war froh über Körnchens unerwartete Feinfühligkeit. Hatte schon ein vertrauliches Gespräch unter Nachbarn befürchtet. Jovial und nicht endend wollend. Neue Details ans Tageslicht fördernd. Aus dem Leben seines unseligen Albbruders. Von denen er nicht wusste, ob er sie wissen wollte.

Er gab sich einen Ruck. Nahm die Haustür in Angriff. Holte den Schlüssel hervor. Schloss auf. Drückte die Klinke herab. Erschrak. Fürchterlich. Etwas flatterte ihm entgegen. Schrammte über sein schütteres Haar. Ließ Schmerz zurück. Einen Kratzer. Blutsperlen. Und flog dann in gleicher Panik Richtung Landesinnere. Eine Taube. Der Friedensvogel.

Eine verheißungsvolle Begrüßung. Kempowski holte sein Taschentuch hervor. Tupfte Tropfenrot. Schnappte seine Siebensachen. Und verschwand im Haus nie erlebter Erinnerungen. Wo ihn Zwielicht erwartete. Langsam wurde es Zeit für die Taschenlampe.

Kaum eingeschaltet, brachte sie ein kleines Stück Karton ins Scheinwerferlicht. Eine Karte. In verschiedenen Blautönen. In der Mitte ein Federkiel. Darum angeordnet ein Name. Tilman Thiemig. Sowie die entsprechenden Kontaktdaten. Tilman Thiemig? Irgendwo hatte Kempowski den Namen schon einmal gehört. Richtig, das war doch dieser Krimiautor. Von dem er jedoch noch nichts gelesen hatte. Dafür war sein eigenes Leben kriminell genug. Er drehte das Kärtchen um. Entdeckte eine Nachricht: »Geschätzte Hausbesitzer, kann es sein, dass dieses Objekt zum Kauf ansteht? Dann würden wir uns sehr freuen, wenn Sie sich melden würden, da wir auf der Suche nach einer Immobilie auf FDZ sind. Dank vorab und beste Grüße, Tilman Thiemig«

Kempowski musste schmunzeln. Tatsächlich. Vielleicht sollte er diesem Thiemig die Bruchbude einfach schenken? Ein Krimiautor wäre ja ein würdiger neuer Besitzer eines Mörderhauses. Dann steckte er die Karte ein, verschloss die Tür und machte sich an die Hausbesichtigung.

Die offenbarte, dass der Entrümpelungstrupp wirklich ganze Arbeit geleistet hatte. Lediglich die Tapeten zeugten von den einstigen Bewohnern. Die mutmaßlich das letzte Mal um 1970 tapeziert hatten. Ein Wiedersehen mit längst vergessenen arabesken Ornamenten und floralen Mustern, die auch seine Kindheit begleitet hatte.

Im ersten Stock betrat er einen kleinen Raum. Maximal zehn Quadratmeter. In dem er von Pferden begrüßt wurde. Die allerdings nicht aus der Produktion der VEB Papier- und Kartonwerke Schwedt oder einer der anderen »Pappenbuden« der Republik stammten. Sondern von durchaus begabter Hand auf zahlreichen Blättern verewigt worden waren. In verblassten Farben. Die dennoch hübsch anzuschauenden Zeichnungen zeigten Schimmel auf der Weide, Rappen im wilden Galopp durch den Sand der Dünen, Ross und Reiter im Sprung über Doppel-Oxer und Wassergraben. Oder beim Tonnenabschlagen. Einige trugen Widmungen. Fast immer der gleiche Wortlaut: ›Für meinen kleinen Andreas. Von seinem Vati‹.

Kempowski musste schlucken. Mehrmals. Ein arger Frosch, der ihm da im Hals steckte. ›Von seinem Vati‹. Der ja auch seiner gewesen war. Und ein guter Zeichner zudem. Ein liebevoller Vati. Eines Serienmörders. In dessen Kinderzimmer Kempowski nun Quartier bezog. Der ideale Ort für seine therapeutische Nacht. Seine Katharsis.

Er breitete den Schlafsack aus. Öffnete das erste Bier. Den Kümmel. Sein Zigarettenetui. Versenkte sich im Anblick der Pferde. Versuchte sich vorzustellen, wie sie entstanden waren. Wie sein Vater sie gezeichnet hatte. Ihrer.

Da entdeckte er, dass unter einem der Blätter, die einst direkt auf den Putz geklebt worden waren, ein Zettel hervorschaute. Der Leim hatte sich wohl etwas abgelöst. Bot so eine Art Tasche. Aus dem Kempowski eine Seite aus einem alten Schulheft hervorholte. In kindlicher Handschrift beschrieben. Ein kurzer Text. Den er sich halblaut vorlas:

»Larvensänger. Der rostige Rand der Regentonne, zum Küssen nah; ich ihm im Walnusschatten. Sehnsuchtsvoll offen die Lippen. Grünes Nass schmecken können. Springende Tropfen. Aus schillernd buntem Ölfilm. Fliegende Fische, die um mich buhlen. Es trinken wollen, das Mückenlarvenwasser. Immer unruhiger das dunkle Rund anhauchen. Kräuselwellenspiel bis zum engen Horizont. Es schlürfen wollen. Müssen! Die Zähne in die Kante des Bruchroteisens schlagen. Festbeißen. Und nachfassen. Ein Saugen, Schlürfenwollen. Aus vollen Lungen: Kraft. Alles aussaufen. Und dann – die Geburt der Mücken feiern. Ihr Auferstehen aus dem offen Staunemund des Ichs. Als Kind.«

Kempowski griff abermals zum Kümmel. Dem nächsten Bier. Einer weiteren Zigarette. Zog den Schlafsack über die Schultern. Warum waren ihm sofort die Fische auf dem Marktplatz von Barth eingefallen? Dieser Brunnen dort. Vor der Kanzlei des Anwaltes. Des toten Anwaltes. Dem sein Mörder die Zunge herausgeschnitten hatte.

Sein Smartphone machte sich bemerkbar. Elisabeths Ton. Er ließ es klingeln.

30. Wadicosa fidelis

»Kemp, du Idiot, warum gehst du nie an dein gottverdammtes Handy?« Elisabeth war auf hundertachtzig. Lief auf Hochtouren. Wischte Kempowskis zart geflötetes »Aber ich bin doch gerade rangegangen. Sonst könntest du mich doch jetzt nicht ...« wutschnaufend aus der Leitung.

»Du egozentrischer Vollidiot, du Riesenhornochse. Du verlustierst dich in Greifswald oder sonst wo. Und hier ist die Hölle los. Zimmermann, der Galerist, diese üble Kritik, die Japaner und jetzt liegen sich auch noch Johanna und Ann-Kathrin in den Haaren. Es ist zum Verzweifeln, zum Kotzen, zum Heulen.« Was sie dann auch machte. Ausgiebig. Intensiv.

Was für ein Morgen! Der doch so gut angefangen hatte. Mit sanftem Erwachen auf harten Boden. Kempowski hatte fast zehn Stunden geschlafen. Traumlos geschlafen. Ohne Höllenvisionen, durchlebte Morde, grauenhafte Bilder. Vor denen es ihm doch so gegraut hatte. Nicht einmal geschwitzt hatte er. Sondern war einfach aufgewacht. Ausgeschlafen. Entspannt. Erleichtert. Unglaublich erleichtert. Was für eine famose Idee von seiner Therapeutin. Und, wie ein Kontrollblick bestätigte, er hatte lediglich zwei Bier getrunken. Auch vom Klaren fehlten höchstens zwei, drei Schluck. Er war überm Berg. Da war er sich sicher. Sicher gewesen. Bis zu Elisabeths Anruf. Der ihn mit voller Wucht wieder in den Strudel sog. Was war denn bloß auf dem Darß los?

Was war mit Zimmermann? Mit dem Galeristen? Den Japanern? Johanna Riese und Ann-Kathrin Seegers? Er bemühte sich, seine Fragen zu sortieren. In die richtige Reihenfolge zu bringen.

»Was ist mit Zimmermann? Bitte, Elseken, versuche doch etwas ruhiger zu werden.«

»Er ist weg, Kemp, einfach weg. Verschwunden. Lore hat vorhin angerufen; ich gehe ja immer ans Telefon.«

»Ach du große Scheiße!« Er wollte nicht glauben, was er hörte. Hören musste.

»Gestern Abend haben sie noch alle zusammen gesessen. Etwas gespielt. Trivial Pursuit. Lore, Richard Sonntag, die beiden Polizisten und unser lieber Zimmermann. Der gewonnen hat. Wie meistens. Doch heute Morgen war er verschwunden. Mit einem kleinen Koffer. Was wenigstens die Hoffnung lässt, dass er nicht entführt wurde. Oder noch Schlimmeres.«

Kempowski befiel eine finstere Ahnung. Sollte sich Zimmermann allein auf den Weg nach Jamel gemacht haben? Doch wie wollte er dahin kommen. Mit Bus und Bahn? Oder als Anhalter? Er machte sich Riesenvorwürfe, dass er den alten Freund in den letzten Tagen so vernachlässigt hatte. Und ihre Mission immer wieder verschoben. Zimmermann vertröstet, dass sie beide sofort aufbrechen würden, sobald seine Personenschützer abgezogen worden wären. Er musste umgehend Hakala-Holappa und die Meinhards anrufen. Ihnen von Zimmermanns Plänen erzählen. Auch wenn jener dies wahrscheinlich als weiteren Verrat empfinden würde.

»Du, Elisabeth, ich muss jetzt gleich einmal ein, zwei Anrufe tätigen, weil …«

»Nein, Kemp, du musst jetzt erst einmal umgehend nach Ahrenshoop kommen. Zum Partikel-Hof. Mir helfen. Mir wächst das alles über den Kopf. Und ich habe echt Angst, dass sich die Riese und die Seegers etwas antun werden. Bitte, komm schnell. Wo bist du denn überhaupt?«

»Kurz vor der Meiningenbrücke. Kann in einer guten halben Stunde bei dir sein.« Kempowski flunkerte. Doch das Chaos war schon groß genug, um jetzt mit seinem Geständnis für weitere Verwirrung zu sorgen.

»Dann beeil dich! Eyhh, Mädels, bitte …« Im Hintergrund konnte er gerade noch die Stimmen der Keramikerin und der Museumsleiterin hören. Hysterisch. Kreischend. Sich auf das Übelste beschimpfend. Gemengt mit dem Geräusch zerberstenden Glases.

Rasch packte er zusammen. Eilte die Treppe hinunter. Zur Tür hinaus. Zum Wartburg. Kehrte dann noch einmal um. Ins Haus. Stufen hinauf. Ins Kinderzimmer. Er hatte das Blatt mit dem ›Larvensänger‹ vergessen. Zurück im Wagen legte er es sorgsam gefaltet in ein schmales Büchlein. ›Ist Lieben Lust, wer bringt dann das Beschwer?‹ Ein kleines Lesebuch aus dem Werk von Sibylla Schwarz. Wenigstens daran hatte er gedacht; gehofft, dass sich Elisabeth freuen würde. Dann startete er den Motor, verließ den Hof. Und sah im Rückspiegel zwei Gestalten. In Orange und Türkisblau gewandet. Winkend.

Noch auf der Landstraße griff er zum Smartphone. Suchte die Nummer von Hakala-Holappa. Durchsuchte dann aber zuvor die Liste der eingegangenen Anrufe. Sah, dass Zimmermann ihm drei Sprachnachrichten hinterlassen hatte. Morgens um sechs. Er rief sie nacheinander ab.

»Mein lieber Kempowski, Zimmermann hier. Mach dir bitte keine Sorgen. Ich werde aufpassen. Die Gelegenheit war einfach so günstig. Die ganze Bande hatte schön einen im Kahn. Und da ich dich nicht erreichen konnte …« Eine kleine Pause. »Habe ich Jonathan gefragt. Der hat sofort zugesagt, ist Feuer und Flamme. Definiert sich schließlich als Antifa. Hat daher die passende schwarze Kluft. Will sogar seine hübschen Locken opfern …« Eine weitere. »Nein, wir machen keinen Bohei. Passen schon auf. Schließlich trage ich ja die Verantwortung für den Jungen. Sei nur so gut, verrate uns nicht. Mich. Erzähl einfach, dass wir in Amsterdam sind. Wollte ich immer schon mal sehen. Und, das Handy fliegt jetzt in den Müll. Tschüssing.«

Kempowski wusste nicht, ob er beruhigt sein sollte. Oder noch stärker beunruhigt. Insgeheim musste er zugeben, dass der junge Taxifahrer rein konditionell und physisch Zimmermann besser zur Seite stehen konnte als er. Außerdem vertraute er schon darauf, dass der schlaue Fuchs, als den er den Freund kennengelernt hatte, wusste, was er tat. Darum beschloss er auch, Hakala-Holappa und den Meinhards nichts von dessen wahren Reiseplänen zu berichten. Sondern die Geschichte vom Trip nach Holland zu kolportieren. Zimmermann im Coffeeshop. So eine Idee hatte er ja schon einmal gehabt. Allerdings nahm er sich ebenso vor, spätestens in zwei Tagen ebenfalls nach Jamel zu fahren. Zumindest in die Gegend. Um sich ein wenig umzuschauen. Gegebenenfalls Alarm zu geben.

Was jetzt sein Smartphone übernahm. Er zückte es blindlinks. Meldete sich. Erwartete eine weitere Hiobsbotschaft. Stattdessen war es Grzegorz Namysłowski. Der ihn eigentlich nur fragen wollte, ob er am Nachmittag Zeit für ein paar Sprachaufnahmen im Haus Lukas hätte. Da er nun doch noch neues Tonmaterial für den Film über Hans Jürgen von der Wense benötigte.

Wonach Kempowski überhaupt nicht der Sinn stand. Was er dem polnischen Filmemacher auch sagte und ihn zugleich bat, doch umgehend zum Partikel-Hof zu fahren, da dort wohl alles drunter und drüber gehen würde. Worum der freundliche Kavalier aus Kraków nicht zweimal gebeten werden musste.

Der Rest der Fahrt verlief störungsfrei. Nahezu störungsfrei. Nur beim Einbiegen von der Ahrenshooper Dorfstraße in den Paetowweg wäre er beinahe mit Bastian kollidiert. Der auf seinem Gespann mit Anhänger in enormen Tempo herangedonnert gekommen war. Sichtbar aufgeregt. Es wirkte beinahe so, als ob der ansonsten so freundliche und froh gelaunte Künstler zu weinen schien.

Kempowski hatte ihm gerade noch so ausweichen können. War dann die letzten Meter bis zum Partikel-Hof gefahren. Mitten in das Herz der Finsternis. Schon vom Auto aus hatte er gesehen, dass mehrere Scheiben zu Bruch gegangen waren. Davor zwei Japaner in dunklen Anzügen, die emsig Fotos davon machten. Überall auf dem Gelände befanden sich Bestandteile von Bastians ›Ephemeren Mären‹. Zerpflückt. Zerrissen. Zertrampelt. Zwei seiner Arbeiten schienen sogar zu brennen. Wirkten wie Kohlenmeiler.

Zentrum des Geschehens war jedoch seine Finnhütte. Werkstatt und Quartier für die Zeit seines Stipendiatenaufenthaltes. Davor Kleidungsstücke, Werkzeuge, Stifte, Pinsel, Zeichenblöcke, ein Laib Brot, eine aufgeplatzte Milchtüte, ein zerbrochenes Glas Spreewaldgurken. Und mitten in dieser diffusen Masse mehrere Menschen, die miteinander rangen. Außer Ann-Kathrin Seegers und Johanna Riese, die furienhaft umschlungen waren, konnte er Gerhard Schiffers, Grzegorz Namysłowski, Dörte Wahnschaffe und seine Elisabeth erkennen, die allesamt versuchten, die beiden Megären zu trennen. Erfolglos.

Drum herum jede Menge Schaulustige. Touristen wie Einwohner. Etliche darunter, für die dies wahrscheinlich der erste Museumsbesuch ihres Lebens war. Niedrigschwellige Kunstvermittlung auf höchst rabiate Weise.

Kempowski verspürte wenig Lust, sich ebenfalls in das Getümmel zu stürzen. Wählte daher ein etwas größeres Kaliber zum Schlichten. 9x18 mm. Drei Schüsse aus seiner Makarow fielen. Ließen Geschrei und Gezeter verstummen. Lösten sogar die Leiber der Ringenden. Obgleich er nur in die Luft geschossen hatte.

Nahezu zeitgleich verschafften sich zwei Notarztwagen mit durchdringender Sirene Gehör. Bahnten sich den Weg zum Museum. Emsige Sanitäter eilten herbei. Schwenkten ihre Köfferchen beim Spurt. In denen zwei Spritzen mit Beruhigungsmitteln, stärkeren, ihrem Einsatz entgegen schaukelten.

Der angesichts des noch vor Kurzem tobenden Kampfes erstaunlich friedlich vonstattenging. Johanna Riese und Ann-Kathrin Seegers schienen jeder Kraft beraubt. Ließen sich nahezu willenlos zu den Fahrzeugen führen. Auf Liegen legen. Die Injektionen über sich ergehen. Ebenso wie den folgenden Abtransport. Sie würden sich hoffentlich in der Prerower Ostseeklink wieder erholen. Wieder zur Besinnung kommen.

Der Trupp der Zuschauer fiel ebenfalls auseinander. Ein wenig enttäuscht, die meisten. Einige strömten neugierig zum Eingang des Museumsbaus. Wollten noch mehr Schaden sehen, Zerstörung fürs Smartphone sammeln. Doch das unterband Elisabeth Müller-Paul. Energisch. Freundlich. Bestimmt. »Entschuldigung, bitte, aber der Partikel-Hof ist für heute geschlossen. Dafür haben Sie sicherlich Verständnis. Vielen Dank dafür und bis demnächst. Einen schönen Tag noch!« Dann sackte auch sie zusammen. Konnte gerade noch einen Gartenstuhl erreichen, sich setzen. Schiffers und Kempowski folgten ihrem Beispiel. Wahnschaffe und Namysłowski hingegen fingen an, das angerichtete Tohuwabohu in Angriff zu nehmen. Was nach augenscheinlichem Stand den Charakter einer Sisyphusaufgabe besaß.

»Nun klärt mich aber doch bitte mal auf, was passiert ist. Schiffers, Elisabeth, was ist hier abgegangen?«

»Heute ist die neue Nummer des ›Sparta‹ erschienen. Das zurzeit renommierteste Kunstmagazin. Im gesamten deutschsprachigen Raum. Erscheint alle zwei Monate. Kostet auch stattliche 28 Euro. Läuft gut bei uns in der Bunten Stube.«

»Na und? Was hat das mit diesem Chaos zu tun?« Schiffers Fachwissen befriedigte Kempowskis Neugier nur wenig.

»Ganz einfach, der Aufmacher plus Titelseite ist uns gewidmet. Der Eröffnung des Partikel-Hofes. Zwölf Seiten. Mit schönen Fotos. Doch insgesamt ein einziger Verriss. Was anscheinend auch Gerdchen mein Pferdchen mit seinem Engagement nicht verhindern konnte.« Die Bibliothekarin strafte den Buchhändler kurz ab. Der sich daraufhin erhob und sich verzog.

»Du erinnerst dich sicherlich an die entzückende Bernadette von Erlental und ihr Interesse an den männlichen Mitgliedern unseres Teams. Sie hat unsere Arbeit von beinahe einem Jahr in Grund und Boden gestampft. Hier, hör mal zu, steht ja auch im Internet. Wo schon ein wahrer Shitstorm losgegangen ist. Ich habe die Kommentarfunktion auf unserer Seite bereits abstellen lassen.«

Sie holte ihr Tablet, das sie vor der Schlacht auf einem etwas abseits stehenden Tisch abgelegt hatte. Wischte hektisch über den Monitor. Ihre Hände zitterten.

»So, Ohren auf, mein lieber Kemp. Das fängt schon mit der Headline an: ›Bunte Tüte ist nicht immer lecker. Partikel-Hof debütiert mit Beliebigkeit und Dilettantismus‹ Fängt gut an, nicht wahr? Kommt aber noch besser. Dicker. Hier zum Beispiel. ›Ein mit großen Ambitionen gestartetes Projekt wie der Partikel-Hof muss sich naturgemäß an seinen Ansprüchen messen lassen. Sicherlich ist es ein hehres Unterfangen, vergessenen Künstler*innen ein Podium bieten zu wollen. Doch weder die in der Eröffnungsausstellung präsentierte Elfriede Lohse-Wächtler noch Bruno Schulz sind heute vergessen. Ganz im Gegenteil. Insbesondere Schulz erfreut sich einer wahren Renaissance. Auch zu Recht. Ohne Zweifel. Nur gehört er nicht unter das Label eines Vergessenen. Thema verfehlt. Setzen. Sechs. Und wenn man dann erfährt, dass diese Auswahl eine »gewisse persönliche Reverenz«, ein »lieb gemeintes Dankeschön« an einen netten älteren kanadischen Anwalt mit deutsch-jüdischen Wurzeln gemeint sei, wie mir von Dr. Johanna Riese, einer der künstlerischen (!) Leiter*innen (!!!) des Museums versichert wurde, so kann ich nur entgegnen: Beim Kuratieren von Ausstellungen haben persönliche Empfindungen und liebe Gesten nichts zu suchen. Überhaupt nichts. Kunst ist klar. Kalt. Gefühllos. Muss frei von Emotionen sein.‹ Entzückend, nicht wahr? Jetzt möchte ich auch eine.« Sie nahm Kempowski dankend die angezündete Zigarette ab. Zog tief. Hüstelte etwas. Las weiter vor.

»Doch das ist nicht alles. Hier, das ist auch hübsch. ›Emotionen scheinen jedoch auch bei der Auswahl der »Regionalgröße« Joachim Majakowski mit im Spiel gewesen zu sein. Der, wie mir inzwischen bekannt wurde, nicht nur Kommilitone der anderen künstlerischen (!) Leiter*in (!!!), sondern auch Bettgenosse aller weiteren Damen des gefühlvollen Kunstkränzchen gewesen sein soll. Eine lebendige Libido ist jedoch ebenso wenig ein Garant für wahres

Künstlertum wie ein tragischer Tod. Fast möchte man sagen, jenes sicherlich grauenhafte Ende, bei dem Joachim Majakowski zu allem Übel auch noch geblendet wurde, hat uns wahren Kunstfreunden einiges erspart. Die gezeigten Arbeiten lassen diese Vermutung als Gewissheit erscheinen. Bezeichnenderweise noch dazu Arbeiten aus der Studienzeit des auch für seine sonstigen Sinnenfreuden bekannten Tausendsassas, die jedoch eher an postpubertäre Erotismen erinnern, wie man sie auf Schultischen der Mittelstufe oder in Jungentoiletten vorfinden kann.«

»Meine Fresse, Schiffers muss wirklich schlecht im Bett gewesen sein. Dabei dachte ich, dass die nach der Vernissage mehr als einen lustigen Abend gehabt hatten.« Kempowski drückte seine Kippe aus. Schnipste sie auf einen der diversen Scherbenhaufen vor ihnen. Das war nun auch egal.

»Nein, es ist tatsächlich bei einem One-Night-Stand geblieben. Wie er mir vorhin noch versichert hat. Berna-Bett, wie sie in der Szene wohl auch genannt wird, ist selbst für einen Hengst wie mein Pferdchen zu anstrengend. Er hat die Affäre bereits am nächsten Morgen wieder beendet. Deshalb fühlt er sich ja auch schuldig an dem Desaster. Ich glaube aber, dass ihr Hass auf unser Haus vor allem mit Bastian zu tun hat. Seiner Zurückweisung ihrer Avancen. Sie hat es ja nach der Eröffnungsfeier noch mehrfach versucht. Ist ihm sogar in den Darß nachgefahren. Hat sich ihm »gezeigt«, wie mir Ann-Kathrin erzählt hat. Was auch deutlich aus ihrer »Kritischen Besprechung« spricht, wie sie ihr Pamphlet genannt hat. Hier, jetzt kommt es wirklich dicke: ›Was waren das noch für schöne Zeiten, als man ungestraft Dorftr … sagen konnte und De … Und sich diese ohne Zweifel bedauernswerten Geschöpfe auch so verhielten. Bescheiden. Freundlich sabbernd. Das Köpfchen wackelnd. Anstatt sich wie heutzutage als große Künstlergiganten zu gebärden. Morgenthaler, Prinzhorn und Dubuffett in allen Ehren, doch was sich inzwischen mit dem Etikett Art brut schmückt, das geht auf keine Kuhhaut mehr. Jüngstes Beispiel der in Ahrenshoop vorgestellte (oder sollte ich schreiben vorgeführte?) Bastian mit seinen Gerümpelhaufen. Wie einfältig muss man sein, um dies als Kunst zu erachten? Müll ist das. Das »Werk« eines Messies, der, weil er kein eigenes Heim besitzt, eben Galerien zumüllt. Oder, aktuell, den sogenannten Skulpturengarten des sogenannten Museums des Verschwindens. Für das nur zu hoffen ist, dass dies bald der Fall sein wird. Und die Ahrenshooper Kunstlandschaft wieder frei leuchten kann. Darf!‹ Ist das nicht unglaublich? Eine nicht in Worte zu fassende Unverschämtheit? Und nachdem Johanna den Artikel heute früh gelesen hat, sind bei ihr die Sicherungen durchgebrannt. Alle. Erst hat sie nur geschrien, dann fing sie an, alles Greifbare durch die Gegend zu werfen. Die Scheiben zu zertrümmern. Danach ist sie in den Garten und hat sich an Bastians Mären ausgetobt. Bis Ann-Kathrin gekommen ist. Der Krieg ausbrach. Ist das nicht alles entsetzlich? Ich bin so traurig. So unglaublich traurig.« Elisabeth rückte rüber. Setzte sich auf Kempowskis Schoss. Wollte getröstet werden.

Der jedoch noch immer Fragen hatte. Zunächst aber den Tröster spielte. »Klar, das ist alles äußerst bitter. Doch, letztendlich sind das doch nur ein Dutzend Seiten Dreck. Morgen, nächste Woche, spätestens nächsten Monat vergessen. Altpapier und Datenmüll. Das geht heutzutage rasend schnell. Der nächste Skandal, die nächste Sau, die durchs Dorf getrieben wird. Und, dieses Durcheinander, die kaputten Scheiben, das ist auch alles zu beheben. Außerdem wird Bastian sicherlich darauf brennen, neue Haufen zu errichten. Da passt womöglich so ein Zerstörungsmoment richtig gut ins Konzept. Schade ist es nur ums Menschliche, kaputte Freundschaften lassen sich nicht so leicht, so einfach reparieren. Aber, du erwähntest vorhin auch noch diesen Galeristen. Irgendwelche Japaner?«

»Ach, Kemp, du gönnst mir auch keine Pause. Den Werners-Wiedehopf haben die Meinhards gestern Abend verhaftet. Hier bei uns. Er war gerade aufgetaucht, wollte unbedingt den Bastian sprechen. Machte ein Riesentheater, sprach von irgendwelchen nicht termingerecht vorliegenden Auftragsarbeiten. Zeigte immer wieder auf die zwei Japaner, die vorhin hier schon wieder rumlungerten. Dann kamen die Meinhards angefahren. Mit Unterstützung. Sind direkt auf ihn zu und haben ihm seine Rechte verlesen. Erklärt, dass gegen ihn der Verdacht besteht, seinen Rechtsanwalt getötet zu haben. Weil wohl irgendein Alibi geplatzt ist. Und schon kam einer der Uniformierten mit diesem Kabelbinder, den sie heute meistens verwenden. Sekunden später waren sie wieder fort. War der Spuk vorbei. Dachte ich wenigstens. Wobei, diese beiden Japaner machen mir ein bisschen Angst. Schau mal, die stehen noch immer am Zaun. Machen Fotos. Könnten die von dieser japanischen Mafia sein?«

31. Eratigena picta

»NSU, Ku-Klux-Klan. Jetzt auch noch die Yakuza. Da soll einem nicht der Appetit vergehen.« Hakala-Holappa beobachtete, wie Rico Meinhard eine Cherrytomate auf dem üppig gesunden Teller vor sich fixierte. Sie unschlüssig mit der Gabel hin- und herrollen ließ. Zögerlich. Zaudernd. Zaghaft. Um sie dann unmotiviert in ein Rucolabettchen seiner Salatvariation mit Grünzeug von Feld und Wiese zu bugsieren.

Der appetitlose Kommissar erinnerte ihn an seine eigene kurze Karriere beim Eishockey. So hatte er sich immer gefühlt, wenn er den Puck an der Kelle führte. Spürte. Mutlos. Planlos. Verzagt. Abgeben? An die Bande schießen? Oder mal direkt aufs gegnerische Tor? Zumeist hatte ein Fehlpass solche Situationen beendet. Meinhard Senior tat ihm richtig leid.

»Papi, nun iss doch mal was! Du hättest wirklich auch die Pfifferlinge nehmen sollen. Die sind Weltklasse. Willst du mal probieren?« Leon Meinhard säbelte ein Stück eines Schweinemedaillons ab. Platzierte zwei der eigentlich von beiden so geschätzten Pilzlein darauf. Krönte das Ensemble mit einem Klecks Rahmsauce und hielt seinem Vater die vollgeschaufelte Gabel hin. Der jedoch barsch abwinkte.

»Leon wir sind hier nicht unter uns!« Hakala-Holappa schaute erstaunt auf. Er hatte zwar mitbekommen, dass der Junior wieder ins Elternhaus gezogen war, nachdem sich seine Mutter von seinem Papi getrennt hatte. Doch ein so vertrautes, inniges Vater-Sohn-Verhältnis hatte er dann doch nicht vermutet.

»Und außerdem ist das hier ja so etwas wie eine Art Arbeitsessen. Mir hätten ja ein simpler Kaffee und ein Wasser in irgendeiner x-beliebigen Bäckerei gereicht. Aber der Herr Polizeikommissaranwärter musste ja unbedingt in den Alten Fritz. Da kannst du dich übrigens persönlich um die Abwicklung der Spesenabrechnung kümmern. Und achte darauf, deine Pfifferlinge schön zu gendern, so mit Sternchen, die neue Chefin ist überaus korrekt. Ach, wie mich das alles anödet.« Jetzt hatte Meinhard Senior doch etwas Fahrt aufgenommen. In seinem Verdruss wie in seinem Speiseverhalten. Die neuerlich hervorgeholte und mit der Gabel gespielte Cherrytomate flog flott über den Tellerrand hinaus. Ein Slap Shot. Oder Schlagschuss. Wie man beim Eishockey sagt. Und der Profiler für sich kommentierte. Um sogleich dem Junior zur Seite zu springen.

»Also, ich finde die Wahl Ihres Juniors hervorragend. Mein Geschmorter Schwarzbierbraten schmeckt exzellent. Und dann dieser Wasabi-Meerrettich-Kartoffelstampf ist einfach köstlich. Macht richtig frei. Außerdem ist es hier doch sehr hübsch. Ein wirklich schöner Biergarten. Und dann dieses rustikale Brauhaus. Genau der richtige Kontrast zur JVA und unserem unerquicklichen Gespräch mit Uli Werners-Wiedehopf.«

»Danke, Herr Hakala-Holappa. Da hörst du es, Papi. Du solltest wirklich öfter mal auf mich hören. Auch wenn ich ja zugebe, dass ich mich in meinem Informanten getäuscht habe. Aber, genauso täuschst du dich meiner Ansicht nach in deiner Verbohrtheit, mit der du an diesem Galeristen als Täter festhältst. Das ist ohne Zweifel eine zwielichtige Type, der seine Künstler übers Ohr haut. Mit Sicherheit auch sonst noch Dreck am Stecken hat; Steuerbeschiss, Erbschleicherei, Betrug, Unterschlagung etc. pp. Aber ein Mörder ist der nicht. Nie im Leben.« Eine volle Gabel unterbrach Leons Emanzipationsversuch von väterlicher Dominanz. Heruntergespült mit einem kräftigen Schluck Störtebeker Hanse-Porter. »Du fährst übrigens!« Der Junior bekam langsam Oberwasser.

Der Senior hingegen nippte Stilles Wasser. »Mensch Junge, du hast doch sonst durchaus mal Fantasie. Ermittlerische Kreativität. Dass dieser Schnösel alle vier Morde persönlich verübt hat, glaube ich auch nicht. So fadenscheinig seine Alibis sind. Aber, er steckt da hinter. Ist der Fadenzieher. Hat überhaupt erst die Idee gehabt. Um eben seine komischen Künstler zu »promoten«, wie man das heute nennt. Damit deren Arbeiten durch diesen Medienrummel bekannter werden. Teurer. Du hast mir selbst erst vorhin wieder berichtet, wie dieser Schrott in den letzten Tagen im Internet preislich in die Höhe geschossen ist. Was ich ja nun partout nicht nachvollziehen kann.«

»Ja, Papi, aber das ist lediglich ein Phänomen unserer digitalen Zeit. Da verbreiten sich halt Informationen blitzschnell. Sowie weltweit. Und, viele Sammler kaufen Kunstwerke ja nicht per se, um sie an die Wand zu hängen. Sondern als Anlage. Da kommen ein ermordeter Künstler sowie irgendwelche Gerüchte und Fake News wie gerufen, um so einen Hype auszulösen. Wenn dann auch noch der Galerist verhaftet wird, ist das bestens fürs Business. Hätte ich was von diesem Bastian oder dem anderen, diesem Häusler, würde ich das jetzt auch anbieten. Oder womöglich noch pokern …«

»Mal den Teufel nicht an die Wand, Leon. Sonst lande ich demnächst bei Ihnen auf der Couch, Hakala-Holappa. Und, mein lieber Sohn, das mit diesem Mechanismus, diesem kapitalistischen Mumpitz habe ich schon verstanden. Bin ja nicht vollkommen blöd. Im Gegenteil, das ist genau der Hintergrund. Darauf hat es ja Werners-Wiedehopf angelegt. Es vermeintlich anlegen müssen, weil ihm irgendein japanischer Sammler im Nacken sitzt, der ihm verdammt viel Kohle als Vorschuss für Arbeiten gezahlt hat, die dieser Bastian nicht mehr machen will. Da ihn nun diese Seegers vereinnahmt hat. Daher musste der Galerist eben aufs Ganze gehen, um die noch vorhandenen Kunstwerke so im Wert zu steigern, dass er wenigstens dem Japaner sein Geld zurückzahlen kann. Und der Lohof war sein Erfüllungsgehilfe. Hat den perfiden Plan umgesetzt. Entweder hat ihn sein Kumpan eine Beteiligung an den Erlösen versprochen. Oder er hat was gegen ihn in der Hand gehabt. Die haben ja jede Menge dubiose Geschäfte gemacht, die beiden Halunken. Bloß kann der jetzt keine Aussage mehr dazu machen. Weil ihn unser Uli kurzerhand umgebracht hat. Zu einem Zeitpunkt, für den er definitiv kein Alibi hat. Sondern am Tatort war. Was uns zwei Zeuginnen bestätigt haben. Die Frau Kümmel und die Frau Westermann. Beide haben ausgesagt, dass Werners-Wiedehopf noch bei Lohof war, als sie gegangen sind. Und dass er sie am nächsten Tag angerufen hätte und ihnen Geld geboten hätte, wenn sie bezeugen würden, dass er an dem Abend nicht bei diesem Happening dabei gewesen wäre. Wenn das nicht passt, weiß ich auch nicht, was noch passen soll?« Rico Meinhard griff wieder zur Gabel. Wechselte aber die Disziplin. Harpunierte ein Stückchen Gurke. Das er anschließend verspeiste. Mampfend. Ihm etwas Paprika folgen ließ. Nun auch ein, zwei Blättchen Rucola. Tatsächlich.

»Schön, dass es dir schmeckt, Papi. Dennoch, Lohof war 71. Hatte Bypass und künstliches Hüftgelenk. Kannst du dir ernsthaft vorstellen, dass ein Mann mit diesen Einschränkungen im Korb eines Hubwagens an dieser Windmühle rumturnt, um diese Ärztin aufzuknüpfen? Also in Position zu bringen. Auch wenn er, wie wir, na ja, ich festgestellt habe, Patient bei ihr war. Allerdings ein zufriedener, ein sehr zufriedener. Wir haben ja in ihrem Nachlass sogar noch eine Karte mit dankenden Grüßen gefunden. Und selbst wenn da noch ein dritter Mann beteiligt gewesen wäre, der die Drecksarbeit übernommen hat, warum bedankt sich unser Kunde dann sogar dafür, dass er jetzt in U-Haft sitzen »darf« und erst mal Ruhe vor diesen »Japsen« hat? Verzichtet überdies noch auf einen Anwalt, wo ihm doch der alte abhandengekommen ist. Meint dreist, wenn es darauf ankommt, kann er sich selbst verteidigen und wieder rausholen. Wenn die Luft rein ist. Nein, lieber Herr Vater, das ist alles wenig überzeugend. Auch wenn wir jetzt erst einmal Ruhe vor der von dir so geschätzten Frau Polizeidirektorin von Erlental haben.«

»Von Erlental?« Hakala-Holappa unterbrach sein bislang nahezu schweigend genossenes Mal. »Wie diese Kunstkritikerin, die dieses Chaos in Ahrenshoop ausgelöst hat? Mit ihrem aber auch wirklich unverschämten und durch nichts zu rechtfertigen Schmähartikel.«

»Exakt. Victoria von Erlental. Diese Schmierschnepfe ist ihre große Schwester. Deswegen macht sie uns doch noch extra Druck, da sie »persönlich in das regionale wie internationale Kunstgeschehen involviert wie integriert ist und renommierte Künstler*innen zu ihrem engen Freund*innenkreis zählen darf.«« Dem Senior gelang es überraschend gut, Dünkelhaftigkeit und Attitüde seiner Chefin zu imitieren. Er wechselte wieder zum Eishockeysport. Eine weitere Cherrytomate schoss Richtung Tischtuch. Titschte auf. Flog. Landete im Dessertschälchen einer älteren Dame am Nachbartisch. Über Bande. Im Möwengruß.

»Oh, Entschuldigung. Dürfen wir Ihnen ein neues Eis bestellen? Wir sind von der Polizei.« Meinhard Junior war umgehend zum Tatort geeilt, um das Malheur seines Vaters glattzubügeln. Was jedoch gar nicht sonderlich notwendig gewesen wäre. »Ach, das ist aber nett, junger Mann. Doch lassen Sie mal. Sie erzählen so interessante Sachen. Da entschädigt mich das Zuhören allemal. Das ist ja spannender als jeder Krimi im Fernsehen. Es geht doch um den toten Rechtsanwalt aus Barth, oder? Da würde ich mal gründlich in den alten Akten suchen. Der hat sich hier oben ziemlich unbeliebt gemacht. Gerade in den ersten Jahren, so kurz nach dem Mauerfall.«

Alle drei Männer erstarrten. Waren jetzt ganz Ohr. Der Profiler froh, seinen Teller rechtzeitig geleert zu haben. Die letzten Reste der Sauce mit schmackhaftem Baguette aufgetunkt.

»Dürfen wir uns eventuell zu Ihnen gesellen? Und, ja, entschuldigen Sie bitte mein Missgeschick. Darf es vielleicht ein Espresso sein? Oder was anderes zur Verdauung? Meinhard, mein Name, Rico Meinhard, Hauptkommissar, Polizeiinspektion Stralsund. Das hier ist mein Filius Leon. Und dies Herr Hakala-Holappa, unser Profiler.«

»Aber sicherlich. So nette Gesellschaft habe ich doch nicht alle Tage. Gehe aber auch nicht so oft essen. Kann ich mir gar nicht erlauben, bei meiner schmalen Rente. Nur viermal im Jahr. An meinem Geburtstag, am Geburtstag meines Mannes, an unserem Hochzeitstag und an Karls Todestag. Dann fahre ich von Barth aus in die weite Welt. Mal nach Rostock, nach Wismar sogar. Oder eben nach Stralsund. Und gönne mir etwas. Heute ist es der Hochzeitstag. Unser 57. Haben kurz vorm Mauerbau geheiratet. Und dann ist Karl im Dezember 1990 gestorben. Ganz plötzlich. Einfach umgefallen. Das Herz. So kann es kommen. Ich bin übrigens die Frau Schwerdfeger.«

»Oh, das tut uns leid. Dennoch, hmm, tja, herzlichen Glückwunsch.« Die drei waren inzwischen umgezogen. Hatten die Getränke und restlichen Speisen mitgenommen. Gaben artig das gute Händchen zur Begrüßung. Mit angedeutetem kleinen Diener. Nahmen Platz. Platzten beinahe vor Neugierde. Meinhard Junior war am ungeduldigsten. »Sie kannten den Herrn Lohof? Persönlich? Als Klientin?« Zugleich drückte ihn ein schlechtes Gewissen. Da seine Prüfung des Lohofschen Aktenarchivs etwas oberflächiger ausgefallen war, als vom Herrn Papa angeordnet. Er beschloss, das so bald wie möglich nachzuholen. Und erhoffte sich natürlich, von Frau Schwerdfeger Hinweise zu erhalten. Wertvolle Hinweise.

»Nein, persönlich habe ich den nicht gekannt. Einen Anwalt habe ich mein Lebtag nicht gebraucht. Aber, man hat so einiges gehört, über den und seine Machenschaften. Der hat wohl ziemlich geschickt dieses Durcheinander ausgenutzt, das damals hier herrschte. Ging ja alles drunter und drüber. Und da haben er und sein Kompagnon wirklich miese Geschäfte gemacht. Mit Menschen aus den Heimen. Schwierige Kinder, alte Leute oder welche, die gaga sind, wie man früher sagte. Haben die irgendwie entmündigt, entmündigen lassen. Aber nur die, die etwas besaßen. Häuser und so. Und keine Angehörigen mehr hatten. Haben sich gegenseitig die Vormundschaften zugeschustert. Und dann den ganzen Babel verkauft, den dicken Reibach gemacht. Sich aber ansonsten einen Deiwel um ihre Mündel gekümmert. Ganz fies muss das zugegangen sein. Aber wie gesagt, ich habe das auch nur so gehört.«

»Einen Kompagnon?« Der Junior war hellhörig geworden. »Können Sie sich erinnern, wie der hieß? Vielleicht …«

»Darf es bei Ihnen noch etwas sein?« Die zuvorkommende Bedienung störte jäh seine Ermittlungsarbeit.

»Ach, dann nehme ich doch glatt noch einen Stralsunder Meerbrand. Die Herren auch? Ich geb einen aus.« Frau Schwerdfeger schien zunehmend Gefallen an der Situation zu finden. Kehrte daher flugs in die Rolle als wichtige Informantin zurück. Während die Meinhards und Hakala-Holappa stumme Zustimmung nickten.

»Nein, an einen Namen kann ich mich nicht erinnern. Nur dass der früher, also vor 1990 Nervenarzt gewesen ist. Hat hier in Stralsund am Krankenhaus und in verschiedenen Kinderheimen gearbeitet. Aber auch an anderen Orten in der Republik. Müssen ein paar fürchterliche Einrichtungen darunter gewesen sein. Ganz üble Zustände. Die armen Würmchen. Später hat er eine Praxis in Zingst gehabt. Ganz seriös. Und dann seine Geschäfte mit diesem Anwalt gemacht. Das wäre aber gar nicht so bekannt geworden, wenn da nicht eine junge Frau Anzeige gegen ihn erstattet hätte. Dass er sie, nun ja, dass er sich … hmmm … also an ihr vergangen hätte. Das muss so um 95, 96 herum gewesen sein. Das hat mächtig geknallt und für Aufsehen gesorgt. Ach, das passt ja, der Schnaps ist da.«

Die nette junge Dame vom Alten Fritzen stellte vier Gläser auf den Tisch. Die da nicht lange ruhten. Doch noch nicht sofort geleert wurden. Da sich Frau Schwerdfeger einen Trinkspruch ausbat. »Auch wenn es vielleicht unpassend ist, ich finde den niedlich. Aufgepasst, meine Herren: Und draußen in dem dunklen Forst. Erwacht die Gans im

Adlerhorst. Sie sieht sich um und spricht betroffen. Mein lieber Schwan, war ich besoffen.«

Hakala-Holappa prustete als erster los. Meinhard Junior folgte auf dem Fuße. Und selbst sein Vater musste grinsen.

»Aber nicht, dass Sie jetzt sonst was von mir denken. Doch, gerade weil die Welt manchmal so dunkel und böse ist, sollte man doch seinen Humor nicht verlieren. Wollen Sie noch einen? Fräulein …!«

»Und nicht den roten Faden, liebe Frau Schwerdfeger. Sie sind gerade dabei, uns einen großen Schritt weiterzubringen, einen sehr großen. Wenn Sie jetzt noch den Namen dieser Frau wüssten, wäre das fantastisch.«

Hakala-Holappa ließ seinen Charme spielen. Schäkerte ein wenig. Sie wusste ja nicht um seine Vorlieben.

»Leider nicht, beim besten Willen nicht, Herr … Hoppala. Ich weiß nur, dass dieser Arzt den Prozess gewonnen hat. Ihn dieser Anwalt da rausgeboxt hat. Der hatte wohl herausbekommen, dass die Kleine inzwischen einen schlechten Ruf hatte. Weil sie ihr Geld auf der Straße verdient hat. Das hat der ganz hinterhältig ausgenutzt. Sie als notorische Lügnerin und leichtes Mädchen hingestellt. Ja, und ein paar Wochen später hat sie sich dann umgebracht. Das arme Ding. Ist in Warnemünde vom Hotel Neptun gesprungen. 19. Stock. Furchtbar war das. Das habe ich noch ganz deutlich in Erinnerung. Weil wir da mal im Urlaub waren, mein Karl und ich. Habe mir damals kurz überlegt, ob ich nach Rostock fahre. Zu ihrer Beerdigung.«

32. Callobius claustrarius

Kurz vor Rostock war Robert Aaron Zimmermann eingeschlafen. Im Dunkeln versunken. Im Schwarz. Tief. Traumlos.

Dabei hatte er sich noch kurz zuvor bestens gefühlt. Geradezu euphorisch. War mit Jonathan Ahlfänger seinen Plan durchgegangen. Schritt für Schritt. Einen nach dem anderen. Zunächst hatten sie vorgehabt, sich in Rostock einen Mietwagen zu besorgen. Am besten einen Mercedes. Jonathans alter Honda war für einen Besuch eher ungeeignet. Nicht nur, weil er ein Japaner war. Auch die auffällige Rastafarbgestaltung in Grün-Gelb-Rot plus dem Emblem der Siebenblattpflanze würde bei Möller und seiner reichsdeutschen Dorfgemeinschaft auf wenig Gegenliebe stoßen. Außerdem hatte sich Zimmermann überlegt, dass es doch besser sei, Ahlfänger neu einzukleiden, auch wenn er ihn in schwarzer Jeans, T-Shirt und Lederjacke gekleidet in Born abgeholt hatte. Doch, so hatte er irgendwo gelesen, auch in Neonazikreisen kam es heutzutage sehr auf die richtigen Marken an. Dem hatte Ahlfänger zugestimmt, jedoch zu bedenken gegeben, dass es besser wäre, so etwas in einem Secondhandgeschäft zu besorgen, von denen es mehrere in Rostock gäbe.

Das war Zimmermann recht gewesen. Er hatte sich richtig auf einen kleinen Einkaufsbummel mit seinem neuen Adjutanten gefreut. Ein uralter Jude und ein bekiffter Rastaman auf der Suche nach Thor Steinar-Klamotten. Eine durchaus amüsante Vorstellung. Zeit hatten sie ja. Er hatte ihren Besuch bei Jens Möller von Jonathans Smartphone per SMS für 16:00 Uhr angekündigt. Zur besten gutdeutschen Kaffeezeit. Seinen Zusatz, dass er Kuchen mitbringen würde, Altdeutschen Apfelkuchen, hatte Möller sogar mit einem Smiley beantwortet.

Überhaupt war die bisherige Korrespondenz mit dem Gauleiter von Jamel erstaunlich freundlich, formvollendet und fehlerfrei abgelaufen. Auf seinen ersten Brief hatte Zimmermann sehr bald und, wie gewünscht, via E-Mail, die höfliche Antwort erhalten, dass alte Kameraden wie er jederzeit willkommen seien und man sich freue, ihn kennenzulernen. Sicherlich habe er Spannendes aus der großen deutschen Zeit zu berichten.

Diese Erwartungshaltung hatte ihm einige Kopfschmerzen bereitet. Zum Glück besaß er aber jetzt so ein kleines Tablet, das ihm Richard Sonntag besorgt hatte, und war von diesem auch in die Kunst der modernen Kommunikation eingewiesen worden. Eigentlich wollte er mit dem Gerät nur peinlichen Rückfragen Lore Bradherings vorbeugen, wenn sie Post aus Jamel im Briefkasten gefunden hätte. Nun war es ihm aber möglich gewesen, sich im Internet Stoff für eine neue Vita zusammenzusuchen:

Rudolf Tischler. Jahrgang 1926. Sohn einer Bauernfamilie aus einem Dorf bei Oppeln. Jungvolk. Reiter-HJ. Im Winter 1942/43 als Freiwilliger an die Front. Zunächst Reiterverband Boeselager. Dann Kavallerie-Regiment Mitte. Zum

Schluss Reiter-Regiment 31. Einsätze an der Ostfront. Rückzug nach Ostpreußen. Weiterzug nach Ungarn. Schließlich im Mai 1945 die Fron: Britische Kriegsgefangenschaft. Weitere Stationen PWTE Rheinwiesenlager. Verlegung nach Kanada. POW Camp 30, Bowmanville, Ontario. 1948 die Entlassung. Kurzfristige Rückkehr nach Deutschland. 1951 aber Auswanderung und Rückkehr nach Kanada. Anschließend harte Jahre als Holzfäller. Bis zur Gründung einer eigenen Pferdzucht in Nova Scotia.

Die kanadischen Jahrzehnte seiner neuen Biographie hatte er, genau wie sein Pseudonym, einem ehemaligen Mandanten entliehen. Der jedoch sehr, sehr zurückgezogen lebte und von dem keine Spuren im Netz zu finden waren.

All das war ihm auf der Fahrt gen Westen durch den Kopf gegangen. Bis ihm dann Jonathan mit freundlicher Geste einen Trinkbecher mit noch fast heißem Tee angeboten hatte. Einem besonderen.

»Mate, der Trunk der Götter Südamerikas. Muss man eigentlich aus so einer kleinen Kalebasse und mithilfe der Bombilla, einem metallenen Trinkröhrchen genießen. Wirkt aber auch so …« Hatte Ahlfänger noch gesagt, während Zimmermann bereits einen kräftigen Schluck nahm. Der ihm durchaus mundete, ungeachtet eines etwas bitteren Geschmacksmoments. Das kurz darauf wirkte. Jonathan hatte nicht zu viel versprochen. Schlagartig wirkte. Zimmermann fallen ließ. Ins Dunkel. Tief. Traumlos. Schwarz.

Aus dem er nun langsam erwachte. Mühsam. So als wolle er sich aus einer Kiste voller Watte herausschälen.

Nur schwach konnte er seine Augenlider öffnen. Um in das Gesicht einer alten Frau zu schauen. Ein Käthe Kollwitz-Gesicht. Faltenreich. Sorgenvoll. Verhärmt. Von weißen, aufgelösten Haarsträhnen eingerahmt. Doch mit warmen, heimeligen Augen. Perchta? Die Roggenmuhme? Oder gar Frau Holle?

»Guten Abend, ich bin Frau Ahlfänger. Martha Ahlfänger. Jonathans Großmutter. Sie sind bei mir in meinem Häuschen in Zingst. Sie sollen sich bitte nicht aufregen, soll ich Ihnen sagen. Alles wird gut, lässt er Ihnen ausrichten. Das dürfen Sie ihm glauben; er ist ja eigentlich ein guter Junge, ein ganz lieber. Wenn da nur nicht diese Drogen wären und seine krausen Ideen. Sie glauben ja gar nicht, was ich mir für Gedanken um ihn mache. Wenn er doch wenigstens sein Studium beenden würde. Ach, nein, das ist schon ein Kreuz. Wo doch seine Eltern nichts mehr von ihm wissen wollen. Ihn vor die Tür gesetzt haben. Jegliche Unterstützung gestrichen. Ich hoffe nur, dass er keinen Blödsinn macht. Aber, Sie wirken eigentlich ganz vernünftig, lieber Herr Zimmermann. Wollen ihm ja auch helfen, wie er mir erzählt hat. Ganz stolz.«

Frau Ahlfängers Kummerkaskade hatte Zimmermanns Erwachen beschleunigt. Er richtete sich auf. Schaute sich um. Versuchte zu begreifen. Reimte sich einiges zusammen. Wusste nicht, mit welchem Gefühl er reagieren sollte: Wut? Ärger? Enttäuschung? Entschied sich dann für Mattigkeit. Ließ sich wieder ins Kissen sinken. Dessen Bezug Heublumendüfte verströmte. Nein, er wollte, konnte Jonathan nicht böse sein, selbst wenn er sich vorkam wie ein kleiner Junge, der von seinem Vater bevormundet wurde.

»Das stimmt, gute Frau Ahlfänger, Ihr Enkelsohn ist ein feiner junger Mann. Sehr fein. Obgleich er es mit seiner Art und seiner Haltung schwer hat, schwer haben wird in dieser Welt. Doch, er kann weiterhin auf meine Unterstützung bauen. Im wahrsten Sinne des Wortes. Wenn es ihm denn damit auch zukünftig ernst ist, mit dieser Vision vom eigenen Haus im eigenen Wald.«

»Da wird er sich aber freuen, das zu hören, lieber Herr Zimmermann. Er hatte vorhin schon etwas Bedenken, dass Sie ihm seine eigenwilligen Entscheidungen übelnehmen würden. Auch wenn er mir gar nicht groß erzählt hat, um was es da eigentlich geht. Er hat mir nur knapp mitgeteilt, dass er noch mal los müsse. Etwas erledigen. Und sich dann morgen früh melden würde. Ach ja, und diesen Brief soll ich ihnen geben. Möchten Sie etwas trinken? Einen Tee? Kaffee? Oder einen Wein? Es ist ja schon spät.«

»Ein Wein wäre fein. Am liebsten einen Roten. Und, ja, es ist wirklich schon spät. Beinahe zehn. Dann habe ich ja mehr als lange geschlafen. Und …?« Beim Blick auf seine Armbanduhr hatte Zimmermann erst wahrgenommen, dass er in einem Pyjama steckte. Längsgestreift. In Blau-Weiß-Rot. Ein älteres Modell. Während seine eigene Garderobe akkurat gefaltet auf einem Sessel ruhte. Ebenfalls schon etwas betagt. Wie die gesamte Einrichtung des Ahlfängerschen Wohnzimmers, in dem man ihm auf einer Ausziehcouch ein Lager bereitet hatte.

»Der ist noch von meinem Winfried. Den hat er hiergelassen, als er abgehauen ist. Rüber gemacht hat. Gleich nach der Wende. Wollte noch mal von vorne anfangen. Und das mit 56. Drei Jahre später war's dann aus mit ihm. Totgesoffen. In einem Männerwohnheim in Hannover. Aber, was erzähle ich da. Sie wollen sicherlich ...«

»Ja, herzlichen Dank für Ihr Verständnis. Und Ihre, nun, nennen wir es mal Gastfreundschaft.« Zimmermann öffnete das Kuvert und begann zu lesen. Hörte dabei Jonathans freundliche Stimme im inneren Ohr.

»Lieber Herr Zimmermann, es tut mir aufrichtig leid, dass ich Sie wahrscheinlich zutiefst enttäuscht habe und hoffe, dass Sie mir mein eigenmächtiges und übergriffiges Verhalten verzeihen. Allerdings wusste ich mir nicht anders zu helfen. Mit Worten hätte ich Sie nicht von Ihrem Vorhaben abbringen können. Dafür sind Sie zu entschlossen, diesen Olaf Hegerdorp zu finden. Wofür ich Sie bewundere. Nur sind diese Typen wirklich gefährlich und ich habe meine Zweifel, dass sie Ihnen diese Nummer mit dem alten Nazi aus Kanada abkaufen. Vor allem nicht, wenn diese beiden Arschlöcher, verzeihen Sie den Ausdruck, dabei sind, die sie bei Born überfallen haben. Stellen Sie sich doch die Situation vor, dass die Truppe Wind davon bekommen hat, dass Sie Jude sind und das checken wollen. Dann stünden Sie mit heruntergelassener Hose vor diesen Wichsern, sorry.«

Er musste schmunzeln. An seinen Vater Josef denken. An dessen Vorbehalte gegenüber manchen Riten seiner Ahnen. Der daher auf die Brit Mila seines Sohnes verzichtete. Weil er einem Gott, der einen beim Pinkeln daran ermahnt, dass man an ihn glauben solle, nicht recht über den Weg traute. Dann las er weiter.

»Vor so einer Schmach wollte ich sie bewahren. Darum das Schlafmittel im Matetee. Übrigens absolut bio. Ohne Chemie und Nebenwirkungen. Ich fühle mich nämlich schon ein bisschen verantwortlich. Gerade wegen unserer ersten Begegnung. Vielleicht gehört das ja zu meinem »Job« auf Erden, ein bisschen auf Sie aufzupassen. Dazu passt ja ein Zitat meines Henry David Thoreaus: ›Sei nicht einfach gut – sei gut für etwas‹. Darum mache ich mich jetzt wieder auf den Weg nach Jamel. Aber ich werde nicht zum Möller und seinen Leuten, sondern ich werde die Holtmeiers besuchen. Die wohnen seit ein paar Jahren dort und sind die einzigen Nichtnazis. Machen jeden Sommer dort ein Festival. ›Rock gegen Reichsbürger‹. Ganz taffe Leute, die echt dagegenhalten. Auch wenn sie natürlich jede Menge Ärger haben. Tote Ratten im Briefkasten, zerstochene Autoreifen, Drohbriefe und 2015 hat man ihnen sogar ihre Scheune abgefackelt. Die sind bestimmt auf unserer Seite. Habe mir außerdem überlegt, dass ich mir so eine Drohne mit Kamera besorge, und von deren Gelände aus das Dorf mal von oben beobachte. Ich werde mich so schnell wie möglich melden, wenn ich etwas in Erfahrung gebracht habe. Bis dahin noch einmal Entschuldigung und die besten Grüße,

Ihr Jonathan«

Eine Träne kullerte über Zimmermanns Altmännerwange. Eine zweite folgte. Er war zutiefst gerührt. Was für ein Bursche! Und ein kluger dazu. Seine Idee war wirklich gut. Doch hätte er sich darauf eingelassen? Wahrscheinlich eher nicht, zu sehr brannte in ihm der Wunsch, Olaf so schnell wie möglich zu sehen. Ihn zur Rede zu stellen. Was womöglich daran lag, dass ihrer beiden Lebensuhren schneller tickten. Ihm nicht mehr ewig Zeit blieb.

»Alles in Ordnung? Steht irgendwas Schlimmes in seinem Brief? Ich meine, weil Sie … Brauchen Sie ein Taschentuch?« Martha Ahlfänger war zurückgekehrt. Mit einer Flasche Wein. Dornfelder. Lieblich. Mit Schraubverschluss. Sowie zwei Gläsern in Bergkristall. Sie reichte ihm ein sauberes weißes Stofftaschentuch, das sie aus der Tasche ihrer Kittelschürze geklaubt hatte.

»Nein, ganz im Gegenteil. Sie können wirklich stolz sein auf den Bengel. Ein Mann mit Hirn und Herz. Ich bin froh, ihn kennengelernt zu haben. Auf Ihr, auf sein Wohl.« Sie stießen an. Zimmermann probierte vorsichtig. Doch der Dornfelder war besser als er befürchtet hatte. Sein Weinprobenblick streifte durch den Raum, den er ungeachtet des Alters der Möblierung gemütlich fand. Oder gerade deswegen. Blieb an einer Kredenz hängen. Gründerzeit. Derlei hatte auch in seinem Elternhaus gestanden. Gekrönt von einer Galerie Familienfotos, sepia in zumeist güldenen Rahmen. Hier jedoch prangte nur ein Bild. Ein größeres Porträt. Flankiert von zwei Vasen. Aus Bergkristall wie die Weingläser. Links welkten weiße Rosen. Rechts ließ Klatschmohn die Blütenblätter seiner Vergänglichkeit fallen. Zimmermann erkannte die dergestalt Gewürdigte.

»Oh, Sie sind eine Verehrerin von Martha Müller-Grählert, wie schön. Mir wurden ihre Verse erst vor Kurzem nahegebracht. Von einer lieben Freundin aus Ahrenshoop.«

»Ja, die Martha und ich, wir sind schon Seelenverwandte. Ich liebe ihre Gedichte. Vor allem die traurigen. Uns verbindet ein ähnliches Schicksal. Den lütten Sparling und mich. Ihr Mann hat sie ebenfalls verlassen. Hören Sie mal. Das ist von ihr:

›Du, und wo warst du geblieben?
Nirgends fand dich mehr mein Blick,
Und es bringt mein heißes Lieben
Nimmer, nimmer dich zurück.
Ach, dahin sind uns're Freuden,
Unsre Rosen sind verdorrt,
Und das letzte Wort heißt Scheiden,
Scheiden heißt das letzte Wort.‹

Schön nicht wahr. Ich finde es unfassbar schön.« Jetzt kullerten die Tränchen über Altweiberwangen. Zimmermann reichte ihr diskret das unbenutzte Taschentuch.

»Deswegen bin ich noch immer erschüttert, was man ihr angetan hat. Ihrem Grab. Das haben sie vielleicht gehört, dass man da eine Leiche gefunden hat. Das bin ich gewesen, die den toten Doktor entdeckt hat. Ein grauenvoller Anblick. Ich träume noch immer davon. Jede Nacht. Wo ich doch eh schon so schlecht schlafen kann.« Ein Telefon unterbrach sie und ließe sie in den Flur eilen.

»Bei Ahlfänger, was wünschen Sie? – – – Ach du bist es, mein Kleiner. Wie geht es dir? Dir geht es doch hoffentlich gut, mein Liebling? – – – Ja, der ist schon wach. Und auch nicht böse auf dich. – – – Ich hole ihn. Einen Moment.« Sie legte den Hörer auf die Brokatdecke eines kleinen Tischchens. Die wundersam mit dem Mäntelchen des Telefonapparates korrespondierte. Dann wollte sie ins Wohnzimmer. Konnte sich den Weg aber sparen, da Zimmermann mitgehört hatte. Bereits in der Tür stand. Ins Gespräch hastete.

»Ja, Jonathan, bist du es?«

»Hallo, Herr Zimmermann. Und noch einmal sorry …«

»Nein, vergeben und vergessen, aber, hast du ihn?«

»Jein. Also das mit den Holtmeiers war wirklich nicht so schlecht. Die haben mich gleich akzeptiert. Na ja, bei denen war meine bunte Karre auch die richtige Visitenkarte …«

»Nun komm doch bitte zum Punkt, Jonathan. Ist Hegerdorp in Jamel?«

»Wieder jein. Das heißt, er ist hier tatsächlich vor nicht langer Zeit eingezogen. Tobt seitdem wild durch die Gegend. Naja, rollt eher. Ist meistens mit einem Rollator unterwegs oder im Rollstuhl. Auf jeden Fall ist er richtig laut. Grölt das ›Horst Wessel-Lied‹ und andere Nazisongs …«

»Er lebt jetzt tatsächlich dort. Ich fasse es nicht. Gratulation!«

Zimmermann ließ vor Freude seine Faust auf das Tischen niedersausen. Das bedenklich knarrte.

»Bloß, und das meine ich mit jein, Ihr SS-Mann ist vorgestern weggefahren. Mit zwei Burschen, auf denen Ihre Beschreibung passt, die vom Überfall. Holtmeiers kennen die sogar namentlich. Der Pseudohipster heißt Torben Haberkamp. Ist wohl die rechte Hand von Möller. Der andere ist ein Sascha Riechwein. Ein übler Schläger mit dem IQ eines Broilers. Alle drei hatten Reisetaschen dabei. Ach ja, auch das Auto stimmt, ist ein alter Volvo.«

»Tinnef! So ein Schlamassel!«

Zimmermanns Rechte malträtierte ein weiteres Mal die Pressspanplatte. Nun aus Enttäuschung.

»Aber, vielleicht sollten wir jetzt wirklich die Polizei einschalten. Die lassen Sie bestimmt mit Hegerdorp reden. Garantiert. Und das ist es doch, was sie wollen. Die Holtmeiers kennen nämlich auch das Kennzeichen: NWM ES 1939. Wobei sie meinen, dass die Buchstaben für Endsieg stehen. Und die Zahl für den 1. September 1939, den Beginn des Zweiten Weltkriegs.«

»Nein, keine Polizei. Noch nicht, bitte. Doch, wo können sie hingefahren sein. Was meinst du, Jonathan?«

»Ich glaub' nicht, dass die sich abgesetzt haben. Ausland oder so. Wahrscheinlich machen die nur eine Erinnerungstour. Sentimental Journey. So wie Sie mit Ihren Jungs. Nur eben mit anderen Zielen. Berlin. Nürnberg. Garmisch-Partenkirchen. Braunau. Kann ich mir gut vorstellen.«

Er und seine Jungs. Zimmermann musste an Richard Sonntag denken. An Bernhard Gutzeit. Johannes Clauert. Seine Musketiere. Er vermisste sie.

33. Philodromus albidus

Johannes Clauert war beim zweiten nächtlichen Toilettengang um 4:47 Uhr gewahr geworden, dass er seine Zähne vergessen hatte. Beim ersten um 2:32 Uhr; er hatte diese fixen Stoffwechseltermine im jahrelangen Training verinnerlicht, war er noch zu schlaftrunken gewesen. Und nicht nur dies. Doch die allabendlichen Zusammenkünfte nach ihren Auftritten, bei denen zumeist Bernhard Gutzeit, Hermann Hutsch und bisweilen noch sein »Adelchen« bei dem ein oder anderen Getränk manöverkritikelnd zusammensaßen, waren aber auch zu schön. Er genoss es. Ja, er genoss sie wahrhaftig, diese fröhliche wie geistreiche Geselligkeit. Was ihn jedes Mal aufs Neue erstaunte.

So war es auch am letzten Abend wieder rundgegangen. Spät geworden. Dabei hatten sie nur eine Nachmittagsvorstellung gegeben. Bei der der nicht existente Vorhang schon am frühen Abend gefallen war. Gutzeit und er waren dennoch erst kurz vor eins in der Pension Kuhfuß eingetrudelt. Gerade noch rechtzeitig, um seinen nächtlichen Wasserlassfahrplan einzuhalten.

Das mit den zahnlosen Auftritten war seine Idee gewesen. Schließlich verkörperte er einen alten Armenhäusler aus der Zeit vorm Ersten Weltkrieg. Nein, Nachtwächter Bärensprung hatte bestimmt kein Geld für aufwendige Zahnsanierungen gehabt. Außerdem klappte es »mit ohne« besser mit dem Plattdeutschen. Und wirkte auch optisch überzeugend. Daher verwahrte er seine Dritten vor jeder Probe sowie Aufführung sorgsam in einem Wasserglas auf seinem Schminktisch in der Künstlergarderobe und erfreute sich am Farbspiel der bunten Birnchen, die seine Zähnchen hübsch illuminierten.

An deren Reinstallation ihn zumeist Bernhard Gutzeit erinnerte. Sein Totengräberfreund. Der dann kurz vorm gemeinsamen Aufbruch stets mit Leichenbittermiene den Zeigefinger hob und »Seine Augen sind trübe vom Wein und seine Zähne weiß von Milch. Erstes Buch Moses. Kapitel 49. Vers 12« verkündete. Der aber gestern Abend jedoch etwas indisponiert gewesen war. Von anderen Gedanken abgelenkt. Weil er mitbekommen hatte, dass sein Junior die Angebotspalette des familiären Traditionsunternehmens um Heimtierbestattungen erweitern wollte. Gutzeit hatte ihm einen Prospekt gezeigt. Und dann auf die Titelseite gespuckt. ›AUS! Das letzte Körbchen für Wau & Miau‹. Clauert hatte ihn gut verstehen können. War aber so um die Erinnerung an sein Esszimmer gekommen.

Das ihm nun fehlte. Ihm hüngerte. Da er kein Freund von Joghurt, Früchtequark, Kefir und sonstigen Frühstücksmolkereiprodukten war, hatte er sich flugs angezogen und auf sein altes Damenfahrrad geschwungen. Auf den wenigen hundert Metern bis zur Borner Freilichtbühne war ihm kein Mensch begegnet. Lediglich eine Hirschkuh und ihr Kalb hatten kurz vor der Alten Oberförsterei seinen Weg gekreuzt. Ihn keck mit Morgenblick begrüßt. Bevor sie gemessenen Schrittes im Gehölz verschwunden waren.

Die Zähne jedoch warteten brav und munter in der Garderobe. Wieder mit festem Biss versehen, hatte Clauert noch ein wenig vorm Spiegel verweilt. Die letzten Wochen Revue passieren lassen. Und ein bisschen in die Zukunft geblinzelt. Es freute ihn, dass Hutsch ihn nicht nur als Darsteller, nein, als Schauspieler schätzte. Sondern ebenso als Mann des Geistes und der Bildung. Ihn daher auch zu Rate zog, was die weitere Programmgestaltung der Festspiele betraf. Zudem hatte Clauert Ehm Welk ja sogar einmal persönlich kennengelernt. In den frühen Fünfzigerjahren bei einer Lesung in Bad Doberan. Kannte selbstredend seine anderen Werke jenseits der Grenzen von Kummerow. ›Im Morgennebel‹. ›Der wackere Kühnemann aus Puttelfingen‹. ›Mein Land, das ferne leuchtet‹. Alles gelesen. Sorgsam verwahrt. Im Geiste wie im Regallabyrinth seines Hauses in Wismar.

Naheliegend also, dass ihn der Theatermann eingeladen hatte, gemeinsam eine Bühnenversion von Welks ›Die Lebensuhr des Gottlieb Grambauer‹ zu erarbeiten, in dem jener seinem Vater ein literarisches Denkmal gesetzt hatte. Mit Johannes Clauert in der Titelrolle. Sein endgültiger Durchbruch als neuer Stern an Borns Bühnenhimmel.

Entsprechend in fantasierender Vorfreude war der aufgehende Himmelskörper ins Freie getreten. Zur Spielstätte geschlendert. Geschwebt. Von den Wolken künftiger Applausorkane davongetragen. Um wenig später aus allen Wolken zu fallen.

Zuerst hatte er die sechs Objekte im Gestänge der Überdachung des Zuschauerraumes für Plastiktüten oder Planen gehalten, die der Wind in luftiger Höhe zwischen die Traversen getrieben hätte. Als er näher gekommen war, hatte er jedoch erkannt, dass es sich um eingewickelte Pakete handelte. Eingewickelt in weiße Mullbinden. Aus denen es tropfte. Rot. In Pfützen. Aus einer von ihnen hatte sich ein unbekannter Schreiber bedient. Mit einem Zweig oder womöglich dem Zeigefinger etwas auf den Plankenboden geschrieben. In Großbuchstaben: WOLKENWAND. WELKENWUND. WOLKENWIND. VERWEHRT.

Clauert war umgehend klar gewesen, was dieses makabre Mobile bedeutete. Der sogenannte »Mumienmörder« hatte ein weiteres Mal zugeschlagen. Umgehend war er vom Gelände geradelt und hatte, da noch immer kein Mensch zu sehen gewesen war, beim erstbesten Haus gegenüber vom Raesfeld-Museum angehalten und geklingelt. Es war das von Dr. Johanna Riese gewesen. Die nach ewigkeitsgleichen fünf Minuten im Türrahmen erschienen war. Im desolaten Zustand. Verschlafen. Verheult. Angeschlagen. Allerdings nicht zu desolat, um seine düstere Mitteilung zu verstehen und nach weiteren langen Minuten die Polizei zu benachrichtigen.

Auf deren Eintreffen er lieber vor Ort gewartet hatte. Obgleich ihm schon nach einem kleinen Frühstück gewesen war. Aus dem Hüngerchen war inzwischen ein ausgewachsener Hunger geworden. Glücklicherweise bunkerte er in der Schublade seines Schminktisches immer eine Schachtel Halloren, die Mozartkugeln der DDR. Sowie ein Päckchen Karo. Instantkaffee und Tauchsieder gehörten zur Ausstattung des Gemeinschaftsraums.

Er hatte sein frugales Mahl kaum beendet, als schon die ersten Fahrzeuge auf den Hof rollten. Türen klappten, Rufe und Kommandos schossen kreuz und quer.

Und die ersten Beamten auf ihn zu. Die beiden Meinhards. Auch Hermann Hutsch war rasch vor Ort gewesen. Hatte sein Büro als vorläufige Einsatzzentrale zur Verfügung gestellt.

Das Clauert in den folgenden Stunden nur für einige Zigarettenpausen verlassen hatte. Irgendetwas klappte mit der Technik des Aufnahmegerätes nicht, sodass er seine Aussagen ein um das andere Mal wiederholen musste. Ermüdend. Zermürbend. Zudem leerte sich die Karoschachtel bedenklich.

Nun saß er Hakala-Holappa gegenüber. Den er zuletzt bei der Premierenfeier gesehen hatte. Bei den Festspielen. Über dessen Frage nach dem Seelenzustand des kleinen Mahnkopfs er noch länger nachgedacht hatte. Doch ihm war beim besten Willen nichts aufgefallen, was auf eine psychische Störung oder Erkrankung des Jungen hingedeutet hätte.

»Wissen Sie noch, wann genau Sie diese »Gegenstände« gesehen haben, Herr Clauert?« Der Profiler knabberte an einem Gebäckstück. An einem Wiecker Walnusswickel. Krümelte den Intendantenschreibtisch voll. Wischte den Blätterteig von der Platte.

»Das habe ich doch wiederholt den Meinhards erzählt. Es muss so um sechs gewesen sein. Ich habe ja nach meinem Eintreffen hier noch etwas räsoniert. War in Gedanken versunken. Daher habe ich erst beim zweiten Blick erkannt, was es mit diesen »Traumfängern« auf sich hat.«

»Sie müssen entschuldigen, Herr Clauert. Hier geht gerade alles drunter und drüber. Wenn dann noch die Technik spinnt, leidet da natürlich die interne Kommunikation besonders. Darum erlauben Sie, dass ich noch einmal nachhake. Sie haben also während dieser gesamten Zeitspanne zwischen dem Verlassen der Pension Kuhfuß, da gehen sie von etwa 5:15 Uhr aus, und dem Fund der Leichenteile um circa 6:00 Uhr niemanden gesehen?«

»Nein, keine Menschenseele. Nur diese Hirschkuh mit ihrem Kalb. Ein herrlicher Anblick. Die Größe der Schöpfung im Angesicht. Das ließ mich sogleich an die Heilige Genoveva denken …«

»Die Heilige Wer?« Hakala-Holappa schaute irritiert auf. Verschluckte sich am Wickel.

»Die Heilige Genoveva von Brabant. Gemahlin des Pfalzgrafen Siegfried, eines Gefolgsmannes Karl Martells. Nachdem ihr Gemahl einst in den Krieg gezogen war, wurde sie von dessen Statthalter begehrt. Belästigt, würde man heute sagen. Sie blieb jedoch standhaft, wurde darauf von ihm des Ehebruchs mit dem Koch angeklagt und zusammen mit ihrem kleinen Sohn in den finsteren Wald verbannt. Dort kam ihr aber die Mutter Gottes zu Hilfe und ließ Mutter und Kind von einer Hirschkuh mit dem Lebensnotwendigen versorgen. Sechs Jahre lang. Schließlich …«

»Entschuldigung, Herr Clauert, ich weiß ja, dass Sie ein gebildeter Mann sind und selbstverständlich auch in der Welt der Legenden zu Hause, doch meine Frage galt nicht Fabeltieren und Heiligen aus dem Mittelalter, sondern Menschen aus Fleisch und Blut. Aus dem Hier und Jetzt.«

»Nein. Außer natürlich der Frau Dr. Riese. Das war aber etwas später. So kurz nach sechs. Als ich bei ihr geklingelt habe. Jedoch, mit Verlaub gesagt, so richtig aus »Fleisch und Blut« sah sie nicht aus. Eher wie das Gegenteil. Wie ein Gespenst. Ihr sicherlich sehr edler und teurer Morgenmantel hat das noch unterstrichen. Schwarze Seide. Mit weißen Blüten. Tollkirsch, Stechapfel, Trompetenblume. Allesamt Nachtschattengewächse. Fleur de male. Die Blumen des Bösen. Lies, wenn du es verstehst. Prüfe, wenn es gefällig ist.« Clauert machte auf geheimnisvoll. Und Hakala-Holappa ein wenig nervös. Ein Fingerknöcheltrommelwirbel unterbrach die Stimmung. Es klopfte.

»Herein, wenn es kein Schneider ist.« Der Profiler widmete sich kurz den Gebäckresten. Fasste dann den Eintretenden ins Auge. Der in seinem weißen Gewand an eine Pfingstrosenblüte erinnerte. Eine üppige. Dr. Lappe sollte einmal schauen, ob es seine Arbeitskleidung nicht auch in Schwarz gäbe.

»Nur ein Zerschneider. Sie glauben nicht, wen wir …«

»Sorry, Dr. Lappe, wenn Sie sich noch einen Moment gedulden würden. Herr Clauert, Sie möchten sicherlich gerne eine Zigarette rauchen, oder?«

»Ja, sicherlich. Schon verstanden. Doch, haben Sie vielleicht noch so ein Teilchen für mich? Ich sterbe fast vor Hunger.«

»Natürlich, wie unaufmerksam. Da, nehmen Sie gleich die ganze Tüte. Müssten noch drei Stückchen drin sein.«

Clauert räumte das Feld. Dankbar. Obwohl es ihn schon interessierte, wen er da heute früh fragmentarisch entdeckt hatte. Doch das würde er ja sowieso bald erfahren.

Dr. Lappe wartete ungeduldig, bis der alte Mann das Intendantenbüro verlassen hatte. Dann platzte es aus ihm heraus.

»Was meinen Sie, wen unsere Jungs da gerade aus dem Theaterhimmel gepflückt haben? Welches Kind des Olymps ich gerade ausgewickelt habe? Natürlich so behutsam, wie es grundsätzlich meine Art ist.«

»Keine Ahnung, werter Kollege. Aber bitte, spannen Sie mich nicht weiter auf die Folter. Raus mit der Sprache.«

»Bernadette von Erlental!« Dr. Lappe hatte inzwischen Platz genommen. Lehnte sich nun vor. Pellte seinen Schädel aus enger Kapuze. Schüttelte seine Lockenpracht.

»Perkele. Vittu Saatana Perkele. Zum Teufel! Das darf doch nicht wahr sein. Sind Sie sich ganz sicher?«

»Ganz sicher ist man nie. Und ich habe bislang nur das Packerl untersucht, das von Form und Größe einen Kopf zu beherbergen schien. Was sich bewahrheitet hat. Einen Frauenkopf. Und die Meinhards haben ihn sofort erkannt. Hatten mit ihr ja wegen unserer Lady von der Mühle zu tun. Und da die Dame sehr medienaffin ist, war, kursieren im Netz ausreichend Fotos, die eine frappierende Ähnlichkeit belegen. Hinzu kommt ja noch, dass die Tote die Schwester unserer Chefin ist. Da haben Sie schon recht: Der Satan soll den Teufel ficken. Schöne Scheiße ist das. Die Meinhards haben sich nicht mehr eingekriegt. Schieben sich gerade gegenseitig die Arschkarte zu, wer die Alte benachrichtigen soll. Möchte nicht mit denen tauschen.«

»Da kann ich nur zustimmen. Aber, ich möchte nicht einmal mit mir selbst tauschen. Denn, wenn sich in den weiteren Päckchen die fehlenden Bestandteile dieser Journalistin befinden sollten, bekommt unser Fall eine noch groteskere Ausprägung. Was soll diese von Erlental in dieser Serie? Wo wir doch schon so schöne Beziehungen zwischen Opfer eins, vier und, in gewisser Weise auch zwei sowie drei feststellen konnten. Und nun diese Kunstkritikerin. Oder, besser Brandstifterin. Nachdem, was ihr Artikel da auf dem Partikel-Hof angerichtet hat. Was, rein objektiv betrachtet, auch den Kreis der Verdächtigen erweitert.« Hakala-Holappa griff instinktiv nach der Backstubentüte. Griff ins Leere. Er seufzte. »Zumindest um Dr. Johanna Riese. Rein faktisch gesehen.«

34. Dasumia diomedea

»Nein, Kemp, das können wir eben nicht machen. Wir können, dürfen Johanna kein falsches Alibi geben. Allein schon ihr zuliebe.« Elisabeth Müller-Paul schaute noch immer auf das Display ihres Smartphones. Wo die sachliche Information ›Anruf beendet‹ nur sehr bedingt ausdrückte, wie abrupt und mit welcher Mischung aus menschlicher Enttäuschung, Verbitterung und Endgültigkeit die Kunstwissenschaftlerin dem Gespräch mit der einst vertrauten Verbündeten ein jähes Ende gesetzt hatte.

Das gut 20 Minuten zuvor mit Offenheit, Ehrlichkeit und Verzweiflung begonnen hatte. Johanna Riese schilderte Elisabeth ausführlich, wie sie sich nach Clauerts Besuch angezogen hatte und schließlich die paar Meter über die Straße gegangen war, wo das Eintreffen der Polizei eine stetig wachsende Menschenmenge bewirkte. Sie hatte sich dazu gestellt. Zunächst einfach nur über den neuerlichen Leichenfund erschrocken. Der in gewisser Weise zu ihrem Zustand passte. Denn sie hatte gegenüber der Mitstreiterin aufrichtig gebeichtet, dass sie aufgrund der ganzen Situation des Partikel-Hofes sukzessive in ein mittleres Alkoholproblem zu schlittern drohe.

Dann war es unter den Schaulustigen unruhig geworden. Irgendwo im mit Trassierband abgesperrten Bereich gab es anscheinend eine undichte Stelle. Irgendein Polizeibeamter hatte wohl irgendeinem Kollegen etwas zu laut interne Informationen über den neuen Fall zugeraunt. Zugeworfen. Zugerufen. Die irgendjemand aufgeschnappt hatte. Namen, Tatumstände, Besonderheiten. Es sickerte etwas.

Das bald schon wie ein Sturzbach durch die Menge rauschte. Wortfetzen. Halbsätze. Ganze Wahrheiten. Wuchernde Gerüchte.

»Was, die Erlental, diese Journalistin?«

»Ja, in sechs Teile zerlegt und dann aufgehängt.«

»Die Giftspritze mit dem Skandalartikel? Geschieht ihr ganz recht!«

»Das gibt mildernde Umstände.«

»Soll ein andrer Stoff verwendet worden sein als sonst …«

»Genau, auch eine andere Technik, so beim Wickeln.«

»Nachahmungstäter. Ich sage nur Nachahmungstäter.«

»Jau, ein mieser Trittbrettfahrer. Vielleicht der Stecher von der Ollen? Wollte sie schon lange loswerden. Und hat jetzt seine Chance genutzt.«

»Super Idee! Hast du noch Mullbinden im Verbandskasten? Mir geht meine Trulla auch schon lange auf die Eier.«

»Ich tippe mal auf die Yakuza. Da toben doch schon seit Tagen so zwei auffällig unauffällige Killer durch die Gegend. In schwarzen Anzügen. Wo man die Knarren drunter sieht. Die wollen bestimmt der Tönnies Angst machen. Damit die ihre ganzen Butzen verkauft. Für ’nen Appel und ’nen Ei.«

»Blödsinn, die sollten mal besser bei diesen Leutchen vom Museum gucken. Die haben ja allen Grund, diese arroganten Tussi das Maul zu stopfen. Bei denen in Ahrenshoop ist doch neulich die Hölle los gewesen. Meine Schwester war ja vor Ort. Würde mich nicht wundern, wenn die gemeinsam …«

»Wie bei Agatha Christie. Tod auf dem Nil. War ganz genauso.«

Spätestens zu diesem Zeitpunkt hatte Johanna Riese einen heißen Kopf bekommen. Sowie kalte Füße. Zumal sie sich eingestehen musste, dass ihr die Nachricht vom grauenhaften Tod der Kunstkritikerin eine gewisse böse Befriedigung verschafft hatte. Nein, sie war nicht in der Lage, gegenüber den Meinhards zu heucheln und zu sagen, dass man ein solches Ende keinem Menschen wünsche. Nicht einmal seinem ärgsten Feind. Außerdem war sie am Abend allein gewesen. In der Nacht. Ohne Zeugen. Außer zwei Flaschen Primitivo. Und einem nur zur Hälfte geleerten Cognac Camus XO Elegance. Eigentlich zu schade, um sich damit abzuschießen. Doch gegenwärtig könne sie nicht anders, um die ganze Scheiße zu vergessen. Wie sie freimütig bekannt hatte.

Dann war sie einfach nach Hause gegangen. Hatte ihren kleinen Koffer gepackt. War in ihren Wagen gestiegen. Und davongefahren.

Bis dahin war das Telefonat der beiden noch halbwegs normal verlaufen. Abgesehen von der Tatsache, dass die Nachricht von der toten Bernadette von Erlental natürlich auf Elisabeth eine entsprechende Wirkung gehabt hatte. Ebenso wie auf Kempowski. Der mitgehört hatte. Insbesondere ihn versetzte das tragische Drama auf der Borner Bühne einen Nackenschlag. Hatte er sich doch am vergangenen Abend endlich getraut, Elisabeth von seinem Bruder, dem Erbe in den Sundischen Wiesen sowie seinen Albträumen und Ängsten zu erzählen.

Seine umfängliche Beichte war von ihr mit einer erstaunlichen Gelassenheit aufgenommen worden. Was ihm die vielzitierten Steine zentnerweise vom Herzen fallen ließ. Und nun das. Ein weiterer Einschlag. Auch noch so nah. Am liebsten hätte er es wie die Riese gemacht. Einfach in den Wartburg und Vollgas geben.

Wobei Johanna am liebsten in Elisabeths Auto gesessen hätte. Sie inständig gebeten hatte, ihr ihren Mini Cooper zu leihen. Dies auch noch für sich zu behalten. Und ihr zusätzlich ein Alibi für den gestrigen Abend zu geben.

Bei aller Freundschaft, die Müller-Paul ja nicht einmal mit Johanna Riese verband, waren diese drei Wünsche, die eher als ultimative Forderungen formuliert wurden, zu viel für die redliche Bibliothekarin.

Sie hatte der Kunstwissenschaftlerin unmissverständlich klargemacht, dass sie erstens nicht bereit wäre, irgendwelche Form von Fluchthilfe zu leisten, zweitens nicht für sie lügen würde und sie drittens froh sein könnte, dass sowohl Ann-Kathrin Seegers als auch der restliche Stiftungsvorstand davon abgesehen hätte, ihren Amoklauf auf dem Partikel-Hof einschließlich der Attacke auf die Keramikerin straf- oder zivilrechtlich verfolgen zu lassen. Daher solle sie schleunigst umdrehen und sich dem Gespräch mit der Polizei stellen. Das sicherlich unangenehm werden könnte. Trotzdem ohne weitere Folgen bleiben dürfte. Denn sicherlich wären die beiden Meinhards im Grunde ebenso wie sie und Kemp der Ansicht, dass eine so angesehene und achtbare Person wie Johanna Riese nie und nimmer in der Lage sei, ein so furchtbares Verbrechen zu begehen. Ihr Ausraster sei lediglich ihren überlasteten Nerven zu schulden. Das würde jeder verstehen, der wüsste, wie sehr ihr der Partikel-Hof inzwischen am Herzen läge.

Worauf die angesehene und achtbare Person einfach auf den roten Knopf gedrückt hatte. Das Zwiegespräch beendet. Das nun zwischen Elisabeth und Kempowski fortgeführt wurde. Kontrovers. Allerdings in wesentlich milderer Ausprägung.

»Ich dachte das ja auch nur so als Zeichen der Solidarität, das mit dem Alibi. Um ihr wieder ein bisschen Mut zu machen. Du merkst doch, wie verzweifelt sie ist. Und ich denke, das hier tut ihr inzwischen auch mächtig leid.«

Kempowski wies über das Gelände. Den Skulpturenpark des neuen Museums. Wo nahezu keine Spuren mehr von Johannas Berserkertum zeugten. Aber auch fast nichts mehr auf das künstlerische Wirken Bastians hinwies. Seine ›Ephemeren Mären‹ hatten ihren wahren Charakter gezeigt. Ihre Flüchtigkeit offenbart. Ihre Vergänglichkeit. Waren verschwunden.

Er und Ann-Kathrin Seegers hatten aufgegeben. Tabula rasa gemacht. Lediglich Kreise, Quadrate und Dreiecke aus rotweißem, auf dem Boden ausgelegten und fixierten Trassierband kündeten von den Standorten seiner Arbeiten. Die Seegers zum Abschluss fotografiert und der Dokumentation im Innenraum beigefügt hatte. Mit ›Apokalypse eines poetischen Prozesses‹ betitelt.

Alle verbliebenen Materialien, Naturstoffe wie Artefakte, zerstört oder unzerstört, hatten Bastian und Ann-Kathrin am gestrigen Tag sowie heutigen Morgen eingesammelt und auf der Ladefläche eines alten Barkas B 1000 verstaut. Schließlich mit einer Plane gesichert. Dann hatten sie sich von Müller-Paul und Kempowski verabschiedet, die in Elisabeths Büro saßen. Sich gerade mit einem Blatt beschäftigten, das dem kleinen Büchlein entfallen war, das Kemp seinem Elseken kurz zuvor überreicht hatte. Elisabeth war gerade am Deklamieren gewesen. In sanftem Ton: »… Aus vollen Lungen: Kraft. Alles aussaufen. Und dann – die Geburt der Mücken feiern. Ihr Auferstehen aus dem offen Staunemund des Ichs. Als Kind.«

»Ihr Auferstehen aus dem offen Staunemund des Ichs. Als Kind.« Bastians Stimme hatte sie zusammenfahren lassen. Fast erschrocken die beiden Besucher anschauend. Die plötzlich in der Tür standen. Noch mehr aber ihre Verwunderung, als er im traurigen Singsang weitergesprochen hatte. »Der Larvensänger singt nicht mehr. Zieht weiter. Das Meer verpacken. Es braucht meinen Schutz. Vor den Menschen.« Gekrönt von einem aufgerissenen Mund. Ebensolchen Augen. Die erschienen, als würden sie dem Schwärmen der Mücken folgen. Ihrem Flug. Ihrem Weg. Aus dem Raum. Der auch der Weg des Künstlers und der Keramikerin war.

Denn Sekunden später waren sie wieder fort. Ohne ein weiteres Wort. Erklärungen. Absprachen gar. Die Arbeit der Stiftung schien Ann-Kathrin Seegers ebenso egal wie ihm sein weiterer Stipendiatenaufenthalt. Von seinem Engagement bei den Festspielen ganz zu schweigen. Sie wollten das Meer verpacken.

Kempowski hatte unbedingt eine Zigarette gebraucht. War ebenfalls in Freie geflüchtet. Gefolgt von Elisabeth. Die dann von Johanna Riese angerufen worden war.

Seitdem war etwas mehr als eine Stunde vergangen. Im Kempowskischen Zeitmaß also gut vier Zigaretten. Eher fünf. Da er sich an der Korrektheit seiner Gefährtin und Gemahlin festgebissen hatte.

»Mensch, Elseken, besinn dich doch mal auf so etwas wie Corpsgeist. Johanna hat mit der ganzen Geschichte ebenso wenig zu tun wie Ann-Kathrin und Bastian. Das sind halt Künstler. Sensible Seelen. Hochkompliziert. Aber doch keine Mörder. Da kann man doch mal ein bisschen schwindeln.«

»Und ich bin etwa nicht sensibel, mein lieber Kemp?« Auch Müller-Paul bediente sich jetzt an seinem Etui. Zündete sich eine an. Brannte. »Nein, ich kann und will in diesem Punkt nicht unkorrekt handeln. So kleinkariert und illoyal du das auch finden magst. Denk doch mal an unser Projekt, den Partikel-Hof. Die Karre ist aufgrund des schäbigen Artikels und aller Kollateralschäden eh schon tief genug in der Scheiße. Genau, in der Scheiße, da staunst du. Ich kann auch bodenständig. Und wenn wir sie da wieder rausbekommen wollen, dann hilft da nur Transparenz und Ehrlichkeit. Selbstverständlich werde ich den Meinhards von Johannas Flucht erzählen. Und vom merkwürdigen Abgang von Ann-Kathrin und Bastian genauso. Du hast ja selbst von diesem sonderbaren Zusammenhang zwischen ihm und dem Text erzählt, den du in der Hütte von deinem Bruder gefunden hast. Dass es für dich wirkte, als ob Bastian diese kleine Geschichte kennt. Er wusste ja sogar den Titel. So etwas können wir doch nicht einfach unter den Teppich kehren. Ich glaube, ich rufe die gleich direkt an. Sofort. Bevor wir Besuch von ihnen bekommen.«

»Halbbruder. Ansonsten, zu spät meine Liebe. Da sind sie schon. Wenn man vom Teufel spricht.« Kempowski drückte resigniert seinen Stummel aus. Beobachtete den dunklen Dienstwagen. Der direkt vorm Eingang parkte. Dem zwei Männer entstiegen. Entschlossen ausschreitend. Allerdings humpelte der Senior etwas. Sollte er Probleme mit den Gelenken haben? Das Alter hatte er ja.

Umso forscher begrüßte er die beiden schon auf mittlerer Distanz. »Frau Müller-Paul, Herr Kempowski, wie schön, Sie zu sehen. Ich hatte beinahe nicht mehr daran geglaubt, noch einmal jemanden aus diesem Laden anzutreffen. Frau Wahnschaffe mit dem Herrn Filmemacher aus Polen bei irgendeinem Performerfestival in der Hauptstadt, Herr Schiffers mit einer jungen Autorin auf Gomera, die Damen Riese und Seegers mit unbekannten Zielen unterwegs und Herr Zimmermann mit diesem kleinen Kiffer in irgendeinem Coffeeshop in Amsterdam versackt. Was für ein …«

Weiter kam er nicht. Sein Smartphone stoppte jäh seinen energischen Kapitän Ahab-Schritt. Er nahm ab. Hörte zu. Verspannte sich. Suchte den Junior. Fauchte ihn an.

»Bei Werners-Wiedehopf ist eingebrochen worden. In der Galerie. Und die ganzen Arbeiten von diesem Bastian wurden geklaut. Das sollten wir uns direkt anschauen. Sieht wohl ganz, ganz merkwürdig aus.«

35. Anyphaena pontica

»Und, Zimmermann, du wirst es nicht glauben, wen der Conny mit seiner Wildkamera eingefangen hat. Den Bastian, diesen Spinner. Ganz egal, ob der nun Künstler ist oder jetzt auch noch großartiger Schauspieler. Der Kerl ist meiner Ansicht nach nicht ganz koscher. Da kann er noch so sehr auf leutselig und naiv machen. Geht das vorne mal ein bisschen zügiger!« Richard Sonntag schien wieder ganz der Alte. Fast. Nur bisweilen hörte Robert Zimmermann einen leisen Unterton heraus, der ihm signalisierte, dass der Gefährte noch immer daran knapste, dass er Ahlfänger für seine dann doch abgebrochene Mission bevorzugt hatte.

Er hatte Sonntag gestern Abend angerufen. Nach der fünften oder sechsten Radiomeldung über die »Leiche von Kummerow«. Ihm war auf einmal nach kleiner Heimat gewesen. Nach vertrauten alten Freunden. So nett und gastfreundlich die gute Frau Ahlfänger auch war. Jonathan hielt sich noch in Jamel bei den Holtmeiers auf, um das Terrain zu sondieren. Wo jedoch bislang weder Hegerdorp noch seine Vasallen wieder aufgetaucht waren.

Alles das hatte er erzählt. Ausführlich. Nichts verschwiegen. Weder seine Maulwurfstrategie noch die neuen Informationen. Und dann Sonntag um dreierlei gebeten. Um Verzeihung, Verschwiegenheit sowie darum, ihn aus Zingst abzuholen. Dem »Amsterdam der Ostsee«.

Wo es allerdings keine Tulpen mehr gab. Wie er mit Bedauern feststellen musste. Doch er wollte nicht mit leeren Händen in die Pension Kuhfuß zurückkehren. Daher hatte er für Lore Bradhering schließlich einen großen Strauß Zinnien gewählt. Zinnien aus Zingst. In allen Farben des Regenbogens. Angesichts des allgegenwärtigen Grauens konnte es gar nicht bunt genug sein.

Nun zuckelten sie gen Prerow. Und Richard Sonntag hatte zur Ablenkung vom aktuellen Geschehen das Gespräch auf die Vorfälle am Borner Grab Wolfgang Tiedjes gelenkt. Dessen Schändung durch die sonderbaren »Geschenke«, bei denen es sich um eingewickelte und verschnürte Teile unterschiedlicher Tierkadaver handelte.

»Der Bastian also. Hmm, merkwürdig. Warum macht der so etwas? Ich halte ihn eher für eine gutmütige Seele. Schließlich kümmert er sich auch um das Russengrab, das sonst eher vernachlässigt wurde. Vielleicht läuft in seinem Kopf, in dem es zugegebenermaßen schon recht speziell zugeht, so eine Ähnlichkeit, Verbindung zwischen diesem Fallwild und dem Tiedje ab? Eine Schicksalsverwandtschaft von Wesen, die im Straßenverkehr ihr Leben gelassen haben.«

»Mit Verlaub, lieber Zimmermann, was für ein Blödsinn. Obwohl ich mir schon vorstellen kann, dass der so tickt. Hey, geht's noch? Jetzt fahren die mit ihren dämlichen Elektrorädern auch noch auf der Straße. Vier nebeneinander.« Sonntag hupte. Wagte es, zu hupen. Doch die Radlerbrigade wich keine Handbreit. Schenkte dem verhassten Autofahrer hinter sich vier Finger. Mittelfinger. Ausgestreckt. Er setzte zum Überholen an. Zimmermann befürchtete schon das Schlimmste. Dann bog der schmucke Benz jedoch ab. Steuerte einen Parkplatz an. Strandabschnitt 17. Wo in einem Bauwagen Frieders Feldküche auf hungrige Mäuler wartete.

»Ich habe jetzt Appetit auf eine Erbsensuppe mit Bockwurst. Du auch?«

»Essen ist eine gute Idee. Doch ich wähle lieber Gulasch.« Wenige Minuten später löffelten beide Wohlbehagen. Frieders Kanone hatte wirklich ein feines Kaliber. Nach dem letzten Wurstzipfel nahm Sonntag jedoch wieder den abgerissenen Gesprächsfaden auf.

»Nee, selbst wenn dieser Bastian ein armes Würstchen ist; das soll er mir mal erklären, warum er so einen Bockmist macht. Aber, da bin ich nicht der einzige. Der Fragen hat. Mich wundert nur, dass die Polizei die nicht schon längst geschnappt hat. Die olle Karre ist doch mehr als auffällig. Na, die Frau Doktor suchen sie ja ebenfalls noch immer. Ist schon eine verdammt fähige Truppe.«

»Bester Sonntag, du glaubst doch nicht allen Ernstes, dass unsere gute Johanna etwas mit dem jüngsten Mord zu tun hat. Sie ist nur gerade mit den Nerven runter. Was mehr als verständlich ist. Und zum Bastian; obwohl ich mich aus guten Gründen aus dieser ganzen Geschichte rausgehalten habe, weiß sogar ich, dass der Bursche für die jeweiligen Tatzeiten Alibis hat. Außerdem traue ich ihm so etwas nicht zu. Ungeachtet wie sehr ihn diese Schreiberin in ihrem Artikel beleidigt hat. So etwas erreicht ihn gar nicht.«

»Dann kann er vielleicht auch deshalb nicht verstehen, dass man nicht so einfach sein Team im Stich lässt. Weil es ihn nicht erreicht. Was meinst du, wie sauer Clauert und Gutzeit auf ihn sind. Vom Intendanten ganz zu schweigen. Der hat ihm doch extra eine Rolle geschrieben. Und da schmeißt dieser Puttfarken einfach alles hin. Von einem Tag auf den anderen. Stellt sich vor die versammelte Mannschaft und verkündet ›Der Larvensänger singt nicht mehr. Zieht weiter. Das Meer verpacken.‹ Und geht. Ohne jede weitere Erklärung. Die haben alle einen mächtigen Brast auf ihn. Allerdings hat sich unser Pastor angeboten, die Rolle dieses komischen Heiligen zu übernehmen. Der hat richtig Blut geleckt, die olle Rampensau. Aber trotzdem, das ist keine Art. Wollen wir weiter, Freund Zimmermann?«

»Ja, gut. Nur, ich müsste noch mal … Hier ist es mir etwas zu lebendig.« Er schaute sich um. Kam sich vor, wie auf dem Markusplatz zur Karnevalszeit. Was für ein Gewusel. Was für ein Durcheinander. Nur dass hier keine Tauben kleckslten. Sondern Möwen.

»Dann machen wir einen kleinen Boxenstopp an der Hertesburg. Weißt du, da wo der Störtebeker seine Burg gehabt haben soll. Dolle Geschichte. Erinnerst du dich? War doch letztes Jahr bei der Partikelaktion ein Thema. Damals war das hier keine Halbinsel, sondern eine wild zerklüftete Inselkette. Bannig gefährlich für die vorbeifahrenden Schiffe. Die Männer vom Störtebeker sollen dann nachts Kühen Laternen an die Schwänze gebunden haben und die Viecher am Strand hin- und hergetrieben haben. Aber, jetzt erst mal auf die Pferde. Ich will nachher noch für Lore am Prerower Hafen ein paar Fischbrötchen besorgen.«

Entsprechend forsch gab Richard Sonntag Gas. Durchstaubte den Parkplatz und schoss wagemutig auf die Landstraße. Gerade noch rechtzeitig vor dem nächsten Radlerpulk. Ein paar hundert Meter weiter ging es wieder links ab. Einen schmalen Weg entlang. Der eigentlich Anliegern vorbehalten war. Doch in gewisser Weise hatte auch Zimmermann ein Anliegen. Er musste. Und das sehr dringend. Hinter der ersten Kurve hatte jedoch eine kleine Gruppe von Büschen Einsehen mit dem Geplagten. Boten Blickschutz und Windfang fürs kleine Geschäft.

Erleichtert ließ sich Zimmermann einiges darauf ins Polster fallen. Jetzt konnte er Richard Sonntag wieder entspannter zuhören. Der während der weiteren Fahrt noch einiges zur Geschichte der Seeräuberburg zu berichten wusste. »Ja, und wenn die Seeleute schließlich in die Irre geführt worden waren und mit ihren Schiffen aufgelaufen, hatten die Likedeeler leichtes Spiel. Strandgut selbstgemacht. Sozusagen. Und dann gibt es diese herrliche Spökenkiekerei von der schatzhütenden Jungfrau. Das Fräulein soll noch heute unter der einstigen Burg leben und Unmengen von Schatztruhen der Piraten bewachen. Gleich da vorne. Siehst du, dort, wo dieser Wall ist. Aber die Mademoiselle gibt sich geheimnisvoll. Nur in der Johannisnacht, die ist ja bald, kann man sie sehen, wie sie mit einem großen Wäschekorb durchs Finstere läuft. Sie kann nur durch den freundlichen Gruß eines unverheirateten Mannes erlöst werden.

Der dann als Dankeschön den Schatz erhält. Schade, mein Guter, da sind wir leider beide aus dem Rennen. Vielleicht was für den Schiffers. Der ist zwar ständig mit einer Madame zugange, doch verheiratet war der noch nie. Im Augenblick hat er mal wieder eine Autorin am Haken. Eine Krimiautorin aus Wustrow. Sind gerade auf Schnupperkurs in der Weltgeschichte unterwegs. Kanarische Inseln, wie Lore gehört hat. Vorsicht!«

Richard Sonntag bremste. Brachte den Wagen kurz vor einer Gruppe greiser Stockenten zum Stehen. Die späten Mädchen in fröhlichbunten Sportgewändern waren schnatternd aus dem kleinen Dünenhölzchen am Prerower Ortseingang geschossen gekommen. Setzten ihren Marsch nun auf Asphalt fort. In munteren Gesprächsgrüppchen die gesamte Fahrspur einnehmend. ›OMAS GEGEN RECHTS. Ortsgruppe Göttingen‹ prunkte in roten Buchstaben auf ihren Trainingsjäckchen. Was Sonntag mit einem knurrigen »Dann sollen sie doch links gehen, diese Schnepfen, und uns den Weg frei machen« kommentierte. Dennoch manövrierte er seinen Benz vorsichtig am antifaschistischen Schutzwall vorbei. Um anschließend etwas flotter den kleinen Hafen anzusteuern und schließlich am Straßenzug Krabbenort zu parken.

»Willst du mit? Darf ich mal?« Umständlich holte er sein Portemonnaie aus dem Handschuhfach und war gerade im Begriff, den Zündschlüssel herauszuziehen.

»Ach nein, ich mache mal für einen Moment die Äuglein zu. Bin immer noch etwas schläfrig. Aber, die Musik kannst du anlassen. Mendelssohn-Bartholdy. Sinfonie Nr. 4 in A-Dur op. 90. Die »Italienische«. Das entspannt.«

»Kein Problem. Dann bis gleich.« Sonntag verabschiedete sich und eilte dem Büdchen am Kai entgegen. Er hatte nämlich vor, außer den Brötchen noch einen Küstennebel zu kaufen und gleich vor Ort zu verschnabulieren. Die Erbsensuppe verlangte nach einem Verdauungsbeschleuniger.

Robert Zimmermann widmete sich sogleich der Klangwelt des Autoradios. Versank in ihr. Schloss die Augen. Nur für einen klitzekleinen Moment. Wie er es sich vorgenommen hatte. Ließ sich dann aber doch plumpsen. Fallen. In friedlichen Daunenweichschlummer.

Aus dem er jäh geweckt wurde. Von zwei aufgerissenen Wagentüren. Zwei Männern, die hektisch auf Fahrersitz und Rückbank sprangen. Den, der jetzt den Mercedes startete, kannte er. Inzwischen wusste er sogar seinen Namen: Torben Haberkamp. Sogleich war ihm klar, wer hinter ihm saß. Und was er gleich tun würde. Was für ein Déjà-vu! Was für ein Wiedersehen!

36. Leptoneta crypticola

»Ist das nicht grotesk, Wilhelm, da holen wir extra Zimmermann zuliebe diese Bilderkammer nach Ahrenshoop, und jetzt sitzt er ebenfalls in der Falle eines Nazis, ist diesem Hegerdorp genauso ausgeliefert wie Bruno Schulz damals dem Landau. Als ob wir das Schicksal heraufbeschworen hätten. Ich könnte heulen.«

»Ach, Kemp, lös dich doch bitte von der Vorstellung, dass ihr, du für Zimmermanns Verschwinden verantwortlich seid. Und, komm endlich aus diesem dunklen Winkel der Vergangenheit heraus. So schön und poetisch die Arbeiten auch sind. Elisabeth meint, du hockst schon seit Stunden in diesem Kabinett. Ohne zu rauchen.« Hakala-Holappa legte den Arm um Kempowskis Schulter. Der da hockte wie ein Häufchen Elend. Wie gefesselt auf die Schulzschen Märchenfiguren starrend. Mit ihnen zu sprechen schien. »Wir werden ihn wiedersehen und dich trifft keine Schuld. Glaube mir.«

»Nein, da muss ich dir widersprechen. Energisch. Ich hätte mich gleich an dich wenden sollen, nachdem mich Zimmermann in diese Hegerdorpgeschichte eingeweiht hat. Anstatt ihn auch noch zu unterstützen, ihm zu helfen. Spätestens als sich herauskristallisierte, dass dieser Mehrgenerationenhof das »Haus Wewelsburg« sein könnte und der Typ wahrscheinlich in Jamel ist.« Kempowski erhob sich nun doch. »Ich mache mir ernsthaft Vorwürfe. Deshalb sitze ich ja so gerne beim Bruno. Weil ich mich hier meinem Robert Aaron nahe fühle. Mit ihm verbunden. Aber vielleicht sollte ich wirklich mal wieder eine rauchen. Lass uns kurz rausgehen. An die frische Luft.«

Die beiden Freunde verließen die Bruno Schulz gewidmete Werkstatt, durchquerten den Eingangsbereich des Museums und schritten ins Freie. Inzwischen waren der Glaser sowie diverse Reinigungskräfte tätig gewesen und auch Kempowski und Müller-Paul hatten kräftig mit angepackt, sodass nichts mehr an Johanna Rieses Amoklauf erinnerte. Nach der Rückkehr von Gerhard Schiffers und Dörte Wahnschaffe von ihren Reisen sollte der Partikel-Hof wieder geöffnet werden. Unabhängig davon, ob und wann Riese und auch Ann-Kathrin Seegers wieder in Ahrenshoop erscheinen würden.

»Nun gut, Kempowski, das mit Jamel ist so eine Sache für sich. Ich weiß nicht, ob wir seinerzeit die Genehmigung erhalten hätten, dieses Nazidorf zu durchsuchen. Allein auf der Basis vager Vermutungen. Selbst die Aussage dieses Franzosen hätte wahrscheinlich nicht gereicht. Doch jetzt, nach der gestrigen Entführung und dank dieses aufmerksamen Urlaubers, der alles mit seinem Handy gefilmt hat, konnten wir klar belegen, dass Gefahr im Verzug ist. Da ist das LKA sofort angesprungen. Hatte ja schon lange auf so eine Gelegenheit gewartet. Entsprechend gründlich verlief heute im Morgengrauen die Durchsuchung dieser Handvoll Häuser, Schuppen, Scheunen und Garagen. Was die alles entdeckt haben: Waffen, Drogen, jede Menge verbotene

Devotionalien, Bücher, Schriften. Bloß eben leider keinen Zimmermann. Dieser Möller hat sogar ganz leutselig zugegeben, dass Olaf Hegerdorp in Jamel wohnen würde, ›es ihm eine Ehre sei, einem verdienten Kameraden einen schönen Lebensabend unter Gleichgesinnten zu bereiten‹, wie er es ausgedrückt hat. Der war wirklich moderat und hat außerdem bestätigt, dass der »verdiente Kamerad« gerade mit drei jungen Freunden, eben dem Torben Haberkamp, diesem Sascha Riechwein sowie einem Norman Bauer aus Rostock auf einem Ostseetörn mit dessen Segelboot sei. Wollten angeblich nach Ostpreußen, Memelland, Kurland so die Ecke. Also Richtung Baltikum. Leider würden die Kameraden sehr traditionell reisen und daher keine modernen Kommunikationstechnologien mitführen. Wären schlichtweg und zu seinem aufrichtigen Bedauern nicht zu erreichen.

Was ihm natürlich keiner geglaubt hat. Das ist ihm aber denkbar gleichgültig gewesen.«

»Und, was glaubst du, Hakala-Holappa? Wo sind sie mit Zimmermann hin?« Kempowski zündete sich die nächste Zigarette an. Hatte schnell wieder in den vertrauten Kettenraucherrhythmus zurückgefunden.

»Ich denke, die sind noch hier oben. Ganz in der Nähe. Irgendwo. Dieser Augenzeuge hat nur gesehen, wie sie mit hoher Geschwindigkeit vom Parkplatz herunter und dann links ab Richtung Wieck gerauscht sind. Mit einem Affenzahn. Vorneweg Sonntags Mercedes mit Zimmermann, Haberkamp und Riechwein. Gefolgt von einem alten Volvo. Bauer am Steuer. Und Hegerdorp auf dem Beifahrersitz.

Das belegen die Aufnahmen ganz deutlich. Dann hat er auch schon die Polizei angerufen. Während Richard Sonntag noch in der Fischbude mit der Verkäuferin geschäkert hat.«

»Was er inständig bereut, das darfst du ihm glauben. Der ist genauso durch den Wind wie ich. Versager, die wir beide sind.«

»Hör mit dieser Selbstmitleidstour auf, Kempowski. Das hilft keinem. Am wenigsten Zimmermann. Wie dem auch sei, diesmal sind die Jungs richtig flink gewesen. Die vom Revier in Barth waren in gut 15 Minuten an der Meiningenbrücke, die aus Ribnitz-Damgarten haben die L 21 zwischen Dierhagen und Wustrow ebenfalls nach einer Viertelstunde abgesperrt. Und die Männer aus Prerow haben direkt die Verfolgung aufgenommen. Leider ohne Erfolg. Nein, die müssen sich noch hier aufhalten. Irgendwo.«

»Na, dann sollte man doch systematisch alles durchkämmen. Haus für Haus. Da wäre ich sofort dabei, wenn es an Personal mangeln sollte.«

»Genau das haben die Meinhards auch vor, bester Kemp. Leider spielt die Chefin nicht mit. Die hat den Mord an ihrer Schwester auf höchste Priorität gesetzt. Die Mordserie natürlich auch. Obwohl ich manchmal denke, dass wir es vielleicht doch mit mehreren Tätern zu tun haben könnten, die sich hinsichtlich dieser speziellen »Technik« imitieren. Wenn nur die Spurenlage nicht so beschissen wäre, um es direkt zu sagen. Der oder die arbeiten verdammt vorsichtig und gründlich. So wie ihr.« Der Profiler war ein paar Schritte gegangen. Blieb bei einer Stele mit einer Büste stehen. Peter E. Erichson. Der große Verlegervater des Hinstorff Verlages. Tätschelte ihm den bronzenen Schädel.

»Komisch, dass man da immer das Bedürfnis hat, die zu berühren, nicht wahr? Aber, die Arbeiten der von Guttenberg kommen so natürlich besser zu Geltung. Auch wenn ich den Kontrast mit Bastians bizarren Gebilden durchaus interessant fand. Apropos, das ist ein weiterer Grund meines Besuchs, Meinhard Junior erzählte von einer Art Gedicht oder so, das du erwähnt hast. Das Elisabeth gerade vorgelesen hatte, als sich Ann-Kathrin und Bastian von euch verabschieden wollten. Und von dem du den Eindruck hast, dass ihm das bekannt war. Was ist das für ein Text? Hast du den noch? Hier?« Peter E. bekam einen letzten Klaps in den breiten Nacken. Dann wandte sich der Profiler wieder Kempowski zu. Der aufgestanden war. In Aufbruchsstimmung.

»Stimmt. Das habe ich ganz verdrängt. War eine merkwürdige Situation. Warte, ich hol das Blatt, muss noch auf Elisabeths Schreibtisch liegen. Und, ich muss ein bisschen Luft holen. Ist nämlich insgesamt eine etwas sonderbare Geschichte.« Er verschwand im Museum. Kehrte bereits nach wenigen Minuten zurück. Barg etwas hinter seinem Rücken. Druckste ein wenig herum.

»Ja, Wilhelm, dazu musst du wissen, dass ich das hier in Müggenburg gefunden habe. Im Haus vom Mahnkopf. Ich habe da vor ein paar Tagen übernachtet. Auf Anraten von Magda. Deiner Kollegin aus Greifswald. Übrigens, vielen Dank für diesen Rat. Hat mir wirklich geholfen. Vor allem dieser Aufenthalt. Im Herzen der Finsternis. In seinem Kinderzimmer. Und da habe ich das hier entdeckt. Hing an der Wand. Zwischen jeder Menge Pferdezeichnungen. Von seinem Vater. Unserem.« Er reichte Hakala-Holappa die herausgerissene Seite. Den ›Larvensänger‹.

Den dieser sich sogleich schnappte. Überflog. Aufmerksam las. Durchatmete. Tief ausatmete.

»Das passt. Das passt perfekt. Das ist das Szenario für den Mord am Lohof. Die Fische. Der offene Mund. Die Handschrift. Mensch, Kemp, ich muss dir etwas zeigen.« Seine Finger zitterten ein wenig, als er eine schmale Ledermappe hervorholte. Sie öffnete. Die Kladde hervorholte. Die ›Spinnenwege‹.

»Dieses Heft habe ich im Herbst dort oben mitgenommen. Mehr aus Versehen. Später vergessen, es zurückzugeben. Ich weiß gar nicht mehr, ob ich es dir gegenüber erwähnt habe.«

»Doch hast du, ich erinnere mich vage. Allerdings drehte sich damals ja alles um dieses Eulenspiegelbuch.« Kempowski hätte am liebsten selbst in den ›Aufzeichnungen des S.W.‹ gelesen.

»Ja, und vor ein paar Wochen ist es mir wieder in die Hände gefallen. Und dann bin ich darauf gestoßen. Hör bitte zunächst nur zu. Aufmerksam.«

Die nächste halbe Stunde geriet zur eigentümlichsten Lesung, der Kempowski jemals beigewohnt hatte. Ohne Zweifel auch der unheimlichsten.

›Eisheiligendank‹. ›Weitereiseangst‹. ›Laubenblau‹. Und ›Larvensänger‹. Kempowski erkannte die Chiffre sofort. Las die Botschaften. Die zugleich neue Fragen aufwarfen. Er rauchte schneller.

»Das ist ja der Wahnsinn. Der absolute Wahnsinn. Dr. Eibesfeld, der »Doktormann«, dann Bodo Häusler mit der blauen Wäscheleine, dieser Rechtsanwalt. Aber, was macht der Fahrlehrer da in dieser Reihe? Das war doch ein Verkehrsunfall. Definitiv. Und, wo bleiben die Raspe und die Erlental?«

»Ich weiß es nicht, wirklich nicht, Kempowski. Weder das eine, noch das andere. Zermartere mir schon seit Wochen den Kopf, was das zu bedeuten hat. Wo da die Zusammenhänge zu suchen sind. Es gab ja noch mehr von diesen Schulheften. Die aber leider deiner Entrümpelungsaktion zum Opfer gefallen sind. Katharina Raspe könnte vielleicht der Marienkäfer sein, aus dieser Faschingsgeschichte. Und hier, in diesem Text lassen sich sehr gut Verweise auf diese Methode mit den Mullbinden herauslesen.« Hakala-Holappa schlug eine weitere, mit einem Lesezeichen markierte Seite auf.

»Raupensein. Gutzeits waren da. Bei Frau Behrendsen. Und Mutti sagt, dass der Tod ein Dreieck ist. ›Erst Herr Glindemann. Jetzt die alte Hasenhex. Wer kommt als nächstes aus der Straße?‹ Sie schaut aus dem Blumenfenster und legt Kürbisse zwischen die Töpfe. Einen, zwei, drei.

Schön, dass die Nacht im Dunkel den Tag so schnell wegfrisst. Und die Blicke auf meinen Weg. Durch den Garten, unter dem Scharfdrahtzaun hindurch. Den Fuchsweg. Zum Haus im Efeukleid. Die Stachelbeersträucher halten Wacht.

Wollen die Fliegen verscheuchen, denn die Hasen haben die Gutzeits vergessen. Verlorene Wolle färbt meine Finger. Auch der Schlüssel hinter Ziegelstein ist noch da. Ich taste in den Keller hinein. Erkenne die Spur. Weiß die Schritte in die Diele mit den Zeitungsgebirgen. In das Zimmer mit den tausend Tabletten und Salben und Gesundgeruch, der mich würgen lässt. Immer. Erkenne die trockenen Geranien, die zum ersten Stock locken. Dem Zimmer mit dem Schaukelpferd, der Ritterburg. Und dem anderen. Dem mit der Fahne in Schwarz, Weiß, Rot. Den Schränken mit den Laken, der Tischdecke, kariert, und der mit Blümchenbunt. Dem Mull, den Windeln, Taschentüchern. Frau Behrendsen lächelt mir zu. Zeigt, wo Schere ist und Garn.

Ich danke ihr. Nehme Schwarz, Weiß, Rot, Mull das Tischtuch. Taste weiter Stufen hoch. Hinauf. Zu den Balken, aus denen sie Milch gemolken, wie sie früher mir gesagt. Hellwolke linst durchs Fensterloch. Und die Schere reist durch Stoff, bringt kleine Schlangen in die Welt. Ich hebe sie auf. Immer eine, zwei, drei. Knote, webe sie. Um mich. Wie eine Puppe. Im Kokon. Und immer mehr: eins, zwei, drei, eins, zwei, drei, eins, zwei, drei. Der Tod ist ein Dreieck. Und davor und danach. Doch ich will kein Schmetterling sein. Sondern davor. In mir.«

»Unglaublich. Was für eine Fantasie. Aber, Hakala-Holappa, was mir aufgefallen ist. Die Straße da oben, das sind ja nur drei, vier Häuser. Das passt irgendwie nicht mit diesem Aberglauben zusammen, wonach ein Verstorbener in der Nachbarschaft immer noch zwei nachholt. Das kenne ich übrigens noch von meiner Oma. Das hat die früher auch erzählt. Die wohnte allerdings in einer Siedlung. Vielleicht kann man die Gutzeits fragen, ob die noch eine Kundendatei haben. So aus den Sechziger-, Siebzigerjahren.« Kempowski wischte etwas Asche von der Kladde, die Hakala-Holappa wieder geschlossen und auf dem Gartentischchen vor ihnen abgelegt hatte. Er nahm es auf. Las halblaut die Aufschrift des Etiketts vor. »Spinnenwege. Aus den Aufzeichnungen des S.W. Nicht A.M. Sondern S.W. Ach du Scheiße! Wilhelm, komm! Ich muss dir etwas zeigen.« Wie von der vielzitierten Tarantel gestochen sprang Kempowski auf, stürmte ins Gebäude und zu jenem Winkel des Entrées, in dem Fotografien und Skizzen die Entwicklung sowie das traurige Ende von Bastians ›Ephemeren Mären‹ präsentierten. Hakala-Holappa folgte ihm im Galopp.

»Hier! Da steht es. Habe ich ja persönlich Korrektur gelesen. Seine Vita: Bastian. Geboren am 12. Mai 1964 als Sebastian Wegener in Pruchten. Sebastian Wegener. Das ist unser S.W.«

37. Urozelotes mysticus

»Bislang war mir Pruchten nur wegen seiner Eisdiele ein Begriff. Und nun sollen wir hier den Schlüssel zu unserer verflixten Serie finden? Ich fasse es nicht.«

Meinhard Senior schüttelte den Kopf. Schaute sich um. Der kleine Dorfplatz, den der Straßenzug Müggenhall bildete, bot auf den ersten Blick wirklich keinerlei Hinweise auf Verbrechen, Mord und Totschlag. Im Gegenteil. Die Bank unterm Lindenbaum, auf der er zusammen mit Hakala-Holappa saß, verdiente eher das Prädikat »Beschauliches Landleben zweiter Güte«.

»Auch wenn es mir schwerfällt, daran zu glauben, müssen wir inzwischen davon ausgehen, dass Wegener etwas mit den Morden zu tun hat. Und, er ist nun einmal hier aufgewachsen. Im Müggenhall. Dort vorne, Nummer 11. Gut, das Haus sieht inzwischen anders aus. Ist mehrmals umgebaut worden, erweitert. Nachdem es 1993 verkauft wurde. Vom ehrenwerten Rechtsanwalt Lohof. Mit Unterstützung des ebenso ehrenwerten Dr. Eibesfeld. Die Wegener damals einfach haben entmündigen lassen. Und großmütig die Vormundschaft übernahmen.«

»Da hat ihr Sohn wirklich gute Arbeit geleistet bei seinen Ermittlungen. Die ganze tragische Beziehung zwischen Eibesfeld und Wegener lässt sich zwar nur mutmaßen, doch was vorliegt, reicht meines Erachtens aus, um zu erahnen, was dieser »Doktormann« dem Jungen und jungen Mann angetan hat. Angefangen mit ihrer Begegnung im Bezirkskrankenhaus Stralsund-West, wo Eibesfeld in den Siebzigern als »pädriatrischer Psychologe« in der Kinderklinik gearbeitet hat. Wie sowohl Ihr Junior als auch Dr. Lappe in Erfahrung bringen konnten. Dessen Gewährsmann konnte sich sogar noch gut an den kleinen Sebastian erinnern. Der zwischen 1971 und 1979 mehrmals für etliche Monate stationär »behandelt« wurde, bis er schließlich ab 1980 Dauerpatient war. Wobei die Therapie im Wesentlichen aus der Verabreichung von Psychopharmaka bestand. Sowie allen Spielarten der »Schwarzen Pädagogik«. Dann hat Ihr Sohn ja über diese Selbsthilfegruppe der Heimkinder einen Zeugen ausgegraben, der Insasse des Jugendwerkhofes Demmin war. Dessen Leitung wiederum etwa um 1983 unser Eibesfeld übernommen hat. Auf welchen Wegen Sebastian dort landete, konnte der Mann nicht sagen, allerdings sind ihm Wegener und auch Bodo Häusler noch gut in Erinnerung. Gerade, weil beide so unterschiedlich wie Tag und Nacht waren, der grobschlächtige und kräftige Häusler ganz weit oben in der Hierarchie der Jungen stand, während Bastian das absolute Opfer war. Von Erziehern, Mitzöglingen und eben auch Eibesfeld schikaniert und gequält wurde.

Eine großartige Idee von Leon, auf diesem Weg zu recherchieren. Chapeau, wirklich. Sie können stolz auf ihn sein, statt so verzagt aus der Wäsche zu schauen.«

»Das bin ich doch, Hakala-Holappa. Sehr sogar. Mächtig. Der Leon mausert sich. Ist eine ganz akribische Krabbe. Und, ja das alles sieht nach einem tadellosen Motiv aus. Rache für erlittene Ungerechtigkeiten. An Eibesfeld, Lohof und auch diesem Häusler. Würde letztendlich ebenfalls zu dieser von Erlental passen. Doch, wie ist das mit der Raspe? Außerdem hat Wegener, abgesehen vom letzten Mord, für alle anderen Fälle Alibis. Einwandfreie. Das bereitet mir Bauchschmerzen. Und dann diese Verbindung mit dem toten Fahrlehrer. Da erschließt sich mir überhaupt nichts. Das war doch definitiv ein Unfall. Oder? Dummerweise ist er ja schon kremiert und sein Wagen wurde bereits verschrottet.«

»Wolfgang Tiedje ist nur ein paar Häuser entfernt aufgewachsen. Hausnummer 3. War zwar drei Jahre älter als Wegener, aber die werden sich gekannt haben. Und dem Text zufolge war das keine Freundschaft, was sie verband. Sondern das ganze Gegenteil. Kommen Sie Meinhard, lassen Sie uns mal kurz hingehen. Da wohnt noch immer sein Bruder Diethard. Tiedje hat sich seinerzeit auszahlen lassen, als er sich mit seiner Fahrschule in Zingst selbstständig gemacht hat. Vielleicht ist jemand daheim, der uns etwas von früher erzählen kann.«

Der Profiler erhob sich. Setzte sich in Bewegung. Rico Meinhard trottete schwerfällig hinterher.

»Ich schätze Ihre Intuition durchaus, Hakala-Holappa. Nur erscheint mir das ein bisschen unlogisch, das mit dieser Geschichte. Denn da liegt ja dieser fiese »Wolle« bereits auf dem Friedhof. Hat sich als Jugendlicher totgefahren. Wahrscheinlich mit seinem Moped. Bestimmt einer Schwalbe. Hatte ich in dem Alter auch. Born to be wild im Arbeiter- und Bauernstaat.«

Ein versonnener Seufzer intonierte leichte Wehmut.

»Tötungsfantasien. Das sind reine Wunschvorstellungen, Träume eines Kindes. Die an sich nicht unbedingt auf reale Taten verweisen, dergestalte Umsetzungen nach sich ziehen müssen. Das ist an sich gar nicht mal so ungewöhnlich. Oft in Form von Tagebucheinträgen bekannt, obgleich Wegeners Texte schon von bemerkenswerter Qualität sind. Kennen Sie ja vielleicht aus ihrer eigenen Kindheit, wenn Sie sich ausgemalt haben, was Sie alles einem verhassten Lehrer oder Mitschüler antun würden, wenn Sie könnten, wie Sie wollten.«

»Und ob, Herr Kollege, und ob. Aber nicht nur von früher. Wenn ich nur an die neue Chefin denke, diese von Erlental. Da muss ich mich jeden Tag mehr als einmal zusammenreißen, damit nicht der Chef der Mordkommission zu seinem eigenen Kunden wird.«

»Merkwürdig finde ich nur diese Parallelen zu einem vermeintlichen Unfall, der sich beinahe fünfzig Jahre später ereignet. An einem 12. Mai; Wegeners Geburtstag der zudem der Ehrentag des Eisheiligen Pankratius ist. Bei dem Glatteis im Spiel war. Vielleicht ein Zufall, ein fataler Zufall, der zum Auslöser unserer unheilvollen Mordserie wurde. Ach, schauen Sie mal, wir scheinen Glück zu haben. Da ist jemand im Garten zugange.«

Sie hatten Müggenhall 3 erreicht, ein gediegenes Anwesen mit imposantem Wohnhaus, Doppelgarage, Carport, zwei Löwen aus Steinguss zu beiden Seiten des Eingangsportals und dem inzwischen obligaten Schottervorgarten. An den sich aber eine weitläufige Grünfläche anschloss, die gerade von einem kräftigen Mittfünfziger gepflegt wurde, der einen ebenfalls bulligen Rasentraktor lenkte.

»Entschuldigung, sind Sie Herr Tiedje? Können wir Sie einen Moment sprechen?« Hakala-Holappa winkte freundlich über den frisch gestrichenen Jägerzaun, worauf der Gartenfreund sein Gefährt kurz stoppte, wendete und in ihre Richtung lenkte.

Sogleich kam jedoch ein riesiger brauner Hund angeschossen, dessen dunkler Haarstrich auf dem Rücken zur Bürste aufgestellt war. Ein Rhodesian Ridgeback. Mit ausgeprägtem Reviergebaren. Er knurrte. Bedrohlich. Legte die Vorderpfoten auf den Zaun. Hakala-Holappa und Meinhard wichen einen Schritt zurück. Der Hauptkommissar griff zu seiner Dienstwaffe. Ließ sie stecken. Noch.

»Rico, aus! Ablegen! Bleib! Sie müssen entschuldigen, mit dem Grundstück ist er etwas eigen. Ist ansonsten ein ganz lieber Kerl. Ja, ich bin Diethard Tiedje. Wie kann ich Ihnen weiterhelfen?«

Er reichte dem etwas irritiert wirkenden Meinhard als dem Älteren die Hand zum Gruß. Der es mit Blick auf seinen Namensvetter vorzog, nur seinen Dienstausweis vorzuzeigen. »Meinhard, mein Name, Rico Meinhard, Hauptkommissar. Polizeiinspektion Stralsund. Und das ist unser Profiler, Herr Hakala-Holappa. Zunächst noch unser aufrichtiges Beileid zum Tod Ihres Bruders. Zu dem wir Ihnen gerne ein paar Fragen stellen würden.«

»Was, Sie heißen auch Rico. Ist ja witzig.« Tiedje grinste. Schien den Tod seines Bruders Wolfgang nicht sonderbar zu betrauern. »Na, dann schießen Sie mal los. Dürfen sich aber nicht wundern, dass ich nicht zu Tränen gerührt bin; Wolle und ich haben uns in den letzten Jahren …« Er suchte nach einem passenden Begriff. »Sagen wir mal, auseinandergelebt. Da ist einiges nicht so gelaufen, wie es sein sollte zwischen Brüdern. Sage ich ganz ehrlich; er ist ja nicht ermordet worden, sondern verunglückt. Auch wenn ich ihm so ein beschissenes Ende nicht gewünscht habe. Was wollen Sie denn wissen? Wäre prima, wenn das schnell gehen würde. Muss ja noch den Rasen fertigmachen und nachher zum Training. Mit dem Kumpel hier. HSV Barth. Bilde ihn gerade zum Schutzhund aus. Passt ja. So vom Namen her.« Diethard Tiedje schien eine Frohnatur zu sein. Grinste schon wieder. Erst Rico den Vierbeinigen an. Dann Rico Meinhard.

»Gut, lassen Sie uns zur Sache kommen. Wie war Wolfgang als Kind, Jugendlicher?« Hakala-Holappa übernahm die Gesprächsführung. Während Meinhard Senior argwöhnisch seinen Namensvetter im Auge behielt.

»Sagen wir es mal so, er hat sich nicht die Butter vom Brot nehmen lassen. Weder hier, im Müggenhall und im Dorf, noch später auf der Schule, bei den Thälmannpionieren oder in der FDJ. Ich war manches Mal froh, dass ich sein kleiner Bruder war. Damals waren wir ja noch ein Herz und eine Seele. Mich hat er immer in Ruhe gelassen. Ansonsten konnte er schon ein Aas sein. Hat auch gerne mal zugelangt. Wieso fragen Sie?«

»Sie sagten gerade, dass Sie jünger sind. Darf ich wissen, welcher Jahrgang.«

»Ich bin 1964 geboren. Doch, was hat das mit seinem Unfall zu tun?«

»1964? Dann müssten Sie ja auch den Sebastian Wegener kennen? Und, wie gesagt, wir interessieren uns im Zusammenhang mit Ermittlungen in einem anderen Fall lediglich dafür, wie das hier so früher war. Unter den Kindern von Pruchten.«

»Soso. Ermittlungen in einem anderen Fall. Das handelt sich doch bestimmt um diesen Mumienmörder. Oder?« Tiedje hatte ein wenig seiner guten Laune eingebüßt. Schaute auf seine Armbanduhr. Die ebenso wie Rasenmäher, Haus und Hund eine Spur zu mächtig war.

»Das dürfen wir Ihnen leider nicht sagen. Können Sie sich noch an Wegener erinnern?« Der Profiler machte eine kleine Pause. Kramte in der Tasche seines Anoraks. Holte eine Minisalami hervor. »Darf Rico so etwas?«. Meinhard warf ihm einen Seitenblick zu. Pikiert.

»Lieber nicht, Rico ist auf Diät. Meine Frau achtet da streng drauf. Wiegt ihm jede Portion ab. Auf 'ner Waage von Weight Watchers.« Ein neuerliches Grinsen. Richtung Hauptkommissar.

Der sich ungehalten zu Wort meldete: »Also, wie war das nun? Mit Wegener und Ihrem Bruder. Mit Ihnen?«

»Na klar kenne ich die arme Sau. Wir sind ja zusammen eingeschult worden. Basti, der Spasti. Das absolute Opfer, wie die Kids solche Typen heute nennen. War echt ein Spinner. Bin ein paar Male mit dem durch die Gegend gezogen. Als wir noch klein waren. Erste Klasse in etwa. Doch der war mir einfach zu komisch. Hat zum Beispiel ein richtiges Talent gehabt, tote Tiere zu finden. Aber hat die nicht nur einfach so angeguckt. Sondern mit dem Finger drin rumgepuhlt. Echt eklig. Was der für Schoten gebracht hat! Einmal hat er beinahe das Dorf abgefackelt, weil er hinten bei denen im Garten seine Spielzeugtiere verbrannt hat. Ging ruckzuck auf die Hecke über und dann auf den Schuppen vom Nachbarn. Was für ein Trottel! Und für uns Kinder war so ein Honk natürlich ein gefundenes Fressen. Wurde rund um die Uhr verarscht. Gepiesackt. Wolle hatte den besonders auf dem Kieker. Gerade, weil der sich nie gewehrt hat. Dabei war er gar nicht mal so klein oder ein Schwächling, rein körperlich. Nee, im Gegenteil. Der hatte eben bloß nicht alle Tassen im Schrank. War dann auch öfter in der Klapsmühle.«

»Das klingt nach einer verdammt traurigen Kindheit. Hatte Wegener denn überhaupt keine Freunde?« Hakala-Holappa wechselte mit Rico einen Hundeblick, dem sein Herrchen während der ganzen Zeit den Kopf kraulte. Wieso sprach man eigentlich von Hundeleben?

»Traurige Kindheit? Da haben Sie sicherlich irgendwie recht. Aber damals waren eigentlich alle kleineren Jungs froh, dass es so einen Deppen wie den Bastispasti gab. So war man selbst aus der Schusslinie, wenn die Größeren mal wieder Bock hatten, jemanden zu triezen. Ja, und als das dann mit seiner Familie passiert war, haben einige wohl schon so etwas wie ein schlechtes Gewissen gehabt. Auf der anderen Seite war Republikflucht damals alles andere als angesagt. Da wollte erst recht keiner was mit dem zu tun haben. Freunde? Nein. Unter uns Jungen auf keinen Fall. Nur die Jansenmädchen, die haben so etwas wie Mitleid mit ihm gehabt. Die hat man manchmal zusammen gesehen. Vor allem die Ruth. Aber die war ja selber ziemlich eigen. Ist später auf die schräge Bahn geraten. Und hat sich irgendwann weggemacht. Soll in Warnemünde von diesem Kasten gesprungen sein.«

»Ruth? Jansenmädchen?« Meldete sich Meinhard so laut zu Wort, dass Rico aufsprang. Von Tiedje jedoch umgehend räsoniert wurde.

»Aus! Platz! Ja, die beiden von den Jansens. Müggenhall 8. Ruth-Maria und Ann-Kathrin Jansen. Die hat aber früh geheiratet. Heißt jetzt Seegers. Und ist erst vor ein paar Monaten wieder hier eingezogen.«

38. Berinda hakani

»Ich kann es einfach nicht begreifen. Ann-Kathrin eine Mörderin. Eine Serienmörderin. Zusammen mit diesem Bastian. Ein brutales Mörderpaar. Das will nicht in meinen Kopf.« Gerhard Schiffers ließ eine Möwe durch sein Kontor segeln. Klein. Getöpfert. Und kunstvoll koloriert. Ein hübsches Stück. Das zwei Sekunden später an der Wand zerschellte. In vielen Teilchen zu Boden fiel. Wo bereits etliche andere Tonfragmente davon zeugten, dass sich der Buchhändler auf brachiale Weise von der gemeinsamen Zeit mit Ann-Kathrin Seegers zu distanzieren versuchte.

Kempowski überlegte für einen Moment, ob der Aschenbecher in Form eines Geleges mit drei Eiern auch aus dem Atelier der Keramikerin stammte. Dann drückte er seine Zigarette aus. Die dritte in der letzten halben Stunde. Zündete sich eine neue an.

Er hatte äußerst ungern die Aufgabe übernommen, dem Buchhändler das eigentlich Unfassbare mitzuteilen; ihm von den neuesten Ereignissen zu berichten. Am liebsten wäre er alleine im Darß verschwunden, um Kiefern und Buchen anzuschreien, Farne und Stechpalmen anzuklagen, dass sie so etwas zulassen konnten. Nein, wenn Kempowski verzweifelt war, mied er die Menschen. Selbst Elisabeth konnte ihm nur bedingt Trost sein. Geschweige denn, dass ihm selbst die Gabe des Trostspendens gegeben wäre.

Dennoch hatte er ihrer Bitte entsprochen, sich um Gerhard Schiffers zu kümmern, während sie sich vorgenommen hatte, Dörte Wahnschaffe zu besuchen.

Entsprechend hilflos hockte er nun im Arbeitszimmer der Bunten Stube Schiffers, dessen Blick er mied. Stattdessen wanderten seine Augen unstet durch den an sich heimeligen Raum, der einem wahren Vogelschutzgebiet glich. In den Regalen, auf Schreibtisch, Kommoden und Teewagen, in jeder Nische standen, brüteten, schwebten Möwen in allen Varianten künstlerischer Gestaltungskraft. Jene unter ihnen, die er einst von Ann-Kathrin als Präsente der Liebe erhalten, wurden nun geopfert. Auf dem Altar der Abrechnung. Inzwischen war Schiffers aufgestanden und wirkte, als ob er sogleich in Raserei sein gesamtes verlorenes Paradies zerstören wollte. Dann hielt er jedoch inne, ging zu einem kleinen Schränkchen. Kehrte mit Gläsern und Cognac zurück. Schenkte ein. Setzte sich.

Kempowski nickte dankend. Trank den kostbaren Tropfen ohne viel Gedöns. Auf ex. Goss nach. Fand langsam zu Worten zurück.

»Ach, Gerhard, mir geht es doch genauso. Auch wenn ich nicht mit ihr zusammen war. Ich kann es mir absolut nicht vorstellen, wie unsere Ann-Kathrin da im Keller in Pruchten an ihrem großen Arbeitstisch steht und … Nein, das geht partout nicht. Doch die Indizienlage ist eindeutig, wie mir Hakala-Holappa versichert hat. Mit tiefstem Bedauern. So sorgfältig die beiden vorgegangen sind, um an den Tat- und Fundorten Spuren zu vermeiden, so arglos sind sie in ihrem Atelier gewesen. Blut, DNA, Haare und sonst was belegen, dass alle Opfer dort unten »präpariert« wurden. Und in einem Gefäß, Meinhard Senior hielt es zunächst für einen Rumtopf, befanden sich die abgetrennten Hände von Häusler. In Alkohol eingelegt. Abzüglich des Fingers, den sie in der Galerie zurückgelassen haben.«

Kempowski überkam ein Brechreiz. Den er rasch mit einem weiteren Schluck hinunterspülte. Kurz auflachte. Weitersprach.

»Eine wunderschöne Arbeit übrigens, wie Wilhelm meint. Mit Kranichen im Flug verziert. Warmes Wechselspiel der Farben … Das deutet er übrigens als Schlüssel für Ann-Kathrins Veränderung; diesen Missbrauch ihrer Arbeiten durch Mahnkopf. Indem er im letzten Herbst in ihrem Brennofen den Schädel von diesem Arzt kremiert hat. Die Asche anschließend in einer ihrer Phiolen verschickte. Seiner Ansicht nach muss das in ihr eine ganz tiefe Wunde zurückgelassen haben. Irgendetwas ausgelöst. Und als sie dann ein paar Wochen später auf Bastian stieß, seine Lebens- und Leidensgeschichte, entwickelte sich etwas in ihr, eine Art Wahnvorstellung. Wie so ein Krebsgeschwür. Genährt durch die Erinnerung an den Selbstmord ihrer Schwester. Deren traurigen Weg. Hat sie dir gegenüber eigentlich davon erzählt?«

»Hm, ich nehme mir noch eine, ja?« Schiffers bediente sich aus Kempowskis Zigarettenetui. Steckte sich eine an. Lehnte sich zurück. Folgte dem aufsteigenden Rauch. »Ja, an einem der ersten Abende bei ihr in Pruchten sind wir auf Ruth gekommen. Haben uns ihre Kinderbilder angeschaut.

Weihnachten, Geburtstage, Ferien, Fasching, so etwas. Da waren sie eben oft zu zweit zu sehen. Ich habe noch ganz arglos gemeint, dass das heute bestimmt eine ausgesprochen attraktive Lady sei, da hat sie mir anvertraut, dass sich Ruth vor mehr als zwanzig Jahren das Leben genommen hat. Das wohl bis dahin eine ziemliche Tragödie gewesen sei.

Und dass sie sich damals Vorwürfe gemacht hat, Ruth zu wenig geholfen zu haben. Ann-Kathrin hatte ja früh geheiratet und kümmerte sich in jener Zeit liebevoll um ihren Mann, den Rolf Seegers, der schwer krank war und kurz vor Ruths Selbstmord verstorben ist.« Er unterbrach für einen kurzen Griff zum Glas.

»Allerdings hat sie zugleich betont, dass sie inzwischen den Kummer überwunden und mit dem Schicksal Frieden geschlossen habe. Glücklich wäre. Mit ihrem Leben. Mit mir …«

Nun galt die kleine Pause der Flasche. Er schenkte sich und Kempowski nach.

»Weitere Details zu den Gründen, Hintergründen hat sie nicht erwähnt. Geschweige denn von irgendwelchen Rachegelüsten gegen irgendjemanden, dem sie den Tod wünsche. Sie wirkte mit sich und der Welt im Reinen.«

»Das änderte sich erst, als Bastian in ihr Leben trat. Muss so im Februar gewesen sein. Da war sie auf einer Ausstellung der Lebenshilfe in Rostock, wie Leon Meinhard rekonstruiert hat. Wobei es sich um ein Wiedersehen handelte; sie kennen sich ja schon seit ihrer Kindheit. Wart ihr zu jenem Zeitpunkt noch zusammen?«

»Nein, schon nicht mehr. Wir haben uns Ende Januar getrennt. Ich habe mir aber gleich gedacht, dass das mehr als nur künstlerisches Interesse ist, was sie mit Bastian verbindet.«

»Das meint Elisabeth auch. Ich habe das hingegen gar nicht so registriert, dass was zwischen den beiden läuft. Ist mir nie aufgefallen, dass die sich mal geküsst hätten, in die Arme genommen, so etwas halt. Das muss dann schon etwas ganz Besonderes sein.«

»In gewisser Weise passt das schon zu Ann-Kathrin. Das Pathetische. Liebe als große Aufgabe. Mission. Passion. So habe ich ihre Beziehung zunächst auch gesehen; sie als aufopferungsvolle Förderin eines verkannten Genies, die ihrem Geliebten den Weg zum großen Durchbruch als Künstler freimacht. Ganz im Stile Peggy Guggenheims. Aber dass sie dabei gleich über Leichen geht ...« Ein neuerlicher Bottlestop. Derweilen das Goldbraun langsam zur Neige ging.

»In dieser Hinsicht glaubt Wilhelm, dass der Zufall seine Finger mit im Spiel hatte.« Kempowski erlangte zunehmend einen gewissen Grad seines inneren Gleichgewichts zurück. Von Glas zu Glas. Wie es mit dem äußeren aussah würde sich zeigen, wenn ein Gang zur Toilette anstand. Oder der Heimweg. »Er denkt, dass der Unfall von Tiedje der Auslöser war. Der die Lawine losgetreten hat. Diese fatale Übereinstimmung. Zwischen dem Wunschtraum Bastians, den er als Jugendlicher niedergeschrieben hat, ich erzählte dir ja davon, von diesem Tagebuchtext, diesem ›Eisheiligendank‹. Der sich dann auf makabere Weise erfüllt hat. Über vierzig Jahre später. Sein alter Peiniger von einst stirbt tatsächlich so, wie er es sich mit 12, 13, 14 Jahren ausgemalt hat. Schmiert mit dem Moped bei Glatteis ab. Stirbt zu Eisheiligen. Noch dazu an Sebastians Geburtstag. Was für ein Geschenk! Was für eine erfüllte Prophezeiung! Er glaubt zudem, dass Bastian seine ganzen wirren Geschichten von früher noch immer in seinem merkwürdigen Hirn gespeichert hat. Sie auswendig kann. Seine Aufzeichnungen. Und wahrscheinlich auch Ann-Kathrin diese Story vorgetragen hat. Deklamiert. In seinem sonderbaren Mysterienton. Der für ihn so typisch ist. Das war der Startschuss. Dann haben sie losgelegt, unsere beiden Racheengel. Bonnie and Clyde. Mickey und Mallory Knox. Natural Born Killers.« Kempowski gab dem Cognac den Rest. Respektive nahm ihn sich.

»Wilhelm vermutet allerdings, dass sich Bastian gar nicht der ethischen oder gar juristischen Konsequenzen ihres Handelns bewusst ist. Dass für ihn alles nur eine weitere Form seiner Kunst ist. In diesem Falle die Verwandlung von vermeintlich »bösen« Menschen in »gute«. Daher die Einhüllung in weiße Mullbinden. Weiß eben als Farbe der Unschuld, des Friedens. Ein Ende im falschen Sein. In einem anderen.«

»Farbe der Unschuld, des Friedens, also Kemp, das ist doch krank! Durch und durch. »Böse« Menschen in »gute« verwandeln. Mit einer Drahtschlinge. Alter Schwede!« Schiffers stimmte Gelächter an. Kurz. Kalt. Zynisch.

»Sicherlich ist das krank. Aber, irgendwie bis zu einem gewissen Grad verständlich. Insbesondere was Eibesfeld und Lohof betrifft. Anders liegt der Fall bei der Raspe. Sie scheint anscheinend ein Stellvertreteropfer zu sein. Ist anstelle ihres Vaters ermordet worden. Der, wie inzwischen feststeht, als Richter beim Familiengericht der Partner von Arzt und Anwalt gewesen war. Häusler wiederum, so räumen die Meinhards ein, kann auch umgebracht worden sein, weil er womöglich Ann-Kathrin dabei beobachtet hat, wie sie die Raspe in der Windmühle »installierte«. Und die beiden daraufhin erpresste. Eine klare Motivlage liegt jedoch wieder bei der von Erlental vor. Wobei sie wahrscheinlich von Bastian getötet wurde. Seine Premiere sozusagen. Auch die »Operation«, das Zerteilen, Zerlegen der Leiche scheint er ausgeführt zu haben. Während Seegers anschließend die Körperteile eingewickelt hat.«

»Hör auf, Kempowski, so viel kann man gar nicht trinken, um sich den Ekel von der Seele zu waschen.« Leicht schwankend hatte sich Schiffers auf den Weg zu seiner Kontorbar gemacht. Nachschub besorgen.

»Das trifft im Übrigen auch für den Finger von Häusler zu, den man in der Galerie von Werners-Wiedehopf gefunden hat. Die Faber von der KTU hat da verschiedene Techniken des Bindens und Knotens festgestellt. Bastian hat wohl eine ganz spezielle »Handschrift« entwickelt, ist da versierter. Wohingegen Ann-Kathrin unsicherer vorgegangen ist. Hoffen wir nur, dass sie keine Möglichkeit erhält, weiter zu üben. Den schmierigen Galeristen haben die Meinhards ja in Sicherheit gebracht. Gleich nachdem sie ihn aus der U-Haft entlassen mussten. Der sitzt in irgendeinem geheim gehaltenen Versteck. Von vier Männern bewacht. Ja, Danke.« Ein weiteres Glas. »Mehr Sorgen bereitet Johanna. Die spurlos verschwunden zu sein scheint. Familie, Freunde, keiner hat in den letzten Tagen von ihr gehört. Auto, Smartphone, wie vom Erdboden verschluckt. Auch Aufrufe an die Bevölkerung in den Medien sind bislang ohne Erfolg geblieben. Und sie steht ganz oben auf der Liste möglicher weiterer Opfer. Da sind Hakala-Holappa und die Meinhards einer Meinung. Ich glaube ja, dass Johanna in Hamburg untergetaucht ist. Bei Cornelia. Partikels Tochter.«

39. Festucula vermiformis

Cornelia. Seine Nele. Wie hatte er sich gefreut, sie wiederzusehen. Vergangenes Jahr schon. Die Begegnung am Strand. Ihr Besuch. Vor wenigen Wochen. In der Klinik. Er hatte sich fest vorgenommen, nach Hamburg zu fahren. Zu ihr. Sobald die Geschichte mit Olaf Hegerdorp erledigt sei. Für ihn abgeschlossen. Wie blauäugig war er gewesen! Denn nun war zu befürchten, dass seine manische Besessenheit, mit dem Feind aus alten Tagen abzurechnen, nicht nur ihm das Leben kosten würde, sondern auch ihr.

Robert Aaron Zimmermann musste würgen. Versuchte, die aufsteigende Magensäure herunter zu zwingen. Kaute mit schrundigem Gaumen auf widerlichem Knebel. Seine Zahnprothese hatte ihm dieser ebenso widerwärtige Riechwein kurz nach dem Erwachen herausgerissen. An die Wand geworfen. Mit schweren Stiefeln in den Staub getreten. Zertreten. Sascha Riechwein. Schütze Riechwein.

Wie er von Hegerdorp angesprochen wurde. Im barschen Befehlston. Stets. Von Olaf Hegerdorp. Oberscharführer Hegerdorp. Wie jener wiederum von seinen Untergebenen genannt zu werden verlangte. Im Barraston. Laut. Knapp. Befehlsergeben. »Jawoll, Oberscharführer.« »Zu Befehl, Oberscharführer.« »Wird umgehend erledigt, Oberscharführer.« Begleitet vom stupiden Zusammenschlagen der Hacken. Sowie den zum Gruß erhobenen rechten Armen. Zum unheilvollen Gruß.

Die schnarrenden Subordinationen des Schützen Riechwein, des Sturmmannes Bauer und des Rottenführers Haberkamp waren das Erste gewesen, was Zimmermanns Erwachen begleitet hatte. Mühsam hatte er die Augen geöffnet. Sich in die Wirklichkeit getastet. Sie mit vagen Blicken ertastet. Und nicht glauben wollen, was ihn dort erwartete. Vier Männer. Drei davon in Reih und Glied angetreten. In Habtachtstellung. Davor ein Greis. Auf einem Rollator sitzend. Allesamt in Schwarz gekleidet. In der Uniform der SS. Mit allen sinisteren Insignien des Unrechtsordens ausgestattet. Einschließlich Ring, Rangabzeichen und Koppelschloss mit Hakenkreuz plus Wahlspruch. ›Meine Ehre heißt Treue‹.

Er hatte aufschreien wollen. Sie anschreien. Beschimpfen. Beleidigen. Als widerwärtiges Pack bezeichnen. Als Dreck, Schande Deutschlands, einen Haufen stinkender Scheiße, Dirty Bastards. Seinen Ekel in Worte fassen. Die jedoch allesamt zu klein für seine unermessliche Abscheu und Verachtung waren.

Hegerdorp war ihm zuvorgekommen. Hatte erkannt, dass Zimmermann aufgewacht war. Hatte gebellt: »Schütze Riechwein, knebeln Sie den Judenbengel.«

Jener hatte den Befehl umgehend ausgeführt. Dienstbeflissen. Mit sadistischer Freude. Zunächst Zimmermanns Zähne zerstört. Anschließend dessen restliche Würde. Dem erst jetzt gewahr worden war, dass er nicht nur auf eine hölzerne Pritsche gebunden, sondern zudem Hose und Jacke aus rauem Stoff trug. Blau-weiß gestreift. Längs gestreift. Dessen rechten Ärmel der Sturmmann hochgeschoben hatte. Um Zimmermanns rechten Unterarm mit einer Tätowiermaschine zu bearbeiten.

Für einen winzigen Moment hatte sich Zimmermann mit dem absurden Kontrast zwischen jenem modernen Gerät und der ansonsten historischen Ausstattung dieser Schmierentragödie beschäftigt. Beinahe aufgelacht. Dann hatte er den letzen Rest seines bitteren Humors verloren. Da ihm klar geworden war, was ihm Riechwein in die Haut stechen würde. Er hatte seinen Blick abgewandt. Ihn stattdessen in die Augen Hegerdorps gebohrt. All seinen Hass hineingelegt.

Den dieser aber unbeeindruckt gelassen hatte. Stattdessen hatte er sich an der Arbeit des Sturmmanns geweidet. Sie kommentiert. Mit schmatzender Aussprache. Schierer Boshaftigkeit.

»Willkommen, Robert Aaron, am vorletzten Tag deines unwerten Lebens! Willkommen im ersten KZ des neuen Reiches! Eigentlich fast zu viel der Ehre für einen vaterlandslosen Lumpen wie dich. Einem Verräter am eigenen Volk. Einfach abzuhauen. Statt sich deiner, eurer gerechten Strafe zu stellen. Aber, dein feiner Herr Vater hatte ja genügend Geld, dieser Parasit, dieser mauschelnde Volksschädling. Ist von einem Tag auf den anderen verduftet. Mit der ganzen dreckigen Mischpoke. Doch auf einmal taucht mein kleiner Judenbengel eines schönen Tages wieder auf. Nach über achtzig Jahren. Wagt es auch noch, sich vor meiner Nase aufzubauen. Ich habe dich gleich erkannt, dich Schweinepriester. Hatte aber noch keine Lust auf eine »Wiedersehensfeier«. Als ich aber gemerkt habe, dass du dreckiges Stück auf einmal anfängst, in der Vergangenheit herumzuschnüffeln, in meiner, dachte ich, dass ein Warnschuss genügt. Was ein Irrtum war. Stattdessen versucht die Judensau auch noch, sich in unsere Volksgemeinschaft einzuschleichen. Hinterhältig und listig, wie ihr halt seid. Darum ist es jetzt an der Zeit, ein Exempel zu statuieren. Ein Fanal zu setzen. Meine Männer und ich sind ja nicht allein. Mit unserer Treue.«

Zimmermann hatte geglaubt, den Verstand zu verlieren. Es machte ihn schier wahnsinnig, Hegerdorps Irrsinn anhören zu müssen. Ohne eine Möglichkeit der Entgegnung, der Gegenwehr. Was war er für ein Narr gewesen! Nein, sein Beharren, die Geschichte Olaf Hegerdorps ans Tageslicht zu bringen, war durch und durch richtig gewesen. Wie es zuletzt ja seine gegenwärtige Situation unter Beweis stellte. Doch seine fixe Idee, ihm alleine und ohne Polizei von Angesicht zu Angesicht begegnen zu wollen, hatte sich jetzt als Riesenidiotie erwiesen. Durch und durch. Dumm, riskant, gefährlich. Zu gefährlich. Für ihn. Und andere. Insbesondere für seine Nele.

Denn Hegerdorp hatte sich darin gefallen, den wehrlosen, gefesselten Zimmermann in seine weiteren Pläne einzuweihen. Die zunächst die Nacht der Sonnenwende betrafen. Der Oberscharführer und seine Männer hatten sich zur Feier des längsten Tages etwas Besonderes ersonnen. Wollten die alte Tradition des Sonnenwendfeuers wiederaufleben lassen. Auf dem Bakelberg. Der höchsten Erhebung des Fischlandes; 18 m nur hoch. Trotzdem würde das Feuer weithin leuchten. Noch lange, nachdem es verloschen sei. »Denn es wird eine Augenzeugin geben, die der Welt erzählen kann, welch fauler Ast vom Stamme Nimm da gelodert habe.«

Mit diesen Worten war Hegerdorp an Zimmermanns Lager herangetreten. Er hatte seinen fauligen Atem gerochen. Sowie den Altmännerdunst seines Schrittes. Im Chaos seiner Gedanken war die Überlegung, dass sich sein Gefängnis wahrscheinlich in der Nähe Ahrenshoops befände, der einzige klare. Halbwegs klare. Kurz nur hatte er ihm folgen können und überlegt, wo er sich befände. Die einfache Bauweise des Raumes ließ auf ein Funktionsgebäude aus Zeiten der DDR schließen. Vielleicht eine ehemalige Kaserne? Oder ein Trakt des alten VEG bei Zingst, womöglich ein Gebäude der Stallungen bei Wieck? Weiter war er nicht gekommen. Immer wieder drängten sich die anderen Bilder in den Vordergrund. Er, Robert Aaron Zimmermann, an einen Balken, eine Stange gebunden. Womöglich ein Kreuz, ein Hakenkreuz. Und dann die Flammen. Viel Zeit würden sich seine Peiniger nicht lassen. Sicherlich mit einem Boot über die Ostsee fliehen wollen.

Der Geruch von Benzin hatte sich in seinen Nasenflügeln ausgebreitet. Zugleich konnte er Nele hören. Gleich einem gespiegelten Echo. Das einem nicht die Töne vergangener Augenblicke zurückbrachte. Sondern jene, deren Verlautbarung noch bevorstand. Würde sie schreien? Weinen? Beten? Oder geknebelt und ebenfalls gebunden zusehen müssen, wie ihr kleiner Verehrer aus Kindertagen sich zur Fackel wandelte? Zu Asche wurde. Er hatte die Augen geschlossen, um wenigstens nicht mehr seine schwarzen Henker sehen zu müssen.

Was von Hegerdorp mit zwei Ohrfeigen unterbunden worden war. »Augen auf, Judenbengel. Zum Schlafen hast du bald genug Zeit. Bewundere lieber das Werk des Schützen Riechwein. Gelungen. Nicht wahr? A0000001. Ja, du liest richtig. Sechs Nullen. Du bist erst der Auftakt. Wir haben viel vor!«

Der körperliche Schmerz der stümperhaft ausgeführten Tätowierung war das einzige, was Zimmermann nicht schmerzte. Wie durch und durch verseucht war dieser Teufel in Greisengestalt. Was um alles in der Welt hatte ihn in den ersten Tagen nach ihrer Begegnung in Bad Waldbrunn hoffen lassen, dass Hegerdorp zu einem Gespräch bereit sei. Offen mit ihm über alles sprechen würde. Sein Tun, seine Taten bereuen. Mit seiner Vergangenheit abrechnen. Mit dem Nazi in ihm. Sich bei ihm entschuldigen würde.

Und, der Gedanke stach ihm wie eine lange Nadel durch alle Nerven, er hatte sogar überlegt, dass er ihm wiederum verzeihen hätte können. Unter Umständen. Wegen jener Bilder der Erinnerung, die ihn als den kleinen Robert und seinen starken Beschützer Olaf zeigten. Kleine Fotos. In Sepiatönen. Mit welligen Rändern. Kleine Fotos, die er sich aus dem Album seines Herzens riss. Ins Feuer warf, das noch entzündet werden sollte.

Welches Hegerdorp brandbeschleunigt hatte. Indem er Zimmermann ins Gesicht gespuckt. Bevor er dann gegangen war. Seine Paladine im Gefolge. Nur kurz vor der Tür war er stehen geblieben. Hatte aus dem Korb seines Rollators eine Waffe gegriffen. Einen Revolver. Dessen Trommel er rotieren ließ. Um ihn sogleich auf Zimmermann zu richten. Abzudrücken.

Das wirkungslose Klicken des Abzugs war von ihm mit höhnischem Gelächter begleitet worden. In das seine Männer eingestimmt hatten. Um sogleich die Zelle ihres Häftlings zu verlassen. Die Tür zu verriegeln.

Zimmermann wusste nicht, wieviel Zeit seitdem vergangen. Die Fenster waren mit Ziegelstein vermauert. Oder mit Brettern lichtdicht gemacht. Dafür brannte die nackte Birne permanent. Die am Kabel von der fleckigen Decke herabhing. So gab es für ihn weder richtigen Schlaf. Noch wirkliches Wachen. Er strudelte zwischen den Zuständen hin und her. Lediglich unterbrochen von gelegentlichen Auftritten des Sturmmanns. Essen fassen – ein fürchterlicher Fraß aus kalten Konserven. Oder Wasser lassen – ein stinkender Eimer, der noch nie geleert worden war. Riechwein befreite ihn für diese Unterbrechungen aus Schnallen und Fesseln. Hielt aber stets einen Elektroschocker parat. Da Zimmermann seine letzten verbliebenen Kräfte für eine vielleicht letzte echte Chance zur Flucht sparen wollte, unterließ er, wonach ihm eigentlich zumute war.

Hegerdorp, Haberkamp und Bauer hatten sich seit dem letzten Besuch nicht mehr blicken lassen. Allerdings waren die Zwischenwände nicht gemauert, sondern aus Holzplatten oder Pressspan, sodass er hin und wieder Wortfetzen aus dem Nebenraum mitbekam. Aus einigen dieser Fragmente musste er schlussfolgern, dass Sturmmann und Rottenführer ihren Marschbefehl erhalten hatten. Inzwischen auf dem Weg nach Hamburg waren. Um Cornelia zu überfallen, zu entführen, zu holen. Er hatte versucht, die verfließende Zeit zu fassen, indem er sie in Sekunden nachzählte. Jene in seinem Gedächtnis in Minuten und Stunden zusammenzufassen versuchte. Ein vergebliches Unterfangen. Was ihn noch tiefer in Verzweiflung trieb. Einer Verzweiflung gleich Treibsand. Bodenlos.

Allerdings hatte er einiges später ein Telefon klingeln hören. Tatsächlich im bekannten Ton des Horst-Wessel-Liedes. Und anschließend lautes Wüten von Hegerdorp. Mehrfach schallte »Scheiße!«, »Hornochsen!«, »Vollidioten« und »Ich will die Alte hier. Das ist ein Befehl!« von nebenan herüber. Nährte so vage seine Hoffnung, dass Cornelia verreist war. Oder von ihrer Familie gut beschützt wurde.

Dennoch panikierte sein Denken in Sorge um die Freundin. Drehte sich stundenlang im Kreis. Kreiselte ihn müde. Ohne dass er im Schlaf Frieden finden konnte. Bis ein Geräusch seinen inneren Derwisch aus der Umlaufbahn brachte.

Er horchte auf. Suchte. Konnte in seinem eingeschränkten Blickwinkel eine der vernagelten Fensterhöhlen ausmachen. An der sich jemand zu schaffen machte. Eines der Bretter schien bewegt zu werden. Gelöst. Er konnte einen Spalt Nachthimmel erkennen. Ein weiteres folgte. Ein drittes. Und Zimmermann sah rote Locken, einen ebensolchen Bart, das Gesicht Bastians. Im Taschenlampenlicht. Rasch fielen nun die restlichen Bretter und wenig später stand der Künstler in seinem Verlies. In der rechten Hand einen Baseballschläger. Dann kletterte Ann-Kathrin Seegers in den Kerker. Sie erschrak bei Zimmermanns Anblick. Machte sich sogleich daran, ihn von Knebel und Fesselung zu befreien. Deutete mit einer Geste an, dass er schweigen möge.

Was Robert Zimmermann natürlich befolgte. Auch wenn ihn natürlich die Freude über die Rettung auf den Lippen brannte. Ebenso wie die Frage, was sie in dieses dunkle Loch geführt hatte.

Gerade als ihn Bastian und Ann-Kathrin auf die Beine geholfen hatten, er noch unsicher Stand suchte, hörten sie, wie die Riegel an der Tür bewegt wurden. Seegers und der Künstler konnten sich gerade noch an die Wand retten, das Licht ausschalten, da stand schon Riechwein im Raum. Leuchtete ihn aus. Entdeckte das leere Lager. Den etwas davon entfernt stehenden Gefangenen. Starrte ihn an. Mit offenem Mund. Wollte auf ihn losstürzen, doch Bastian war schneller. Ließ den Baseballschläger auf ihn niedersausen. Schlug zu. Mehrere Male. Doch er tötete nicht. Warf ihn stattdessen auf die Pritsche. Stopfte ihm das schmutzige Tuch in den Mund. Legte Kabelbinder und Schnüre an. Anschließend verließen die drei das Zimmer. Durchquerten einen Korridor. Gelangten zum Quartier der braunen Bande. Wo sie Hegerdorp vorfanden. Tief schlafend.

Der von alldem nichts mitbekommen hatte. Unter einer schmuddeligen Wolldecke auf einem ebensolchen Sofa schnarchte. In fast voller Montur. Lediglich die Uniformjacke hatte er abgelegt. Über einen Stuhl gehängt. Vor dem die Schaftstiefel standen. Und auf dem sein Trommelrevolver lag. Griffbereit. Den Kragen seines Braunhemdes hatte Nachtschweiß geschwärzt.

Ann-Kathrin Seegers nahm ihren Rucksack von der Schulter. Holte eine Drahtschlinge heraus. Reichte sie Zimmermann. Der sie instinktiv nahm. Sie fragend anschaute. Ihrem Blick zum schwitzenden Oberscharführer folgte.

Bastian hatte unterdessen das Quartier durchsucht. In einem Spind weitere Kabelbinder gefunden. Vorsichtig zog er jetzt die Decke vom Schlafenden. Band zunächst dessen Beine. Zog ihm eine Socke aus. Die er blitzschnell in Hegerdorps Mund stopfte. Der gerade erwachte. Erschrocken die Augen aufschlug. In den Lauf seiner eigenen Waffe schaute. Von der Seegers auf ihn gerichtet. Zunächst erschien es einen Augenblick, als ob er aufspringen wollte. Sackte jedoch gleich wieder in sich zusammen. Fügte sich anscheinend widerstandslos in sein Schicksal. Wenig später glich er einer der Arbeiten aus Bastians früher Phase.

Zimmermann hatte bis dahin sprachlos dagestanden. Die Schlinge wie einen Rosenkranz durch seine Hände gleiten lassen. War einen Wimpernschlag bereit gewesen, das Amt des Richters zu übernehmen. Jenes des Henkers auch. Einen verfliegenden Wimpernschlag lang.

Dann kehrte jedoch die Angst zurück. Die Angst um Nele. Führte einen seltsamen Disput mit der Freude über die unerwartete Rettung. In den sich die Frage einmischte, warum ihm Ann-Kathrin ein dergestaltes Mordinstrument zugespielt hatte. Was wiederum für ihn an Bedeutung verlor, als er das alte Mobiltelefon auf einem zugemüllten Küchentisch zwischen leeren Flaschen und vollen Aschenbechern entdeckte.

Er wollte gerade zugreifen, jedoch die Keramikerin war schneller. »Verzeihen Sie vielmals, lieber Herr Robert. Doch das geht nicht. Leider nicht. Bastian und ich brauchen noch ein wenig Zeit. So leid es mir, uns auch tut. Seien Sie aber sicher, dass wir sobald wie möglich veranlassen, dass Sie endgültig befreit werden. Und von diesen Nazis haben Sie nichts mehr zu befürchten. Zumal Sie ja die Wahl haben …«

»Liebe Frau Ann-Kathrin, was hat das zu bedeuten? Ich bin Ihnen zutiefst dankbar, dass Sie mich aus dieser misslichen Lage befreit haben. Auch wenn ich in keinster Weise verstehe, wie Sie das vollbringen konnten. Aber ich denke, es ist jetzt an der Zeit, die Polizei zu benachrichtigen, die Meinhards anzurufen. Oder unseren guten Hakala-Holappa. Außerdem, die Gefahr ist noch nicht vorbei. Im Gegenteil. Zwei von diesen Burschen sind auf dem Weg zu Cornelia. Partikels Tochter in Hamburg. Nele. Wollen sie entführen. Wir müssen umgehend etwas unternehmen. Je schneller, desto besser. Darum, seien Sie so liebenswürdig und geben mir den Apparat.« Zimmermann hatte sich bemüht, so deutlich wie möglich zu sprechen. Fehlende Zähne wie zusammenbrechende Nerven unter Kontrolle zu bekommen.

»Herr Robert, Herr Robert, Sie schmähen die Gabe der Klarheit. So erhalten Sie das Geschenk der Rätsel.« Bastians Stimme hatte beinahe den alten Singsang. Summte der

Bedeutung seines kurzen Satzes nach. In einem Lächelton. Ja, fast fröhlich. Auch wenn Zimmermann eine fürchterliche Ahnung überfiel. Die Ann-Kathrin Seegers bestätigte. Indem sie nun Hegerdorps Revolver auf ihn richtete.

»Bitte, lieber, alter Mann, vertrauen Sie uns. Wir kümmern uns um Ihre Nele. Um Sie. Versprochen. Nur nicht sofort. Wir müssen uns jetzt auf den Weg machen. Unseren Weg. Davon können Sie uns nicht abhalten. Dabei können Sie uns nicht begleiten. Darum, seien Sie so gut. Lassen Sie uns ziehen. Und schenken uns eine Stunde. Wir möchten Ihnen nicht wehtun. Sie nicht wieder fesseln und knebeln. Demütigen. Geben Sie uns Ihr Ehrenwort? Geben Sie uns eine Stunde?« Ann-Kathrin hatte Tränen im Auge.

40. Nothophantes horridus

»Hör auf zu flennen, Kempowski. Er lebt. Ist nur bewusstlos. Auch wenn sein Puls verdammt flach ist. Wir müssen dringend einen Krankenwagen anrufen. Zwei, drei. Obwohl für den auf dem Sofa wohl jede Hilfe zu spät kommt. Und der andere Drecksack es nicht verdient hat.« Gerhard Schiffers schwankte. Schaffte es gerade noch, sich auf einen Stuhl sinken zu lassen. Über dessen Lehne eine schwarze Uniformjacke hing. Er holte ein Taschentuch heraus. Wischte sich sein Gesicht ab. Das verschwitzt wie verschmutzt war.

Er und Kempowski hatten in der zurückliegenden Nacht noch eine Flasche geöffnet. Waren von Cognac auf Whiskey umgestiegen. Single Malt. Hatten auch das Zentrum ihres zunehmend wirrer werdenden Gespräches verlagert. Das sich die folgenden Gläser um Robert Aaron Zimmermann gedreht hatte. Um ihre Hilflosigkeit, ihre Wut darüber, dem Freund nicht beistehen zu können. Nicht zu wissen, wo und wie sie helfen könnten. Schließlich hatten sich beide an der gemeinsamen Ansicht festgebissen, dass Zimmermann und diese braune Brut sich noch irgendwo zwischen Zingst und Wustrow aufhalten würden. Hatten beschlossen, sich auf eigene Faust auf die Suche zu machen. Sofort nach Tagesanbruch. Der zu jenem Zeitpunkt nicht mehr fern gewesen war.

Bemüht, ihre Gedanken zu sortieren, hatte Schiffers Papier und Stift hervorgeholt. Begonnen, die in Frage kommenden Verstecke aufzuschreiben. Beiden war zuerst die weitläufige Anlage des einstigen VEG bei Müggenburg eingefallen. Als nächstes hatte Kempowski die Baustelle der ehemaligen Seefahrtschule in Wustrow ins Spiel gebracht. Ebenfalls ein Gebäudekomplex mit unzähligen Möglichkeiten, Unterschlupf zu finden.

An dritter Stelle folgte Vogels Warte, jene alte, leerstehende Villa in Prerow. Die bereits vor einem Jahr für Schlagzeilen als Tatort gesorgt hatte. Während Kempowski gerade ausgeholt hatte, die damaligen Geschehnisse Revue passieren zu lassen, war der Buchhändler aufgesprungen. Hatte laut »Prerow, genau, das muss es sein!« ausgerufen und war zu einem Regal geeilt, aus dem er ein Fotoalbum im farbenfrohen Design der Siebzigerjahre holte. Nach einigem Blättern war er fündig geworden, konnte Kempowski zwei Fotos zeigen. In Schwarz-Weiß. Eines zeigte ihn, gut vierzig Jahre jünger, dennoch wiedererkennbar, inmitten einer Gruppe etwa gleichaltriger und uniformierter Burschen. Das andere, etwas später aufgenommen, da bereits mit Bart, präsentierte Gerhard Schiffers mit einem jungen Mädchen vor der Einfahrt zu einer Art Ferienanlage. Im Hintergrund zwei Reihen barackenähnlicher Häuser und etliche stattliche Kiefern.

»Das GST Lager in Prerow. Oder, offiziell, das Zentrale Ausbildungszentrum Egon Schultz der Gesellschaft für Sport und Technik. Otto Grotewohls Kadettenanstalt. Inmitten herrlichster Natur.« Hatte Schiffers verkündet. Mit schwerer Zunge. Doch voller Energie. Entschlossenheit.

»Das muss es sein. Liegt nur ein paar hundert Meter von dem Parkplatz entfernt, wo Zimmermann entführt wurde. Etwas abseits der Hafenstraße. Da stehen noch immer etliche von den Bruchbuden. Los, das schauen wir uns an. Jetzt!«

Kempowski hatte sich von Schiffers Zuversicht anstecken lassen. Sowie sich davon überzeugen, auf den Wartburg zu verzichten. Stattdessen das Rad zu nehmen. Der Buchhändler besaß außer seinem eigenen E-Bike noch ein älteres Damenrad. Für den Fall der Fälle.

An denen es während der gut einstündigen Fahrt mitten durch den Darß nicht gefehlt hatte. Insbesondere Kempowski war mehrere Male vom Weg abgekommen. Im Farndickicht gelandet. Mit Kiefern kollidiert. Oder Schiffers ins Heck gekracht.

Dennoch hatten sie nach nur einer knappen Stunde das Areal des ehemaligen Ausbildungszentrums erreicht. Das sich im Licht der gerade aufgegangenen Sonne aalte. Ein sonderbarer Kontrast von Verfall und Erwachen, untergegangener Epoche und neuem Tag. Dem einige dort abgestellte Wagen der Darßbahn zusätzlich surreale Farbakzente verliehen. Doch weder Schiffers noch Kempowski hatten Augen für die Olle Berta oder die Lustige Anna gehabt. Waren von den Rädern gesprungen. Über Schrotthaufen, Bauschutt und Reifenberge gestolpert. Durch Distelgesträuch und Heckenrosengerank, die einsturzbedrohten Ruinen gehastet.

Bis sie im Ausbildergebäude fündig geworden waren. Wo sie durch ein offenes Fenster eine gefesselte Person auf einem einfachen Bettgestell erblickt hatten. Einen feisten Kerl mit rasiertem Schädel in SS-Uniform. Sofort waren sie eingestiegen. Und im Nebenraum auf Zimmermann gestoßen. Sowie einen toten alten Mann auf einer schmierigen Schlafcouch. Schiffers hatte seinen Ekel überwunden und ihn untersucht. Weder Atem noch Herzschlag wahrnehmen können. Auch die gebrochenen Pupillen unterstrichen ihre Vermutung.

»Scheiß der Hund drauf. Das wird dieser Hegerdorp sein. Olaf Hegerdorp. Alias Günter Geiss. Zimmermanns Erzfeind. Der ewige Nazi. Das ist ja nun erledigt. So oder so.« Kempowski warf einen Blick auf die Drahtschlinge neben dem liegenden Zimmermann, den Schiffers inzwischen in stabile Seitenlage gebettet und mit einem herumliegenden Schlafsack vom Sofa zugedeckt hatte.

»Verdammter Mist, wo ist das dämliche Ding schon wieder?« Zugleich hatte er sämtliche Taschen seiner Hose und seines Jacketts durchsucht. Ohne jedoch fündig zu werden. Wahrscheinlich hatte er das »dämliche Ding« bei einem seiner Stürze im Darßwald verloren. Er musste sich schnäuzen. Beim Anblick des bewusstlosen alten Freundes waren ihm wahrhaftig die Tränen gekommen. Die sich jetzt ihren Weg durch stoppeligen Dreitagebart bahnten.

Schiffers hingegen schien sich inzwischen gefangen zu haben. Die Wirkung von Alkohol und Ereignissen überwunden. Ruhig und überlegt zückte er sein Smartphone. Absolvierte einen Anruf nach dem anderen. Zunächst die 112. Orderte Rettungswagen, einen Hubschrauber, den Bestatter. Dann alarmierte er die Prerower Ostseeklinik, um auf

Nummer sicher zu gehen. Wählte anschließend den Notruf der Polizei. Worunter er jedoch nicht mit dem Revier vor Ort, sondern jenem in Ribnitz verbunden wurde. Der morgenmüde Beamte am anderen Ende der Leitung hörte geduldig zu. Versprach, so schnell wie möglich jemanden vorbeizuschicken.

Schiffers Bitte um die Telefonnummern der Meinhards schmetterte er indes ab. Verwies auf die Datenschutz-Grundverordnung. Gab sich beamtlich. Stellte auf stur. Der Buchhändler verzichtete auf weitere vergebliche Überredungsmanöver. Betonte lediglich, dass der Hauptkommissar und sein Assistent umgehend über die Vorfälle in Prerow informiert werden müssten. Behielt ansonsten die Ruhe. Dankte. Und widmete sich wieder Zimmermann.

Kempowski dagegen tigerte nervös durch den Raum. Als ob der ein Käfig sei. Hospitalisierte. Setzte sich zwischendurch. Kurz. Um sogleich wieder aufzustehen. Ein, zwei Runden zu drehen. Abermals Platz zu nehmen. Im Durcheinander der Tischlandschaft zu stöbern. Eine Zigarette nach der anderen in halbvollen Kaffeebechern oder Bierdosen verschwinden zu lassen. Bis er kurz innehielt. Ein zusammengerolltes Blatt Papier zwischen Toastbrot, Raviolidosen und Billigwurstpackungen hervorklaubte. Es glättete. Zu lesen begann.

»Das ist doch nicht die Möglichkeit. Du, Schiffers, das ist wieder die Handschrift vom Bastian. Von Sebastian Wegener. Hör mal: ›Flaschenpostkasten. Die Bark Magdalene langweilt sich. Steht auf dem Fernseher. Will endlich wieder in See stechen. Stattdessen fängt sie Staub aus dem Märchenland. Riecht den schlechten Atem von Professor Flimmerich und dem Herrn Schwabe. Dümpelt auf dem schwarzen Kanal. In brackigem Wasser.

Ich kann sie gut verstehen. Wir sprechen ja oft miteinander. Daher weiß ich das alles. Auch wenn Vater immer wieder sagt, dass das ein Buddelschiff ist. Und kein Mensch, mit dem man sich unterhalten kann. Wenn der wüsste!

Wenn der mich sehen könnte! Wie ich nachts heimlich den Korken herauspruckele. Mich durch den engen Flaschenhals schlängele. An Bord gehe. Das Kommando übernehme. Den Steuermann anraunze. Die Matrosen in die Wanten jage. Nur den Schiffsjungen im Ausguck verschone ich. Der ist schließlich mein großer Bruder. Ansonsten führe ich ein strenges Regiment. Wie Lieutenant Bligh. Der Kapitän der Bounty. Sir Francis Drake, der Freibeuter der Königin. Oder der humpelnde Teufel Ahab auf der Jagd nach Moby Dick.

Nur dass Magdalene und ich nie vor Anker gehen. Niemals. Wir sind immer unterwegs. Fliegen über Ostsee, Nordsee, Südsee. Die weiten Ozeane. Lassen alle Küsten links liegen. Backbord. Denn unser Meer ist in unseren Köpfen. Da rauscht es Tag und Nacht. Rund um die Uhr. Den Kalender rauf und runter. Immer weiter. Immerzu. Die Wasser peitschen. Brecher lecken Planken. Gischt spritzt, dass es in unseren Augen brennt. Wir Tränen weinen. Freudentränen. In unseren Träumen.

Bis ich wieder von Bord gehen muss. In die Schule. Zum Fußball. Zu den Pionieren. Durch die Hölle.

Und Magdalene allein lassen. Auf dem Fernseher. In Langeweile und Mundgeruch.

Morgen Abend ist damit aber Schluss. Dann segele ich nicht. Noch nicht. Sondern werde zunächst mit ihr spazieren. Zuerst die Straße entlang. Das Dunkelband. Das meine Schrecken verbindet. Gen Norden. Bis zur Brücke.

Dort erst legen wir ab. Wählen den Weg der Wellen. Springen. Die Bark und ihr Käpt'n. Springfluten. Auf großer Fahrt. Ewiglich. Fliegend. Gleich dem Holländer. Ohne Rast und Ruh. Ohne Hafen und Heimweh. Ohne Ende und Wiederkehr.‹«

Er machte eine Pause. Schaute dem Schiff nach. Der Bark Magdalene. Die vom Horizont aufgesogen wurde. Von der untergehenden Sonne mitgezogen. In den Abgrund der Finsternis. Wiederholte dann die letzten Sätze.

»Ohne Rast und Ruh. Ohne Hafen und Heimweh. Ohne Ende und Wiederkehr. Das klingt wie ein Abschiedsbrief.«

41. Argiope aurantia

»Auf großer Fahrt. Ewiglich. Fliegend. Gleich dem Holländer. Ohne Rast und Ruh. Ohne Hafen und Heimweh. Ohne Ende und Wiederkehr.‹ Spinnenwege. Aus den Aufzeichnungen des S.W. Den Aufzeichnungen des Sebastian Wegeners.« Hakala-Holappa räusperte sich. Rollte dann das verlesene Blatt zusammen. Band es mit grüner Schnur. Ging zwei, drei Schritte nach vorn. Bückte sich. Und ließ es in das ausgehobene Loch gleiten. Wo es sanft zwischen zwei glasierten Tongefäßen landete. Den Urnen von Sebastian Wegener und Ann-Kathrin Seegers. Aus ihrer eigenen Werkstatt. Von der Keramikerin vor vielen Jahren selbst geschaffen. Dörte Wahnschaffe hatte die Motive der Deckel ausgewählt. Eine Libelle für sie. Für Bastian eine Wespenspinne.

Bevor Hakala-Holappa sich erhob, reichte er dem Paar noch eine Handvoll Erde zum letzten Gruß. Dann trat er zur Seite. Machte Platz für Kempowski und Elisabeth Müller-Paul, die Robert Aaron Zimmermann untergehakt hatten.

Fast vier Wochen waren seit seiner dramatischen Befreiung sowie dem tragischen Finale der Mordserie vergangen. Trotzdem wirkte er noch immer sehr angeschlagen. Seine Bewegungen waren unsicher, fahrig, sein Gesicht aschfahl und für längere Strecken benötigte er Gehstock oder Rollator. Überdies hatte er deutlich an Gewicht verloren, auch wenn sein Zahnproblem inzwischen behoben werden konnte. Ungeachtet seiner schlechten Verfassung hatte sich

Zimmermann in den letzten Wochen aber mit Vehemenz dafür eingesetzt, dass Seegers und Wegener eine würdevolle Beisetzung erhalten würden.

Sein Engagement war nicht nur dadurch begründet, dass die beiden ihm mutmaßlich das Leben gerettet hatten. Er war Ann-Kathrin insbesondere dafür dankbar, dass sie in jener Nacht entgegen ihrer Ankündigung unmittelbar nach dem Verlassen der Baracke Hakala-Holappa angerufen und ihm mitgeteilt hatte, dass Cornelia in großer Gefahr. Worauf der Profiler unverzüglich bei den Hamburger Kollegen Großalarm ausgelöst hatte. Tatsächlich war es so gelungen, Haberkamp und Bauer in der Nähe von Neles Haus ausfindig zu machen und zu verhaften.

Den Hinweis auf Zimmermanns Aufenthaltsort hatte Hakala-Holappa erst eine knappe Stunde später in einem zweiten Anruf der Seegers erhalten. Sodass er dann beinahe zeitgleich mit den Meinhards und zwei Einsatzwagen im ehemaligen GST-Ferienlager eingetroffen war. Zimmermann lag zu diesem Zeitpunkt bereits in der Prerower Ostseeklinik. Auf der Intensivstation. Im künstlichen Koma. Aus dem er erst Tage später erwacht war. Um dann peu à peu zu erfahren, was sich während seiner Bewusstlosigkeit ereignet hatte.

Hegerdorps Tod empfand Zimmermann mittlerweile als Ironie des Schicksals. Was für ein absurder Showdown! Zwei uralte Männer begegneten sich am Ende ihres langen Lebens zur Stunde der großen Abrechnung. Doch es flogen keine Fäuste, es fielen keine Schüsse. Stattdessen machte bei beiden die Pumpe schlapp. Herzinfarkt. Wenigstens war der richtige Mann wieder aufgestanden. Wie es Kempowski formuliert hatte.

Zimmermanns Auftritt am Grab sorgte für besonderes Aufsehen bei den Schaulustigen sowie der Meute der Medienvertreter. Die außerhalb der weiträumigen Absperrung herumschwirrten, um Impressionen in Bild und Ton vom »Sensationsbegräbnis des Jahres« zu erhaschen.

Das mediale Interesse am Ahrenshooper Serienmörderpärchen war seit Wochen enorm. Schon die Morde im Mai und Juni hatten ungezählte Journalisten aller Gewerke an die Küste geschwemmt. Der abschließende Selbstmord von Seegers und Wegener auf der Segeljacht des Galeristen Wernes-Wiedehopf hatte jedoch alles Bisherige übertroffen.

Fotos des mit einem riesigen Spinnennetz aus Seilen und Wäscheleinen, farbigen Tüchern und Gliederketten, Kupferkabeln und Reepschnüren eingesponnenen Schiffes waren um die ganze Welt gegangen. Und Mozarts Klavierkonzert Nr. 21 in C-Dur, heute besser als Elvira Madigan bekannt, hatte nicht nur in Deutschland die Charts gestürmt. War es doch die Hymne unglücklicher Liebender gewesen, die in vollster Lautstärke und Endlosschleife erklang, während die Jacht eine Seemeile vor Darßer Ort in der Ostsee trieb. Führerlos. Da sich Ann-Kathrin und Bastian an Bord erschossen hatten. Mit dem Trommelrevolver Olaf Hegerdorps. Leblos zu Füßen des Mastes kauerten.

Als weiteres Detail der bewegenden Inszenierung hatten beide zuvor die aus der Galerie entwendeten Arbeiten

Bastians der See geschenkt. Die seitdem, je nach Wetterlage, ein um das andere Stück an den Strand gespült wurden. Was zu einer regelrechten Strandguthysterie geführt hatte. Denn Hunderte von Urlaubern und Einheimischen wünschten sich eine Reliquie als persönliche Erinnerung an dieses filmreife Drama.

Eine neue Dimension hatte die Geschichte bekommen, als publik wurde, dass Zimmermann und sein Kreis Seegers und Wegener im Garten des Partikel-Hofes beisetzen lassen wollten. Ursprünglich hatte man sich ein Grab auf dem Ahrenshooper Schifferfriedhof gewünscht. Was jedoch auf den Widerstand von Verwaltung und Kirchengemeinde gestoßen war. Zwar waren die Zeiten vorbei, da Selbstmörder vor den Mauern der Kirchhöfe verscharrt wurden, doch befürchtete man eingedenk der Hintergründe einen unkontrollierten Gräbertourismus und wollte verhindern, dass der friedliche Ort am Hang des Schifferbergs zur »kultigen Pilgerstätte von anderen Wahnsinnigen« werden würde. Wie es im offiziellen Schreiben formuliert worden war. Daher war man eher bereit gewesen, eine entsprechende Sondergenehmigung für eine externe Bestattung zu erteilen.

In der Öffentlichkeit wurden diese Pläne sehr kontrovers diskutiert. Nicht wenige Einwohner aus Ahrenshoop und den anderen Ortschaften der Region empfanden es als nicht angemessen, zwei Serienmördern eine derartige Würdigung zukommen zu lassen. Sie quasi auch noch für ihre Taten mit einer Art Ehrengrab zu belohnen. Es hatte sich sogar eine kleine Gruppe von Gegnern zusammengefunden, die in den letzten Tagen wiederholt vor dem Museum gegen die geplante Beisetzung und Feier demonstriert hatten. Auch heute wurden aus der Menschenmenge am Paetowweg vereinzelte Transparente und Schilder hochgehalten, auf denen ›Pietätlos!‹ ›Wer würdigt die Opfer?‹ ›Keine Feier für Mörder!‹ und ähnliche Botschaften zu lesen waren. Initiatorin dieses Protestes war Victoria von Erlental. Die Schwester der ermordeten Kunstkritikerin. Und Chefin der Meinhards.

Die dennoch beide der Einladung zum Abschiednehmen gefolgt waren. Rico Meinhard hatte die zugegebenermaßen komplizierte ethische Komponente auf einen einfachen Nenner gebracht: »Ich erweise durch meine Anwesenheit nicht der Mörderin Seegers und ihren Verbrechen meinen Respekt. Sondern dem Menschen, der Künstlerin. Die ich durchaus geschätzt habe. Noch immer schätze. Dass sie gemordet hat, steht auf einem anderen Blatt. Punktum.«

Und dieses andere Blatt würde ein Rätsel bleiben. Ein ungelöstes. Ein ›Warum?‹ ohne Antwort. Ohne klare Antwort. Eindeutige. Nur skizzenhaft von Vermutungen umrissen. Mutmaßungen. Einschätzungen. Rückschlüssen. Darin waren sich alle einig.

Wie überhaupt der Entschluss, den beiden im Skulpturengarten eine letzte Ruhestätte zu geben, einstimmig gefasst worden war. Nahezu einstimmig. Die einzige Enthaltung war jene Johanna Rieses gewesen, die sich einige Tage nach dem Doppelselbstmord telefonisch bei Elisabeth Müller-Paul gemeldet hatte. Zu deren Überraschung wie Erleichterung. Doch auf Elisabeths Fragen nach ihrem Verbleib waren nur vage Andeutungen gekommen. Verweise auf Erholungsbedarf, den Wunsch, einmal gründlich auszuspannen, Abstand zu gewinnen. Als sich Müller-Paul schließlich erkundigt hatte, ob und wann sie denn zurückkommen würde, hatte Johanna ähnlich ausweichend laviert.

Der verbliebene Rest des Teams war hingegen einhellig der Ansicht, dass es mit dem Partikel-Hof weitergehen müsse. Gerade wegen der schrecklichen Vorfälle. Jetzt erst recht! Wahnschaffe hatte überdies vorgeschlagen, Grzegorz Namysłowski mit ins Boot zu holen. Eine Idee, die allgemeine Zustimmung fand. Nicht zuletzt beim polnischen Filmemacher selbst, der sich einen Umzug auf den Darß gut vorstellen konnte. Auch wenn er dazu noch seine Gattin überzeugen musste.

Entsprechend engagiert hatte er bei den Vorbereitungen zur Feier mitgewirkt. So hatte er auch die Projektion auf einer großen Leinwand geschaffen, die im hinteren Gartenbereich das zum Spinnengewebe verwandelte Segelschiff zeigte. Bastians letztes Werk. Das gewissermaßen Zimmermann das Leben gerettet hatte, da Wegener und Seegers das aufwendige Netz in einer der Lagerbaracken vorbereitet hatten. Wobei sie zufällig auf Hegerdorp und seine Männer aufmerksam geworden waren. Eingeschritten hatten.

Nun, da sich die Schlange der Kondolierenden inzwischen aufgelöst hatte, war Namysłowski gemeinsam mit Gerhard Schiffers dabei, auf der Grabstelle einen Baum für Ann-Kathrin Seegers und Sebastian Wegener zu pflanzen. Einen Apfelbaum. Statt Stein oder Stele. Auch wenn Elisabeth kurz angeregt hatte, eine kleine Tafel zu gestalten. Eine schlichte Schieferplatte. Modern. Einfach. Schnörkellos. Mit einem Zitat ihrer Sibylla Schwarz versehen:

›Doch / wenn mans beim Licht besiehet / so ist die ganze Welt mit solchen Lastern beflecket; dann wo ist Schönheit / da sie nicht angefochten wird?‹

Ihre Anregung hatte nur wenig Anklang gefunden, da derlei Male der Erinnerung von den anderen als nicht entsprechend abgelehnt wurden.

Während die zwei Männer arbeiteten, verlor sich der Rest der kleinen Trauergemeinde zwischen den Köpfen Herta von Guttenbergs und den frisch gepflanzten Sträuchern. Zimmermann hatte sich auf der kleinen Bank seines Rollators niedergelassen. Betrachtete das Bild, das ihn an Szenen aus Maxim Gorkis Bühnenstück ›Sommergäste‹ erinnerte.

Dörte Wahnschaffe und Yingmei meditierten im Lotussitz vor blühendem Ginster. Die Meinhards unterhielten sich vorm Stechpalmenhain mit Frau Schwerdfeger. Ihrer Wirtshausbekanntschaft aus Stralsund. Die ihnen vor Wochen die ersten Hinweise zu Lohofs dunklen Machenschaften geliefert hatte. Bernhard Gutzeit und Lore Bradhering wiederum machten einen kleinen Wandelgang der Besinnung. Hand in Hand. Widmeten sich dem Vergessenwollen.

Ebenfalls in Bewegung waren Kempowski und Mike Teichgräber. Der Antiquar aus Rostock war Zimmermann bereits kurz vorgestellt worden. Kempowski hatte ihn ebenfalls eingeladen, da er eine nicht unwichtige Rolle in dem verworrenen Fall spielte. Was der Anwalt, einer Intuition folgend, erst vor kurzem herausgefunden hatte. Denn Andreas Mahnkopf hatte die Aufzeichnungen Sebastian Wegeners tatsächlich vor einigen Jahren in Teichgräbers Antiquariat, dem mons bagginarum am Beginenberg erworben. Er selbst wiederum hatte das Konvolut von insgesamt fünf Schulheften zusammen mit einem größeren Posten Büchern zu Beginn der Neunzigerjahre von einem Entrümpelungsunternehmer angekauft. Da ihm die eigentümlichen Miniaturen seinerzeit gut gefallen hatten, war die Sammlung in seiner Handschriftenabteilung gelandet. Und später dann von Mahnkopf entdeckt worden. Der ebenfalls sehr angetan von den Geschichten des geheimnisvollen S.W. gewesen war. Zwei Mörder. Zwei Eigenwillige. Verbunden durch Spinnenwege. Ein mehr als sonderbarer Zusammenhang. Der nun aber wenigstens dank Kempowskis Nachforschungen geklärt worden war. Nun beschritten er und sein alter Bekannter den Pfad der Reflexion. Besprachen abermals die vergangenen Geschehnisse.

Auf ihrem Weg passierten die beiden Bücherfreunde Johannes Clauert und Hermann Hutsch, die mit Martha Ahlfänger zusammensaßen. Über das Theater sprachen, Bastians Talent als Schauspieler sowie die Möglichkeiten, Texte von Müller-Grählert für die Festspiele zu adaptieren.

Hakala-Holappa und sein Mann Matti halfen unterdessen Elisabeth Müller-Paul, eine lange Tafel im Schatten des Museums einzudecken. Wasser und Wein, Käse und Brot. Ein einfaches Mahl.

Nach dem Zimmermann jedoch nicht der Sinn stand. Er erhob sich. Schob sein Wägelchen einige Meter weiter zu Richard Sonntag und Jonathan Ahlfänger. Die zusammenstanden und Kollegengespräche führten. Kutscheranekdoten austauschten. Von Zimmermann nun unterbrochen wurden.

»Sonntag, mein treuer Gefährte, magst du mich ein bisschen bewegen? Ich könnte ja selbst ein paar Schritte machen. Möchte nur ungern mit der Bande da draußen zu tun haben. Gar Interviews geben. Oder über Selbstjustiz, Recht und Gerechtigkeit diskutieren.«

»Aber selbstverständlich, mein lieber Freund. Wo soll es denn hingehen? Eine längere Tour?« Sonntag war anzumerken, dass es ihn insgeheim freute, dass Zimmermann ihn und nicht Ahlfänger um eine kleine Spazierfahrt gebeten hatte.

»Nein, nur achtzig Jahre zurück. Zu einem anderen Grab.«

»So soll es sein. Brauchst du den?« Der Blick des Gefährten deutete auf Zimmermanns Gefährt.

»Eher nicht, der Stock mag genügen. Ist auch praktischer für den Fall, dass uns einer doch zu nahekommt. Lass uns gehen.« Die beiden Freunde setzen sich in Bewegung. Langsam. Gingen zum Parkplatz des Museums. Bestiegen Sonntags Mercedes. Rollten vom Hof. Passierten die Absperrung, die von mehreren finsteren Herren in schwarzen Anzügen bewacht wurde. Da sich die Polizeidirektorin aus naheliegenden Gründen geweigert hatte, dem Partikel-Hof Personal zur Verfügung zu stellen, war ein privater Sicherheitsdienst beauftragt worden. Deren Mitarbeiter Zimmermann an die Begleiter der Kanzlerin erinnerten. Sie machten ihre Sache gut, schirmten den Wagen von den heranstürmenden Fotografen, Kameraleuten und einer Handvoll Demonstranten ab. Hielten sie sogar solange in Schach, bis Sonntag und Zimmermann den Weg zur Dorfstraße passiert hatten.

Dort begegnete ihnen ein Fahrzeug, das gerade in den Paetowweg einbog. Zimmermann erkannte Dr. Johanna Riese am Steuer. Sie ihn und Sonntag ebenfalls. Winkte ihnen kurz zu. Lächelte. Für den Bruchteil einer Sekunde.

»Und nun? Rechts oder links?« Sonntag bremste. Spielte mit der Kupplung. Wollte den Blinker setzen.

»Da entlang!« Zimmermann wies ihm die Richtung. »Und nach gut hundert Metern halte bitte für einen Moment. Gleich hier, rechts.«

Der Freund tat wie geheißen. Stoppte. Vor jenem Grundstück, das einst Dr. Ziel gehört hatte. Von einem Jägerzaun umstanden.

Robert Aaron Zimmermann sah ihn vor sich. Sah die größeren Jungen in HJ-Uniform. Sah Olaf Hegerdorp. Wusste nun, was er ihm hatte sagen wollen. Was ungesagt geblieben war. Zwischen ihnen. Hielt sich am Jägerzaun seiner Erinnerung fest. Schaute Olaf ins braungebrannte Gesicht. Versuchte, dessen Sommersprossen zu zählen. Öffnete die Lippen. Sagte es. Sprach es aus. Laut. Wissend: »Ich habe dich einmal gemocht. Sehr gemocht.«

42. Pardosa amentata

OSTSEE-ZEITUNG 05.11.2018

Tragischer Wildunfall bei Ibenhorst
In Höhe der Abfahrt zur Jugendherberge Ibenhorst ist es am späten Samstagabend auf der L 21 zu einem schweren Verkehrsunfall gekommen. Der Fahrer eines PKW hatte versucht, einer plötzlich die Straße wechselnden Hirschkuh auszuweichen und ist dabei tödlich verunglückt.

Born. Der 64-jährige Galerist Ulrich Gernot W.-W. aus Ahrenshoop ist in der Nacht von Samstag auf Sonntag Opfer seiner Tierliebe geworden. Laut Aussage seiner Begleiterin, Sandra K. (43), war das Paar auf der Rückfahrt von einer Hubertusfeier auf Gut Darß, als kurz hinter dem Abzweig nach Ibenhorst unvermittelt eine mächtige Hirschkuh die Fahrbahn betrat. Um einen Zusammenstoß zu vermeiden, hatte der bekannte Kunsthändler sein Fahrzeug nach links gesteuert, jedoch die Kontrolle verloren und war von der Fahrbahn abgekommen, wo sein BMW mit einem Baum kollidierte.

Todesfahrt unter Alkohol
Während der Fahrer noch am Unfallort seinen schweren Verletzungen erlag, kam Sandra K. mit leichten Hautabschürfungen und Prellungen sowie einem starken Schock

davon. Das Tier konnte unverletzt entkommen. Beim Toten wurde eine Blutalkoholkonzentration von 1,7 Promille festgestellt.

Ein Paradiesvogel der Szene

Ulrich Gernot W.-W. galt als ein Paradiesvogel der hiesigen Kunstszene. Erst im vergangenen Juni stand er im Zusammenhang mit den sogenannten »Mumienmorden« wiederholt in den Schlagzeilen. Eine Zeitlang galt er sogar als Hauptverdächtiger und saß in Untersuchungshaft. Im Oktober hatte er seine Galerie in Ahrenshoop an einen japanischen Geschäftsmann verkauft und plante zum Jahreswechsel die Verlegung von Wohn- und Hauptgeschäftssitz nach Binz auf Rügen.

Maria Schweidler

Dramatis personae

Das Phänomen Serienmord ist naturbedingt mit einem erhöhten Personalaufwand verbunden. Opfer und deren Angehörige. Offizielle und private Ermittler. Zeugen und Verdächtige. Falsche Spuren und wahre Täter – das bedeutet unterm Strich zumeist jede Mengen Figuren, Charaktere und Namen. Daher an dieser Stelle ein kurzgefasster Überblick der fiktiven Mitwirkenden:

Ahlfänger, Jonathan. Mitte zwanzig. Student, überzeugter Rastafari und Taxifahrer aus Prerow mit einer Vorliebe für die Ideenwelt Henry David Thoreaus.

Ahlfänger, Martha. Ende siebzig. Eine große Verehrerin der Zingster Heimatschriftstellerin Martha Müller-Grählert sowie Großmutter von Jonathan Ahlfänger, um den sie sich viele Sorgen macht.

Herr Arlt. Ende siebzig. Ein weiterer Freund Martha Müller-Grählerts, um deren Andenken und Werk er und seine Gattin sich sehr engagiert kümmern.

Bastian. Mitte fünfzig. Art brut-Künstler, der den Großteil seines Lebens in Kinderheimen, psychiatrischen Kliniken und anderen Einrichtungen verbracht hat. Wurde vom Galeristen Ulrich Werners-Wiedehopf entdeckt. Zugleich fördert ihn Ann-Kathrin Seegers. Erster Stipendiat des Partikel-Hofes.

Bauer, Norman. Ende zwanzig. Ein ehemaliger Hooligan und Skinhead aus Rostock, der zum Kreis um Jens Möller und Torben Haberkamp gehört.

Baum, Holger. Mitte vierzig. Passionierter Heimatforscher und Ortschronist aus Wieck mit einer Vorliebe für ungewöhnliche Klingeltöne.

Benski, Stefan. Genannt Esteban. Ende vierzig. Inhaber des Restaurants Eshramo in Barth und als solcher gut mit den Angewohnheiten, Geschäftskontakten und Vorlieben seines Nachbarns Herbert Lohof vertraut.

Bradhering, Lore. Ende sechzig. Verwitwete Inhaberin der Pension Kuhfuß in Born, in der Robert A. Zimmermann logiert. Zudem Schwägerin von Richard Sonntag. Kommunikativ und stets gut informiert. Hegt inzwischen eine gewisse Sympathie für ihren Pensionsgast Bernhard Gutzeit.

Clauert, Johannes. Ende achtzig. Verwitweter Pfarrer im Ruhestand aus Wismar. Passionierter Raucher und Sammler. Wohnt bisweilen in der Pension Kuhfuß und hat die Liebe zur Schauspielkunst für sich entdeckt.

Daumier, Pierre. Mitte neunzig. Ein französischer Überlebender des KZ-Außenlagers Barth mit einem guten Gedächtnis.

Eibesfeld, Dr. Hanno. Mitte achtzig. Ehemaliger Arzt aus Zingst. Förderer der Künste und der Literatur. Ohne Familie. Dafür mit Vergangenheit.

Erlental, Bernadette von. Mitte fünfzig. Kunstkritikerin und Chefredakteurin des Kulturmagazins ›Sparta‹. Hat ein großes Faible für männliche Wesen sowie eine ausgeprägte Aversion gegen die Art brut.

Erlental, Victoria von. Anfang fünfzig. Bernadettes Schwester und Polizeidirektorin der Polizeiinspektion Stralsund. Somit Vorgesetzte der Meinhards.

Faber, Jana. Um die dreißig. Kriminaloberkommissarin bei der Kripo Stralsund. Dort insbesondere für die Spurensicherung zuständig.

Franke, Conny. Mitte fünfzig. Friedhofsgärtner in Born, der auf Ordnung Wert legt.

Fretwurst, Hildegard. Anfang neunzig. Eine Borner Freundin von Lore Bradherings Patentante mit ausgeprägter Reiselust.

Geyer-Knüppel, Dr. Magda. Anfang sechzig. Psychologin und Psychotherapeutin aus Greifswald. Sie hilft Andreas Kempowski entscheidend, den richtigen Umgang mit seinen Ängsten und Träumen zu finden.

Geiss, Günter. Mitte neunzig. Ein sehr alter Mann mit zwei sehr auffälligen Narben. Lebte lange Zeit mit seiner Tochter und seinem Schwiegersohn in Greifswald.

Groth. Mitte fünfzig. Eigentlich Klaus Szymanowski. Kriminaloberkommissar, der wiederholt im Bereich Personenschutz eingesetzt wurde und wird. Den Spitznamen Groth hat er bei einem Einsatz in Born von Lore Bradhering erhalten.

Gutzeit, Bernd. Anfang fünfzig. Gewinnorientierter Juniorchef des Bestattungshauses Gutzeit. Schmallippig und geizig.

Gutzeit, Bernhard. Mitte achtzig. Seniorchef des Bestattungshauses Gutzeit, der von seinem Sohn aufs Altenteil abgeschoben wurde. Ist inzwischen in der Pension Kuhfuß eingezogen und debütiert gemeinsam mit seinem neuen Freund Clauert als Darsteller auf der Bühne der Darß-Festspiele.

Haberkamp, Torben. Anfang dreißig. Gelernter KFZ-Mechatroniker und ehemaliger Berufssoldat. Aufgrund rechtsradikaler Vorfälle unehrenhaft entlassen. Lebt als Gesinnungsgenosse und Untermieter von Jens Möller in Jamel.

Häusler, Bodo. Ende fünfzig. Art brut-Künstler mit einem Alkoholproblem und schlechten Manieren. Wird vom Galeristen Ulrich Werners-Wiedehopf vertreten.

Hakala-Holappa, Wilhelm. Ende fünfzig. Psychologe und Profiler des LKA mit finnisch-schweizerischen Wurzeln. Wurde bereits bei den Vorfällen im Frühjahr und Herbst des Vorjahres zu Rate gezogen. Lebt seit einigen Monaten mit seinem Partner in Born im einstigen Wohnhaus von Lore Bradherings Patentante Wilhelmine von Wustrow.

Hegerdorp, Olaf. Ein Junge, den Robert Aaron Zimmermann in seiner Kindheit im Ahrenshooper Atelier des Malers Alfred Partikel kennengelernt hat.

Henscke, Duyan. Anfang fünfzig. Krankenschwester mit vietnamesischen Wurzeln. Arbeitet in der Dünenklinik Prerow.

Hinrichs. Mitte vierzig. Eigentlich Fabian van der Wall. Kriminaloberkommissar, der wiederholt im Bereich Personenschutz eingesetzt wurde und wird. Den Spitznamen

Hinrichs hat er bei einem Einsatz in Born von Lore Bradhering erhalten.
Holappa, Prof. Dr. Matti. Anfang fünfzig. Finnougrist mit einem Lehrstuhl an der Universität Greifswald und Lebenspartner von Wilhelm Hakala-Holappa.
Holtmeier, Renate. Ende fünfzig. Sozialpädagogin und Journalistin. Bewohnt mit ihrem Mann Uwe die Alte Försterei in Jamel und organisiert gemeinsam mit ihm den politischen Widerstand gegen Jens Möller und seine Gruppierung.
Holtmeier, Uwe. Ende fünfzig. Politologe und Fotograf. Unterstützt seine Frau bei ihrer politischen Arbeit und widmet sich dabei vor allem dem alljährlich auf ihrem Grundstück stattfindenden Festival ›Rock gegen Reichsbürger‹.
Hutsch, Hermann. Mitte fünfzig. Schauspieler, Regisseur sowie Intendant der Darß-Festspiele. Hat ein sicheres Gespür für neue Talente. So entdeckt er Johannes Clauert, Bernhard Gutzeit sowie Bastian für die Bühne und lässt sie in seiner neuen Inszenierung auftreten.
Jansen, Ruth-Maria. Ein junges Mädchen aus Pruchten mit einer traurigen Geschichte, das Mitte der neunziger Jahre vom Warnemünder Hotel Neptun in den Tod gesprungen ist.
Kempowski, Andreas. Ende fünfzig. Rechtsanwalt und Notar aus Rostock. Zimmermanns rechte Hand bei der heiklen Testamentsangelegenheit, die jenen ein halbes Jahr zuvor an die Ostsee geführt hat. Überdies juristischer Beistand der Partikel-Hof-Stiftung. Seit wenigen Monaten mit Elisa-

beth Müller-Paul verheiratet und in Ahrenshoop ansässig. Starker Raucher und stolzer Besitzer eines alten Wartburgs.
Kempowski, Karoline. Andreas Kempowskis vor knapp zwei Jahren verstorbene Mutter, die als junge Studentin Ende der fünfziger Jahre wiederholt im Zentralen Pionierlager Kim Il Sung der VEB Volkswerft Stralsund in Prerow als Betreuerin gearbeitet hat.
Körnchen. Anfang fünfzig. Ein umtriebiger Hallenser, der gemeinsam mit seiner Partnerin Ilona einen kleinen wie kuriosen Biergarten inmitten der Sundischen Wiesen betreibt.
Kümmel, Sandra. Anfang vierzig. Bodyart-Künstlerin, die gemeinsam mit ihrer Kollegin Nicole Westermann gern und regelmäßig von Herbert Lohof engagiert wird.
Lappe, Dr. Andreas. Um die fünfzig. Fülliger Rechtsmediziner bei der Kripo Stralsund. Entstammt einer alteingesessenen Ahrenshooper Fleischerfamilie und liebt Opern.
Libuda, Antoni. Ehemaliger polnischer Zwangsarbeiter aus Zielonki, der während des Zweiten Weltkriegs einige Jahre in Niehagen gelebt hat. Mutmaßlich der leibliche Vater von Hans von Wustrow. Hat die Region im Winter 1945/46 mit unbekanntem Ziel verlassen.
Lohof, Herbert. Anfang siebzig. Rechtsanwalt aus Barth, zu dessen Mandanten unter anderem Dr. Hanno Eibesfeld und Ulrich Werners-Wiedehopf gehören, den er bereits seit vielen Jahrzehnten kennt.
Mahnkopf, Andreas. Verstorbener Gelegenheitsarbeiter aus Wismar, der sich viele Jahre lang der Pflege seiner Großmutter gewidmet hat.

Mahnkopf, Klaus. Dessen 1967 während eines Unwetters im Darß tödlich verunglückter Vater. War bis zu seinem Tod beim VEG Zingst-Darß beschäftigt.

Meinhard, Leon. Anfang zwanzig. Groß gewachsener Polizeikommissaranwärter der Kripo Stralsund. Sohn und Assistent von Rico Meinhard.

Meinhard, Rico. Ende fünfzig. Kriminalhauptkommissar der Kripo Stralsund. Vater und Vorgesetzter von Leon Meinhard sowie gebürtiger Rostocker mit ausgeprägter regionaler Klangfärbung.

Möller, Jens. Ende vierzig. Spediteur und NPD-Politiker. Lebt mit einem Kreis Gleichgesinnter im Dorf Jamel.

Müller-Paul, Elisabeth. Mitte fünfzig. Bibliothekarin und Literaturliebhaberin aus Ahrenshoop sowie große Verehrerin ihrer Großtante Elfriede Paul. Bei der Partikel-Hof-Stiftung für die Bereiche Kommunikation, Öffentlichkeitsarbeit sowie Literatur zuständig und widmet sich überdies den politisch verfolgten Künstlerinnen und Künstlern. Ehemalige Partnerin Gerhard Schiffers und seit einiger Zeit mit Andreas Kempowski verheiratet.

Namysłowski, Grzegorz. Mitte sechzig. Künstler und Kunstwissenschaftler aus Kraków. Ein vertrauter Bekannter von Dr. Johanna Riese, der für den Partikel-Hof ein Filmprojekt über den Schriftsteller Hans Jürgen von der Wense realisiert.

Neddermeier, Sieglinde. Mitte achtzig. Nachbarin von Günter Geiss aus Greifswald. Redselig und trinkfest.

Otto, Tanja. Um die vierzig. Inhaberin der Wiecker Back-

stube und Erfinderin des Wiecker Wickels. Überdies eine stets gut informierte Nachrichtenquelle.
Raspe, Dr. Katharina. Um die fünfzig. Kardiologin an der Rehaklinik Ahrenshoop mit jüdischen Wurzeln.
Riechwein, Sascha. Anfang zwanzig. Ein weiterer junger Mann aus dem Dunstkreis Möllers. Im gleichen Grade übergewichtig wie unterbelichtet.
Riese, Dr. Johanna. Mitte fünfzig. Kunstwissenschaftlerin und Leiterin des Kunstmuseums Ahrenshoop. Im Partikel-Hof insbesondere für den Aufbau der Sammlung mit Arbeiten Alfred Partikels zuständig. Zudem obliegt ihr gemeinsam mit Dörte Wahnschaffe die künstlerische Leitung des neuen Museums.
Schiffers, Gerhard. Ende fünfzig. Buchhändler und Inhaber der Bunten Stube. Im Partikel-Hof für den Aufbau des Museumshops und der Bibliothek sowie für Literaturveranstaltungen zuständig. Einstiger Lebenspartner von Elisabeth Müller-Paul. Zwischenzeitlich mit Ann-Kathrin Seegers liiert.
Seegers, Ann-Kathrin. Mitte vierzig. Keramikerin und Inhaberin der Galerie Krempel Sieben. Im Partikel-Hof für die Bereiche Museumspädagogik und Workshops sowie für den Aufbau des Skulpturenparks zuständig. Außerdem für die Gestaltung des Bauzauns verantwortlich. Hatte kurzfristige Beziehungen zu Joachim Majakowski und Gerhard Schiffers.
Siebke, Gudrun. Mitte sechzig. Tochter von Günter Geiss. Lebt mit ihrem Mann Manfred in Greifswald.

Frau Schwerdfeger. Mitte siebzig. Eine Witwe aus Barth, die zu besonderen Anlässen Stralsund besucht und einiges weiß.

Sonntag, Richard. Ende sechzig. Taxenunternehmer aus Born. Verwitweter Schwager von Lore Bradhering. Chauffeur und inzwischen vertrauter Begleiter von Robert A. Zimmermann. Sowohl auf der Halbinsel als auch auf dessen Touren durch Deutschland und Osteuropa.

Teichgräber, Michael, genannt Mike. Mitte sechzig. Antiquar aus Rostock und Inhaber des Antiquariats mons bagginarum.

Tiedje, Diethard. Mitte fünfzig. Wolfgang Tiedjes jüngerer Bruder, der noch immer in ihrem Elternhaus in Pruchten lebt.

Tiedje, Wolfgang. Ende fünfzig. Fahrlehrer und Inhaber einer Fahrschule aus Zingst. Sowie begeisterter Motorradfahrer, dem seine Leidenschaft zum Verhängnis wird.

Wahnschaffe, Dörte. Mitte fünfzig. Künstlerin und Leiterin des Künstlerhauses Lukas. Im Partikel-Hof für den Bereich Video- und Tanzperformances sowie das Stipendiatenwesen zuständig. Zudem obliegt ihr gemeinsam mit Dr. Johanna Riese die künstlerische Leitung des neuen Museums.

Wedau, Gisa. Mitte siebzig. Archivarin aus Barth, die sich engagiert und ideenreich der Aufbereitung der nationalsozialistischen Vergangenheit ihrer Heimatstadt widmet.

Werners-Wiedehopf, Ulrich Gernot. Ende sechzig. Galerist und Kunstagent aus Ahrenshoop mit internationalen Beziehungen. Hat sich auf die Art brut verlegt und vertritt sowohl Bodo Häusler als auch Bastian.

Westermann, Nicole. Ende dreißig. Bodyart-Künstlerin, die gemeinsam mit ihrer Kollegin Sandra Kümmel gern und regelmäßig von Herbert Lohof engagiert wird.

Wustrow, Hans von. Mitte siebzig. Sohn der Wilhelmine von Wustrow. Eigenbrötler und Sonderling von auffällig kleiner Statur. Insasse der JVA Waldeck.

Wustrow, Wilhelmine von. Hochbetagt verstorbene Keramikerin aus Born. Mutter von Hans von Wustrow und Patentante von Lore Bradhering. Ihr Haus wurde von Wilhelm Hakala-Holappa und seinem Partner gekauft.

Zimmermann, Robert Aaron. Ende achtzig. Kanadischer Anwalt und Notar aus Halifax mit deutsch-jüdischen Wurzeln. Das Testament eines Mandanten hat ihn vor etwas mehr als einem Jahr wieder nach Deutschland geführt. Wohnt seitdem überwiegend in Lore Bradherings Pension in Born, wenn er nicht zusammen mit Richard Sonntag auf Reisen ist. Auf denen ihm zuweilen unliebsame Erinnerungen einholen.

DANK. Von den vielen Menschen, die mir bei der Arbeit geholfen haben, möchte ich mich besonders bei Sonja Hahm, Ulrich Kasparick, Elisabeth Koeppe, Laila Krabatsch, Helga Radau, Yves Scharmberg, Holger Schulze, meiner Lektorin Andrea Struck sowie meiner Gefährtin Angelika bedanken, die den Ahrenshooper Spinnenweg maßgeblich begleitet hat.

Zudem ist es an der Zeit, dankend meine Musikerfreunde Thomas Bode, Lorenz Däubler, Marcel Reginatto, Heinrich Römisch und Elmar Vibrans anzuführen, die vielen meiner Lesungen besondere Akzente verliehen haben und dies weiterhin tun werden.

Quellen

Martha Müller-Grählert: Gesammelte Werke. Herausgegeben von Sigrid und Hans Arlt. Verlag Adolf Dahlfeld Erben. Barth. 2008 bis 2013

Julie Schrader: Heut' Nacht stieß mir die Liebe auf … Sämtliche Gedichte des »Welfischen Schwans«. Gesammelt und herausgegeben von Berndt W. Wessling. Heyne. München. 1987

Sibylla Schwarz: Ist Lieben Lust, wer bringt dann das Beschwer? Eine Veröffentlichung des Sibylla Schwarz e.V. Greifswald. Reineke & Voß. Leipzig. 2016

Henry David Thoreau: Walden oder Leben in den Wäldern. Diogenes. Zürich. 1971

Hans Jürgen von der Wense: Geschichte einer Jugend. Tagebücher und Briefe. Herausgegeben von Dieter Heim. MSB Matthes & Seitz. München. 1999

Liebe Leserin, lieber Leser, wir freuen uns über Ihre Bewertung im Internet!

Die Deutsche Nationalbibliothek verzeichnet diese Publikation in der Deutschen Nationalbibliografie; detaillierte bibliografische Daten sind im Internet über http://dnb.de abrufbar.

1. Auflage 2021
Herstellung: Hinstorff Verlag GmbH
Lektorat: Andrea Struck
Titelbild: five/Photocase
Druck: GGP Media GmbH, Pößneck
Printed in Germany
ISBN 978-3-356-02376-3